U0107346

HERMES

在古希腊神话中，赫耳墨斯是宙斯和迈亚的儿子，奥林波斯神们的信使，道路与边界之神，睡眠与梦想之神，亡灵的引导者，演说者、商人、小偷、旅者和牧人的保护神……

西方传统 经典与解释 **HERMES**
Classici et Commentarii

启蒙研究丛编

刘小枫◉主编

浪漫的律令

—— 早期德意志浪漫主义观念

The Romantic Imperative
The Concept of Early German Romanticism

[美]弗雷德里克·拜泽尔 Frederick C. Beiser ｜ 著

黄江 ｜ 译

華夏出版社

古典教育基金・蒲衣子资助项目

"启蒙研究丛编"出版说明

如今我们生活在两种对立的传统之中,一种是有三千年历史的古典传统,一种是反古典传统的现代启蒙传统。这个反传统的传统在西方已经有五百多年历史,在中国也有一百年历史。显然,这个新传统占据着当今文化的主流。

近代以来,中国突然遭遇西方强势国家夹持启蒙文明所施加的巨大压迫,史称"三千年未有之大变局"。一百年前的《新青年》吹响了中国的启蒙运动号角,以中国的启蒙抗争西方的启蒙。一百年后的今天,历史悠久的文明中国焕然一新,但古典传统并未因此而荡然无存。全盘否定"五四"新文化运动以来的反传统的传统,无异于否定百年来无数中国志士仁人为中国文明争取独立自主而付出的心血和生命。如今,我们生活在反传统的新传统之中,既要继承中国式的启蒙传统精神,也要反省西方启蒙传统所隐含的偏颇。如果中国的启蒙运动与西方的启蒙运动出于截然不同的生存理由,那么中国的启蒙理应具有不同于西方启蒙的精神品质。

百年来,我国学界译介了无以计数的西方启蒙文化的文史作品,迄今仍在不断增进,但我们从未以审视的目光来看待西方的启蒙文化传统。如果要更为自觉地继承争取中国文明独立自主的中国式启蒙精神,避免复制西方启蒙文化传统已经呈现出来的显而易见的流弊,那么,我们有必要从头开始认识西方启蒙传统的来龙去脉,以便更好地取其精华、去其糟粕。事实上,西方的启蒙传统在其形成过程中也同时形成了一种反启蒙的传统。深入认识西方的启蒙与反启蒙之争,对于庚续清末以来我国学界理解西方文明的未竟之业,无疑具有重大的现实意义和历史意义。

　　本丛编以译介西方的启蒙与反启蒙文史要籍为主,亦选译西方学界研究启蒙文化的晚近成果,为我国学界拓展文史视域、澄清自我意识尽绵薄之力。

古典文明研究工作坊

西方经典编译部丁组

2017 年 7 月

浪漫的律令召唤所有诗类的结合。

一切自然和科学都将成为艺术——艺术应当是自然和科学。

律令:诗歌是道德的,而道德是诗意的。

——小施勒格尔,《1797 年至 1798 年笔记》

目 录

译 序

拜泽尔(生于 1949 年 11 月 27 日)是当今英语世界研究 18、19 世纪德意志唯心论和浪漫主义的权威学者,雪城大学(Syracuse University)荣休教授。他曾凭借《理性的命运:从康德至费希特的德意志哲学》(*The Fate of Reason:German Philosophy from Kant to Fichte*, Harvard University Press,1987)赢得了 1987 年的 Thomas J. Wilson 最佳图书奖。在随后的十多年间,他分别通过《启蒙、革命与浪漫主义:现代德国政治思想的起源》(*Enlightenment, Revolution, and Romanticism:The Genesis of Modern German Political Thought*,1790— 1800,Harvard University Press,1992),《理性的主权:早期英国启蒙运动中对合理性的捍卫》(*The Sovereignty of Reason:The Defense of Rationality in Early English Enlightenment*,Princeton University Press, 1996)和《德国唯心论:反对主观主义》(*German Idealism:The Struggle Against Subjectivism*, 1781—1801, Harvard University Press, 2002),全面梳理了 18 世纪末的理性主义传统。

在此期间,他分别在剑桥大学出版社出版了自己编译的《剑桥黑格尔指南》(*The Cambridge Companion to Hegel*,Cambridge University Press,1993)与《德意志浪漫派早期政治著作选》(*The Early Political Writings of the German Romantics*,Cambridge University Press,1996)。这一系列的研究导向了他关于德意志早期浪漫派(Frühromantik)的系统性梳理著作《浪漫的律令:早期德意志浪漫主义观念》,最终让他在 2015 年获得了德意志联邦共和国十字勋章。

　　在《浪漫的律令》序言当中,拜泽尔为我们提供了其思想缘起的一个关键性线索,即他对早期浪漫派的研究可以追溯到他在牛津大学的博士生涯,那时他初次被谢林(Schelling)和诺瓦利斯(Novalis)迷住,但却不知他们属于一场更广泛的、被称作早期浪漫派的智识运动的一部分。在他看来,那时在牛津作为一名哲学研究生来研究早期浪漫派,是一件奇怪而孤单的事情。牛津从古至今都是一座经学堡垒;而早期浪漫派,如果要说它是什么的话,便是对经学的否定。①但在这个奇怪而孤单的过程中,他的两位导师,黑格尔专家泰勒(Charles Taylor)和观念史家伯林(Isaiah Berlin)给予了他莫大的鼓励和帮助,《剑桥黑格尔指南》与《德意志浪漫派早期政治著作选》正是他受二者影响,在"经学堡垒"中爬梳求索的结果。

　　《浪漫的律令》整本书大体上可以分为三个部分:前言和导言类似于综述性的引入工作;正文分为十章,前五章大多是在哲学义理上"清理门户",后五章则是基于新近发现的历史资料"索隐发微"。

　　作为英美观念史研究传统中的一员,拜泽尔对于早期浪漫派的梳理工作无疑直接发轫于洛夫乔伊(Arthur Lovejoy)。在《浪漫的律令》第一章一开头,拜泽尔便单刀直入地称洛夫乔伊在1923年写道,"浪漫主义"是"文学史和文艺批评的丑闻"。洛夫乔伊认为最好干脆放弃这样一个含糊的概念,因为学者对其涵义的描述是完全冲突的。……为了补救这样的无序状态,他建议用复数形式而非单数形式来谈论"浪漫主义"。②而洛夫乔伊的弟子博厄斯(George Boas)在此基础上明确表示:在洛夫乔伊对浪漫主义做出界定之后,人们可能不会再去谈论浪漫主义真义何在的问题了。③

----

　　①　参见《浪漫的律令》,页 xiii(指原文页码,下文不另注)。

　　②　参见《浪漫的律令》,页6。洛夫乔伊的相关论述参见其《论诸种浪漫主义的区别》,见《观念史论文集》,吴相译,商务印书馆,2018,页274–303。

　　③　参见 G. Boas,《理性史中的若干问题》,巴尔的摩,1953,页5。

然而,在洛夫乔伊之后,受到"浪漫律令"的召唤,人们仍旧试图去开启这一潘多拉魔盒,"谈论浪漫主义真义何在的问题"。伯林认为洛夫乔伊的观点是彻底失败主义的,他要尽其所能解释何谓浪漫主义的根本含义。他认为研究浪漫主义唯一明智的方法,就是耐心的历史方法。[①]颇具反讽意味的是,拜泽尔对其业师的批评恰恰是:片面且时代错误的(one-sided and anachronistic)。[②]值得注意的是,这一批判构成了拜泽尔全书的核心立论之一:先前的研究者大多是"片面且时代错误的",而这一"片面且时代错误"的主要原因就在于他们都是后现代主义者。

拜泽尔毫不讳言,他主要的批评矛头直接针对关于早期浪漫派的后现代解释,尤其是德曼(Paul de Man)、弗兰克(Manfred Frank)、伯林、贝勒尔(Ernst Behler)、拉巴尔特(Phillipe Lacoue-Labarthe)和南希(Jean-Luc Nancy)的作品。他们在本质上将早期浪漫派理解为一种对于后现代主义的展望,并将当代的问题强加在它身上。在拜泽尔看来,尽管早期浪漫派与后现代主义有着密切的联系,但它始终是一个独特的历史现象,仍然是 18 世纪的重要组成部分。[③]因而拜泽尔在《浪漫的律令》第二章至第五章里便试图去抗衡关于浪漫派的后现代主义解释并恢复早期浪漫派的理性主义维度,而这也是拜泽尔自己早期著作中一以贯之的理性主义态度。

顺着这一思路,有一个细节颇为值得玩味。在书中,拜泽尔将伯林称为未具名的后现代主义者。[④]初看之下,这似乎仅仅是对于后现代习语 avant la lettre 的反讽式运用,因为,

---

① 参见伯林,《浪漫主义的根源》,吕梁、洪丽娟、孙易译,译林出版社,2008,页 25—27、134。

② 参见《浪漫的律令》,页 x,页 4。

③ 参见《浪漫的律令》,页 x,页 4。

④ 参见《浪漫的律令》,页 4。

对很多人来说早期浪漫派是未具名的后现代主义者。如同后现代主义者,他们怀疑基础主义的可能性、批判的普适标准、完备体系和自明主体。在福柯之前的诸世纪里,他们是性自由的信徒、性别定型论的批判者,以及个人自由的捍卫者。他们也是诠释学发展中的先锋和历史主义文学批评的创立者。许多学者开始意识到反基础主义、历史主义和诠释学的源头并不在 20 世纪——即在思想家如海德格尔、维特根斯坦、伽达默尔或杜威那里——而是在 18 世纪末早期浪漫派一代的**反启蒙**(Anti-Aufklärung)当中。①

但问题是,为何他将众所周知的自由主义者伯林也称为后现代主义者呢? 不单如此,同样作为谢林和浪漫派研究专家的弗兰克,隶属于德国古典唯心论传统,其供职的图宾根大学更是德国唯心论的重镇,而拜泽尔竟然也将其置于后现代这一名目之下。1993 年至 1994 年间,拜泽尔作为古根海姆基金(Guggenheim Foundation)资助学者对柏林自由大学进行学术访问,随后反邀弗兰克来雪城访问,从内卡河(Neckar)畔到奥内达加湖(Lake Onondaga)的一路上,他都能听到弗兰克怒吼着发出抗议。

虽然拜泽尔认为无人在后现代主义哲学方面能比弗兰克拥有更多的激情、修养和智识,这尤为体现在其《个体的不可消逝性:反思主体、人格和个体,以回应"后现代"对它们所作的死亡宣告》,在书中弗兰克将浪漫主义的诠释学和个体性视为对付过度解构的解药。但在拜泽尔看来,弗兰克将早期浪漫派视为原初的后现代主义者,将他们置入终于后现代主义的对于理性的批判传统当中;②更

---

① 参见《浪漫的律令》,页 2。

② 参见其 "Zwei Jahrunderte Rationalitätskritik und ihre postmoderne Überbietung",见 *Die Unvollendete Vernunft*:*Moderne versus Postmoderne*,Dietmar Kamper 与 Willem van Reijen 编,Frankfurt,1987,页 99–121,尤其是页 106。

重要的是,拜泽尔认为弗兰克对诺瓦利斯、荷尔德林和谢林的解释中的标志性论点,是他坚持认为这些思考者认定理性的基底预设了超理性的事物。这样一个论点显然与早期浪漫派所属的柏拉图主义传统相违背。通过将这一观点归于早期浪漫派,弗兰克坚决地将早期浪漫派置于后现代主义者的阵营之中;他们也许成了海德格尔与德里达的喉舌,后两者致力于拥护的正是这样一种论调。因此弗兰克背叛了他的盟友而投向了他的敌人。①有鉴于此,在书中第四章和第五章里,拜泽尔专文对弗兰克乃至亨里希(Dieter Henrich)关于早期浪漫派的解释进行了批判。

然而,要弄清楚这桩悬案(毕竟将自由主义干将伯林和德国唯心论传统中的两位代表人物都纳入后现代主义,Prima facie[乍看之下]实在也过于"后现代"了),单从拜泽尔对其业师和好友的攻讦中实在难以判定孰是孰非。然而,若根据拜泽尔颇引以为豪的历史理性主义"内部批判"原则——与后现代之"文学的绝对"(南希及拉巴尔特语,参见二人合著的《文学的绝对》)针锋相对——我们似乎也不应当援引过多的除却本书之外的其他资源来进行"外部批判"。如其所言:

> 我的方法基本上是诠释学和历史学的,这是一种由浪漫派自己捍卫并实践的理路。这意味着我试图根据他们自己的目标和历史背景,从内部来解释浪漫派。……而我在此的基本任务便是历史重构。②

故而,我在此的基本任务,也是对拜泽尔的文本进行历史重构,以发掘出其文本的思路和笔法。拜泽尔虽然将本书定位成"在本质

---

① 参见《浪漫的律令》,页4,注8。
② 参见《浪漫的律令》,页 xi。

上是引导性的,是一次指引读者穿过陌生领域的尝试",①但就笔者在翻译过程中的感受而言,他事先已经预设了读者具备相应的知识体系,且谙熟于他所批判的对象(构成这本书的十篇文章除却其早先著作中相关部分之外,便是专门的学术会议论文②)。这一充斥着全书的反讽态度,构成了整本书的基调,笔者似乎也应就此表明本文在本质上也同样是引导性的,是一次指引读者穿过反讽领域的尝试。

首先,拜泽尔在《浪漫的律令》导论中非常直白地宣称,早期浪漫派哲学之所以被忽视的原因有很多。既有潜在的政治(political)原因:从"二战"以来,浪漫主义被自由主义者和马克思主义者一同污名为法西斯主义的意识形态,尤其是因为许多纳粹党将其信奉为党政意识形态。也有学科(academic)原因:浪漫主义通常被认为是一场文学的和文艺批评的运动,且已成为文学评论家和历史学者的专有领域。尤其还有哲学(philosophical)原因:在英语世界里分析哲学的发展导致了对研究哲学的其他方式的怀疑与不满。最后是学术(scholarly)原因:有关德意志浪漫派哲学的一些最重要的手稿直至"二战"后才得以出版。诺瓦利斯、荷尔德林和弗里德里希·施勒格尔的断片注疏版只在20世纪60年代出版过。虽然这些材料之前都可以获得,但并非善本或注疏版。③基于这四点,拜泽尔在《浪漫的律令》第一章中,首先确定了浪漫派的核心特征为浪漫诗(romantische Poesie)概念,再把由这四个原因共同导致的解释路径称为"标准解释",这种解释被作为浪漫诗概念的核心与基础,它假定其指涉的无非是一种新的文学和文艺

---

① 参见《浪漫的律令》前言开头。
② 参见《浪漫的律令》,页 xii。
③ 参见《浪漫的律令》,页 1。

批评。①

　　我们首先注意到,《浪漫的律令》第二章第 5 节的标题是:"后现代主义者和马克思主义者的解释(*Postmodernist and Marxist Interpretations*)"。而后在第三章一开篇,拜泽尔又回溯了何以现实中的两位死敌自由主义和马克思主义居然会联合起来攻击浪漫主义。其中拜泽尔对后现代主义者的批判,我们暂且在此按下不表,先只就其对马克思主义和自由主义针对浪漫派的"片面且时代错误的"批判做一个相应的考察。身处后冷战语境内的拜泽尔,自然会将马克思主义和自由主义的浪漫派理路作为他关于早期浪漫派解释的重要先例。②用他本人最具概括性的话来说便是:

　　　　一个多世纪以来,将 18 世纪末德意志浪漫主义的诞生看作启蒙运动的死亡已经成了老生常谈。……这一老生常谈联合了德意志浪漫主义的朋友和敌人。在 19 世纪 30 至 40 年代,德意志自由主义者和左翼黑格尔主义者谴责了浪漫主义,因为他们视其为一场针对启蒙运动的反动。但是,从 19 世纪末开始,并接着在 20 世纪 20 至 30 年代达到了高潮的是,德国民族主义者和保守派接纳了浪漫主义,因为他们也相信它反对了启蒙运动;然而,在他们看来,既然启蒙是一种从法国输入的外来意识形态并且敌视德国精神,这样的反对便是一种美德而非罪恶。"二战"后同样的顽固态度又重现了,如今则是通过反法西斯主义而振兴。既然浪漫主义被看作法西斯意识形态的本质,自由主义者和马克思主义者便联合起来攻击它。③

　　有趣的是,在此和在之前的第二章第 5 节当中,全然不见所谓

① 　参见《浪漫的律令》,页 8 及以下。
② 　参见《浪漫的律令》,页 34。
③ 　参见《浪漫的律令》,页 43。

自由主义者们的身影,在拜泽尔所举的例子中,占据显著位置的是马克思,还有后来的卢卡奇,至多再算上海涅(Heine)。而拜泽尔对他们的回应简单明了:

> 在将早期浪漫派视为一场反动时,马克思主义学者从未真正超出 19 世纪 40 年代的政治辩论,那时海涅、**卢格**(Arnold Ruge)和马克思被迫要去捍卫他们的进步理想以对抗某些晚期浪漫派。他们自己对于早期浪漫派的特性描述屈从于激进传统,犯了它的基本谬误——时代错误,依照一些浪漫派的晚期代表来描述所有时段的早期浪漫派。①

至此,拜泽尔立论中的一个关键区分便出现了,即浪漫派一般分为三个时期:早期浪漫派(Frühromantik),从 1797 年到 1802 年;盛期浪漫派(Hochromantik),到 1815 年;以及晚期浪漫派(Spätromantik),到 1830 年。②而将晚期浪漫派的反动性加诸早期浪漫派身上这一典型的历史语境误置,其肇始之人便是海涅。严格说来,马克思等人对浪漫派的梳理性工作,都基于海涅作为时代亲历者所著的《浪漫派》。③在其 1835 年的《浪漫派》当中,海涅主张浪漫派"非中世纪诗情之复兴莫属"。④那么,在拜泽尔针对"标准解释"进行历史批判的过程中,以其业师伯林为代表的自由主义者到哪里去了呢?

细心的读者会发现,在名为"早期浪漫派与柏拉图主义传统"(*Frühromantik and the Platonic Tradition*)的第四章第 4 节的中间部分,伯林以哈曼研究者的身份短暂地出现了一次。拜泽尔如下概括

---

① 参见《浪漫的律令》,页 35。
② 参见《浪漫的律令》,页 44。
③ 参见《浪漫的律令》,页 171 以下。
④ 参见海涅,《浪漫派》,薛华译,上海人民出版社,2003,页 11。

了伯林对哈曼的理解：

> 伯林如此着力于哈曼的出身，以及虔信派对青年浪漫派的
> 影响，这绝非偶然。一旦浪漫派被如此明确置于新教传统之中，
> 伯林便接着一以贯之地依照它的超理性主义来解读他们……浪
> 漫派的个人意志接着就变得好像是一个现代世俗版本的奥卡姆
> 之神：它决定去做的就是好的，正是因为它决定去做。①

至此，伯林何以在拜泽尔笔下成为未具名的（avant la lettre）后
现代主义者便显而易见了。拜泽尔认为，这一超理性主义的理解视
角贯穿于伯林对浪漫派的整个理解当中。而在他看来，这样的超理
性主义不但是历史错误的（将后现代的超理性主义维度嫁接到启蒙
时代的浪漫派身上），更会带来一个致命的危险，即以启蒙精神自居
的伯林也同样犯下了启蒙（Enlighten）的辞源悖谬（lucus a non lu-
cendo）（语出公元4世纪后期法学家 Honoratus Maurus，意指 lucus
［照亮］和 lucendo［黑暗的丛林］同源，前者出于后者。这在近代一
直被用来质疑启蒙运动。有趣的是，若以学术界公论的看法而言，
将霍布斯作为首位启蒙哲人，其《利维坦》对于自然状态的描述无
疑是一片 lucendo［黑暗的丛林］，但其高举契约的火炬，将自然法传
统 Enlighten［照亮］成自然权利的努力所带来的，似乎是另一片 lu-
cendo［黑暗的丛林］），背叛了他所宣称的"耐心的历史方法"。而
对这一背叛的定罪，便是未具名的（avant la lettre）后现代主义者。

若我们还有印象的话，这已经不是拜泽尔眼中的首次背叛了。
在他看来，弗兰克和伯林的"超理性主义"视角并无本质上的不同，

---

① 参见《浪漫的律令》，页64。亦可参见《浪漫主义的真正父执》，见伯
林，《浪漫主义的起源》，吕梁、洪丽娟、孙易译，译林出版社，2008，页51及其
后。对比《北方的巫师：哈曼与现代反理性主义的起源》，见伯林，《启蒙的三个
批评者》，马寅卯、郑想译，译林出版社，2014，页261及其后。

他们最终导向的结果,都将是一种后现代主义式的"文学的绝对"。奇怪的是,南希和拉巴尔特作为"文学的绝对"之代言人,在《浪漫的律令》当中并没有直接得到应对,他们合著的《文学的绝对》也总是和伯林或弗兰克的相关浪漫派研究一起被提及。①难道在拜泽尔眼中,处理这些来自外部的浪漫派批评传统并非当务之急,而对浪漫派观念史研究路径的内部偏离进行拨乱反正,才是至关重要的吗? 拜泽尔对后现代关于浪漫派的理解路径的一次集中攻讦,出现在《浪漫的律令》导论之中:

> 尽管早期浪漫派与当代有关,我们也必须小心地避免时代错误。我们必须努力去理解它的历史特性。因为,如果说早期浪漫派在某些方面是我们的同辈,那么他们在其他方面则并非如此。他们实际上依然是 18 世纪的孩子,启蒙之子(Kinder der Aufklärung)。在关键方面他们与后现代主义相去甚远……但在后现代主义中有绝对性的任何位置吗?②

最后一句话,拜泽尔已经反讽式地点破一切关节,即宣称"文学的绝对"的后现代主义实际上并不相信任何的绝对性。建立在这种"文学的绝对"之上的"标准理解",在拜泽尔看来就是一场灾难:

> 它背后的主要问题是,它把一种学术分工合理化,而这给早期浪漫派研究带来了两个非常具有破坏性的结果。第一,大部分哲学家忽视了这一主题,因为他们认为早期浪漫主义的核心关注点落在了文学领域内。第二,这一主题几乎成了文艺学者的专属,后者并没有集中足够的注意力在基本的形而上学、

---

① 参见《浪漫的律令》导论注 3、注 9,第一章注 7。对比南希、拉巴尔特,《文学的绝对》,张小鲁、李伯杰、李双志译,译林出版社,2012。
② 参见《浪漫的律令》,页 3。

认识论、伦理学乃至政治理念上，而这些正是早期浪漫主义真正的基础。结果，哲学家只拥有狭隘的智识视野，而文艺学者对于他们的主题的理解却非常业余。①

在《浪漫的律令》第一章第 4 节的末尾，拜泽尔通过极为细致绵密的历史资料考辨，基本确定了浪漫诗(romantische Poesie)概念的历史语境及其自身的复杂性。在略微反讽地提及后现代主义者的浪漫派解释之后——"为何面对这样的证据，他们还继续提出他们的解释，仿佛它是一个既定的真理呢？答案不完全在于学术分工的引力，尽管我怀疑这已经非常诱人了"②——拜泽尔承认这一看似肇始于海涅的浪漫派理解，其实缘起于施勒格尔自身对这一概念的含糊性理解与使用。因此，拜泽尔想要就此谅解标准解释的拥护者，因为他们其实是施勒格尔本人之困惑的受害者。③

行文至此，似乎一切都真相大白。在全书的后半部分，拜泽尔清理完浪漫派理路的门户之后，凭借其"观念史研究"的家法，"沿着浪漫之路"(Down the Romantic Road)走了下去。最后，在全书的结尾，他也走到了浪漫的尽头，兜了一圈回到原处。拜泽尔自己也颇为讽刺地意识到他和海涅在多大程度上如此一致：

> 于此似乎浪漫派的宗教是他们保守主义的一个根源。即使他们的宗教并非一神论的一种保守形式，即使它是一种泛神论的自由且进步的形式，它依然造成了寂静主义的危险。然而讽刺要远甚于此。无人比海涅自己对于泛神论的良性政治结果有着更深的信念，他热情地为之辩护以对抗宿命论和寂静主义的指控(《论德国宗教和哲学的历史》,《全集》卷 5 , 页 570)。

---

① 参见《浪漫的律令》,页 8。
② 参见《浪漫的律令》,页 18。
③ 参见《浪漫的律令》,页 18。

这意味着无人比海涅更是一名浪漫派。

因此,最终,浪漫派对于费希特和斯宾诺莎、对于人文主义和宗教之综合依然是有问题的。在对如此对立的哲学家进行综合的过程中,某些事物必须被放弃:费希特哲学的激进主义和行动主义,那一度如此吸引浪漫派的特点。但是,尽管综合崩溃了,浪漫派的活力泛神论在我看来(基于最后一部分所陈述的所有理由)却已经成了哲学史上克服人文主义与宗教之间的传统困境的最有创造性和趣味性的尝试。那些如此困扰着浪漫派的问题——他们所有的不眠之夜背后的折磨之根源——依然伴随着我们。①

在当代,拜泽尔和弗兰克两人对于浪漫派的不同理解,仅就《浪漫的律令》一书看来,似乎已经纠缠不休,颇为麻烦。但在更大的层面,问题则远为复杂得多。②弗兰克始终认为早期浪漫派的个体性维度才是医治后现代弊病的良方,而拜泽尔则坚持认为浪漫派在本质上依旧是整体论的。问题在于,德国唯心论的实质是依靠辩证法来统摄反讽,其中不存在以反讽式的无限趋近作为"规范性原则"来理解世界或指导实践,毋宁说,他们将辩证法当作一种"建构性原则"而理解为内在于世界的真实结构。

如此反观浪漫派对反讽概念的强调,乃至后来基尔克果(Kierkegaard)甚至存在主义对黑格尔的批判,便可以看出,反讽和辩证法二者谁高于谁的问题,造成了整个德意志古典哲学传统中唯心论和浪漫派的根本性分裂。在这个意义上,现代性当然是通过对反讽

---

① 参见《浪漫的律令》,页186。

② 相关的新近研究,参见 Elizabeth Millan-Zaibert, *Friedrich Schlegel and the Emergence of Romantic Philosophy*, State University of New York Press, 2007。黄江,《何为浪漫的绝对》,载《外国美学》第34辑,江苏凤凰教育出版社,2021,页249及以下。

意识的强调来拒斥主体辩证法式的古典哲学理路,而后现代之所以将自身的缘起不断诉诸浪漫派,其根源也在于此。

拜泽尔和弗兰克两人走上的看似分道扬镳的浪漫之路,最初都缘起于对笛卡尔—康德之传统理性主义的批判,但拜泽尔的贡献在于,众人都只看到浪漫派的反讽问题所带来的非理性主义维度,而他看到了更深的理性主义源头:

> 不论理性和知性之间的区分如何精确,在这里要看到的关键点是,浪漫派的审美主义必须鉴于他们的柏拉图主义来理解。对于他们,审美体验并非超理性的(suprarational),遑论反理性的(antirational);毋宁说,它是极理性的(hyperrational),包含于理性的理智直观的行为当中。他们相信,通过审美体验的理智直观,理性能够在有限之中感知到无限,在它的现象中感知绝对,或见微知著。这样一种知觉是知性或理性的,主要是因为它的对象:潜在于一切具体感官下面的理念或 arche[本源]。①

这个所谓极理性的(hyperrational)审美体验,发轫于席勒的审美教化(Aesthetische Bildung),通过反讽的"无限趋近",②不断地回溯到斯宾诺莎主义和柏拉图主义的泛神论,最终导向了政治神学。而浪漫派一开始所宣告的将来之神(Der Kommende Gott)也成了现代性中的流亡之神(Gott im Exil.),也许永远不回来了,也许明天回来……

就本书而言,拜泽尔全面系统地分析了在此之前英语和德语学界的浪漫派研究传统,并极为深入地回应了晚近亨利希以降至贝勒尔、弗兰克的权威解释。自此之后,浪漫派的研究在英美学术界得到了极大的复兴,大量的相关研究得以在拜泽尔此项研究的基础上陆续出版,故而本书也成了新近浪漫派研究中的枢纽性著作。

---

① 参见《浪漫的律令》,页 61。
② 参见 Manfred Frank, *Unendliche Annäherung*, Frankfurt, 1997。

* * * * * *

距离本书上次校译完毕至今已有六年了,这期间,我完成了博士学业,又翻译了贝勒尔的《反讽与现代性话语》(上海三联书店),加之一些进一步的深入学习、思考与交流,对浪漫主义的理解已远非当时的亦步亦趋,在此不复赘言。

本次修订除正文外,还增补了一篇拜泽尔关于德意志浪漫主义的"盖棺定论":《浪漫主义与唯心主义》("Romanticism and Idealism",2014),是他对老朋友弗兰克的最终回应。

最后附上拜泽尔在退休前的一段访谈中对《浪漫的律令》的主旨概括:

> 诺瓦利斯的一则断片说道:"当我赋予老生常谈以深意,陈词滥调以微明,可知事物以未知的庄严,有限之物以无限的幻象时,我便浪漫化了它。"这句广为人知的话对于整个浪漫主义运动来说是纲领性的,我们可以说这是整个浪漫派圈子的目标。
>
> 浪漫主义是对现代性的反动。现代文明把个体与自我、他者及自然分裂开来,而对分裂的解药是大全一体,是一种安居在世的感觉。一旦我再造了这种统一,那么我就给予我的世界一种深意。对于把世界浪漫化的主张,我还要强调一点:浪漫派所推崇的"诗",不仅仅是某种诗艺。浪漫派想要把世界浪漫化,然而,这意味着再造世界、社会、自然,使之成为一件艺术品。这就是《浪漫的律令》的主题,我认为,这一主题值得在此重申。

2023 年 6 月 18 日
识于中国人民大学古典文明研究中心

前　言

[ix]本书中的这些论文试图定义并阐明早期德意志浪漫主义的各个方面,这一时期被称为早期浪漫派时期,其全盛期为1797年至1802年。本书在本质上是引导性的,是一次指引读者穿过陌生领域的尝试。更具体地说,我的目的是引出早期德意志浪漫主义背后的哲学——它的认识论、形而上学、伦理学以及政治学——并展现它与这一时期的文学、文艺批评以及美学的关联。早期浪漫派的文艺美学总是能引起人们的兴趣和关注,但其形而上学、认识论和伦理学却并非如此;然而前者只有通过后者才能得到理解。

既然我的目的是引导性的,那么开头四篇论文便试图去界定早期浪漫派所特有的目标和理想。试图定义运动的"本质"——德国人称之为本质规定(Wesensbestimmung)或浪漫派的概念规定(Begriffsbestimmung der Romantik)——这种做法一度非常普遍,尤其在德国的学术传统中。考虑到一种不断发展的历史唯名论,这样的研究在当今被认为非常不合时宜。然而,这些论文的目的不是要定义早期浪漫派的"概念"或"本质",遑论去界定一般意义上的浪漫派(Romantik),仿佛这些术语意味着在这一现象下面或背后的某种原型或者永恒的思维模式。我仅有的任务是,找出在一个特定的时间地点中,一个特定思想家团体内部的某些共同的目标和特质。即便是最多疑的唯名论者也无法消除这样的经验性概括,因为我们需要在某种程度上纵观森林的全貌,不论个别树木有多么独特。

这四篇论文主要的批评矛头直接针对早期浪漫派的后现代解释,尤其是德曼、弗兰克、伯林、贝勒尔、拉巴尔特和南希的作品。虽然我从这些学者那里受益甚多,但我相信[x]他们对于早期浪漫派的解释是片面且时代错误的。这类解释在本质上将那一时期理解为一种对于后现代主义的展望,并将当代的问题强加于那个时期。尽管早期浪漫派与后现代主义有着密切的联系,但它却始终是一个独特的历史现象,仍然是18世纪的重要组成部分。因此,这些论文中的几篇(第二章至第五章)试图抗衡后现代主义的解释并恢复早期浪漫派的理性主义维度。

理解早期浪漫派的一个关键性问题是它与德意志启蒙运动(Aufklärung)复杂且暧昧的关系。尽管这看起来是个纯粹的历史编纂学问题,但在确定早期浪漫派的特性上却至关重要。实际上后现代主义解释背后潜在的问题恰恰在于,它有时候不经意地重现了将早期浪漫派作为针对启蒙运动的反动这一旧式解读。因此,有几篇论文便致力于这一问题(第三章到第五章)。

一些论文,尤其是第一篇和第二篇,旨在反对那种依然占统治地位的对早期浪漫派的文学理解路径,这一理路将早期浪漫派看作一场本质上是文学的、文艺批评的和美学的运动。这一理路本末倒置,让一条文学的尾巴摆弄"文化哲学之狗"太久了。浪漫主义文学只是一场更为广泛的智识与文化运动的一部分,只有根据浪漫主义哲学,尤其是它的认识论、形而上学、伦理学和政治学,才能理解浪漫主义文学。如果说浪漫派曾赋予美学以首要的地位,使其凌驾于哲学之上而作为通往真理的向导,那也只是由于一些太认识论的和太形而上学的原因。有力的声音已经发出,来对抗文学理路的狭隘之处——其中有海姆(Rudolf Haym)、本雅明(Walter Benjamin)、瓦尔策尔(Oskar Walzel),以及克鲁柯亨(Paul Kluckhohn)——但他们的抗争很少影响到主流实践。谁也不能认为文学教条的时代已然终结。文学理路最近还被早期浪漫派最重要的研究者之一贝勒尔所重申。学者继续试图通过分析一个术语的使用和起源(即浪漫诗,参见第一章)来触及浪漫派的本质。最糟糕的是,后现代主义学者的实践已经从早期浪漫派的文学风格中得出了关于它的大量概括性的结论(参见第二章)。

我自己对早期浪漫派的理解路径,是强调其道德和政治价值的首要地位,以及这些价值在其美学和宗教里的主导作用。因此,接下来一些论文(第二、三、六章)旨在反对那种依然普遍的观点,即早期浪漫派本质上是非政治的。在强调浪漫派美学的政治维度上,我并非想要[xi]宣称早期浪漫派公然热衷于政治活动,更不会说他们的政治学来自退入一种主导政治领域的道德和美学氛围之中。这些观点无一能把握住浪漫派在18世纪90年代政治处境中的特殊性,当时的政见虽得以更加公开化,但来自下层的有组织的政治活动依然受到禁止。

早期浪漫派中伦理和政治的首要地位,意味着浪漫派使美学和宗教从属于伦理和政治目的。他们将至善定义为人类的自我实现、人性的发展而非美学的沉思。不亚于柏拉图和亚里士多德,他们坚称这一理念只有在社会和国家之中才可实现。这些伦理和政治的价值在浪漫派的议程中扮演了一个决定性的角色:它们是浪漫派的美学、历史哲学和自然哲学(Naturphilosophie)背后的终极目的。

我的方法基本上是诠释学和历史学的,这是一种由浪漫派自己所捍卫并实践的理路。这意味着我试图根据他们自己的目标和历史背景,从内部来解释浪漫派。我已经尽可能地设法排除外来词汇,按照浪漫派的历史特质来重构浪漫派。这并不是因为我把浪漫派看作一种与当代无关的历史现象——情况恰恰相反——而是因为已经有许多方式来探寻他们与当代趣味的关联,并且有多少这样的趣味就有多少方式。我认为,将当代的视角强加给过去从而预判出关联不是哲学史家的任务。我们不应对文本作过度解读,从而把这种关联性硬塞进他们的文本中;毋宁说,这种关联性应当在历史重构之后,从其文本当中推断出来。而我在此的基本任务便是历史重构。

我的早期浪漫派理路主要受到了海姆的精彩著作《浪漫派》（*Die romantische Schule*,Berlin,1870）的启发。我将自己的作品看作海姆原初工程的继续。正是海姆首次强调了需要对早期浪漫派的起源进行细致的研究,首次坚持排除政治和文化的偏见,并且首次使之成为历史研究的对象。早先海涅、赫特纳（Hettner）和格维努斯（Gervinus）的努力相比之下则显得业余,并且沾染上了海姆所想要克服的那些政治偏见。海姆十分重视哲学之于早期浪漫派的基要性,他采取了一种整体论的理路,充分展现其多学科性质。虽然他从未停止过对浪漫派的批判,但他的批判来自对原始资料进行同情性的重构之后。诚然,海姆的许多说法[xii]现已过时;他的一些解释过于简单;并且他从未完全实践他所要求的不偏不倚。然而,他对不偏不倚、历史深度、同情性重构和整体论的关注,在如今依然有效。海姆在基本的方面设立了当代研究工作仍需遵循的标准。

笔者先前曾发表过一些有关早期浪漫派的作品,更具体地说,有《劳特利奇哲学百科全书》（*Routledge Encyclopedia of Philosophy*）第 8 卷"浪漫主义"条目（页 348 – 352）;拙著《启蒙、革命与浪漫主义》（*Enlightenment*, *Revolution*, *and Romanticism*, Harvard University Press,1992）一书的第九、十两章,论述了浪漫派的政治理论;拙编《德意志浪漫派早期政治著作》（*The Early Political Writings of the German Romantics*, Cambridge University Press,1996）的引言,以及晚近的《德意志唯心论》（*German Idealism*, Harvard University Press, 2002）的四章（第三部分,包括第一至四章）,这些篇章探讨了浪漫派的形而上学和认识论。这里的某些论文虽基于我早先的作品,却得到了进一步的完善和改进;其他论文则涉及新的领域。

这十篇论文写于过去十年间的不同场合。其中大多数是第一次发表,少数曾在之前刊发过,但几乎所有这些论文都趁出版本书的机会做了大量修订。第一章原是 2000 年 2 月在南斯德哥尔摩大学的演讲稿,地点在瑞典的斯德哥尔摩,我在那里的比较文学项目的开幕式上发表了这篇演讲。第二章的一个早期版本原是提交给芝加哥大学菲什拜因科学史中心的演讲稿。修订版发表于德国,名为"德意志早期浪漫派"("Die deutsche Frühromantik"),收于 *Philosophie*,*Kunst*,*Wissenschaft*:*Gedenkschrift Heinrich Kutzner*,Würzburg:Königshausen und Neumann,2001,页 38 – 52。这篇文章后来经过了大量修订,发表在本书的版本实质上是全新的。第三章也已经过大量修订,曾被收入施米特(James Schmidt)所编《何为启蒙?》(*What Is Enlightenment?* University of California Press,1996,页 317 – 329)。第四章是为 1999 年 4 月德鲁大学的施莱尔马赫研讨会所写,之前未曾发表过。第五篇论文是本书新收入的;它曾被《观念史杂志》(*Journal of the History of Ideas*)采纳刊登,但后来一直未发表。第六篇原先刊登于罗蒂(Amélie Rorty)主编的《哲学家论教育》(*Philosophers on Education*,London,1998,页 284 – 289),此次出版经过了修订。第七篇论文的首次亮相即在本书,不过第 5 至 8 节的早期版本曾出现在拙著《德意志唯心论》中论施勒格尔那一章;这一章旨在尝试从早期拙著《启蒙、革命与浪漫主义》页 245 – 263 来反思施勒格尔的哲学发展。[xiii]第八篇论文原先是写给孔普雷迪斯(Nikolas Kompridis)所编《哲学的浪漫主义》(*Philosophical Romanticism*)中的一卷,此书即将于 2004 年由劳特利奇出版社出版。第九章的早期版本曾在几个地方作为演讲稿而被发表过:1999 年 5 月在谢菲尔德大学,1999 年 9 月在亚利桑那大学,2000 年 2 月在斯德哥尔摩大学,2000 年 11 月在迪布纳科技学会上,以及 2001 年 7 月在关于早期德意志浪漫主义的 NEH 会议上。这篇文章将会作为"迪布纳学会"历史和科学哲学丛书之《迪布纳学会科技史研究》(*Dibner Institute Studies in the History of Science and Technology*)的一部分而发表。第十章是为 2001 年 10 月在波士顿大学举办的宗教哲学系列讲座所写的讲稿,之前从未发表过。

这些论文是分别写作的,会有一些重叠,因而会有重复。既然我预期许多读者可能想独立地阅读其中某篇论文,我便没有将重复的段落全部删除。对于那些希望依次阅读论文的读者,我只能希求他们的耐心和包涵。

我对早期浪漫派的研究可以追溯到我在牛津大学的学徒期,那时我初次被谢林和诺瓦利斯迷住,并不真正明白他们是一场更广泛的、被称为早期浪漫派的智识运动的一部分。那时在牛津,作为一名哲学家来研究早期浪漫派是一件奇怪而孤单的事情。牛津从古至今都是一座经学堡垒;早期浪漫派,如果它是什么的话,便是对经学的否定。在一次难忘的会面中,我的努力得到伯林的鼓励;我只希望我能有更多的机会从与他的交往中获益。

近年来我对早期浪漫派的研究得益于许多人的作品,在此我仅能提及少数几位。我从阿默里克斯(Karl Ameriks)、周立(Michel Chaouli)、弗兰克、弗兰克斯(Paul Franks)、弗里德曼(Micheal Friedman)、路易斯(Charles Lewis)、摩根(Michael Morgan)、拉希(Bill Rasch)、理查兹(Robert Richards)和谢弗(Simon Shaffer)那里受益匪浅。我也十分感谢2000年11月在迪布纳学术会议上,以及2001年夏天在科罗拉多州柯林斯堡的NEH夏季研讨会上的诸多与会同仁;他们的雅兴与睿智激发我阐明了我对早期浪漫派的诸多观点。最后但并非最不重要的是,我尤为感谢周立、贝尔福(Ian Balfour)以及一位匿名审稿人对于终稿的评论。我只希望我对他们诸多的批评与建议做到了客观公正。

导论　浪漫主义今昔

　　[1]在超过一个世纪的忽视之后,有迹象表明,英语世界对早期德意志浪漫主义哲学的兴趣正不断增长。①1990年以来,已经出版了几种关于早期浪漫派各个方面的英文书籍;②有关这个主题的

---

　　①　在英语世界里,极为少数的严肃对待浪漫派的哲学家当中,有一位是罗伊斯(Josiah Royce),他在其颇有影响的著作 *The Spirit of Modern Philosophy*(Boston,1882,页164 – 189)中用了一章来论述它。这在罗伊斯那里并非顺带的口惠,因为他对席勒有着长期的兴趣。参见他被忽视的早期论文"Schiller's Ethical Studies", *Journal of Speculative Philosophy* 12,1878,页373 – 392。

　　②　参见 Theodore Ziolkowski, *German Romanticism and Its Institutions*, Princeton University Press, 1990; Andrew Bowie, *Aesthetics and Subjectivity*, Manchester University Press, 1990; Gerald Izenberg, *Impossible Individuality*:*Romanticism*,*Revolution*,*and the Origins of Modern Selfhood*,1787—1802, Princeton University Press,1992,它的前两部分探讨了小施勒格尔和施莱尔马赫; Richard Eldridge, *The Persistence of Romanticism*, Cambridge University Press, 2001,它的前半部分探讨了"后康德浪漫主义"; Azade Seyhan, *Representation and Its Discontents*:*The Critical Legacy of German Romanticism*, University of California Press, 1992; Julia Lamm, *The Living God*:*Schleiermacher's Appropriation of Spinoza*, Pennsylvania State University Press, 1996;以及 Charles Larmore, *The Romantic Legacy*, Columbia University Press, 1996。而兴趣不断增长的另一个迹象是哈代(Henry Hardy)出版了伯林的《浪漫主义的根源》(*Roots of Romanticism*, Princeton University Press, 1999)。然而值得注意的是,这本书基于1965年最初发表的讲稿。在"二战"后贫瘠的智识图景中,伯林应当算是非常少数的支持浪漫主义在智识和哲学上之重要性的学人中的一员。就此而言,如同在许多其他方面一样,他的所为是旷野中的呼告。

法语和德语作品也已经被译介过来;①浪漫派著作的翻译也已经出版;②以及,2001 年的一场 NEH 夏季研讨会便致力于探讨早期浪漫派的哲学方面。③学界逐渐达成了一个明确的共识,即早期德意志浪漫主义不仅是一场文学运动,也是一场哲学运动。

早期浪漫派哲学之所以遭到忽视,原因有很多。有潜在的政治原因。从"二战"以来,浪漫主义被自由主义者和马克思主义者一同污名为法西斯主义的意识形态,尤其是因为许多纳粹党将其信奉为党政意识形态。也有学科原因。因为浪漫主义通常被视作一场文学的和文艺批评的运动,它已成了文学评论家和历史学者的专有领域。还有其哲学原因。在英语世界里分析哲学的发展导致了对研究哲学的其他方式的怀疑与不满。最后是学术原因。有关德意志浪漫派哲学的一些最重要的手稿仅在"二战"后才得以出版。诺瓦利斯、荷尔德林和小施勒格尔的断片注疏版只在 20 世纪 60 年代出版过。虽然这些材料在之前都可以获得,但却并非善本或注疏版。

不论忽视早期德意志浪漫派哲学的原因何在,重拾对它的兴趣则是旷日持久的。这一复兴部分地源于对早期浪漫派的历史重要

---

① 参见 Phillipe Lacoue – Labarthe 和 Jena – Luc Nancy 的 *L'Absolu Litteraire*,由 Phillip Bernard 及 Cheryl Lester 译为 *The Literary Absolute*(Albany,1988)。Elizabeth Millán Zaibert 已部分翻译了 Manfred Frank 的 *Unendliche Annäherung*。参见 *The Philosophical Foundations of Early German Romanticism*,Albany,2003。

② 参见 Novalis,*Philosophical Writings*,Albany,1997,Margaret Stoljar 译;Jochen Schulte – Sasse 等人的 *Theory as Practice*,University of Minnesota Press,1997;Hölderlin,*Essays and Letters on Theory*,Albany,1988,Thomas Pfau 译,以及谢林在 *Idealism and the Endgame of Theory*(Albany,1994)里的三篇短论;Schleiermacher,*Hermeneutics and Criticism*,Cambridge University Press,1998,Andrew Bowie 译;以及我的 *The Early Political Writings of the German Romantics*,前揭。

③ 这一研讨会由阿默里克斯及科内尔(Jane Kneller)组织,2001 年 6 月 26 日至 7 月 30 日举行,地点在科罗拉多州柯林斯堡。

性不断增加的——虽然有时是勉强的——认识。[2]它的历史意义取决于几个因素。第一,早期浪漫派与笛卡尔传统的主要方面相决裂:后者的机械自然观、心物二元论、对某种第一原理的基础主义信念,以及它对一种自明主体性的信念。第二,青年浪漫派也质疑了启蒙理性主义背后的一些基本假设:一种非历史的理性之可能性,批评的古典标准之可能性,以及不证自明的第一原理之可能性。第三,早期浪漫派也是哲学各个领域实质上的革新者。在形而上学领域,他们发展出一套有机自然观来与启蒙运动的机械范式相竞争。在伦理学领域,他们强调爱与个体的重要性,以此反对康德和费希特伦理学中的形式主义。在美学领域,他们动摇了古典主义的标准和价值,发展出新的批评方法,即尊重文本的语境和个性。最后,在政治领域,浪漫派质疑现代契约论背后的个人主义,复兴了柏拉图与亚里士多德的古典社群主义传统。实际上,是浪漫派最早确认并指出了现代公民社会的一些基本问题:失范、原子论和异化。

抛开其历史重要性不谈,浪漫派哲学的许多目标和问题如今依然至关重要。像许多同时期的哲学家那样,青年浪漫派探寻一种既重视批判又避免怀疑主义的认识论,承认基础主义的失败却不屈从于相对主义。他们在心灵哲学中的目的也与之相关:浪漫派所探寻的自然主义并非一种还原论唯物主义,而是位于二元论与机械论两极之间的某种中道。其政治哲学的首要问题依然是如今的核心议题:调和社群需求与个体自由何以可能。最后,他们在美学上的目标依然是当务之急——如何避免专制的古典主义与无序的主观主义两种极端。若这些目的和问题我们听起来很耳熟,那是因为很大程度上我们都是浪漫派遗产的继承者。

所有这些都是深入研究早期德意志浪漫派哲学的充分理由,却并非浪漫派复兴的唯一理由。也许这一复兴主要因为人们与日俱增地意识到早期浪漫派与后现代主义的密切联系。对很多人来说,早期浪漫派是未具名的后现代主义者。如同后现代主义者,他们怀疑基础主义的可能性、批判的普适标准、[3]完备体系和自明主体。在福柯之前的诸世纪里,他们是性自由的信徒、性别定型论的批判者,以及个人自由的捍卫者。他们也是诠释学发展中的先锋和历史主义文学批评的创立者。许多学者开始意识到反基础主义、历史主义和诠释学的源头并不在 20 世纪,不在思想家如海德格尔、维特根斯坦、伽达默尔,或杜威那里——而是在 18 世纪末早期浪漫派那代人的反启蒙当中。

然而,尽管早期浪漫派与当代有关,我们也必须小心地避免时代错误。我们必须努力去理解它的历史特性。因为,早期浪漫派在某些方面是我们的同辈,但并非所有方面如此。他们实际上依然是 18 世纪的孩子,是启蒙之子(Kinder der Aufklärung)。在关键方面他们与后现代主义相去甚远。第一,他们的柏拉图主义,他们相信有着单一的普遍理性、在自然和历史中自我呈现的原型、理念或形式。所谓青年浪漫派坚持真理与价值应由个体来抉择,远不及柏拉图主义之于荷尔德林、谢林、施莱尔马赫、小施勒格尔和诺瓦利斯的深远影响(参见第四章)。浪漫派尽管赋予个体以重要性,却从未放弃坚称有同样适用于每个人的基本道德和自然法则。①第二,浪漫派对于同一性和整体性的努力与渴望,他们要求我们超越现代生活的基本划分,这也与后现代主义相去甚远。虽然浪漫派意识到差异,并且的确赞扬了它,但他们也相信我们应致力于将其融入更大的国家、社会与自然整体当中。而后现代主义始于宣称这些划分是既成事实(fait accompli)而认为超越它们毫无意义。第三,浪漫派依然是宗教性的,

---

① 施莱尔马赫尤为如此,远甚于小施勒格尔,他是伦理学中个人主义的倡导者。在他 1802 年的关于伦理学首要且仅有的出版作品 *Grundlinien einer Kritik der bisherigen Sittenlehre* 当中,施莱尔马赫为个人主义与理性的普适性共同辩护。他依然坚持认为伦理学应当成为一种系统化的严密科学。参见 *Werke in Vier Bänden*,Leipzig,1928,卷一,页 247–252。

甚至神秘的。虽然他们的宗教基础是泛神论而非一神论或自然神论，但他们从未失去对于世界的宗教态度当中的一些关键方面。这的确是小施勒格尔、诺瓦利斯、谢林和施莱尔马赫去复兴这一态度的自觉目的，其显露无遗的表现即他们为现代世界召唤一种新的宗教神话和圣经。但在后现代主义中有关于绝对的任何位置吗？

尽管早期浪漫派与后现代主义之间有着这些差异，但近年来，在早期浪漫派[4]哲学的研究领域中弄潮的依然是后现代主义者。我记得主要有德曼、塞伊汗（Azade Seyhan）、卡兹尼尔（Alice Kuzniar）、拉巴尔特、南希、弗兰克①和伯林的作品，伯林在某种意义上是未具名的后现代主义者。② 考虑到某些资质，甚至有必要在此

① 从内卡河（Neckar）畔到奥内达加湖（Lake Onondaga）的一路上，我都能听到弗兰克因被列入这样的队伍而怒吼着抗议。无人在后现代主义哲学方面能比弗兰克拥有更多的激情、修养和智识。这尤见于他的 *Die Unhintergehbarheit von Individualität：Reflexionen über Subjekt，Person und Individiuum aus Anlaβ ihrer“postmodernen”Toterklärung*，Frankfurt，1986，在那里他将浪漫主义的诠释学和个体性辩护作为对过度解构的解药（页 116 – 131）。尽管如此，我依然不打算理会他的抗议。因为，大体上，弗兰克将早期浪漫派视为原初的后现代主义者，将他们置入终于后现代主义的对理性的批判传统当中。参见他的“Zwei Jahrunderte Rationalitätskritik und ihre postmoderne Überbietung”，见 *Die Unvollendete Vernunft：Moderne versus Postmoderne*，Dietmar Kamper 与 Willcm van Reijen 编，Frankfurt，1987，页 99 – 121，尤其是页 106。更重要的是，他对诺瓦利斯、荷尔德林和谢林的解释中的标志是，他坚持不懈地认为这些思考者认定理性的基底预设了超理性的事物。这样一个论点显然与早期浪漫派所属的柏拉图主义传统相违背。通过将这一观点归于早期浪漫派，弗兰克坚决地将他们置于后现代主义者的阵营之中；他们也许成了海德格尔与德里达的喉舌，后两者致力于拥护的正是这样一种论调。因此弗兰克背叛了他的盟友而投向了他的敌人。参见第四章和第五章我对弗兰克的早期浪漫派解释的批判。

② 参见 Berlin，*Roots of Romanticism*；Seyhan，*Representation and Its Discontents*；Paul de Man，*Blindness and Insight：Essays in the Rhetoric of Contemporary Criticism*，University of Minnesota Press，1983；*The Rhetoric of Romanticism*，Columbia University Press，1984；Alice Kuzniar，*Delayed Endings：Nonclosure in Novalis*

名单中加入贝勒尔,早期浪漫派学术研究的元老。① 虽然这些学者经常互不认同而且并不总是那么明确,但他们在两个方面是一致的:将早期浪漫派理解为反理性主义,强调它与后现代的密切联系。在这些解释当中有一个真理的要素,因为在某些关键方面,早期浪漫派的确拒绝了启蒙运动的遗产。

然而,必须要说的是,后现代主义者将他们的例证推论得太远,以至于变得片面且犯了时代错误。因为在其他的重要方面,早期德意志浪漫派延续甚至进一步把启蒙运动的遗产推向了极致。他们始终相信自律、批判和系统性的必要与价值。他们依然相信教化(Bildung)的可取、进步的可能、人类的可完善,乃至上帝之国在世俗中的创立。然而他们并没有天真到去相信我们可以实际上臻至这些理想,他们只是坚信我们能够通过不懈的努力而无限趋近。

需要发掘一条介于理性主义与非理性主义解释这两极间的中道,小施勒格尔的名言便是明证,即哲学必须既要有又不能有一个体系(《雅典娜神殿断片集》[*Athenäumsfragmente*],53 号,*KA* II,页173)。浪漫派的反讽肇始于不懈地争取一种结合了不可企及的自我批判意识的体系,从而试图跨越这一悖论。后现代主义者强调为何浪漫派认为我们无法拥有一个体系,但他们低估了浪漫派多么渴

---

and Hölderlin,University of Georgia Press,1987;Phillipe Lacoue – Labarthe 与 Jean – Luc Nancy,*The Literary Absolute*;Manfred Frank,*Einführung in frühromantische Ästhetik*,Frankfurt,1989。

① 在其 *Irony and the Discourse of Modernity*,University of Washington Press,1990,页 37–73,贝勒尔认为施勒格尔的反讽概念在本质上是现代的。然而贝勒尔也强调了施勒格尔的诠释学与后现代主义的密切联系。参见其 "Friedrich Schlegels Theorie des Verstehens:Hermeneutik oder Dekonstruktion?",见 *Die Aktualität der Frühromantik*,Ernst Behler 与 Jochen Hörisch 编,Paderborn,1987,页 141–160,尤其是页 157、159。

望为之永恒奋斗。①的确,正是这一渴望驱使小施勒格尔、施莱尔马赫、谢林和诺瓦利斯去构建他们自己的体系。②诚然,他们的努力只是一种规划(Entwürfe),写于意识到他们无法完美地阐述那个体系的情况下;但他们仍然明确地展示出浪漫派不会永远只致力于书写大体上的断片。③

乍看之下,很难理解浪漫派对基础的确定性、体系的完善性以及批评标准的绝对性之怀疑,如何竟与他们的柏拉图主义和理性主义并存。而这一困难不过展现了我们自己有限的历史视域。它来自早期现代理性主义的遗产,更具体而言是[5]笛卡尔、莱布尼茨、马勒伯朗士及斯宾诺莎等哲学家,他们的理性主义在体系与第一原理中表达了自身。然而,在柏拉图主义传统中,怀疑主义有时会与

---

①　没有哪里能比德曼的《时间性的修辞》("The Rhetoric of Temporality",见 *Blindness and Insight*,页187–229)更加明显了。德曼坚称施勒格尔将反讽看作"导致没有合题的无尽过程",并且批评斯从狄(Peter Szondi)将反讽看作朝向恢复统一的行为(页219–229)。德曼在反讽不允许最终合题或有机整体上是正确的;但那并不意味着,如他所暗示的那样,反讽是反体系的。缺少一个终点并不意味着缺乏一个目的。整体和系统性依然是范导性的理想,是即便我们不能达到也应力图趋近的理想。早期浪漫派将系统性采纳为一个范导性理想是 Manfred Frank 精彩的 *Unendliche Annäherung*,Frankfurt,1997,页502、617、715的核心议题。

②　参见例如 Schlegel,1800 年 Vorlesungen über die Transcendentalphilosophie,*KA* XII,页1–105;Schelling,1799 年 *Erster Entwurf eines Systems der Naturphilosophie*,*Sämtliche Werke*,K. F. A. Schelling 编,Stuttgart,1856—1861,卷三,页269–326;Novalis,1798—1799 年 *Das Allgemeine Brouillon*,*HKA* III,页242–478,这是他 *Enzyklopädie* 中的材料;以及 Schleiermacher,1812—1813 年 *Ethik*,*Werke*,Otto Braun 与 Johannes Brauer 编,Leipzig,1928,卷二,页245–420。

③　在他对早期浪漫派箴言令人钦佩的研究中,纽曼(Gerhard Neumann)论证了青年浪漫派的箴言不应当被理解为有意的反体系。参见他的 *Ideenparadiese:Untersuchungen zur Aphoristik von Lichtenberg,Novalis,Friedrich Schlegel und Goethe*,Munich,1976,页17、281–288。

理性主义携手并进。虽然许多柏拉图主义者相信世界在原则上是可理解的，但他们并不认为我们自己有限的人类智能可以把握永恒的理式，除非隐秘地通过一种镜像。如同苏格拉底，他们同时坚持认为有一个纯在的领域而哲人知道他对其一无所知。将他们对人类把握这一秩序之能力的怀疑，与他们对世界本身之非理性的断言混为一谈是错误的。浪漫派绝非叔本华和尼采意义上的狄俄尼索斯（Dionysus）教徒，他们二人断言了现实的非理性。①当小施勒格尔表达他对于世界的完全可知性的疑虑时，他并不是在断言世界固有的非理性，而仅仅是断言世界之于我们、之于我们有限的人类（finite human）理性的不可知性。②施勒格尔已经成了早期浪漫派之后现代解释的中心人物；然而他坦言柏拉图已经成了他的哲学背后的主要灵感，并且坚称真哲学便是唯心论，而他就是依据柏拉图主义的方式来定义唯心论。③

---

① 在他的 *Der philosophische Diskurs der Moderne*, Frankfurt：Suhrkamp，1985，页 110 – 115 中，哈贝马斯认为浪漫派，尤其是小施勒格尔，是尼采的狄俄尼索斯的前辈。一些近期的学术研究着眼于尼采的思想在多大程度上植根于早期浪漫派。参见例如 Seyhan，*Representation and Its Discontents*，页 136 – 151，以及 Ernst Behler，"Nietzsche und die Frühromantische Schule"，见 *Nietzsche – Studien* 7，1978，页 59 – 96。然而，贝勒尔正确地指出了，施勒格尔和尼采有着非常不同的悲剧观，并且施勒格尔也不会认同尼采对于狄俄尼索斯的理解（页 72 – 77）。诚然，狄俄尼索斯对于浪漫派是一个重要的象征；然而，他们并没有在尼采的意义上来解释他。关于狄俄尼索斯象征在早期浪漫派中的角色，参 Manfred Frank，*Der Kommende Gott*，Frankfurt，1982，页 12 – 19、245 – 360。

② Ernst Behler，*Confrontations：Derrida，Heidegger，Nietzsche*，Stanford University Press，1991，p. 148. 中译见《尼采、海德格尔与德里达》，李朝晖译，社会科学文献出版社，2001，页 177 – 178。

③ 关于需要针对施勒格尔哲学的柏拉图主义解释进行研究，参见第 4 章和我的 *German Idealism*，前揭，页 435 – 437、454 – 461。

当然,虽然早期浪漫派的个体性与后现代主义有着根本的差异,但二者之间的某些根本联系不应被遮蔽。不过,哲学史家的首要目的应当是重构早期浪漫派的个体性,依据它自身的语境和特有的理想从内部来理解它。诚然,这个目标也只是另一个我们能够不断趋近却永远无法达到的理想;但为此奋斗却非常值得。本书便是在这一方向上做出的努力。

第一章 "浪漫诗"的涵义

1. 目标和顾虑

[6]"浪漫主义",洛夫乔伊在1923年写道,是"文学史和文艺批评的丑闻"。洛夫乔伊认为最好干脆放弃这样一个含糊的概念,因为学者对其涵义所给出的描述完全互相冲突。被一位学者看作浪漫主义特有的精神实质的事物,会被另一位学者看作浪漫主义严格意义上的对立面。洛夫乔伊注意到,这个问题不仅产生于对相同文本的相对解释,而且产生于对哪些文本应当一开始就算在浪漫派名下缺乏共识。为了补救这样的无序状态,他建议用复数形式而非单数形式来谈论"浪漫主义"。①

自从洛夫乔伊写下了这些具有煽动性的文字后,有些回应他的尝试颇为值得注意。一些学者试图透过表面上的对立面,找到浪漫主义背后的共性(例如伯林,《浪漫主义的根源》,前揭,页18–20、134),另一些人则辨别出了各个欧洲国家使用术语"浪漫派"背后的通式。②尽管这项工作中的大部分都具有指导性和启发性,但我

---

① Arthur Lovejoy,"On the Discrimination of Romanticisms",*Proceedings of the Modern Language Association* 39,1924,页229–253;重刊于 Lovejoy,*Essays in the History of Ideas*,New York,1960,页228–253。

② 在这方面最值得注意的作品是 René Wellek,"The Concept of Romanticism in Literary History",见 *Concepts of Criticism*,New Haven,1963,页129–221。

们仍然可以怀疑它是否将我们带得太远。问题是,这些共性和通式,对于帮助我们来理解其中一种浪漫主义,即理解在某个独特的智识语境中活动的思想家所特有的目的、理想和信念,太过泛泛和贫乏。更糟的是,这些概括非常脆弱,只要通过引证一些反例,就能被轻易驳倒。出于这些原因,我们仍然应该谨慎地遵循洛夫乔伊的建议。

因此,本着洛夫乔伊的精神,我想要搁置任何笼统地提到浪漫主义的主张,代之以集中于一种浪漫主义。我想要考察 18 世纪末 [7] 至 19 世纪初德意志知识分子生活的一段短暂时期,这一时期在德语中被称为早期浪漫派而在英语中被称为早期德意志浪漫主义。学者一般都同意早期浪漫派的大致时期:始于 1797 年夏季,衰退于 1801 年秋季。① 对于谁是这场运动的中心人物还有些小争议。他们是瓦肯罗德(W. H. Wackenroder, 1773—1801)、谢林(1775—1845)、施莱尔马赫(1767—1834)、小施勒格尔(1772—1829)和他的兄弟大施勒格尔(1767—1845)、蒂克(Ludwig Tieck, 1773—1853),以及哈登贝格(Friedrich von Hardenberg, 1772—1801),他更为人知的是其笔名"诺瓦利斯"。

今天我想要问一个有关早期浪漫派的非常基础的问题,即青年浪漫派用"浪漫诗"来意指什么。诚然,这不是一个容易的问题,做出完整的回答将要费上好几卷的篇幅。小施勒格尔自己就提醒他的兄弟,由于这会长达 125 页纸,他无法充分地说明自己对于浪漫诗的理解。② 对于这个非常难以把握的短语的涵义,在此我并不自

---

① 关于德意志浪漫主义的时期划分,参见 Paul Kluckhohn, *Das Ideengut der deutschen Romantik*,第 3 版,Tübingen, 1953,页 8 – 9;以及 Ernst Behler, *Frühromantik*, Berlin, 1992,页 9 – 29。

② 弗里德里希致奥古斯特·威廉·施勒格尔,1797 年 12 月 1 日,*KA* XXIV,页 53。

谛要提供关于它的任何完整解释。我会撇开一切相关的词源学问题,并悬搁任何关于其哲学基础的讨论。我现在只想就此短语的涵义提出一个非常基础的问题:它一般应用于什么? 或者简而言之,当青年浪漫派言及浪漫诗的时候,他们谈论的是什么?

我选择来考察浪漫诗概念,这是因为它依然能为我们进入早期德意志浪漫主义的魔幻世界提供最佳的切入点。无疑,这个概念对于青年浪漫派自身是关键的。它表达或预设了他们的许多基本趣味和理想,他们有时用它来将他们的理想与过去的那些理想区别开来。然而,尽管这个概念之于他们如此重要,我们依然必须注意到,青年浪漫派并没有依据这个概念来界定他们自身。他们从未将自己归为浪漫主义者(die Romantiker)或是浪漫学派(die romantische Schule)。这个术语直至 1805 年才被首次应用于一个后来的浪漫派团体,并且只是一个讽刺的用法;直到 19 世纪 20 年代,它才获得了中性的、更近似于当代的涵义。① 不过,假定我们意识到浪漫派并没有用这个术语来界定他们自己,将他们称为浪漫派的时代错误也就没那么严重了;的确,浪漫诗概念对于青年浪漫派是如此重要,以至于我们用它来命名他们便是正当的。

当然,浪漫诗概念对于青年浪漫派的重要性,[8]学者很久以前就意识到了。它成了许多杰出学者集中研究的对象,其中有海姆、洛夫乔伊、艾希纳(Hans Eichner)和贝勒尔。因此,也许有人质疑重新审视这个概念还能有什么意义。我这样做的主要原因是,我想要重新审视传统的并且依然非常流行的早期德意志浪漫主义概念。根据那个概念,早期浪漫派在本质上是一场文学和文艺批评运动,其主要目的是发展出一种新式的文学和文艺批判以对抗新古典

----

① Behler,《早期浪漫派》,前揭,页 22 – 23。

主义的文学和文艺批评。① 这种解释把浪漫诗概念作为早期浪漫派的核心与基础,认为浪漫诗无非是指一种新的文学和文艺批评。更令人惊讶的是,文学解释在最近也被贝勒尔复兴于他的《德意志浪漫主义文学理论》。尽管他在早期浪漫派哲学上做出了富有价值的工作,贝勒尔却从未真正地走出文学解释。因为他主张早期浪漫派主要关注的是诗歌和文学(页8),他们在哲学上只是业余的爱好(页5)。施勒格尔兄弟主要对诗学感兴趣,哲学对于他们只有边际效益(页73)。贝勒尔的文学理路曾被他的学生塞伊汗重申,他认为青年浪漫派的使命是"建立文学的评论基础"。②

文学理路的局限和狭隘在德曼的作品中显露无遗,他将浪漫主义文学的文体特征作为它的普遍世界观之明证。他恰恰没有将施勒格尔的形而上学、认识论、伦理学和政治学作为理解其文体的基础,例如,他认为"主客体间的辩证关系不再是浪漫派思想的核心表

---

① 这种解释最终可以追溯到海涅,他在其 1835 年的《浪漫派》中主张浪漫派"非中世纪诗情之复兴莫属"(nichts anders als die Wiedererweckung der Poesie des Mittelalters)。参见 *Sämtliche Schriften*, Klaus Briegleb 编, Frankfurt, 1981,卷五,页 361。赫特纳和格维努斯强化了海涅的解释,他们是 19 世纪最杰出的文学史家。参见 Hettner, *Die romantische Schule in ihren inneren Zusammenhange mit Göthe und Schiller*, Braunschweig, 1850,页 37;以及 Gervinus, *Geschichte der poetischen Nationalliteratur der Deutschen*,Leipzig,1844,卷五,页 589 – 599。尽管海姆的《浪漫派》强调了一条更为整体论的理路以及浪漫派的哲学、科学和历史的重要性,文学解释依然固执己见。的确,它最近被 Phillipe Lacoue – Labarthe 与 Jena – Luc Nancy 重申于他们流行且富有影响力的作品 *The Literary Absolute*,前揭,页 3、5、12、13。他们在实质上是通过将其文学绝对化来界定浪漫主义。他们明确地坚持他们研究的对象是"文学问题"。虽然他们也坚持认为浪漫主义不只是文学,也是文学理论(页12),他们仍然在本质上将其看作"这场绝对的文学运作"(无论那是什么)。这是早期浪漫派研究的一次退步。

② 参见 *Representation and Its Discontents*,前揭,页 2。

述"是因为"这一辩证法完全存在于一个寓意符号系统内部暂时的联系之中"。① 我不会在此评论德曼所谓的"主客体间的辩证关系";他关于浪漫主义认识论和形而上学的大部分说法都过于含糊且脱离语境,因而没有任何价值。德曼对于浪漫主义的有机整体论理路的批判只不过是以忽视其自然哲学和社会政治理论为代价。让我此刻便摊牌并坦言我认为传统解释就是一场灾难吧。它背后的主要问题是,它把一种学术分工合理化,而这给早期浪漫派研究带来了两个非常具有破坏性的结果。第一,大部分哲学家忽视了这一主题的研究,因为他们认为早期浪漫主义的核心关注点在于文学领域内。第二,这一主题几乎成了文艺学者的专属,他们并没有将足够的注意力集中在基本的形而上学、认识论、伦理学和政治理念上,而这些才是早期浪漫主义真正的基础。结果,哲学家只拥有狭隘的智识视野,而文艺学者对于他们的主题的理解却非常业余。

然而,尽管我认为标准的文学概念已经有了这些可悲的结果,我却不希望将我的论据建立在这一基础上。我打算重新审视那些被认为支持了这种标准的文学解释的文本,从文本自身基础出发去批判标准解释。我主要的非难是,这种解释不能恰当地理解它意图阐明的主要概念:浪漫诗。关于浪漫诗的涵义,针对传统解释,我想提两个论点。第一,浪漫诗概念不仅涉及文学,也涉及所有的艺术和科学;它既然也应用于雕塑、音乐及绘画,便自然没有理由将浪漫诗的涵义限定在文学作品内。第二,浪漫诗概念不仅指涉艺术和科学,也指涉人类、自然和国家。早期浪漫派美学的目标的确是要将世界本身浪漫化,以便人类、社会和国家也能够成为艺术作品。

根据我的解释,浪漫诗指的并不是一种文学或文艺批评的形

---

① 参见他的"The Rhetoric of Temporality",前揭,页208。

式,而是浪漫派的普遍美学理想。这一理想的确是革命性的:它不仅要求我们变革文学和文艺批评,也要求变革所有的艺术和科学;并且它坚持要我们打破[9]艺术与生活间的藩篱,以便世界本身变得"浪漫化"。①

2. 标准解释

回顾部分暂且止笔于此。在开始批判标准解释之前,为了公正起见,让我更加详细地解释一下这种标准方式吧。这将会有助于我们看到其局限。

标准解释主张,青年浪漫派的核心目的是创造一个新的浪漫主义文学和文艺批评,用以反对 17 和 18 世纪的新古典主义文学和文艺批评。这种新古典主义文学有两种可能的形式:既可以指代 18 世纪早期在法国和德意志的新古典主义传统;也可以指涉 18 世纪末歌德、席勒和沃斯(voß)的新古典主义,旨在反对浪漫主义。通常,浪漫派(Romantik)与古典派(Klassik)之间的差异适用于浪漫派的文学价值观与后来歌德和席勒的那些文学价值观之间的比较。

不论与新古典主义有着怎样的差别,标准解释背后的基本前提是,短语浪漫诗指涉某种文学形式。仅剩的问题便是何种形式,抑或我们应当如何精确地描述这种形式。

---

① 这可能会遭到反对,即这样一种解释其实了无新意,毕竟浪漫派在这样一种广义上来使用浪漫诗已经被普遍地认识到了。我欣然承认这一点。然而,我并未宣称我的解释具有任何原创性。我重申它的唯一缘由是,尽管对此术语的广义有着普遍的认知,文艺学者却始终忽视它,或以一种更为狭隘的文学意义来理解它。下一节将会阐明这一点,我将展示各方对于浪漫诗涵义的经典争论都预设了这个术语具有严格的文学涵义。

这个前提背后的确切假设至关重要。和术语诗（Poesie）所关联的相反，浪漫诗这个短语并没有被假设为仅仅指涉诗歌，即韵文形式的文学，每个人都意识到浪漫派也用短语浪漫诗来指代散文作品。浪漫派也没有假设这个短语指代某种特殊的诗歌或散文的类型或文体，诸如抒情诗、史诗或牧歌，因为每个人也都同意浪漫诗指的是某种文体的混搭或综合，一种能将多种类型合为一体的作品。浪漫派假设的是术语诗——浪漫诗只是此类中的一种——指的是某种对语言的文学运用，无论文体如何不拘一格，是散文还是韵文。

有一些证据可以来支持这种解释，尽管大部分都来自施勒格尔的早期著作，尤其是他写于 1795 年至 1797 年之间的作品，这段时期大致属于他的早期新古典主义阶段。那时施勒格尔主要用诗这个术语指代诗歌，尤其是各种形式的韵文，诸如抒情诗、史诗和讽咏。但他并没有只在狭义上使用这个术语，也将其运用于散文作品。[10] 例如，对于赫尔德（Herder）认为早期现代文学中的小说不算是诗，施勒格尔会觉得格格不入；这些作品虽然是散文体，但在施勒格尔看来依然是"散文诗"。①施勒格尔对诗的明确定义似乎确证这个术语指的是某种对语言的文学运用，即任何以言辞构成的审美产物。根据他的定义，"诗是对语言的任何一种使用，唯其主要或第二位的目的是美"。②施勒格尔也谨慎地区分了诗与其他艺术。在他的一段早期断片中，他将诗作为与音乐和雕塑相伴的三种艺术形式中的一种（《论诗艺中的美 3》，*KA* XVI，页 13，54 号）。将这三

---

① *KA* XVI，页 89，4 号："一切散文皆是诗意的。——如果把散文完全当成诗歌的对立面，那它就只是纯粹的逻辑学散文（*Alle Prosa is poetisch. – Sezt man Prosa der π [Poesie] durchaus entgegen, so ist nur die logische eigentlich Prosa*）。"

② 参见施勒格尔 *Ueber das Studium der Griechischen Poesie*，*KA* I，页 206。对比"Von der Schönheit in der Dichtkunst"，*KA* XVI，页 7，7 号。

种形式区分开来的是不同的媒介。音乐的媒介是乐章,雕塑的媒介是形体,诗的媒介则是语言。总而言之,对于青年施勒格尔,诗只是艺术的一种,它是以语言为媒介的艺术,它的目的是创造美。如此似乎确证了标准解释背后的关键假设,即浪漫诗指的是某种特殊的文学形式。

然而,关键的问题是,当施勒格尔在 1797 年放弃了他的新古典主义并发展出他的浪漫诗概念时,他是否继续以这个文学意义来使用诗这个术语。标准解释背后默认的假设是,当施勒格尔在《雅典娜神殿断片集》116 号当中写下他的浪漫诗宣言这一早期浪漫派自我定义的经典章节(locus classicus)时,他保留了他早期关于诗的概念。该解释承认施勒格尔后来拓展了诗的概念之涵义,以至于在 1800 年他实质上将其运用于所有的艺术形式,乃至运用于自然本身。但该解释认为晚至 1798 年,施勒格尔在本质上仍以他早年的文学理解来使用这个概念。实际上,诗指代某种文学产物,不论是韵文还是散文,这一点被视为理所当然。使学者们产生分歧的问题仅仅是浪漫诗被设想为何种文学产物。

这个假设的持续,明显见于关于《雅典娜神殿断片集》116 号中浪漫诗确切涵义的争论。争论缘于海姆在其权威著作《浪漫派》中直言施勒格尔的浪漫诗在本质上指的是现代小说,其中歌德的《威廉·迈斯特》便是范例(Rudolf Haym,《浪漫派》,前揭,页 248 - 260)。依据海姆,浪漫诗就是罗曼诗(Romanpoesie),其中的罗曼(Roman),依据其德语词源,指的是小说(der Roman)。为了证明他的观点,海姆指出,施勒格尔在《雅典娜神殿断片集》116 号中对浪漫诗的描述,与他在赞誉歌德的《威廉·迈斯特》时归诸此作品的特征之间,存在着显著的密切联系。

[11]尽管海姆的阐释诱人地简洁,但由于它不能对某些非常基本的事实做出解释,它还是受到洛夫乔伊的猛烈攻击,那是在 1916

年的一篇著名文章中。①针对海姆，洛夫乔伊反驳说施勒格尔的浪漫诗与现代小说没有本质的联系，因为施勒格尔的浪漫主义作家范例是莎士比亚，而莎士比亚当然是一名剧作家。他接着便指出施勒格尔用术语"罗曼蒂克"来指涉"骑士的罗曼史"和"中世纪及早期现代文学"，其主要范例是但丁、塞万提斯和莎士比亚。而就术语小说的现代意义而言，这些作者肯定并非小说家。

1956 年，艾希纳试图通过发展出一套囊括并修正二者主要观点的理论来解决海姆与洛夫乔伊之间的争论。②艾希纳与其前辈相比也许能宣称拥有更多的权威，因为他接触到了他们不可利用的资源，即新近发现的施勒格尔文学笔记。基于对这项新材料的解释，艾希纳认为，从一个方面来讲，海姆终究是正确的：浪漫诗的确是小说；然而海姆将小说等同于歌德的《迈斯特》或菲尔丁（Fielding）与理查森（Richardson）的现代散文小说却是误入歧途。罗曼不仅是一种现代散文叙事，而且如洛夫乔伊坚称的那样，它也是中世纪和早期现代的罗曼史。请海姆饶恕，这样一种罗曼史可以采取多种形式，既可以是戏剧也可以是韵文。

这个争论尤其具有启发意义——它若不是已然存在，也必将被人发明出来——哪怕凭借它自己的方式，它也配得上被奉为经典。然而，我在此的意图并不是去评价争论中各方所持的立场。我叙述其基本框架只是为了证明简单的一点：海姆、洛夫乔伊和艾希纳都假定浪漫诗指涉某种文学形式。他们之间唯一的分歧点涉及这种文学的确切形式。他们从未质疑过他们潜在的假设，即短语浪漫诗

---

① Arthur Lovejoy, "The Meaning of 'Romantic' in Early German Romanticism", *Modern Language Notes*, 21, 1916, 页 385 – 396。重刊于 Lovejoy, *Essays in the History of Ideas*, 前揭, 页 183 – 206。

② 参见 Hans Eichner, "Friedrich Schlegel's Theory of Romantic Poetry", *Publications of the Modern Language Association*, 71, 1956, 页 1018 – 1041。

中的术语诗意指某种对语言的文学运用。然而,我现在想要质疑的正是这一假设。

3. 拾浪漫之级而上

近距离审视施勒格尔浪漫诗概念的发展,尤其是它在其 1796 年夏到 1797 年末的文学和哲学笔记中的演化,很快就会看出这个概念不能仅指代某种文学形式。[12]文学尽管仍是浪漫诗的一种首要形式,但依然远非其独有形式。毋宁说施勒格尔如今拓展并概括了这个概念,以便其成为他对所有创造活动的理想,不论以何种媒介,也不论是否以言语书写下来。

让我们简略地考察一下施勒格尔将其浪漫诗概念普泛化(generalized)的主要步骤,这些是他将原初的文学概念引申至更宽泛的美学涵义所必然包括的主要阶段。有四个步骤,即四个逐步普泛化的阶段,它们之间的区分主要在于逻辑上而非年代上。所有这些步骤都可见于施勒格尔的文学和哲学笔记,可见于他写于 1796 年至 1797 年末的一些断片,它至少比 1798 年春天的《雅典娜神殿断片集》要早好几个月。

第一步来自概括早期现代文学的一个显著特征。对施勒格尔来说,与古典文学相比,早期现代文学的一个典型特征是不拘一格,包罗万象。一篇古典文学作品会将自己限定在一种类型上,一首诗要么是牧歌、讽咏,要么就是史诗,但一篇早期现代文学作品却能将所有这些类型囊括其中。在施勒格尔早年新古典主义时期,他认为这是早期现代文学最糟糕的一个属性,因为它似乎是纯粹的喧嚣,除了想要取悦读者外别无基础(《论希腊诗研究》,*KA* I,页 219 – 222)。

然而大约在 1796 年,施勒格尔开始怀疑他自己的新古典主义。他对古典艺术优越性的信仰已告崩溃,于是重新考虑在现代复兴古典艺术的可行性,因为现代的需求和价值都与古代非常不同。接着施勒格尔学着去欣赏现代文学的一些特质,这些特质看起来似乎更适宜这个时代。现代文学的大恶——它的不拘一格——如今成了它的大善。它的混合文体如今成了不懈追求整体性、永恒渴望统一性的明证,那是现代性的特征。施勒格尔相信,现代的任务是再造上古世界的整体性和统一性,但如今是在一个给予每个人以自由平等的、更加繁复且自觉的层面上再造。①曾经自然赋予古希腊人的——与自我、与他者以及与自然的统一性——如今则必须通过现代人的自由行动来恢复。现代文学,在其对多种文体的创造性使用中,表现了这种重拾整体性与总体性的努力。

早期现代文学的这一特征之于施勒格尔很快成了浪漫诗的唯一(the)规定性特质。②[13]然而,一旦施勒格尔采取了这一步骤,在将浪漫诗的概念从它严格的文学涵义中抽离出来的努力中,他便迈出了关键的第一步。因为如果混合文体是浪漫诗的核心,那么这一概念便不能指代任何特殊的文体或类型,不论是韵文还是散文。任何特殊的文体都将被包含在浪漫诗之内,以至于它自身无法成为一种特殊的文体。也没有任何单一的形式或方法来合并所有这些文体,既然施勒格尔坚称它们能够且应当通过各种方式来被整合,而且那要取决于作者的创造力与想象力。

诚然,这第一步普泛化——以不拘一格来界定浪漫诗——依然为浪漫诗保留了一种文学形式。当然,这是一种非常不拘一格的文

---

①　尤见于 Schlegel 的早期文章"Vom Wert des Studiums der Griechen und Römer", *KA* I,页 621 – 642,以及《论希腊诗研究》, *KA* I,页 232 – 233。

②　参见 38 号,XVI,页 102;55 号,XVI,页 90;781 号,XVI,页 152。对比 65 号,XVIII,页 24。

学形式,但鉴于其媒介仍然是语言,它终究也还是文学。然而,施勒格尔的第二步却将他彻底带离了语言的门槛。如果浪漫诗在本质上是不拘一格的,包含所有的文体和话语,那么语言学家根据浪漫诗的文体特征进行严格的描述与分类便毫无意义。将会有过多的文体,以及过多整合文体的方式,以至于任何纯粹语言学的分类都将变得无用。于是,描述浪漫诗的唯一根据就将是其普遍的美学与道德品质。

果然,施勒格尔在笔记中开始用这些术语来对浪漫主义作品进行描述和分类。他根据道德品质来界定它们,诸如它们是伦理的抑或政治的,或是根据美学品质,诸如它们是虚构的、模仿的还是感伤的。浪漫主义文学形式间的差别如今是程度上的而非种类上的,取决于这些品质中何者占据优势(699 号,XVI,页 144;754 – 755 号,XVI,页 150)。施勒格尔在他的笔记中根据许多不同品质来描述浪漫主义作品,但他似乎最终选定了三种普遍品质:幻想、模仿和感伤。① 一篇浪漫主义作品应当是天马行空的,作者的想象力不承认在他之上的任何法则而自由地组合素材;应当是模仿的,它应当包含整个时代的肖像或重现生命的完满;并且应当是感伤的,不是在表露情愫的意义上,而是在揭示爱之精神的意义上。显然,这些品质是如此普遍,以至于能够适用于任何文学类型。但我们马上要看到的关键点是,没有理由将这些品质单独限定于文学。

这的确是施勒格尔的第三步。一旦他开始就美学而非语言学品质来描述[14]浪漫诗,他便准备将这一概念在实质上应用于所有艺术了。因为毫无理由说唯独文学才应当是虚构的、模仿的以及感伤的;显然,这些普遍品质也同样可以用来描述雕塑、音乐和绘画。

---

① 参见例如 739 号,XVI,页 148。对比施勒格尔后来在 Gespräch über Poesie,*KA* II,页 333 – 334 中对浪漫派的描述。

果然,早期的文学笔记表明施勒格尔正是采取了这一步骤。他开始将浪漫的概念应用于其他艺术,尤其是音乐、雕塑和绘画,甚至还有服饰和舞蹈。例如,让我们思考一下他在以下这段揭示性的断片中所言:"歌剧必须是浪漫的,既然音乐与绘画已然如此;现代舞蹈艺术或许是一种浪漫幻想与古典雕塑的混合物。一个人必须在这个方面超越古人。甚至现代服饰也倾向于是浪漫的。"(42 号,XVI,页118;500 - 501 号,XVI,页 126)

乍看之下,似乎施勒格尔将其他艺术描述为浪漫的更多是通过引申而非定义,更多是一种谦逊的姿态而非确定的信念。因为在其早期著作中,他曾经在狭义的韵文上论述过诗,将其作为最高的艺术(断片《论诗艺中的美 3》,*KA* XVI,页 13,54 号)。考虑到施勒格尔年轻时的理想是成为诗歌领域的温克尔曼,这并没有多少出人意料之处。然而有趣的是,到 1797 年,施勒格尔已经把这一信念也摒弃了。施勒格尔先于叔本华和尼采认为音乐才是"最高的艺术",并且实际上是"现代的艺术"(120 号,XVI,页 213;43 号,XVI,页 258)。重要的是认识到——下面我们将会阐明其理据——其他艺术在《雅典娜神殿》的总体美学计划中被赋予了一个核心角色。值得注意的是,这三卷刊物中最长的文章是专门谈视觉艺术的。①

施勒格尔的第四步是将浪漫诗概念引申至科学。这一步部分遵循了第二步。如果浪漫派被其普遍的美学品质决定,那么也没有理由将其仅限于艺术。同样的概念也能适用于诸科学,倘若它们具有一种审美的呈现的话。科学必须使用更加推论性的语言,这一点无关紧要;科学可以将这种文体与其他文体结合起来,从而不过是另一种浪漫派艺术。这的确是所有自然哲学的理想:

---

① Caroline 和 A. W. Schlegel,"Die Gemählde",见 *Athenäum II*,1799,页39 - 151。

一种对科学的诗意呈现。施勒格尔的第四步也源于他不断发展的认识,即艺术与科学比他早年所经常假定的要拥有多得多的共通之处。①部分因为对耶拿基础主义哲学的批评,他不再认为哲学、语言学、伦理学和美学[15]可以被严格科学化,即所有的命题皆源于一个基本的第一原理,并接着被置于一套不可更易的体系之中。但科学的古典理想看起来越是不可达到,传统学科便越是显得像艺术。

不论科学的认识论地位确切来讲是什么,将它们从浪漫派计划中排除看起来十分刻意且专断,尤其是当它们展现出对于整体性同样的执着,对于统一性同样的渴望,如同在文学中所发现的那样时。如果这种执着与渴望不断趋近于它的理想,那么一件真正的浪漫主义作品就的确必须是科学与艺术的综合。因此在笔记中,施勒格尔声称科学臻于完美便是艺术,艺术臻于极致便是科学。②施勒格尔已然看到了科学与艺术在过往的神话甚至在圣经里的综合,如今这成了浪漫诗的模范。③ 现代人的任务便是去恢复艺术与科学在古代神话中的统一性;换言之,它要创造一种新的神话,谱写一部新的圣经。

如果我们将所有这些步骤总括起来,显然浪漫诗概念就不只适用于文学,遑论文学的一种特殊形式;毋宁说它也指代任何创造性的作品,不论是文学的、艺术的还是科学的。施勒格尔从他的笔记中得出的正是这个普遍结论:"所有心灵的作品都应当浪漫化,尽可能地趋近于浪漫。"(606 号,XVI,136)利用德语中小说(der Roman)

---

① 在 1798 年施勒格尔已摒弃了他对于语言学能够是一种严格科学的信念,并代之以将其设想为一种艺术。参见断片"Zur Philologie I""Zur Philologie II"(2 号,XVI,页 35;48 号,XVI,页 39)。

② 参见 313 号,XVI,页 110;586 号,XVI,页 134。对比 *Kritische Fragmente*,115 号,*KA* II,页 161,以及 *Philosophische Lehrjahre*,632 号,*KA* XVIII,页 82。

③ 423 号,XVI,页 120;330 号,XVI,页 112。

与浪漫(das romantische)之间的密切联系,他坚称一切作品如今都应当成为罗曼史(Romane)。①

4. 诗的概念

所有体现在施勒格尔 1797 年笔记当中的思想发展,最终都在《雅典娜神殿》里变得十分明确与自觉,尤其在他 1800 年的《谈诗》当中。在此施勒格尔非常明确地得出结论说,浪漫不能根据某些文学类型或形式来描述。相反,他坚称浪漫必须根据普遍的美学品质来阐明,如其所言,浪漫主义并非文学的"一个种类"(Gattung),而是文学的"一个元素"(ein Element)(KA II,页 335)。

更值得注意的是,施勒格尔明确定义了伴随人类创造力乃至伴随自然本身之生产原则的诗学,从而有意打破了诗的文学狭义。②诚然,文学形式中的诗[16]是这种力量的至高表现,是其最精微繁复的产物,但依然只是一种表现。假定文学是诗的唯一形式只是以偏概全。施勒格尔如今明示诗学原理适用于所有艺术,包括雕塑、建筑、戏剧、交响乐及绘画,一如适用于小说与诗歌。的确,任何人类创造力的产物——至少就其富于美感而言——皆是诗意的。

施勒格尔在这个广义上使用术语诗时正在刻意且自觉地背离普通用法,这一点毋庸置疑。在《谈诗》的一篇对话中有一个角色阿玛丽亚(Amelia),对给予这个术语如此宽泛的涵义抱有很大疑虑

---

① 参见 106 号,XVI,页 590;590 号,XVI,页 134;982 号,XVI,页 167。对比 *Philosophische Lehrjahre*,740 号,*KA* XVIII,页 91。

② *KA* II,页 284 – 285。施勒格尔表示诗内在于每一个人之中,并且它还是他们"最独特的本质"(eigenstes Wesen)和"最内在的力量"(innerstes Kraft),甚至"人性中无形的原力"(die unsichtbaren Urkraft der Menschheit)。

（*KA* Ⅱ，页 304）。她不无尖刻地评论道："倘若事情这样发展下去的话，所有的事物转眼间便将一个接一个变成诗。"接着她问道："到底是不是一切都是诗呢？"角色洛塔里奥（Lothario）回应阿玛丽亚的问题时，将诗引申至所有的艺术与科学。"每一种依靠语言来产生效果的艺术与学科，"他说道，"只要是为着它们自身的缘故而作为艺术来从事……都表现为诗。"但最后的说法由角色路多维科（Ludovico）给出，他甚至将界限推至语言之外：

> 每一种并不通过语言来表现其本质的艺术或学科都拥有一种无形的精神，那便是诗。

如果我们把路多维科的话当真，那么诗甚至无需指代语言创作，遑论文学。如果说施勒格尔对诗的运用如今看起来有些怪诞和异想天开，那么重点是要记得他只是追溯了这个术语的古意。原初意义上的诗学（poietikós）这个词适用于制作或创造某物。①这个涵义出现在柏拉图和亚里士多德那里，他们在其科学分类中赋予诗学一个核心地位。据拉尔修（Diogenes Laertius）所言，柏拉图曾经把科学分为三类：理论的（几何、天文）、实践的（政治和长笛演奏）、诗学的（建筑与造船）。②理论是沉思性的，实践是执行某些任务，诗学则是创造性或生产性的，其任务是去创造事物，不论是一件美丽的雕塑品还是一艘船。

值得注意的是，小施勒格尔在对这个术语的宽泛运用方面并非独自一人。一个虽不相同但很类似的涵义也出现在大施勒格尔、谢林以及诺瓦利斯的著作当中。大施勒格尔宣称"诗，在最广义上，是

---

① J. Hoffmeister, *Wörterbuch der philosophische Begriffe*, Hamburg, 1955, 页 476。

② Diogenes Laertius, *Lives of the Philosophers*, 卷三，页 83–85。相同的分类在亚里士多德，《形而上学》，卷六，第一章，1025b 25 中出现过。

创造美好并将其呈现于视听的能力".①谢林也常在古意上使用这个术语,它在他那里指"某些真实事物[17]直接的产物……自在自为的发明".② 但谢林也赋予这个术语一个更加专门的形而上学涵义:指创造性行为,天才通过这种创造性行为,使普遍且理想之物变成某种具体与实在之物,从而揭示内在于自身的神圣性。对于诺瓦利斯,诗也具有一种非常普泛的涵义,意味着"对我们的诸器官的自由、主动、富有成效的运用".③诗有时指一种依从其自身内部法则而生长的有机体,④但也可以指"建构先验之健全的伟大艺术"(the great art of the construction of transcendental health),在此一个人发展出将各样事物感受为一个美丽整体的能力(同上,卷三,页558,21号;卷三,页639,507号)。

一些标准解释的拥护者主张,施勒格尔在《谈诗》中赋予诗的广义上的内涵在写作《雅典娜神殿断片集》时还未成形。⑤但我认

---

① A. W. Schlegel, "Vorlesungen über dramatische Kunst und Litteratur", 见 *Sämmtliche Werke*, Eduard Böcking 编, Leipzig, 1846, 卷五, 页5。对比 *Vorlesungen über schöne Literatur und Kunst*, 在其中诗被定义为 "一个自由人所创造的幻觉效应"(eine freye schaffende Wirksamkeit der Fantasie)。参见 *Vorlesungen über Ästhetik*, 卷一, 页186。

② Schelling,《艺术哲学》(*Philosophie der Kunst*), 第63 – 64节, 前揭, 卷五, 页460 – 461。

③ Novalis, *Fragmente und Studien*, 1799—1800, HKA III, 页563, 56号。对比卷二, 页534, 36号:"创作即生成。"

④ 同上, 页560, 35号。另见 HKA II, 页390, 45号:"实践且同一的存在——并且后者只是在种类上绝对实践性的,应当意味着什么呢?"

⑤ 参见 Ernst Behler, "Friedrich Schlegels Theorie der Universalpoesie", *Jahrbuch der deutschen Schiller Gesellschaft* 1, 1957, 页211 – 252。贝勒尔认为在《雅典娜神殿断片集》116号中,施勒格尔将他的计划狭义地限定于诗中,但随后便将其引申至所有的艺术与科学(页211)。然而,通过展示来自笔记的证据,即施勒格尔早在1798年《雅典娜神庙年鉴》伊始便已经在更广义上发展出了这一计划(页223 – 225),他也反将了自己一军。

为,从我已经给出的施勒格尔早期的智识发展来看,这么说明显不对。笔记的证据清楚明白、无可反驳:早至1797年,施勒格尔就已经将浪漫的概念引申至所有的艺术与科学,并且开始就自然本身来谈论诗。①他在《雅典娜神殿断片集》中所陈述的,仅仅是一段发生于将近一年前的长期发展的最终结论。我想,如果再看一下施勒格尔著名的《雅典娜神殿断片集》116号,这一点就变得显而易见了。既然对这篇断片的起源和语境已有所了解,我们便能以新的眼光来重读它。

读者所面对的是很明显的一点——的确,明显得容易遭到忽视——当施勒格尔在《雅典娜神殿断片集》116号中论及浪漫诗时,他指的不是文学作品,也不是任何活动带来的产物,毋宁说,他谈的是创造性的活动,即某物所借以产生的过程。他著名的评论,即任何浪漫派作品最本质的特征是"它的生成",事实上它从未完成,相反,它毁灭自身只是为了永恒常新地创造自身——其背后的部分观点正在于此。此外,也很明显的是,施勒格尔在这里指的是笼统的创造性活动,而不只是某种特定类型的活动,诸如写诗或小说。必定如此,因为他归之于这种活动的特征是如此普遍,以至于能够适用于所有形式的创造性活动。想一想他归诸浪漫诗的某些首要特征:即便在创作某物时,它也从未失去自我批判的能力;它完全在对象中失去自我,却仍然拥有从它和它自己的活动中抽离的能力;它看到限制的必要性,但只承认那些它[18]自我施加的限制;它从未完结,因为它特有的本质在于它的"生成",诸如此类。

显然,这样的属性也适用于雕塑家、画家、音乐家或科学家的创

———————

① 施勒格尔论述过先验诗(Transcendental poesie),它是内在于每个人的创造力,文学只不过是它的一种表现形式。参见560号,XVI,页131;704号,XVI,页144;1050号,XVI,页172。

造性活动,并无理由将其仅仅限制于诗人、作家或剧作家之中。但这不仅是施勒格尔在这一断片中对浪漫诗之论述的意涵(implication),也是其论述背后的意图(intention behind)。因为,在他更早的《批评断片集》中,①施勒格尔已经强调过,所有这些属性对于反讽而言都是本质性的;他建议,任何试图知晓真理并达到完美的思想家都应以反讽作为恰当的态度。

对于《雅典娜神殿断片集》116 号的上述解读是显而易见的,而且那些提出标准解释的学者也会接受。那么,为何他们面对这样的证据,还是继续提出他们的解释,仿佛那是一个既定的真理呢?答案不完全在于学术分工的吸引力,尽管我怀疑这曾经非常误导人。根本而言,问题的源头在于施勒格尔本身,他自己也困惑于这个特别的问题。重要的是,他的浪漫诗概念本身含糊不清(这种含糊性首次由艾希纳于《施勒格尔的浪漫诗理论》中指出,页 1037 – 1038)。它既可以用来指代他自己的哲学理想并成为一个范导性的(normative)概念,适用于所有的艺术和科学;也可以是一个历史性的概念,指代相对于古典形式而言的早期现代文学形式。虽然施勒格尔一开始是在一个历史性的含义上使用这个术语来指涉早期现代文学的某些文体方面,但他之后便将这些术语普泛化为一种适用于所有艺术和科学的范导性概念。然而甚至当他开始在更宽泛的范导性含义上来使用这一概念时,其原初的历史性概念的痕迹仍然有所残留。施勒格尔继续使用这个概念来指代早期现代文学,并将它与新古典主义区分开来,甚至在他已经将此概念纳入他对于所有人类活动的普遍理想之后。他未能摆脱这一困惑,直到很久以后他开始将浪漫的品质归于古典作品。因此,我想要谅解标准解释的拥护者,因为他们也是施勒格尔自身困惑的受害者。

---

① 尤见于 108 号,卷二,页 160;37 号,卷二,页 151;和 42 号,卷二,页 152。

5. 浪漫化世界

既然我们已经看到青年浪漫派赋予浪漫诗的非常宽泛的涵义,那就应该清楚了:他们的美学革命要比标准解释的哲学[19]所能梦想到的任何事物都要远大和激进得多。青年浪漫派不仅仅渴望用一种新的浪漫派文学和文艺批评来替代新古典主义文学和文艺批评,毋宁说,他们想要浪漫化所有的艺术和科学,从而将会出现浪漫派绘画、浪漫派雕塑和浪漫派音乐,甚至会有一种如同浪漫派艺术般的浪漫派科学。进而,那时所有这些艺术和科学都将被综合进一件艺术作品当中,这将无疑是现代神话。

如果这看起来是痴心妄想或显得荒谬绝伦,那么我必须提醒读者诸君:这其实只是开始。青年浪漫派的美学革命比这还要激进得多,远远超出任何对于艺术和科学的改革计划。因为它的终极目标是把世界本身浪漫化,让个体、社会和国家都可以成为艺术作品。将世界浪漫化意味着将我们的生活变成小说或诗歌,以便重拾它们在分裂的现代世界中失去的意蕴、神秘和魔幻。青年浪漫派热忱地相信,我们在自己内心深处都是艺术家,而浪漫派方案的目的,便是唤醒沉睡于我们自身当中的天赋,以便我们每个人都将生活融入一个美好的整体之中。因此,青年浪漫派的核心目的便是打破艺术与生活之间的那些藩篱,因为它们把艺术限制于书本、音乐厅和博物馆,并且把世界变得非常丑陋。

这个将世界本身浪漫化的激进方案十分明确地出现在施勒格尔的一些早期著作当中。甚至在他早期的新古典主义文章中,这一方案的萌芽便已显现,因为施勒格尔在文章中认可温克尔曼的观点,即艺术与生活在古代世界中是一体的。① 在他早期的笔记中,施勒格尔也非常明确地呼吁回归古代世界中生活与艺术的统一。写于 1797 年的有些断片颇为值得注意,在其中施勒格尔宣告了他所谓的"浪漫的律令"(der romantische Imperativ),明显是在戏仿康德本人的绝对律令。这个浪漫的律令要求所有的自然与科学都应当成为艺术,而艺术也应当成为自然与科学(586 号,XVI,页 134)。此外,它要求诗应当是社会性的,而社会应当是诗意的,并且诗应当是道德的,而道德应当是诗意的(617 – 618 号,XVI,页 137)。如施勒格尔后来所言,诗与生活之间简直应当有一份契约,以使诗变得生动而生活变得诗意(27 号,XVI,页 206)。所有这些要求皆来自施勒格尔在别处所谓的"天赋律令"(Genialischer Imperativ),即要求我们克服现代生活的划分并把统一性归还给教化(Bildung)(79 号,XVI,页 91 – 92)。

[20]这个激进方案也十分明确地出现在施勒格尔后来的《批评断片集》和《雅典娜神殿断片集》中。在《批评断片集》78 号中,施勒格尔陈明了浪漫派的主旨,即每个人的生活都应当是一部小说:"每一个有教养并施行自我教育的人,内心都有一部小说。不过他没必要把这部小说表露出来或是见诸文字罢了。"②打破艺术与生活间藩篱的雄心在《雅典娜神殿断片集》116 号中表现得一览无遗:浪漫诗的目的——施勒格尔在一段呼应他早期笔记的文字中说——是"不仅使诗变得社会化且生机益然,而且赋予生活和社会以诗意"。他进一步阐明,浪漫诗包含一切诗意的事物,不仅包括"艺术的宏伟体系",甚至也包括"富于创造性的孩童在质朴的歌谣中发出的叹息和亲吻"(KA II,页 182)。但其中最具启发性的叙述

---

① "Ueber die Grenzen des Schönen", KA I,页 36 – 37。

② KA II,页 156。对比 89 号,卷二,页 158。一个更早的版本出现在文学笔记 576 号,XVI,页 133。

出现在《雅典娜神殿断片集》168 号中,在那里施勒格尔提出疑问:
"哪一种哲学对于诗人最合适?"他的回答无比明确:"那种创造性哲
学,它源于自由和对自由之信念,并且展示出人类精神如何将它的法
则加诸一切事物,世界又如何是它的艺术作品。"(同上,页 192)

如同施勒格尔,诺瓦利斯也有一个激进的美学理想。事实上,
是诺瓦利斯首次以格言声明了激进的浪漫派宣言:"世界必须被浪
漫化。"将世界浪漫化就是使世界恢复其意蕴、魔幻与神秘,这些在
现代文化的发展过程中丧失了。诺瓦利斯明确定义了浪漫化对他
意味着什么:"当我赋予老生常谈以深意,陈词滥调以微明,可知事
物以未知的庄严,有限之物以无限的幻象时,我便浪漫化了它。"①
诺瓦利斯解释说,以这种方式将我们的生活浪漫化,意味着把生活
塑造成为一部小说。我们的生活届时将会成为一个美的整体,凡事
在其中各得其所、独具一格。他在另一断片中如是说:

> 我们生活中所有的偶然事件都是素材,我们能够从中做出
> 我们喜爱的东西。无论谁充分利用了他的生活,他在精神上便
> 是富足的。每一段相识、每一次事件之于彻底灵性的人,都将
> 会是……一部无尽小说的开始。②

诺瓦利斯不仅赋予他的美学理想以道德的意义,还有政治的意
义。不仅是个人,而且国家本身也必须成为一件艺术作品。因此诺
瓦利斯给他的政治理想授予"诗意国度"的称号。这个理想的主导
隐喻是生活即舞台。③ 统治者(ruler)是导演,公民即演员,而他们
的角色便是律法与习俗。

---

① Novalis, *Vorarbeiten*,卷二,页 545,105 号。

② Novalis, *Vermischte Bemerkungen*,卷二,页 436 – 438,65 号。对比 *Fragmente und Studien*,卷三,页 558,513 号。

③ Novalis, *Glauben und Liebe*,卷二,页 497 – 498,39 号。

6. 激进方案的动机

[21]我们现在终于能够界定出青年浪漫派赋予其浪漫诗概念的非常普遍的涵义了。此概念并非只表示某些新的文学形式,而是代表了浪漫派宏伟的美学理想:所有的艺术与科学,甚至生活的所有方面,都要根据艺术的要求进行转化。浪漫诗有时指造成美学产物的活动,即所有以美好事物为对象的人类创造。就此而言,它指的是将世界浪漫化的活动,即,使某物具有一部小说或诗歌的魔幻、意蕴与神秘。但此术语也可指涉那类活动的目标或目的,即被塑造成小说的世界。

这样一个宏伟的理想将会使浪漫派看起来荒诞不经——我敢说,的确过于“浪漫”了。然而需要注意到,他们只是将浪漫诗视为一个理想,一个我们能够趋近却无法完全实现的目标。他们充分意识到,在人间属于我们的命运只是实现这一目标的永恒奋斗与渴望。

问题依然存在:为何浪漫派要在这种广义上使用浪漫诗概念?为何他们要将诗从其狭隘的文学涵义中引申出来,让它可适用于一切人类创造力? 在此我只能谈及这一举动的哲学和道德基础。我只想说,其中至少有两个原因,而且都很有说服力。

第一,不仅将术语诗用于文学创造力,也将之用于所有艺术创造力甚至自然本身的创造力,强调了对于1797年左右的施勒格尔、谢林和诺瓦利斯非常重要的一点:自然与艺术间的连续性。他们想要强调人类创造力的所有形式只是自然本身创造力的显现与发展。对于青年浪漫派,艺术家的创造力和 natura naturans[创生的自然]生产力之间只有程度上的而无种类上的差别,后者是万物背后的宇宙力量,赫尔德称其为“万力之原力”(die Urkraft aller Kräfte)。艺术家的创造力只是贯穿于自然当中的同一根本有机力量的最高构成、表现与发展。然而,这个学说对他们之所以十分重要,不仅是因为它将艺术置于普遍的形而上学语境内,[22]也是因为它确保了美学产物的真理性(truth)。因为若艺术家创作的作品也是自然通过他所创作的,那么他的活动便揭示、展现或表达了自然本身;实际上它是自然的自我揭示(self-revelation)。艺术由此成了——如谢林著名的论断——真理本身的工具和尺度。①

第二,不仅将术语诗应用于文学作品,也将其应用于美学产物的所有形式,是实现浪漫派基本目的之必然要求,此目的即:教化,人性的教育,所有人类力量融为一体的发展。无疑,青年浪漫派认为他们在文学和文艺批评中的所有努力都指向这一宏伟的理想。他们在他们共同的刊物《雅典娜神殿》序言中宣誓效忠于教化。②施勒格尔宣称只有教化才是至善;诺瓦利斯则宣告他在人间的使命便是促进教化。③教化意味着一切人类力量的全面发展,尤其是人之作为人的力量,但也意味着个人所独有的那些力量。考虑到这样一个目的,很显然,将浪漫派的方案仅限于文学就过于狭隘了。所有的艺术都必须被纳入这样一个重要的事业,因为它们全都以自己的方式为人类的多边发展做出贡献。因此将术语诗应用于所有艺术——绘画、雕塑、戏剧和音乐,如同应用于文学——合情合理,因为这样就把它们全都纳入了美育的宏伟事业中。

这两点理由证实了对浪漫诗的一般理解。它们显示出,早期浪漫派基于普遍的哲学和道德原因,致力于将浪漫诗概念扩展到其原初的文学领域之外。他们也论证了浪漫诗的深广度,早期浪漫派的

---

① Schelling, *System des transcendentalen Idealismus*, 卷三, 页613-629。

② 参见《雅典娜神殿》, 卷三, 1800, 页236。对比 Vorerinnerung, 卷一, 1798, 页3-4。

③ Schlegel, *Ideen*, 37号; 对比65号, *KA* II, 页259、262; 以及 Novalis, *Blütenstaub*, 32号, *HKA* II, 页427。

诗的概念必须在其普遍的哲学和历史背景中,并在这一深广度上来理解。坚持认为我们可以封闭地讨论浪漫诗,犹如它是一个完全自律的专门概念,便破坏了它的本质目的。①因为浪漫诗概念背后的基本精神是整体论的:再造所有艺术与科学的统一,重建艺术与生活的统一。标准解释的首要问题在于以一种偏颇、割裂的方式来处理这样一个整体概念。我相信,这就是标准解释所必须面对的最终难题。

---

① 我于此再次质疑贝勒尔,"Die Poesie in der frühromantischen Theorie der Brüder Schlegel",*Athenäum* 1,1991,页 13 – 40。贝勒尔声称哲学只不过是施勒格尔对诗的兴趣中的一个外围(Randgebiete)(页 14),这便淡化了如果不考虑他们的哲学,此概念的涵义便会到达何种莫名其妙的程度。

第二章 早期德意志浪漫主义:特性描述

1. 特性的任务

[23]小施勒格尔曾说,为了解释一篇文学作品,有必要去理解它的个性(individuality),即该作品在文体和看待事物的方式上有何独到不群之处。他认为,我们只有搁置了普遍规范并考虑作者自身的目的和境遇,才能评判一部作品。这种解释方法试图通过理解作者的目标和语境来界定何为一部作品的特性(Charakteristik)。

我现在想要做的是将施勒格尔的方法应用于早期德意志浪漫主义本身。我想要确定浪漫主义运动从 1796 年夏天至 1801 年夏天的早先形成期的目的、问题和语境,这一时期被称为早期浪漫主义。我的目的是,描绘早期浪漫派那代人当中的一些主要思想家背后的指导性理想与问题,特别是施勒格尔兄弟、诺瓦利斯、青年黑格尔、施莱尔马赫、谢林及荷尔德林所提出的那些问题。我想知道这些青年浪漫派力图实现什么,以及他们的目的如何不同于早先或晚近的思潮,诸如启蒙运动(Aufklärung)和狂飙突进(Sturm und Drang)。

当然,早期浪漫派的特性是老问题了,一些非常杰出的学者——诸如海姆、克鲁柯亨、施特里齐(Fritz Strich)、科尔夫(H. A. Korff)、维泽(Benno von Wiese)和贝勒尔,这里不过是略举数例——已经对之试过手了。① 因此,我重新拾起这项任务时伴随着一些顾

---

① 参见 Rudolf Haym, *Die romantische Schule*, 前揭;Paul Kluckhohn, *Das Ideengut der deutschen Romantik*, 前揭;Fritz Strich, *Deutsche Klassik und Romantik*,

虑。我这样做的原因是不满于对早期浪漫派的传统理解路径,它在今天依然盛行并且实际上占据了支配地位。这一理路基本上将早期浪漫派当作[24]一场文学和文艺批评运动,其主要目的是去创造一种反对新古典主义文学和文艺批评的新浪漫主义文学和文艺批评。如此,研究早期浪漫派的学术目的,便是去确定浪漫主义文学和文艺批评如何不同于新古典主义文学和文艺批评。

我对这一理路有两点主要不满。第一,该理路极其狭隘,无法在早期浪漫派的整个深度和广度上来把握它。几乎所有学者都同意早期浪漫派不仅是一场文学和文艺批评运动,也是一场文化与哲学运动,并且它的确十分广泛,实质上涵盖了文学与哲学的每一个领域。尽管这一点在很久以前就由海姆提出,文艺学者却仅对之施以口惠。① 第二,这一理路赋予早期浪漫派的文学和文艺批评维度过度的重要性。对这一维度的承认只是整体的一部分,但一些文艺学者却将它作为核

第 4 版,Bern,1949;Benno von Wiese,"Zur Wesensbestimmung der frühromantischen Situation",*Zeitschrift für Deutschkunde*,42,1928,页 722 – 729;H. A. Korff,"Das Wesen der Romantik",*Zeitschrift für Deutschkunde* 43,1929,页 545 – 561。有一部颇为有用的选集,包含了这些及其他的论文,参见 *Begriffbestimmung der Romantik*,H. Prang 编,Darmstadt,1968;Ernst Behler,"Kritische Gedanken zum Begriff der europaischen Romantik",见 *Die europäische Romantik*,E. Behler 编,Frankfurt,1972,页 7 – 43。

① 参见 Haym,*Die romantische Schule*,页 7、13,他的哲学与跨学科理路为早期浪漫派研究做出了持续的贡献。不幸的是,海姆的理路并没有被文学史家所遵从。对于他们在研究和理解早期浪漫派哲学维度上的持续失误,我只能重申瓦尔策尔在很久以前所说的:"只要德国文学的哲学思想在文学史观察中只扮演一个余烬的角色(并且这个阶段还没有被完全克服),狄尔泰和海姆就会依然受到忽视(Solange die philosophischen Gedankengänge deutscher Literatur nur eine Aschenbrödelrolle in literaturhistorischer Betrachtung spielten [und ganzüberwunden ist diese Phase noch nicht],blieben die Winke,die Dilthey und Haym gegeben hatten,so gut wie unbeachtet)。"参见他的 *Deutsche Romantik*,Leipzig,1908,页 2 – 3。

心或主要部分。他们之所以被导向这一结论,是因为他们认为早期浪漫派本质上是一场美学运动,其主要目的是振兴德意志艺术。但这一推论存在严重问题。虽然将早期浪漫派当作一场美学运动的确是精准的,但将美学仅限于文学和文艺批评就错了;这个维度只是一个更广泛的美学整体的一部分。此外,把美学当作——甚至在一种非常宽泛的含义上——一个拥有自律,甚至主权地位的自治领域来对待是错误的。毋宁说,浪漫派美学的含义和目的得自它的哲学语境和它潜在的伦理与政治价值。

　　一旦我们拒绝了关于早期浪漫派的传统理解,关于其特性的问题便依然有待解决。接下来便是笔者填补这一空白的尝试。笔者关于早期浪漫派的特性描述包括三个基本命题。第一个命题是,早期浪漫派的核心理想主要是伦理的和政治的,而非文艺批评的和文学的。浪漫派对美学的热忱根本上由他们的伦理和政治理想所引导,在这个意义上,伦理和政治理想优先于文学和文艺批评理想。这些理想是他们承担文学和文艺批评工作的目的。如果是这样的话,那么,我们必须从此放弃如下关于浪漫主义的最普遍的神话:它在本质上是非政治的,是一次逃离社会与政治现实而躲入文学想象之世界的尝试。① 与

----

① 认为浪漫派是非政治的这一命题非常古老。它最早先的一个典型是 Hermann Hettner, *Die romantische Schule in ihren inneren Zusammenhange mit Göthe und Schiller*,前揭,页 13－15、28－29、41－42。从那时起它就成了一种普遍的解释。参见,例如 Georg Brandes,*Die Literatur des neunzehnten Jahrunderts in ihren Hauptströmungen*,Leipzig,1887,页 351、356;Ricarda Huch,*Ausbreitung und Verfall der Romantik*,Leipzig,1902,页 306－307;以及 Oskar Walzel,*Deutsche Romantik*,前揭,页 113。尽管瓦尔策尔与赫特纳都注意到了浪漫派后来的政治兴趣,但他们宣称它们并不存在于早期浪漫派当中。Carl Schmitt 的 *Politische Romantik*,第 2 版,Munich,1925 仅仅延续了这一早期传统。同样的早期浪漫派概念在盎格鲁撒克逊解释中很常见。参见,例如 Ralph Tymms,*German Romantic Literature*,London,1955,页 1－9、24－25、37、39;以及 Lascelles Abercrombie,*Romanticism*,London,1926,页 48－50。

其说浪漫派为了文学和文艺批评而逃避道德和政治问题,毋宁说他们使得自己的文学和文艺批评从属于他们的伦理和政治理想(政治哲学)。

[25]笔者的第二个命题是对早期浪漫派的伦理和政治理想的一个更具体的描述:浪漫派根本的伦理理想是教化、自我实现、所有人的发展及个体力量合为一体;其基本的政治理想是社群,是在国家中追求善的生活。这些理想的共同点在于对统一性的渴望:试图联合所有个体的力量,并使个体与他者及自然和解。因此,浪漫派的奋斗目标在本质上是整体论的(holistic):通过理性,去创造那种在古代曾被赋予的个体与自我、与他人以及与自然的统一。

笔者的第三个命题是,早期浪漫派的统一理想是在面对现代公民社会的分裂倾向时重申整体性的一次尝试。这些理想在关键方面反对现代性,但在其他方面却试图维护现代性的一些基本价值:自由、理性和进步。因此将早期浪漫派描述为对现代性的完全认同或者拒绝都不正确。毋宁说,浪漫派的反应要复杂且暧昧得多,是典型的18世纪90年代末的德意志改良主义。

2. 至善

乍看之下,确定早期浪漫派的根本目的似乎是不可能的。似乎有许多种方式来描述早期浪漫派的目的,他们似乎接受了这样一些无法归为一类的多元价值。尽管可以理解,但这种怀疑论还是太过轻率了。对于确定浪漫派最基本的价值和理想,这种(多元主义)怀疑论忽视了一种非常可靠的方式,这便是去确定他们对于伦理学的一个根本问题的回答,即何为 summum bonum[至善]?

这个古老的问题至少可以追溯到亚里士多德。在其《尼各马可伦理学》(*Nicomachean Ethics*)当中,亚里士多德对至善概念给出了

明确且影响深远的描述。他确立了至善的两个条件:第一,至善是
终极的,因为所有其他善都只是它的手段;第二,至善是完满的,因
为它不能通过加入任何其他善来得到改善。① 少有哲学家不同意
亚里士多德的定义;但关于这一定义的确切解释他们却争论了很多
世纪。实际上,在古代和中世纪,至善的具体涵义正是伦理学争论
的主题。

　　同样,在 18 世纪末的德意志,亚里士多德的问题依然富有生命
力。这个问题通常以更为神学的[26]方式来表述——"何为人的
使命"(die Bestimmung des Menschen)。但主要问题还是一样,因为
人的使命,他的天命,便是生活的目的,是至善。一切有抱负的哲学
家都必须对这个问题采取某种立场,而青年浪漫派亦无例外。也因
此,施勒格尔在他关于先验哲学的讲稿中给了这个问题一个核心的
位置,青年施莱尔马赫则为之写了两篇文章,其实都绝非偶然。②
施莱尔马赫晚年甚至主张,复兴作为一种哲学训练的伦理学,取决
于回归这一古老问题。③

　　早期浪漫派关于至善的立场十分明确而直接。"至善,以及一
切有益之物的源头,"小施勒格尔在他的《断想集》中写道,"便是教

------

　　① 　亚里士多德,《尼各马可伦理学》,卷一,第一章、第五章,1094a,
1997b。译注:邓安庆所译《尼各马可伦理学》(2010)与施莱尔马赫《论宗教》
(2011)正表明了二者间的古今勾连。

　　② 　参见 Schleiermacher,"Über das höchste Gut"和"Über den Wert des Leb-
ens",见 *KGA* I/1,页 81 – 125、391 – 471;以及 Schlegel,《先验哲学》中的"Theil
II:Theorie des Menschen",*KA* XII,页 44 – 90。"Theil II"致力于描绘"人的使
命"(die Bestimmung des Menschen),页 45,对比页 47。

　　③ 　参见他 1827 年的文章"Über den Begriff des höchsten Gutes. Erste Ab-
handlung",以及他 1830 年的文章"Über den Begriff des höchsten Gutes. Zweite Ab-
handlung",见《施莱尔马赫全集》,前揭,卷一,页 445 – 494。施莱尔马赫认为至
善概念是伦理学的核心概念,其预设了责任和美德的概念,参见他的 *Ethik*
(1812—1813),Hans – Joachim Birkner 编,Hamburg,1981,第 87 – 90 节,页 16。

化。"①诺瓦利斯在他的《花粉》当中提出了一个类似的观点:"我们肩负着一项使命:我们受召献身于世人的教化。"(《花粉》,32 号,*HKA* II,页 427)同样,荷尔德林告诉他的兄弟,对他自己而言最珍贵的目的是"教化,人类的改善"(Bildung, Besserung des Menschenge-schlects,荷尔德林致他的兄弟,1793 年 9 月,*GSA* VI,页 92)。在他们共同的刊物《雅典娜神殿》中,早期浪漫派认为,他们的所有作品背后都有一个凌驾于一切之上的目的,教化。于是他们发出如下誓言:

> 在同一当中把握教化的所有光芒,
> 将健康的与病态的分离开来,
> 我们在自由的联合里衷心致力于此……②

德语教化(Bildung)一词之难译,众所周知。根据语境,它可以指教育、文化和发展。其字面意思是"构成",暗示某种潜在、早期、隐含的事物发展成为某种实在、有序、明确的事物。有时这个术语的各种含义联合起来表示教育过程或文化交互的产物,抑或伦理过程或自我实现的产物。

如果我们从一个普泛的哲学视角来观察浪漫派的教化理想,那么将它描述为一种自我实现的伦理学再准确不过。亚里士多德的《尼各马可伦理学》是对于这样一种伦理学的古典描述,它把至善界定为人类的卓越,人类德性的发展。在根本的方面,浪漫派可追溯到亚里士多德的传统。在古典世界里,亚里士多德的自我实现的伦理学有两个主要的替代选择,即享乐主义和斯多葛主义。享乐主义者将至善仅仅界定为快乐,廊下派却只将生活的最高目的看作履行责任或培养德性。值得注意的是,浪漫派拒斥了——基于[27]非

---

① 《断想集》,37 号,*KA* II,页 259。对比 65 号,*KA* II,页 262。

② 《雅典娜神殿》,卷三,1800,页 236。对比 Vorerinnerung,卷一,1798,页 3–4。

常亚里士多德式的理由——享乐主义与斯多葛主义的两个 18 世纪的版本:边沁(Bentham)和爱尔维修(Helvetius)的经验主义伦理学,以及康德和费希特的理性主义伦理学。浪漫派批评康德和费希特的责任伦理学夸大了责任的重要性,没有给内在于至善的感觉、快乐和欲望留出位置;同时,他们指责边沁和爱尔维修将感觉、快乐和欲望推论得太远,而没有看到只投身于快乐将会忽视我们特有的人性力量的发展。

浪漫派的教化理想最关键和显著的特征是整体论。这个整体论有两方面。其一,它强调所有我们特有的人类力量的发展,拒斥任何片面性,并不以其他方面为代价来发展人性的某一面。第二,它强调所有这些力量都应当被塑造成一个完整、和谐、平衡的整体。忠实于这样的整体论,浪漫派坚称我们应当教导的不仅是理性,还有感性,不仅是智识,还有情绪和感受。他们认为感性——感受、情绪和欲望的能力——并不比理性本身更缺乏人性。① 作为人,我们的感受和情感方式显然不同于其他任何动物。

浪漫派的教化理想不仅是整体性的,也是个体性的。换言之,教化不仅应当存在于我们特有的人性力量的发展之中,这种力量为我们人类所共有,也应当存在于我们与众不同的个体力量的发展之中,这种力量为我们每个人所独有。浪漫派强调每一个体都必须以他自己独特的个人方式来认识他的人性力量。没有两个人会永远相似;每个人都有将其自身与他者区分开来的特性;完全的自我实现要求实现这些与众不同的特性,不亚于实现我们的普遍性。这种个体伦理尤其体现在小施勒格尔和施莱尔马赫的"神圣的自我主义"观念中,根据这一观念,个体凌驾于他生活中的一切价值之上,

---

① 有关这一评论的 locus classicus[经典章节]是施莱尔马赫的 *Vertraute Briefe über Friedrich Schlegels Lucinde*,*KGA* I/3,页 157 – 158。亦可参见他的 *Grundlinien einer Kritik der bisherigen Sittenlehre*,见 *Werke*,卷一,页 271 – 272。

并且应当选择最适合他个性的价值。①不可避免地,在强调个体的重要性时,浪漫派有时会质疑康德与费希特的责任伦理学。他们认为,康德强调将普遍法则作为道德的核心,这没有在伦理学中给个体留下位置。费希特一度将康德伦理学中的这个方面推演到国家层面,从而他宣称道德理想对于每个人都应该是完全相同的。②这便是浪漫派对地狱的看法,责任伦理学的 reductio ad absurdum[归谬]。

重申了古典的新柏拉图主义等式,即善的便是美的,[28]早期浪漫派便以美学方式来解释他们的教化理想。发展个人所有的人性和个体的力量,将它们塑造成单一的整体,便是去创造一件艺术作品。因此施勒格尔、蒂克和诺瓦利斯喜欢说,个体应将他的生活塑造成一部小说、一个美好的整体。有两个类比维系着这个教化的美学概念,有两个概念支撑着自我实现的理想与美之间的联系。第一,自我实现的个体和艺术作品都是有机整体,在其中相互冲突的力量(理性对感性)被锻造成一个不可分割的统一体。第二,自我实现的个体和艺术作品都展现出自由、无拘无束的特性,因为二者的显现都只遵循他们自身内部的法则、他们自身内在的动力和独立于外部的力量。

3. 浪漫的教化

尽管教化之于浪漫派有着核心重要性,并在 18 世纪末的伦理学当中有着与众不同的地位,这个概念却并不为早期浪漫派所独

---

① Friedrich Schlegel,《雅典娜神殿断片集》,262 号、406 号以及《断想集》,29 号、60 号,见 *KA* II,页 210、242、258、262。

② 最为显著的是在他 1794 年的 *Vorlesungen über die Bestimmung des Gelehrten*,*Sämtliche Werke*,I. H. Fichte 编,Berlin,1845—1846,卷六,页 297、310。

有。教化的概念实际上是德意志传统的一个支柱,为狂飙突进、启蒙运动和古典派所共有。在狂飙突进者(Sturmer und Dränger)当中,教化理想出现在哈曼(Hamann)与赫尔德那里;在启蒙思想家(Aufklärer)当中,它在沃尔夫(Wolff)、门德尔松(Mendelssohn)和鲍姆嘉登(Baumgarten)那里被发现;在古典主义者(Klassiker)当中,它的拥护者有维兰德(Wieland)、席勒、歌德、洪堡(Wilhelm von Humboldt)和温克尔曼(Winckelmann)。尽管这些思想家对于这个理想给出了各异的、有时甚至冲突的描述,但他们都以某种形式来肯定一种有关完善和自我实现的伦理学。甚至关于教化的美学概念也来自一个悠久的传统。温克尔曼、维兰德、席勒和歌德全都用美学的方式来定义人类的卓越,视其为"优美灵魂"的缩影。①

关于浪漫主义最常见的一个观点认为,这是一次针对启蒙运动狭隘的理智主义的反叛,守护情感的权利以反对理性的霸权。但把浪漫派对感性的守护当作他们教化理想的特性便不然。对情感权利的守护是一场在他们之前的战斗,由 18 世纪六七十年代的狂飙突进或感伤主义运动进行了十多年。这是一场由哈曼、赫尔德、莫瑟(Möser)和勒兹(Lenz)所领导的战役,并由青年席勒和歌德推广。到 18 世纪末早期浪漫派兴起时,这些狂飙突进者已经发表完他们的见解,[29]并且似乎有必要通过再次恢复伦理学和美学中理性的限制角色来缓和他们激烈的主张。这才是浪漫派的角色:强调理性与感性的同等重要性,从而矫正狂飙突进的感性和启蒙运动的理性主义。浪漫派对整体论理想的坚持所要求的不过是:理性的权利必须得到不亚于感性所得到的肯定与限制。但在他们对整体论理想的坚持中,再次难以确定的是,浪漫派如何

---

① 关于这个传统在 18 世纪的发展,参 Robert Norton,*The Beautiful Soul*,Ithaca,1995。

不同于那些往往被归入古典派或启蒙运动名目之下的诸多时人与前辈。

如果教化概念是德意志文化传统的一个公共财产（Gemeingut），它就有必要变得更加确切——如果我们打算确定早期浪漫派所特有的理想的话。我们已经发现了它的类属，但我们还必须进一步获得它的 differentia specifica［种差］。这意味着要深入考察浪漫派的教化理想。它的理想至少有两个典型特征。

第一，浪漫派赋予自由概念以核心的角色。早期浪漫派坚称教化必须产生于个体的自由选择，而且这一选择必须反映出个体自己的决定。自我只有通过具体的决定和选择，而不是对普遍的文化规范与传统的遵从，才能实现其本身。因此，教化不是由一种文化或一个国家所施加的某种教育或规范过程的结果。基于这种对个体自由的强调，浪漫派的教化不同于柏拉图和亚里士多德的古典教化理想，从而使自己显得格外现代。

当然，自由在伦理学当中的核心角色在浪漫派之前就已被康德和费希特所强调。他们不仅认为自由是主体性特有的标志，也认为它是所有道德义务的基础。他们有时会依据自律来表述道德责任：一个人有义务只根据那些他可能意图将其作为一种普遍律法的原则来行动，或只根据那些他可能将其加诸作为一个理性存在的他自身的原则来行动。浪漫派并没有质疑康德－费希特如此强调自律及其在道德中的核心角色，但在一个重要的方面，他们在他们的前辈之上对这个概念更进一步。他们不仅用道德术语，也用个人化术语来解释自律。他们对个体性价值的强调意味着，有时候决定之所以正确不是因为它们隶属于某些普遍法则，而只是因为它们是个体性的。他们力图确定一个伦理学领域，它不隶属于［30］普遍的道德法则，但却关乎个人所借以指导其生活的终极价值。这些价值将只认可个人的决定、个体的选择。它们的好坏对错将只是由于我选择了，并不指望任何他人来追随我。

浪漫派伦理学的第二个与众不同之处是所有特性中最为浪漫的:爱。爱是浪漫派伦理学的中心原则,并且实际上爱之于浪漫派犹如绝对律令之于康德一样重要。施莱尔马赫在他的《独白》(*Monologen*)中,施勒格尔在他关于先验哲学(Transcendental philosophie)的讲稿中,诺瓦利斯在他的《信与爱》中,以及黑格尔在他的《基督教的精神》(*Geist des Christenthums*)中都强调爱作为伦理学之核心原则的重要性。浪漫派把关于爱的伦理学看作一个现代特有的学说,它完全不存在于古典伦理学当中。

在此,最重要的仍然是根据浪漫派关于自我实现的普遍伦理去理解他们关于爱的学说。浪漫派经常坚称,只有通过爱,我们才能认识到我们共同的人性,才能发展我们独特的个性。正是通过爱,我们联合了我们的两种互斥的力量——我们协调了我们的理性与感性——因为在爱着某人的时候,我才由衷而非违心地按照理性的责任原则行动。也正是通过爱,我才实现了我的个体性,因为爱源自最深处的自我,源自我独特的激情和欲望,并且包含了一条自我与他者之间独特的纽带。值得注意的是,浪漫派关于爱的伦理学有着比基督教更加古典的根源;较之保罗的 agape[圣爱],它与柏拉图的 eros[爱欲]关系更为密切。荷尔德林、小施勒格尔、施莱尔马赫及诺瓦利斯年轻时都是柏拉图热忱的学生,尤其受他的《会饮》(*Symposium*)与《斐德若》(*Phaedrus*)影响最深。

4. 对现代性的反应

除了对自由和爱的强调之外,浪漫派的教化理想还有别的新颖之处,将其与非常类似的启蒙运动和狂飙突进的理想区别开来。这一点更多关乎浪漫派的语境而非其理想本身:现代公民社会的兴起。浪漫派一代的任务是复兴和重申古典的教化理想,以此来对抗现代公民社会的某些发展趋势:原子论、异化和失范。这些趋势在18世纪90年代变得尤为明显,大部分早期浪漫派在那十年间纷纷出现。这些趋势倾向于将个体与自我、与他人以及[31]与自然相分离,而浪漫派的教化理想则重个体与自我、与他者、与自然相统一的价值。浪漫派所执着与渴望的目的在本质上是整体论的:个体在他的世界里再次感到自由自在,以至于他觉得自己是社会和自然之整体中的一部分。

对于青年浪漫派而言,所有形式的现代性背后终究都有一个根本的不适。他们给这种不适起了几个名字:异化(Entfremdung)、疏离(Entäusserung)、分裂(Entzweiung)、分离(Trennung),以及反思(Reflexion)。①不论用哪一个术语,它们都指涉了一种困境,在其中本应与自我同一的事物如今看来却与自我本身相对立。在本应当有统一、和谐与整体之处,有的却是分裂、不和与分离。这种分裂、不和与分离的根源——青年浪漫派进一步如此假设——并不在于某些外在于人类的异质性力量,而是内在于人类自身,人类是自律的,并且最终为自己的命运负责。从这个角度来看,异化问题即自我奴役(self-enslavement),这是一个由卢梭在其《社会契约论》颇具煽动性的首句里最先指出的悖论:"人生而自由;但却无往不在枷锁之中。"

在早期浪漫派看来,有三种异化形式。第一种是内在于自我的分裂。这种分裂表现为两种方式。第一,理性与感性间的

---

① 关于对"反思"的使用,参见谢林的引言,*Ideen zu einer Philosophie der Natur*,*Sämtliche Werke*,K. F. A. Schelling 编,Stuttgart,1856—1861,卷二,页13、14;关于"对立"的使用,参见黑格尔的 *Differenzschrift*,*Werkausgabe*,卷二,页20、22。关于"疏离"的使用,参见黑格尔的、*Jenaer Realphilosophie II*,Johannes Hoffmeister 编,Hamburg,1967,页218、232、237 – 238、257。

冲突,即自我只有通过压制或根除它的欲望和情感才能履行它的责任。第二,专门化的片面性,即自我只发展了它的一种能力,但那是以牺牲所有其他能力为代价的。理性与感性间的冲突产生于文化习俗的发展,片面性则来自公民社会内部的劳动分工,这种分工强调狭隘地发展某种执行单一的例行工作的技能。

异化的第二种形式——我们也可以称之为失范或原子论——是自我与他人之间的分裂。这种分裂产生于传统社群——行会、社团和家庭——的衰亡和竞争性市场的兴起,在那里每一个体都以牺牲他人为代价来谋求私利。在早期浪漫派看来,这种社会异化的缩影就是社会契约论,根据社会契约论,只有在团体符合私利时个人才会加入。

异化的第三种形式是自我与自然之间的分裂。这也产生于两个根源:第一,现代技术的发展,技术将自然当作一种仅供人使用的对象,没有魔力、神秘或者美好;第二,机械物理学,它将自然当作一台巨大的机器,[32]至于心灵,则要么是自然内部的一个小机器,要么就是飘荡在自然之外的幽灵。

面对现代性的这些病症,浪漫派提出了他们关于整体论和统一体的理想。每种异化或分裂的形式都有一种相应的整体论理想。自我内在的分裂将会在优美灵魂的理想中得到克服:一个人由衷而非违心地根据道德准则而行动,他在一个美学整体中联合了他的思维与情感、理性与感性、意识与潜意识。自我与他人之间的分裂将会在社群(community)、自由交互性(free sociability)或有机国家(the organic state)的理想中得到克服;在这里每个人只有通过爱和与他人的自由交互才能发展他的个性。最后,自我与自然之间的分裂只有在生命或有机自然概念(the organic concept of nature)的理想当中才能得到克服:作为这个有机整体的一部分,自我将会意识到他离不开自然而自然也离不开他。

　　尽管在根本的方面,浪漫派的教化理想是对现代性的反动,但由之断定浪漫派仅止于此便不然。因为在其他的基本方面,浪漫派的理想也是一次维护现代性的尝试。浪漫派对于公民社会的态度时常被描绘为全盘接受或通盘拒绝,仿佛浪漫派要么是现代性一切形式的拥护者,要么是其反对者。①但这两种极端看法都过于简单化,没有把握住浪漫派更为复杂的矛盾。事实的真相是,青年浪漫派在某些方面欢迎公民社会,但也在其他方面为之担忧。他们试图找到现代主义与反现代主义、激进主义与保守主义之间的某条中道。事实上,他们的 via media〔中道〕就是 18 世纪 90 年代末和 19 世纪初德意志典型的稳健派中间路线(历史主义),它试图根据自由主义的理想,但同时也以某种与历史发展相一致的方式来改革社会与国家。

　　在三个根本方面,浪漫派都站到了现代性的一边,他们将自己视为进步的拥护者。第一,且不论他们对于启蒙运动的批判,浪漫派将理性的判断力放在最为重要的位置上,尤其是个体批判一切信仰的权利。第二,浪漫派尽管担心公民社会的后果,但也看重它的自由,尤其是个体独立思考并发展他所有能力以臻于完善的权利。第三,根据浪漫派的历史哲学,过去的统一与和谐——不论是古希腊还是中世纪的[33]——随着公民社会和启蒙运动的到来已经永远地逝去了。既然不能回头,问题就是如何在未来的一个更高水平上实现早先的和谐与统一。那些曾经被

———————

　　① 关于反现代主义者或保守派的解释,参见 Heine, *Die romantische Schule*, *Sämtliche Werke*, Klaus Briegleb 编, Frankfurt, 1981, 卷五, 页 379 – 382; Ruge, "Unsere Klassiker und Romantiker seit Lessing", 见 *Sämmtliche Werke*, Mannheim, 1847, 卷一, 页 8 – 11; Haym, *Die romantische Schule*, 页 3。关于现代主义者或激进主义者的解释, 参见例如 Werner Krauss, "Französische Aufklärung und deutsche Romantik", 见 *Romantikforschung seit* 1945, Klaus Peter 编, Meisenheim, 1980, 页 168 – 179, 尤其是页 177 – 178。

赋予古希腊人的，必须通过理性和努力在一个更高的水平上再造出来。因此浪漫派所渴求的目的，它所不懈奋斗的理想，不在于过去而在于未来。卢梭曾一度置于自然状态中的光景——与自我、与他人以及与自然的和睦——如今则被浪漫派视为未来的某个理想社会。①

只有在考察了浪漫派对于现代性的态度，考虑到了它一切的复杂和矛盾之后，我们才能开始领会他们那一代人的主要挑战。他们的问题是如何将现代性的根本价值——个体性、批判理性和自由——保存在他们的整体论理想之内。而挑战则是如何构建一个社会和国家以产生社群——这是归属感、认同感和安全感的根源——但同时又能确保个人权利。他们一方面不可能回到那并不赞赏个人自由的古希腊城邦，另一方面也不能迈向这样一个终点，即社会简单地融为一个由自利的原子组成的集体，这些原子由一个纯粹的"看护"国家聚合在一起。用一套陈词滥调来说，浪漫派本质上关心的是如何实现求同存异（identity‐in‐difference）、对立统一（unity‐in‐opposition）。这项议程经常被归诸黑格尔，仿佛这是他作为一名政治哲学家所特有的美德。②但在（公民社会）这点上，如同在许多其他的方面一样，黑格尔只不过是一名典型的浪漫派罢了。

---

①　关于卢梭的此类评价之 locus classicus［经典章节］是费希特 1794 年信札里的最后一封《论学者的使命》，前揭，页 335–346。这些信札启发了荷尔德林、诺瓦利斯和小施勒格尔。

②　参见 Shlomo Avineri，*Hegel's Theory of the Modern State*，Cambridge University Press，1972，页 16、21–22、33。阿维内里（Avineri）对黑格尔政治哲学之原创性和重要性的极富影响力的评定依赖于一个有关浪漫主义的时代错误的概念，它在本质上将其等同于运动的最后阶段或晚期浪漫派（Spätromantik）。这业已成了有关浪漫主义的一切左翼解释的绊脚石。

5. 后现代主义者和马克思主义者的解释

我对早期浪漫派的描述着重于它的整体论,认为它是早期浪漫派对于现代性裂伤的解决方案。当然,强调浪漫派思想中的整体论维度无甚新意。对于整体的执着、对于完满的渴望,以及有机整体的理念,经常被说成浪漫派的特性。[1] 然而,这一特征描述近来却受到了一些猛烈的批评,其根据是浪漫派的叙述致力于"非闭合"、不完备、不融贯、反讽和断片。[2] 这些后现代主义学者明确拒绝了前人关于早期浪漫派的整体论解释,声称其忽视了它的反体系性、反基础主义和反理性主义成分。

但这种批评只是一例关于早期浪漫派失败的文学理解。[34] 它注重浪漫派的"论述"和"修辞",而牺牲了浪漫派的形而上学、伦理学和政治哲学,恰恰在这些领域里浪漫派的整体论理想和有机自然观昭然可见。后现代主义者对于浪漫派写作中"非闭合"的坚持,到底是基于对体系化的精神(esprit systematique)和体系的精神

---

① 参见例如 Alois Stockman,*Die deutsche Romantik*,Freiburg,1921,页 13 – 17;Oskar Walzel,"Wesenfragen deutscher Romantik",*Jahrbuch des Freien deutschen Hochstifts* 29,1929,页 253 – 276;Adolf Grimme,*Vom Wesen der Romantik*,Braunschweig,1947,页 13;René Wellek,"The Concept of Romanticism in Literary History" 和 "Romanticism Re-examined",见 *Concepts of Criticism*,Stephen G. Nichols 编,New Haven,1963,页 165、220;Morse Peckham,"Toward a Theory of Romanticism",见 *Proceedings of the Modern Language Association* 66,1951,页 5 – 23;以及 Lawrence Ryan,"Romanticism",见 *Periods of German Literature*,J. M. Ritchie 编,London,1966,页 123 – 143。

② 参见例如 Paul de Man,"The Rhetoric of Temporality",前揭,页 187 – 228,尤其是页 220 – 228;以及 Alice Kuzniar,*Delayed Endings:Nonclosure in Novalis and Hölderlin*,前揭,页 1 – 71。

(esprit de systems)的一个简单混淆。① 浪漫派反对体系的精神是因为体系限制视野、扼杀创造力、让人停止探寻,但他们却坚定地认可体系化的精神,这是因为一个完备的体系即便不可企及,也是理性的一个必要的范导性的(regulative)理想。如果浪漫派的反讽的确针对任何对于完结或闭合的宣称,那也只是因为它的目标是激发我们的奋斗、强化我们的努力,以便我们更接近有关一个完备体系的理想。

我自己的早期浪漫派解释有另一个重要的先例。早期浪漫派必须从社会和政治的角度来理解,浪漫派对于公民社会的反应是它的一个本质方面,这些论点能够在一些马克思主义作家那里找到,即便不总是那么明显。②在这两方面我都支持他们的解释。那些希望摒除马克思主义的观点而将其视为已消亡意识形态之残余的人,恐怕会有把孩子和洗澡水一起倒掉之嫌。马克思主义解释的强大力量在于,它将早期浪漫派置于其社会和政治语境中,让我们看到仅仅表面上自律的艺术、宗教和形而上学背后的潜在目的。一旦我们遵循对于早期浪漫派的惯常解释,就会丧失这些优势,惯常解释

---

① 这一最早由孔狄亚克(Condillac)所做出的区分,被小施勒格尔所肯定,他在致他兄弟的信中强调了它的重要性,日期为 1793 年 8 月 28 日和 1793 年 10 月,参见 *KA* XXIII,页 130、143 – 144。

② 马克思主义解释的 locus classicus[经典章节]是 Georg Lukács, "Die Romantik als Wendung in der deutschen Literatur",见 *Fortschritt und Reaktion in der deutschen Literatur*, Berlin, 1947,页 51 – 73;及 Claus Träger, "Ursprünge und Stellung der Romantik", *Weimarer Beiträge* 21, 1975,页 37 – 57。二者都重刊于 *Romantikforschung seit* 1945,页 40 – 52、304 – 334。浪漫派并没有反对现代公民社会,并且他们还拓展了启蒙运动的一些方面,特雷格(Träger)认为早期浪漫派不能被简单地当作反动派,并且他恰当地批评了其他马克思主义学者,页 312 – 313、328 – 329。然而,特雷格依然形成了他自己更为严格的反动派解释版本,将早期浪漫派视为一种反动的乌托邦主义形式(页 307 – 308、323)。他自己更加微妙的说法依然未能区分早期浪漫派和 18 世纪 90 年代的其他政治潮流。

过于频繁地将早期浪漫派的文学看作属于某种自成一类(sui gene-ris)的领域,独立于一切道德和政治。

即便如此,必须要补充说明马克思主义解释有着严重的问题。第一,几乎所有马克思主义学者都认为早期浪漫派在本质上是一次反动,渴望恢复过往的中世纪,①这是一个巨大的错误。这种理解没有把握住早期浪漫派政治方案的特殊性,他们在本质上是有意的改革者,19世纪初普鲁士改革运动的先驱。② 如果把早期浪漫派的政治学置于18世纪90年代和19世纪初的政治光谱中,那么它与明显得多的反动之间的差别就变得立竿见影。浪漫派的政治学远非哈勒尔(Haller)及幸福主义者(Eudämonisten)的观点残余,后者旨在恢复君权神授信条和君主的绝对权力。③ 第二,认为浪漫派全

---

① 两个显著的例外是迈耶(Hans Mayer)和克劳斯(Werner Krauss),他俩在1962年举办于莱比锡的讨论会上批评了卢卡奇对浪漫派过于简化的评价。迈耶和克劳斯强调了浪漫派的某些进步方面以及它和启蒙运动的连续性。参见 Mayer, "Fragen der Romantikforschung", 见 *Zur deutschen Klassik und Romantik*, Pfülligen, 1963, 页263 – 305;以及 Werner Krauss, "Franzöische Aufklärung und deutsche Romantik", 见 *Perspektiven und Probleme*:*Zur französischen Aufklärung und deutschen Aufklärung und andere Aufsätze*, Neuwied, 1965, 页266 – 284(重刊于 *Romantikforschung seit 1945*, 页168 – 179)。然而,迈耶和克劳斯是那种众所周知的反面教材。他们的论文在会议的一份报告中被党的忠实信徒(哈默[Klaus Hammer],波什曼[Henri Poschmann]、施努策尔[Hans – Ulrich Schnuchel])所谴责。参见"Fragen der Romantikforschung", *Weimarer Beiträge* 9, 1963, 页173 – 182。迈耶 inter alia[尤其]被指控为没有领会到浪漫派在德国法西斯主义发展过程中的角色。信徒们辩称没有必要超出马克思关于浪漫派的看法,即将其作为一次反动(页175)。

② 这一失误集中体现于卢卡奇宣称浪漫派想要恢复专制主义。参见"Die Romantik als Wendung in der deutschen Literatur", 见 *Romantikforschung*, 页41。

③ 关于早期浪漫派和18世纪90年代反动潮流之间的一些差别,参见我的 *Enlightenment*, *Revolution*, *and Romanticism*:*The Genesis of Modern German Political Thought*, 1790—1800, 前揭, 页223、281 – 288。

盘反对启蒙运动,仿佛它希望恢复对基督教的非理性[35]信仰以对抗理性的力量,这同样也是错误的。在此,马克思主义学者又一次没有看到浪漫派的特殊性,后者对启蒙运动的态度是复杂且暧昧的。如果说浪漫派在某些方面与启蒙运动决裂了,那么他们在其他方面也推进了启蒙。这里的问题是指明早期浪漫派在哪些方面认可而又在哪些方面批判启蒙运动。第三,在18世纪90年代的背景中,将启蒙运动等同于民主和自由是时代错误。一些在柏林的首要启蒙思想家,诸如加尔弗(Christian Garve)、尼古莱(Friedrich Nicolai)和埃伯哈德(J. A. Eberhard),是开明专制主义的坚定捍卫者,而诺瓦利斯、小施勒格尔和施莱尔马赫却厌恶这个学说。① 因此,在这点上,就不能把浪漫派对于启蒙运动的反对理解为反动,而应当理解为进步。

在将早期浪漫派视为一场反动时,马克思主义学者从未真正超出19世纪40年代的政治辩论,那时海涅、卢格和马克思都被迫捍卫他们的进步理想以对抗某些晚期浪漫派。他们自己对于早期浪漫派的特性描述被激进传统所绑架,犯下了它的基本错误——时代错误,他们依照一些浪漫派的晚期代表来描述早期浪漫派的所有时段。② 然而,无论这一错误在19世纪40年代的政治斗争背景中多么情有可原,今天重申它都毫无意义。是时候去复兴一个多世纪前由海姆所开创——并被马克思主义者所责难——的历史精神了,

① 关于柏林启蒙思想家的政治学,参见 Enlightenment, Revolution, and Romanticism: The Genesis of Modern German Political Thought, 1790—1800, 前揭,页309-317。关于浪漫派对开明专制主义的反应,参见 Novalis,《信与爱》,36号,HKA II,页494-495;以及 Schleiermacher, "Gedanken I", KGA I/2,页1-49,其批判了埃伯哈德的专制主义辩护,Ueber Staatsverfassungen und ihre Verbesserungen, Berlin, 1792—1793。

② 这个错误在很久以前的1850年就由赫特纳指出了。参见 Die romantische Schule,页2-3。

即,在早期浪漫派所处的时空背景之内,根据它所有的总体性和个体性来重构它。①

6. 浪漫派的政治

浪漫派试图调和古典的整体论理想与现代性的一些核心价值,这在他们的社会和政治思想中尤为明显。只要简短说明一下他们的国家理论,这些思想就应当显而易见了。

针对关于浪漫派的非政治解释,有必要强调恰恰相反的解释,即浪漫派具有政治的必然性,并且的确极为重视政治。事实上浪漫派思想家是第一批重申政治之重要性的现代思想家,他们使政治学再次成为"第一科学",如同亚里士多德曾经做到的那样(亚里士多德,《尼各马可伦理学》,卷一,第二章,1094a – b)。本着亚里士多德的精神,小施勒格尔写道:"政治判断是所有观点的至高点。"(《论希腊诗研究》,*KA* I,页 324 – 325)

[36]政治学之于浪漫派的重要性直接来自他们的一个核心学说:个体是一种只能在国家当中自我实现的社会存在。如果自我实现便是至善,并且只有在国家当中才能够达成,那么政治学,即关于国家的学说,就变得至关重要。政治学成了告诉我们如何臻于至善的卓越科学。浪漫派完全认同亚里士多德在《政治学》(*Politics*)中关于国家的定义:"由平等个体所组成的旨在可能的最好生活的社群。"(亚里士多德,《政治学》,1328a;对比同上,1280a – b)因此,他们果断地拒斥了关于国家的现代自由主义观点,后者认为国家的目

---

① Haym,*Die romantische Schule*,页 4 – 5。然而,不能说海姆严格地遵循了他自己的方法论。例如,他对诺瓦利斯的描述依然显示出浓重的针对晚期浪漫主义的标准自由主义痕迹。

的只是保护个体追求自己幸福的权利。

浪漫派的社会和政治思想的核心是他们的社群理想。在根本上,这个理想可以追溯到古典而非基督教的源头,尤其是柏拉图和亚里士多德。①浪漫派的社会和政治思想本质上是一次对古典城邦理想的复兴,以反对格劳秀斯、霍布斯和洛克的现代个人主义传统。对中世纪社群理想的喜好是之后才发展出来的,它第一次出现于诺瓦利斯 1799 年的《基督教或欧罗巴》(“Christenheit oder Europa”)当中。浪漫派的社群理想之 loci classici[经典篇章]有席勒的《美育书简》(*Aesthetische Briefe*)、诺瓦利斯的《信与爱》、施勒格尔的《先验哲学讲稿》、施莱尔马赫的《独白》,以及黑格尔的《伦理体系》(*System der Sittlichkeit*)。②

浪漫派的社群理想至少要在两个层面上来理解,一个是逻辑层面,另一个是规范层面(normative)。在逻辑层面,浪漫派追溯到亚里士多德《政治学》中的格言,即国家是一个优先于它各部分的整体。③大致来说,这意味着国家不可化约为个体的集合,在其中人人自足,相反,个体的存在和身份有赖于他在社群中的地位。如同亚里士多德,浪漫派强调一个人的社会属性,坚称他的身份来自他在社会中的教育,脱离了社会他便非兽即神。

---

①　这在施勒格尔、施莱尔马赫和黑格尔那显而易见。参见例如施勒格尔的早期文章“Ueber die Grenzen des Schönen”,*KA* I,页 42;以及施莱尔马赫的 *Monologen*,*KGA* I/3,页 32 - 33。

②　席勒文本的最佳翻译是 Elizabeth Wilkinson 和 L. A. Willoughby,*On the Aesthetic Education of Man*,Oxford,1967。至于诺瓦利斯、施莱尔马赫和施勒格尔文本的部分翻译,参见我的 *Early Political Writings of the German Romantics*,前揭。至于黑格尔文本的翻译,参见 Hegel,*System of Ethical Life* (1802—1803),H. S. Harris 和 T. M. Knox 编译,Albany,1979。

③　在 1802 年的 *Über die wissenschaftliche Behandlungsarten des Naturrechts*,*Werkausgabe*,卷二,页 505,黑格尔明确追溯了亚里士多德著名的格言。

在回溯亚里士多德的过程中,浪漫派质疑了现代自由主义的国家理论,特别是社会契约论,后者认为国家由普遍同意的个体之间的契约所形成,其中每个人都是自足的。在浪漫派看来,契约论的问题在于自足个体的概念是一种人为且武断的抽象;个体只是社会整体中的一部分,若脱离了社会整体,个体甚至不会有私利,遑论道德准则[37]或审慎的能力。诺瓦利斯认为,从一群自利的个体中不可能孕育出一个社会整体,因为个体一旦受到私利的驱使,便会抛开法则的约束。①

在规范层面,浪漫派的社群理想宣称私利不仅在逻辑上,也在道德上次于公利(the common good);换言之,在特定场合,个体应当为公利服务,即便在公利与其私利相矛盾时。这一针对个体的道德诉求,与一个关于国家目的之特殊观点有着密切联系,即国家的目的不应只是保护个人权利,也要确保公共利益。

将浪漫派的社群伦理解释为一种极权主义的雏形,这在自由主义评论家当中司空见惯。似乎将公利置于私利之前,浪漫派就赋予了国家废除个人权利的理由。但这种批评犯了时代错误,它没有看到浪漫派的社群理想在本质上是共和主义的。公利必须首先且首要地由人民自己决定,人民才是国家的最高权力。因此,除了人民自我施加的律法,没有任何律法能够施加于他们。诚然,浪漫派有时会强调为了公益而自我牺牲的重要性,但这不是源于极权主义,而是来自孟德斯鸠的共和主义传统,它强调美德在共和国当中的重要性,即个体情愿为了公益而牺牲私利。

浪漫派的社群理想背后的中心思想或主导性的隐喻是有机的或"诗意的"国家概念。这个概念要与它的反面,即启蒙运动的"机械"国家相对照才能得到最好的理解。机械国家有两个基本特征。

---

① Novalis,《信与爱》,36 号,*HKA* II,页 494 – 495;以及 Schleiermacher,《心灵 1》,*KGA* I/1,页 28。

第一,像任何机械一样,机械国家是从上级和外部受到引导的——不论是由革命委员会还是君主——因此其动力并不来自它自己内部,即它的个体公民。第二,仍是像一台机械那样,机械国家根据一幅抽象的蓝图,一个自上而下加诸它的设计而缔造。有机国家则与机械国家的这两个特征形成鲜明对照。第一,像任何有机体一样,有机国家由自在自为的各部分所构成,即它的生命将来自自由民和自治团体的积极参与。第二,仍像任何有机体一样,有机国家将随着时间而进化并适应当地环境,[38]因此它的结构不会是某些人为宪章自上强加的结果,而是自下地来自历史发展和传统。

到目前为止,我已经强调了浪漫派的社会和政治理想背后本质上的整体论维度。但强调浪漫派同时想要在他们的社群内部维护个体权利也至关重要。这不仅从他们的个人主义伦理学中显而易见,也体现于他们对法国大革命的一些基本理想比如人权的坚持。当然,浪漫派并非激进的共和主义者——左翼的雅各宾派意欲实现完全的民主并废除一切贵族制及君主制。这样一个立场在浪漫派当中更多是例外而非常规,并且只在他们当中最激进的小施勒格尔那里出现了片刻。浪漫派的政治理想更多是一种混合政体,一个君主制、贵族制和民主制的综合。①他们的有机国家意味着一个高度分化的结构,伴随着多个权力来源,从而使得权力总是在多个团体中被共享,而不是被一个精英集团所独占。

为了避免一些对浪漫派有机国家的常见误解,首先要强调它的分化(differentiated)和层化(stratified)结构。这个结构的核心要素是多元主义,存在于政体中的不仅有不同级别的政府,也有独立于中央控制的自治团体。浪漫派是产权、地方议会与行会的拥护者。

---

① 对混合政体的偏好体现在 Schlegel,《雅典娜神殿》,81 号、214 号、369号,*KA* II,页 176、198、232 – 233;Novalis, *Politische Aphorismen*,66 – 68 号,*HKA* II,页 504 – 503;以及 Hegel,《伦理体系》,*GW* VI,页 361。

在这点上,他们的思想实际上是保守的,因为他们想要保留一些中世纪旧有的社团结构。但也要注意到,这种社团主义或多元主义背后的一个要点是限制中央集权,从而把极权主义的危险降到最低。浪漫派不仅在旧的专制主义当中,也在新的革命政权当中看到了这样一种危险,后者在集权方面丝毫不亚于旧制度(ancien régime)的国家。

浪漫派相信,通过有机国家的社团主义者或多元结构,他们能够打破现代性的政治怪圈,即同时提供社群和个人自由。有机国家将会养育社群,因为国中的自治团体将会确保对政治事务的参与并成为一个社会归属感的中心。然而,有机国家也会确保自由,因为这些团体不仅是大众参与的通道,也是对抗中央政权的壁垒。浪漫派之强调独立团体在这些方面的角色,[39]预示了更加现代的多元学说,即涂尔干和康豪瑟的理念。

在浪漫派看来,德意志专制君主和法国雅各宾派都犯了同样的基本错误:他们废除了自治团体、旧的社团与行会,以便万事皆能自上指挥,不论是由君主的意志还是由某些革命委员会来指挥。如此,他们就在统治者和个人之间造成了一种突兀的对立,没有一个居于两者之间的东西来约束独裁统治或者约束暴民。唯一能对抗君主专制或暴民的保障,便是有机国家的分化结构。

我相信,我们恰恰必须在这个语境当中来理解浪漫派的中世纪主义。这一中世纪主义曾被解释为一种本质上的反动情绪和学说,它最终的确也在小施勒格尔的晚期著作中成了那样。但就其开端和原初的灵感而言,浪漫派沉迷于中世纪社会的社团结构更多是因为他们对专制主义的憎恨,以及他们对多元主义的偏好,他们的主要目标是找到一些对抗极权主义和集权化的壁垒。①他们的多元主

---

① 在这个方面,浪漫派的中世纪主义源于启蒙运动,因此不能被理解为对启蒙运动的反动。论及启蒙运动和浪漫派之于中世纪主义的连续性,参见 Werner Krauss, "Französische Aufklärung und deutsche Romantik",前揭,页 168–179。

义绝非交出个人权利,而是旨在将之作为一种手段,既保护了自由,同时也为个人提供某种形式的社会归属。

没有人比青年黑格尔更清楚地看到,接续中世纪传统并不意味着对自由的背弃,而意味着对自由的肯定。他在 1799 年的《宪法著作》(*Verfassungsschrift*)中写道,个人权利从未比在中世纪那样得到更有力的肯定和保护(Hegel,《文集》[*Werkausgabe*],卷一,页 533、536)。是专制主义的无情统治凭借其权力竭尽所能瓦解了产权与行会,使得人们忘记了他们的中世纪遗产,而这才是革命时代一切动乱的本源。

7. 浪漫派的美学

我们对早期浪漫派的道德和政治的描述似乎在面对一个核心的、顽固的且无可争辩的事实时遭遇了失败,即,早期浪漫派本质上是一场美学运动,它赋予艺术以最高的价值。在古典的真、美、善三元之中,浪漫派将美视为 primus inter pares [个中翘楚]。众所周知,谢林、施勒格尔、诺瓦利斯与荷尔德林把诗作为形而上学[40]知识、道德上的善及政治合法性的基础。但若是如此,道德、社会和政治当然应该从属于美。

美学的首要性和自主性,的确成了关于早期浪漫派非政治的文学解释背后的核心前提。因为浪漫派赋予艺术如此的重要性,他们似乎逃避了社会与政治世界的现实,或者似乎至多把社会和政治用作创作艺术作品的一种手段或"机缘"(Schmitt,《政治的浪漫派》,前揭,页 20 – 26)。的确,因为他们断言美学的自律,并断言美学独立于一切道德和政治目的,所以他们似乎绝不会允许美学的创造力向道德和政治妥协。

为了避免某些非常常见的误解,尤其是太过常见的把审美主义和唯美主义混为一谈之误,最重要的是准确审视浪漫派在何种意义上赋予美学以优先性。这种优先性并不意味着浪漫派对美的偏爱超过善和真,仿佛他们会选择美学价值而非道德和政治价值(若他们必须做出选择的话),或仿佛他们会把外观看得比道德和智识品质还要重(唯美主义)。既然他们用道德和政治术语来定义美,那他们实际上不可能将这些价值分割开来,所以他们不可能面临偏爱哪一个的问题。毫无疑问,浪漫派对美的描述使美——虽然只是在某种意义上——成了次要和派生性的:美是和谐个体和国家的外显或表现。浪漫派是因为美的道德和政治维度而重视美,并非因为审美而重视道德和政治。持这样的颠倒看法,完全是把被定义、被限定或被奠基者与定义、条件或基础混淆了。浪漫派将优先性赋予美,只是说他们把美作为真和善的 ratio cognoscendi [认识根据]——认识的标准或手段;他们并不认为美是善和真的 ratio essendi [存在根据]、本质、根本或基础。

不论如何解释美学优先性的涵义,也难以看出这种优先性何以能为关于早期浪漫派的非政治解释提供证据。除非对美学给出非常狭隘的解释,认为它只是指传统意义上的艺术作品,这种非政治解释才能行得通。通常,短语"早期浪漫派"被理解为指代文学的某种形式,不论是诗歌、戏剧或是小说,尽管它也可以表示音乐、雕塑或绘画作品。然而,这种解释过于狭隘,因为早期浪漫派不仅将诗歌、戏剧和小说,[41]甚至也将个体、社会和国家视为艺术作品。他们的目标实际上是打破艺术和生活间的藩篱,以使整个世界都成为一件艺术作品。然而,既然个体、社会和国家也必须成为艺术作品,那么在任何直观意义上都难以维系这样一个观点,即浪漫派艺术意味着非政治,与社会和政治世界无干。

浪漫派的审美主义与其说是一种政治冷漠或逃避主义的学说,倒不如说是一种道德或政治理论,特别是一种通过有机整体的观念将善与美等同起来的整体论。早期浪漫派没有将美从道德和政治世界中抽离,只是因为他们将其作为衡量道德和政治价值的特定试金石、标志或尺度。如果一个人统一了他的理性和感性——即如果他由衷地履行了它们的责任——他就会变得"优雅"或成为"一个优美的灵魂"。类似的是,如果国家将它的所有公民都统一到一个和谐的社群之中,它就会成为一个"审美的"或"诗意的"国度。因此浪漫派的审美主义不只是一种狭义上的艺术作品理论,只关乎戏剧、诗歌和绘画,它也是一种非常广义上的艺术作品理论,关乎个体、社会和国家的生活。

但有人可能会有疑问:早期浪漫派的这种社会和政治维度如何与它对艺术自律的信念相协调? 众所周知,青年浪漫派是康德的审美自律学说的追随者,根据这一学说,美学品质具有独立于道德准则和身体欲望的价值。他们强烈拒斥戈特谢德(Gottsched)的功利主义美学,因为他使得艺术服务于道德和政治的目的。既然如此,我们怎能坚持伦理学和政治学之于青年浪漫派的优先性呢? 这似乎违背了他们自己对于艺术自律的信念。

对这个问题的解答就在于一个明显的悖论:浪漫派坚持艺术的自律并非不顾及道德和政治目的,而恰恰正是出于他们的道德和政治目的。反讽的是,一件艺术作品只有依靠它的自律美德,才能表现出最高的道德和政治价值:自由。一件艺术作品象征着自由正是因为它是自律的,或正是因为它并非其他目的之手段,不论这些目的是道德的还是物质的。

这个悖论在席勒那里就已经表现得很明显,他的美学观对浪漫派有着巨大的影响。[①] 席勒虽然肯定康德的审美自律学说,但也力

---

① 参见席勒"Über den Grund des Vergnügens an tragische Gegenstände", *NA* XX,页 133 - 147。在此席勒坚持了审美愉悦 sui generis［自成一类］的品质,并且批判了那些将艺术从属于道德和政治目的的人。然而他也强调了审美愉悦并没有降低反而提高了对于艺术的要求。审美愉悦包含在对我们才能的自由使用当中,而这种自由产生于并代表了更深的道德目的。恰恰是依靠这种愉悦的美德,我们才发现了自由的真谛以及人性是它本身的目的。

主艺术在教化人性当中扮演着一个核心角色。对这个明显的矛盾之解答隐含在他关于美的定义当中。[42]根据席勒,美的本质包含在自由的显现当中;一件艺术作品具有道德价值恰恰是因为它代表了自由,而自由正是道德的基础(席勒致克尔纳[Körner],1793年2月8日,*NA* XXVI,页182)。然而,为了象征自由,一件艺术作品必须拥有它自己的完整性和自律,即它自己独立于外部目的之自由。因此,反讽的是,艺术具有它最伟大的道德意义恰恰是在它不用于任何特定的道德目的时。

虽然浪漫派从未明确地纠结于他们哲学中的这个显而易见的张力,但他们对这一张力的回应遵循了席勒所提出的路线。大施勒格尔曾经如此评论一部充满道德说教却又弄巧成拙的戏剧:"难道它除了毁掉自己的品位以外,就真的没有其他办法来改善人性了吗?"①像他的兄弟那样,他曾经一直相信说教艺术是糟糕的艺术;而一个完全自由的品位才能改善人性。因此反讽的是,艺术在不用于任何特定的道德目的时才具有最伟大的道德意义。艺术的自律的确有一个道德的基础。如同弗里德里希写信给他兄弟时所说:"我的学说之灵魂在于人性是最高的目的,艺术仅仅为了这个目的而存在。"②仅这句简单的声明就可以作为关于早期浪漫派的道德和政治解释的座右铭——以及结论。

---

① A. W. Schlegel,《全集》,前揭,卷十四,页65。关于席勒对 A. W. 施勒格尔的影响,参见 Josef Körner, *Romantiker und Klassiker: Die Brüder Schlege in ihre Beziehungen zu Schiller und Goethe*, Berlin,1924,页64。

② 弗里德里希致奥古斯特·威廉·施勒格尔,1793年10月16日,*KA* XXIII,页143。

第三章　早期浪漫主义与启蒙运动

1. 浪漫主义与启蒙运动对决？

[43]一个多世纪以来，将18世纪末德意志浪漫主义的诞生看作启蒙运动的死亡已经成了老生常谈。①一般认为，浪漫主义是针对启蒙运动的反动，是其自觉的反对派和对立面。因此浪漫主义在19世纪早期取得支配地位便意味着启蒙运动的终结，而后者也相应地被贬入18世纪。

在这一老生常谈的说法中，德意志浪漫主义的朋友和敌人结合了起来。在19世纪三四十年代，德意志的自由主义者和左翼黑格尔主义者都谴责浪漫主义，因为他们视其为一场针对启蒙运动的反动。②但是，从19世纪末开始并接着在20世纪二三十年代达到了高

---

① 这种解释由19世纪的标准文学史所确立。参见例如 Gervinus, *Geschichte der poetischen Nationalliteratur der Deutschen*，前揭，卷五，页589 – 599，尤其是页594；Hettner, *Geschichte der deutschen Literatur im Achtzehnjahrhundert*，第8版，Berlin, 1979，卷二，页641 – 642（初版：Braunschweig, 1862—1870）。亦可参见 Gervinus, *Aus der Geschichte des neunzehnten Jahrhunderts seit den Wiener Vorträgen*, Leipzig, 1855，卷一，页346 – 349；及 Hettner 的 *Die romantische Schule in ihren inneren Zusammenhange mit Göthe und Schiller*，前揭，页139 – 188。

② 参见 Heinrich Heine, *Die romantische Schule*, *Sämtliche Werke*，前揭，卷五，页379 – 382；Arnold Ruge, "Unsere Klassiker und Romantiker seit Lessing"，前揭，卷一，页8 – 11；以及 Rudolf Haym, *Die romantische Schule*，前揭，页3。

潮的是,德国民族主义者和保守派接纳了浪漫主义,因为他们也相信它反对了启蒙运动;然而,在他们看来,既然启蒙是一种从法国输入的外来意识形态并且敌视德国精神,这样的反对便是一种美德而非罪恶。① "二战"后,同样的顽固态度重现了,不过是通过反法西斯主义而得到振兴。既然浪漫主义被看作法西斯意识形态的本质,自由主义者和马克思主义者便联合起来攻击它。②

关于浪漫主义与启蒙运动的决裂,在二手文献中能发现至少三个原因。第一,浪漫主义试图用审美主义来代替启蒙运动的理性主义。有别于启蒙运动曾经将理性作为最高权威和真理的最终标准,浪漫派将这样的权威赋予了直观和艺术感受力,视其胜过一切概念化、判断和推论。因此浪漫主义[44]经常被指控为"反理性主义"或"非理性主义"。第二,浪漫派批判了启蒙运动的个人主义,代之

---

① 民族主义者对浪漫主义的挪用始于 Wilhelm Scherer, *Geschichte der deutschen Literatur*,第 7 版,Berlin,1894,页 633;以及 "Die deutsche Literaturrevolution",见 *Vorträge und Aufsätze zur Geschichte des geistigen Lebens in Deutschland und Österreich*,Berlin,1874,页 340。它也受到了 Wilhelm Dilthey 的启发,"Goethe und die dichterische Phantasie",*Erlebnis und die Dichtung*,第 15 版,Göttingen,1970,页 124 – 125。在 20 世纪 20 年代,浪漫派等于对德意志的认同和对启蒙运动的反对这一等式固化了。参见 Alois Stockmann, *Die deutsche Romantik*,Freiburg,1921,页 27 – 28、34、36;Georg Mehlis, *Die deutsche Romantik*,Munich,1922,页 26 – 28;H. A. Korff, "Das Wesen der Romantik",前揭,页 545 – 561;Paul Kluckhohn,*Die deutsche Romantik*,Bielefeld,1924,页 3。国家社会主义者将国家主义的解释推向极致,驳斥了对德国精神的"法兰西 – 犹太式启蒙"。这一方面,尤见于 Walther Linden, "Umwertung der deutschen Romantik",*Zeitschrift für Deutschkunde* 47,1933,页 65 – 91。林登(Linden)是国家社会主义事业的一位重要代言人。

② 关于自由主义者的反应,参见例如 Lovejoy, "The Meaning of Romanticism for the Historian of Ideas",*Journal of the History of Ideas* 2,1941,页 257 – 278,尤其是页 270 –278。关于马克思主义者的反应,参见 Georg Lukács, "Die Romantik als Wendung in der deutschen Literatur",前揭,页 51 – 73。

以提倡一种社群理想,在其中个体服从于团体。启蒙思想家倾向于仅将社会和国家看作保障个体幸福和权利的工具,浪漫派则坚称公共生活本身就是目的,为此个体应当牺牲一己之私利。第三,浪漫主义在本质上是一种保守派意识形态,背弃了启蒙运动的自由主义价值观,诸如政教分离、宗教宽容和个人自由。因此一些浪漫派思想家,如小施勒格尔、缪勒(Adam Müller)和维尔纳(Zacharias Werner),皈依了罗马天主教,还有些人诸如蒂克和诺瓦利斯则与天主教暧昧不清。① 总之,这些二手文献要我们把浪漫主义的反理性主义、社群主义和保守主义对立于启蒙运动的理性主义、个人主义和自由主义。

　　如同观念史当中的许多概括,这种老生常谈是一种极具误导性的过度简化。它之所以具有误导性,首先是因为德意志浪漫主义是一场非常多变的运动,它经过了几个阶段,经历了几次转变。这场运动一般被分为三个时期:早期浪漫派(Frühromantik),从 1797 年到 1802 年;盛期浪漫派(Hochromantik),到 1815 年;以及晚期浪漫派(Spätromantik),到 1830 年。② 相应地,浪漫主义与启蒙运动的关系也经历了变化。某些浪漫派,尤其是小施勒格尔和缪勒,后来变得更为保守,因而也更敌视启蒙运动的某些核心价值,这样说大体

---

　　① 关于对浪漫派和罗马天主教之关系的误解,参见 A. W. Porterfield 依然有益的文章"Some Popular Misconceptions concerning German Romanticism", *Journal of English and Germanic Philology* 15,1916,页 470 – 511,尤其是页 497 – 501。考察了整个浪漫派运动之后,波特菲尔德(Porterfield)断定:"简而言之,关于同有形教会的灵交(Seelenkultur)与亲和,罗马天主教在德意志浪漫主义中并没有扮演什么重要的角色,而德意志天主教则扮演了一个微不足道的角色。"(页 449)

　　② 关于德意志浪漫派的分期,参见 Paul Kluckhohn, *Das Ideengut der deutschen Romantik*, 前揭,页 8 – 9;以及 Ernst Behler, *Frühromantik*, 前揭,页 30 – 51。至于一个有些不同的分期,参 Harro Segeberg, "Phasen der Romantik",见 *Romantik Handbuch*, Helmut Schanze 编,Stuttgart,1994,页 31 – 78。

不错。但这种概括只适用于晚期浪漫派的一些思想家,而不适用于这个运动的早期阶段。因此非常重要的是避免时代错误的危险,避免在浪漫派的最终化身的基础上来判断浪漫主义的一切。这一谬误已经成了自由主义和左翼解释背后的主要缺陷。

这种老生常谈之所以具有误导性,还有另一个原因。不仅因为德意志浪漫主义经历了巨变,以至于对于一个时期是真实的说法,对于另一个时期则未必真实。问题远比这复杂,因为,在每一个时期里,浪漫派对启蒙运动的态度从来就不是一种简单直接的拒斥,而是一种复杂得多、微妙得多的暧昧。如果说浪漫派是启蒙运动的批评者,那么他们也是其追随者。接下来的问题就是,要确定就每一个时期而言,浪漫派在哪些方面接受和拒斥启蒙运动。

[45]这篇文章的任务便是解决这一问题,尽管只是某种初步且局部的解决。我将重新审视 1797 至 1802 年德意志浪漫主义的早先形成时期里浪漫主义与启蒙运动之间的复杂联系,这一时期被称为早期浪漫派。这个时期对于理解浪漫派与启蒙运动的关系最为值得注意,也最有启发。因为在这些年间,青年浪漫派质疑启蒙运动,在 18 世纪末的柏林,他们对启蒙运动的这种态度依然是支配性的意识形态。关于早期浪漫派的结论不一定适用于浪漫主义的后期诸阶段,但会满足我们在此的目的:确定浪漫主义的起源是否代表了对启蒙的反动以及与启蒙的完全决裂。

在着手复查早期浪漫派与启蒙运动之间的关系上,我并不宣称自己具有什么原创性。自 20 世纪 70 年代以来,已有许多学者坚持重新考量这段关系,对于这段关系的一些复杂性也已经做出了富有价值的阐明。① 他们已经达成一个共识,即旧的对立式理解不再站

---

① 参见 Helmut Schanze, *Romantik und Aufklärung:Untersuchungen zu Friedrich Schlegel und Novalis*, 第 2 版, Nuremberg, 1976; Werner Krauss, "Französische Aufklärung und deutsche Romantik", 前揭, 页 168–179; Wolfdietrich Rasch, "Zum

得住脚,早期浪漫派与启蒙运动之间的关系的确是暧昧且复杂的。①
然而,这并不意味着问题已经得到解决。恰恰相反,直到现在,所研
究的问题才变得清晰起来。要澄清启蒙运动与早期浪漫派之间十
分纠结、微妙且多面的关系,依然有许多工作要做。接下来所做的,
仅仅是尝试阐明那段关系中一个非常重要的方面。

2. 启蒙运动的危机

为了理解早期浪漫派与启蒙运动之间的关系,首先有必要对早
期浪漫派圈子的开端、理想和成员形成一些基本看法。

如果要给德意志浪漫主义的开端严格界定出一个日期,那么我
们不妨选择 1797 年。在这一年里,一些青年诗人、哲学家和文学评
论家开始参加柏林的赫茨(Henriette Herz)和莱温(Rahel Levin)举
办的沙龙。之后一直到 1802 年,他们在耶拿的大施勒格尔家中集
会。集会的目的是举行关于哲学、诗歌、政治以及宗教的坦率自由
的讨论。他们彼此阅读新近的作品,当面给出评论,并且合作开展
文学计划。[46]这个圈子被时人称作"新宗派"或"新学派",后来
在历史上则以"浪漫派圈子"著称。

这个圈子的成员注定要闻名于德意志思想史。他们是奥古斯
特·威廉·施勒格尔(1767—1845)、弗里德里希·施勒格尔(1772—

Verhältnis der Romantik zur Aufklärung", 见 *Romantik : Ein literaturwissenschaftsli-
ches Studienbuch*, Königstein, 1979, 页 7 – 21; 以及 Ludwig Stockinger, "Das Aus-
einandersetzung der Romantiker mit der Aufklärung", 见 *Romantik – Handbuch*, 页
79 – 105。

　　① 关于学术上的这一趋势,参见 Gerhart Hoffmeister, "Forschungsge-
schichte", 见 *Romantik – Handbuch*, 页 177 – 206, 尤其是页 178。

1829）、小说家蒂克（1773—1853）、自然哲学家谢林（1775—1854）、神学家施莱尔马赫（1768—1834）、艺术史家瓦肯罗德（1773—1801），以及诗哲哈登贝格（1772—1801）——他采用了笔名"诺瓦利斯"。处在圈子边缘的还有悲剧性且孤独的人物荷尔德林（1774—1843），虽然他与这个圈子多有共见。毋庸置疑，这个浪漫派圈子的领袖是小施勒格尔，他第一个规划了团体的美学理想，创办了它的刊物《雅典娜神殿》并担任主编。

初次考量青年浪漫派对启蒙运动的态度时，人立刻会被浪漫派对启蒙运动的消极评论所震惊。当提及法国启蒙哲人（philosophes）或柏林的启蒙思想家时，大施勒格尔、诺瓦利斯和施莱尔马赫总是会攻击他们。[①]他们批判启蒙哲人的享乐主义、唯物主义和功利主义，种种主义似乎把世界降格为一部纯粹的机器，没有给艺术和宗教等生活中更高的价值留下任何余地。他们也敌视柏林的启蒙思想家，尤其是加尔弗、埃伯哈德和尼古莱，基于后者对开明专制主义的反动信仰，固执地遵守某种独断论的形而上学，以及将常识作为最终的智识权威。这类学说在康德的知识批判以后似乎已经完全过时，因为康德的批判已经表明了旧形而上学的不可靠性以及将一切都诉诸常识的缺陷。柏林的启蒙思想家试图捍卫形而上学以反对康德的知识批判，试图维护开明专制主义以反对法国大革命，这只显示出他们的陈腐、他们对于适应新秩序的无力。

这样的批判导致许多学者断定，早期浪漫派不可调和地反对启蒙运动。但这样一种概括的前提是对于启蒙运动的某种太过简化的观点，仿佛启蒙运动可以在某种程度上等同于法国启蒙哲人的唯物主义，以及柏林的旧式启蒙思想家的专制主义和自然神

---

① 参例如 A. W. Schlegel, "Vorlesungen über dramatische Kunst und Litteratur"，前揭，卷二，页 65 – 70；Novalis，《基督教或欧罗巴》，*HKA* II，页 515 – 516，以及 Schleiermacher，《独白》，*KGA* I/3，页 30 – 31。

论。然而这就遗漏了启蒙运动的一些根本价值：一个人独立思考的权利；自决的权利，独立于外部权威而发展个人［47］力量与个性的权利；此外还有教育和启蒙的价值，以及克服偏见、迷信和无知的需要。

恰恰是在这些根本价值方面，青年浪漫派仍然忠于启蒙运动。浪漫派虽然批判启蒙运动，但至少支持后者的两个根本原则：彻底的批判主义，或者说个体独立思考的权利；以及教化，即对公众的教育。①他们绝非质疑这些信念，相反，在 18 世纪 90 年代他们的目标是捍卫它们，那十年间，启蒙运动面临着一场非常严峻的危机。

到了 18 世纪 80 年代后期，启蒙运动的岌岌可危已经显而易见，这并非来自它外部的敌人，而是来自它自己内部的矛盾。其最为重大的内部冲突是，启蒙运动的彻底批判主义似乎危害了它的教化理想。它的批判似乎必然（per necessitatum）以怀疑主义和虚无主义为终点，但它的教化理想却以信奉某些确定的道德、政治和美学原则为前提。而如果理性对这些道德、政治和品位的原则仅仅投诸怀疑，又怎么可能把这些教导给公众呢？

这里存在一个古老的难题。在《申辩》（Apology）里，苏格拉底宣称只有经过审视的生活才值得过，因为只有经过审视的生活才能告诉我们正义和美德；但他也宣称因为他一无所知，所以他是所有人中最明智的人（对比《申辩》38a‑b 和 33b）。为何审视生活会导致兼有彻底的无知和对正义与美德的知识？当然，那是苏格拉底的控告者墨勒图斯（Meletus）和阿尼图斯（Anytus）的问题。在 18 世纪末的柏林，一些启蒙运动的批评者，最著名的是哈曼和雅可比（Jacobi），再一次旧案重提。苏格拉底成了启蒙运动的英雄，成了

---

① 教化理想之于启蒙运动的核心角色，参见 Moses Mendelssohn, "Ueber die Frage：was heisst aufklären?", *Berlinische Monatsschrift* 4, 1784, 页 193‑200。

启蒙运动与激情、迷信和野蛮做斗争时的守护神。但是,启蒙思想家并未从苏格拉底的受审背后学到更深的功课,难道不是吗?因为,看起来毒芹可能才是对经过审视的生活这一 aporia[难题]的唯一回答。

3. 浪漫派审美主义的语境

早期德意志浪漫主义一个最突出的特征——它的朋友和敌人都会立刻注意到的一个特征——是它赋予艺术以极大的重要性。施勒格尔兄弟、施莱尔马赫、谢林、诺瓦利斯与荷尔德林都在德意志文化的复兴当中赋予艺术以根本性的角色。画家、诗人、作曲家和小说家处于[48]文化改革的前沿,并被选派为人类的教育者。我们可以把青年浪漫派对艺术的强调置于其恰当的历史视角中,把它看作柏拉图《王制》(*Republic*)中那一声名狼藉的学说的颠倒。在《王制》中柏拉图想要驱逐艺术家,而浪漫派则想要为艺术家加冕。何为最好的君王——青年诺瓦利斯问道——除了那艺术家中最好的艺术家,那位一场以国家为舞台的大型戏剧的导演(Novalis,《信与爱》,39 号,*HKA* II,页 498)?

然而,为什么青年浪漫派赋予了艺术以如此大的重要性?为什么他们将其作为社会、政治和文化复兴的关键?这个问题的答案对于理解青年浪漫派与启蒙运动的联系至关重要。因为他们的审美主义便是他们去实现理想、解决启蒙运动的突出问题的手段。

青年浪漫派的审美主义只有在他们对法国大革命的反应这一语境里才可以理解。大革命对早期浪漫派具有深远的影响。它催生了他们的政治意识,也导致了他们早期的社会、政治和美学思想中的大部分问题。除了大施勒格尔——他从一开始就对大革命怀有疑虑——青年浪漫派都欢迎法国大革命,视其为新时代的黎明。

他们被旧制度(ancien régime)的崩溃所鼓舞,他们期待一个没有特权、压迫和不义的新纪元。蒂克、诺瓦利斯、谢林、施莱尔马赫与小施勒格尔都肯定自由、平等与博爱(liberté,egalité et fraternité)的理想,并且坚称真正的人性只有在共和制当中才能实现。关于他们对大革命的反应,最惊人的是他们对之保持了那么久的同情。不像他们的许多同胞,他们的忠诚并没有因九月大屠杀、国王被处决、入侵莱茵兰,甚至革命后的恐怖而受到影响。①

诺瓦利斯、谢林、施莱尔马赫以及小施勒格尔直到大约1798年才开始对大革命不满。接着他们便开始攻击现代公民社会的自我主义、唯物主义和功利主义,他们相信是大革命鼓励了这些倾向。②他们也表达了对暴民政治的担忧,对某些精英统治方式的坚持。他们相信,真正的共和制应当是一种贵族制、君主制和民主制的混合体,因为在任何真实的国家当中,教化者必须支配未开化者。③然而,这样谨慎稳健的学说并不反动,更不是浪漫派所特有。毋宁说,它们是18世纪90年代末的典型学说,反映了法国自身的舆论走向,1797年3月举行的法国大选,导致大多数保皇党回归到两个立法委员会中来。尽管浪漫派成长得越来越稳健和谨慎,[49]但他们并没有放弃他们的共和主义,他们希望将其融入君主立宪制当中。

---

① 认为浪漫派对大革命的幻灭是在国王的死刑和恐怖开始之后,这一传统观点是站不住脚的。关于浪漫派对大革命的反应,参见我的 *Enlightenment, Revolution, and Romanticism:The Genesis of Modern German Political Thought, 1790—1800*,前揭,页228 – 229、241 – 244、250 – 253、266 – 267。

② 参见例如 Schlegel 的《断想集》,41 号,*KA* II,页259;Novalis,《信与爱》,36 号,*HKA* II,页495;以及 Schleiermacher 的《谈话录》(*Reden*),*KGA* II/1,页196。

③ 参见 Schlegel,《雅典娜神殿断片集》,81 号,页212 – 214、369 – 370;以及 Novalis,《信与爱》,22 号、37 号,*HKA* II,页490、496。

我们发现,迟至 19 世纪早期,诺瓦利斯和施勒格尔才重申了自由、平等与博爱的理想。①如果单就早期浪漫派而言,那么去谈论一种"浪漫派保守主义"就变得很荒谬。实际上青年浪漫派与许多启蒙思想家相比,更忠于自由和进步的理想,因为启蒙思想家依然坚持他们对开明君主专制的信仰。②启蒙运动与进步民主理想的联系是一个十分晚近的发展物,不应当被曲解进 18 世纪 90 年代浪漫派的政治语境中去。

尽管早期浪漫派在 18 世纪 90 年代是共和主义者,但他们并不是革命者。他们虽然为革命理念背书,却摒弃革命实践。荷尔德林可能是他们当中的一个例外,除了他,浪漫派不相信起义在本土可行,甚至不相信那是可取的。③法国的局势使得他们担心一场革命将会导致不可救药的无序与冲突,因此他们坚持诉诸自上而下的渐进式演变。如同大多数启蒙思想家,早期浪漫派认为在激进的政治变革中,首要危险在于人民自身,人们并未对一种共和国的崇高道德理想做好准备。共和国要求智慧与美德,正像孟德斯鸠与卢梭一直教导的那样;但由于帝国大部分区域教育水平的低下和启蒙的缓

---

① 参见 Novalis, *HKA* II, 页 518、522; Schlegel, 《先验哲学讲稿》, *KA* XII, 页 44、47、56 – 57、88。

② 因此在 18 世纪 90 年代, 启蒙思想家如加尔弗、克莱因 (Ernst Ferdinand Klein)、埃伯哈德和萨瓦列斯 (C. G. Svarez) 继续捍卫君主专制以反对大革命的理念。关于启蒙思想家对大革命的反应, 参见《启蒙、革命与浪漫主义》, 页 309 – 317; 以及 Zwi Batscha, *Despotismus von jeder Art reizt zur Widersetzlichkeit: Die Französische Revolution in der deutschen Popularphilosophie*, Frankfurt, 1989。

③ 在 *Hölderlin und die französische Revolution*, Frankfurt, 1969, 页 85 – 113, 比尔陶克斯 (Pierre Bertaux) 曾组织证据表明荷尔德林曾卷入一场建立斯瓦比亚共和国的密谋之中。然而, 荷尔德林大体上坚持了渐进演变的价值以及对教化的需求。参见例如他在 1797 年 1 月 10 号致埃贝尔 (J. G Ebel) 的信, 以及他在 1799 年 1 月 1 号致他兄弟的信, *GSA*, VI/1, 页 229 – 230、303 – 305。

慢进展,不可能在德意志指望这些美德。青年浪漫派所面对的根本政治问题因而十分显:给予民众道德、政治和美学的教育,以使德意志人民为共和国的崇高理想做好准备。在 18 世纪 90 年代的德意志,作为知识分子,他们的任务便是去界定道德、品位和宗教的标准,以使公众具有文化理想和美德模范。因此,在他们从 1797 年至 1800 年关键的形成期里,早期浪漫派既非革命者亦非反动派。毋宁说,他们仅仅是改革者,是席勒、赫尔德、洪堡、维兰德以及整支启蒙思想家大军所组成的古典传统中的稳健派。①

我们必须将青年浪漫派的审美主义置于这样一个改良主义的语境中。他们之所以如此看重艺术,主要是因为他们视其为教化的首要工具,并因而视其为社会与政治改革的关键。如果必须为共和国崇高的道德理想做好准备,那就应当通过某种美育来实现,这将是新的社会和政治秩序的先锋。

青年浪漫派将这样的重要性赋予艺术,证明他们自己[50]是席勒的门徒,席勒曾在其著名的 1793 年《美育书简》中提出这一论点。他们赞同席勒对政治问题的分析:教化是社会与政治变革的先决条件,是一个持久的共和宪政唯一坚实的基础。他们也接受了席勒对这个问题的解决方案:美育应当是教化的核心。依据席勒,正是艺术,并且只有艺术,才能将分裂的人性力量统一起来,为之提供一个美德的模范,并且鼓舞人们去行动。在各个方面,浪漫派都表示赞同。他们的赞同最明显不过地表现在神秘的文献"德意志唯心主义最早的系统纲领"当中,宣称诗歌应再次成为它一度在文明破晓时

---

① 因此,一些学者坚称浪漫派要么是激进的要么是反动的,要么是进步的要么是退步的,这些学者给我们提供了一种错误的选择。在迈耶的"Fragen der Romantikforschung"中,他批评了卢卡奇将这样一种模式应用于浪漫派研究(前揭,页 302)。然而,迈耶并未阐明为何这个模式是有问题的。一旦我们将浪漫派定位于 18 世纪 90 年代的语境当中,这个模式的病态就变得显而易见了,在那时浪漫派的立场浮现出稳健的中间路线。

之物:人性的教师。①

因此,如果我们将青年浪漫派的审美主义置于它原初的历史背景中,便会证明那恰恰是他们对于社会和政治改革的策略。然而,这也显示出,就青年浪漫派对启蒙运动的一个根本目标保持忠诚而言,其主要目的如何接续启蒙运动,这个根本目标即公众教育,即公众的道德、智识和审美能力的发展。实际上这正是他们的刊物《雅典娜神殿》的目标,该刊明确致力于教化的目的,如同许多启蒙运动的期刊(Zeitschriften)一样。青年浪漫派坚持将进一步的教育和启蒙作为根本的社会和政治变革之先决条件,这只不过重申了启蒙思想家经常强调的一点。的确,当他们试图使启蒙服务于对社会和政治变革不断增长的需求时,青年浪漫派似乎无异于18世纪90年代的启蒙思想家。他们显得不同于早期那一代启蒙思想家之处,仅仅在于他们对开明专制主义已经感到幻灭,并准备接受共和主义的理想。因此我们禁不住想要做出如此结论:浪漫派是后革命时代的启蒙思想家。但是,我们很快就会看到,真相远比这复杂得多。

4. 彻底批判及其后果

如果说青年浪漫派忠实于启蒙运动的教化理想,那么他们同样忠实于它的彻底批判的理想。启蒙运动宣告了批判的绝对权利,即

---

① 参见 Hölderlin, *GSA* IV/1,页 297–299。翻译参见我的 *Early Political Writings of the German Romantics*,前揭,页3–5。这份手稿的作者是一个颇有争议的问题,我们无需在此裁定。作者要么是谢林、黑格尔,要么是荷尔德林。有关作者问题的争论,参见论文集 Rüdiger Bubner, *Hegel–Tage Villigst 1969*; *Das älteste Systemprogramm*, *Studien zur Frühgeschichte des deutschen Idealismus*, *Hegel Studien Beiheft* 9, 1973;以及 Christoph Jamme, *Mythologie der Vernunft*: *Hegels《ältestes Systemprogramm》des deutschen Idealismus*, Frankfurt, 1984。

理性地批判世间一切事物的权利。无论是神圣宗教,还是威权国家,如康德所言,皆无法逃避批判的裁决(Kant,*KrV*,A xii)。[51]青年浪漫派没有抵制而是热情地认同这一原则。诺瓦利斯、荷尔德林、施勒格尔和施莱尔马赫都高度评价批判的力量,他们认为这对于一切哲学、艺术和科学都不可或缺。① 事实上,如果说他们对启蒙思想家有任何怨言的话,那也是埋怨后者对理性权威的拓展远远不够,而想要与社会、政治和宗教 status quo[现状]相妥协,从而背叛了他们的事业。

彻底批判——对宗教、道德和社会习俗的彻底批判——的价值是《雅典娜神殿》的一个引领性主题。"人再怎么也不可能达到充分的批判性。"小施勒格尔写道。(Schlegel,《雅典娜神殿断片集》,281 号,*KA* II,页 213)这句话总结了该团体的普遍态度。浪漫派喜爱反讽,这是他们献身于彻底批判的另一种形式,因为反讽要求通过无情的自我批判而居于一切个人的信念和创造之上。然而,浪漫派之忠诚于启蒙的批判理想,再明显不过地表现在小施勒格尔对莱辛的钦佩之中,后者以最大胆的启蒙思想家之称而闻名于他的时代。② 施勒格尔崇敬莱辛是因为他的独立精神,他不顾习俗与正统而独立思考的能力。他在 18 世纪 90 年代的志向是做到不亚于莱辛。

青年浪漫派对于批判的态度尤其表现在他们对于泛神论争议

---

① 参见例如 Novalis,*Heinrich von Ofterdingen*,*HKA* I,页 280 – 283;Hölderlin,*Hyperion*,*GSA* III,页 93,以及他 1795 年 6 月 2 日致他兄弟的信,*GSA* VI/1,页 208 – 209;Schlegel,《雅典娜神殿断片集》,1 号、47 号、48 号、56 号、89 号、96 号,*KA* II,页 165、172、173、178、179。

② 参见 Schlegel,"Ueber Lessing",*KA* II,页 100 – 125,及 *Lessings Gedanken und Meinungen*,*KA* XIII,页 46 – 102。施勒格尔对莱辛的钦佩,参见 Johanna Kruger,*Friedrich Schlegels Bekehrung zu Lessing*,Weimar,1913;Klaus Peter,"Friedrich Schlegels Lessing:Zur Wirkungsgeschichte der Aufklärung",见 *Humanität und Dialog:Lessing und Mendelssohn in neuer Sicht*,Detroit,1979,页 341 – 352。

的反应上,在 18 世纪末的德意志,这一点对于任何忠于理性的人都是真正严峻的考验。在这场始于 1786 年的争论当中,雅可比认为一以贯之的理性主义必须以斯宾诺莎主义的无神论和宿命论告终,拯救一个人的道德和宗教信仰的唯一方法只能是通过 salto mortale [致命的一跃],即一次信仰的跳跃。然而,施勒格尔、诺瓦利斯、荷尔德林、谢林和施莱尔马赫都批判雅可比所推崇的那一跃。在他们看来,雅可比的重大失误在于当他看到理性威胁到他所珍视的信仰时便背弃了理性。他们认为,对于他来说更好且更坦诚的是摒弃他的信仰而非他的理性。尽管浪漫派自己也不能免于受到神秘主义的吸引,但他们从不认可违背理性的信仰跳跃。持有缺乏证据的信仰尚可容忍,但持有违背证据的信仰却断然不可。

青年浪漫派高度评价了批判,这是因为他们视其为个体所能借以将自己从压迫性的社会规则中解放出来的工具。与其说浪漫派想要使个体从属于团体目的,倒不如说他们拥护一种个人主义伦理,[52]即"神圣的自我主义"伦理,根据这种伦理,生活的目的应当是每一个体的独特力量的发展。①然而,他们强调说,个体要想有这样的发展,就必须学会独立思考,敢于运用自己的知性。批判的至高权利乃是维护个体至高权利的工具。

然而,尽管浪漫派信赖批判的价值,却也意识到了它的危险。青年施勒格尔相信,哲学家是时候开始询问他们的理性正在将他们带向何处了。若理性能够批判世间的一切,难道它不也应该自我批判吗?②

---

① 关于浪漫派的个人主义伦理,参见 Schlegel,《雅典娜神殿断片集》,16 号,*KA* II,页 167;以及《断想集》,60 号,*KA* II,页 262。亦可参见 Schleiermacher 的《谈话录》,*KGA* II/1,页 229－230;以及《独白》,*KGA* III/1,页17－18。

② Schlegel,《雅典娜神殿断片集》,1 号、47 号、48 号、56 号、89 号、96 号、281 号,*KA* II,页 165、172、173、178、179、213。

在 18 世纪 90 年代末,彻底批判的一些最麻烦的后果终于变得明显起来。首先,看起来似乎批判若一以贯之,终将坠入怀疑主义的深渊。所有道德、宗教、政治和常识信念都被审视过了;但与其说批判揭示了它们潜在的基础,倒不如说批判表明了它们只不过是"偏见"。在 18 世纪 90 年代末,怀疑主义的危险似乎更甚于以往。当时的哲学家诸如迈蒙(Solomon Maimon)、哈曼、魏茨曼(Thomas Wizenmann)、雷贝格(A. W. Rehberg)、皮斯托瑞斯(H. A. Pistorius)、舒尔策(G. E. Schulze)和普拉特纳(Ernst Platner)发展出了一种新休谟式的怀疑主义形式,它质疑康德是否圆满地回答了休谟的怀疑。而当奥博瑞特(J. A. Obereit)与雅可比认为康德哲学的根本原则最终会导致虚无主义(Nihilismus)时,虚无主义的幽灵也出现了,这种学说认为一个人除了转瞬即逝的印象以外无法确知任何事物的存在。

彻底批判——在一般的科学方法的意义上来理解——的另一个让人不安的后果是,它使人与自然相疏离。①既然自然曾经是科学研究的主题,那它似乎无非是一部纯粹的机器,服从于严格的必然性和规律性法则。现代技术将自然祛魅,剥夺了自然的美好、魔幻以及神秘。就理性曾经征服自然而言,自然不过是人类自我满足的手段或工具;但是,就理性无法控制自然而言,自然只是拦阻理性努力的障碍。不论哪种情况,自然对于人类的目的而言要么是手段要么是障碍,自我无法觉得是自然的一部分;自我在它的世界里再也无法安适自在。

彻底批判最成问题的结果,在青年浪漫派看来,是现代人已经

---

① 参见 Novalis,《赛斯的弟子们》,*HKA* I,页 84、89 – 90,以及《基督教或欧罗巴》,*HKA* III,页 515 – 516;亦见于 Hölderlin,*Hyperions Jugend*,*GSA* III,页 199。

失却了他的社群意识，他的集体归属感。①尽管早期浪漫派坚持个人主义的价值，但是他们也强调参与和认同[53]社群的价值。他们认为人在本质上是社会动物，只有在集体当中才能实现他们所特有的力量。但彻底批判似乎损害了在社群当中自我实现的可能性。由于将一切形式的社会和政治生活都置于批判之下，个体开始将它们视为某种形式的非理性权威，视为对他的个体自律的威胁。如果个体不应当接受信念或法则，除非该信念或法则与他自身理性的批判实践相一致，那么看起来似乎有多少个体，就能有多少权威的来源。因而彻底批判似乎不只会导致怀疑主义，还会导致无政府主义。

然而，彻底批判的后果也引出了一些与启蒙运动的一致性本身相关的严重问题。看起来启蒙运动最基本的两个理想——彻底批判和教化——似乎相互抵触。因为，既然批判的终点是完全的怀疑主义，那么我们应当根据何种道德、政治和宗教原则来教育人民呢？既然批判破坏了自然的一切美好，那么我们如何能够发展和陶冶作为我们人性本质一部分的情操呢？以及如果批判导致完全的无政府主义，那么我们怎能指望人们在社会中扮演负责且有效的角色呢？因而启蒙运动的教化方案背后的道德理想主义，已被它对彻底批判的信奉所损害。

浪漫派在18世纪90年代所面对的普遍问题现在应当显而易见了。如何填补启蒙运动留下的裂隙而不背叛理性？如何恢复我们的信仰、我们与自然和社会的统一，而不丧失个体的自律？或者简而言之，如何调和启蒙运动的教化理想与它对彻底批判的需求？青年浪漫派知道他们不能仅仅以英国的伯克（Burke）和法国的迈斯

---

① 参见 Novalis，《信与爱》，36 号，*HKA* II，页 495。这种失落感也体现在施勒格尔的一些早期经典文章中，尤其是《论美的局限》，*KA* I，页 23。亦见于施勒格尔的 *Lucinde*，*KA* V，页 25 – 29。

特(de Maistre)的方式来重申"偏见"的价值,从而逃避这个问题。那种反动策略压根儿没有认识到,批判的力量如何无价,也就如何无可逃避。

5. 一种暧昧的解决

　　浪漫派脱离这一两难困局的途径是什么? 是他们对于艺术的信念。他们相信,正是艺术,并且只有艺术,才能够恢复信仰,恢复人与自然和社会的统一。只有艺术才能够填补批判的致命力量所留下的裂隙。理性在本质上是一种消极和解构的力量,而艺术则是一种积极和生产性的力量。它具有通过想象来[54]创造整个世界的力量。道德和宗教信仰,以及人与自然和社会的统一,这些曾在一个天真的层面被给予早期人类的东西,业已被批判的腐蚀能力所破坏;如今的任务则是通过艺术的力量在自觉的层面来再造它。

　　艺术能够通过创造一种新的神话来恢复道德和宗教信仰。①它能够通过将自然"浪漫化",即通过恢复自然旧有的神秘、魔幻与美好,再造出人与自然的统一(Novalis, *HKA* II,页545,105号)。它还能够通过表达和激发爱意来重建社群,爱是一切社会纽带的基础,联结一切自由平等之人的自然情感。②

---

　　①　关于浪漫派的新神话方案,参见 Schlegel,《谈诗》,*KA* II,页311–328;Novalis, *Fragmente und Studien*,卷三,391号、395号、434号,以及 *Freiburger Studien*,47号;以及匿名的"Systemprogramm des deutschen Idealismus",见 Manfred Frank 编, *Materialien zu Schellings philosophischen Anfänge*, Frankfurt, 1975,页110–113。

　　②　参见 Schlegel, *Brief über den Roman*, *KA* II,页333–334。这篇文章应与其早期文章《论美的局限》作对比,*KA* I,页34–44,尤其是页42,他认为最高的审美愉悦形式是爱。

　　这个美学的信条是浪漫派在 18 世纪末对启蒙运动危机的反应。在浪漫派看来,倘若把教化任务留给艺术的创造力,教化的理想和彻底的批判就能够共存。只有当理性在教化中擅自扮演一个更积极的角色时,才会产生冲突;因为这样一种放肆(presumption)本质上与批判的解构力量不相协调。如同许多 18 世纪末的理性批评者,青年浪漫派倾向于将理性限制为一种完全消极的角色:它的任务只是与偏见、独断和迷信作斗争。他们似乎赞同康德和雅可比的理性批判背后的一个根本点,即理性没有创造事实的能力,而只有通过推论来联系事实的能力;事实本身必须从某种别的源头被赋予理性。在浪漫派看来,这个源头只能是创造性的想象。

　　然而在浪漫派的美育方案背后有一种深层的暧昧,一种反映了他们自己不确定理性能力的含糊。他们究竟打算用他们的美育方案来替代还是支持理性的权威,这一点尚不清楚。美育方案的任务是去建立那些似乎只会被理性破坏的道德、宗教和政治原则吗? 抑或它的目标只是为理性能够创造却无法付诸实践的道德和政治原则提供刺激或动力?

　　浪漫派在这个核心问题上一直显得暧昧不明。通过将审美体验作为道德和政治价值的尺度,并且坚称这种体验胜过用概念术语来表达,他们将艺术作为道德和政治不可或缺的基础。然而,有时他们似乎认为理性的确具有[55]证成道德和政治原则的能力。例如,谢林和施勒格尔沿用费希特《知识学》(*Wissenschaftslehre*)中的例子,给出了一个自然权利与国家原则的先验演绎。①他们似乎同

---

　　①　谢林和施勒格尔都遵循费希特而形成了他们的政治原则。参见 Schelling, *Neue Deduktion des Naturrechts*, *Sämtliche Werke*, K. F. A. Schelling 编, Stuttgart, 1856—1861, 卷一, 页 247 – 280; 以及 Schlegel, "Versuch über den Begriff des Republikanismus", *KA* VII, 页 11 – 25。诺瓦利斯曾经高度评价费希特的 *Grundlage des Naturrechts*。参见他的 *Tagebücher*, 70 号, 1797 年 5 月 27 日。

意康德和费希特,即理性尽管无法证明形而上学的理论(theoretical)原则,但至少能够证成道德和政治的实践(practical)原则。在这种情况下,艺术的角色就仅仅是激发情感与想象,从而帮助我们根据道德和国家的原则而行动,而非发现或证成这些原则。

这种暧昧在确定浪漫派与启蒙运动的关系上具有头等意义。如果青年浪漫派打算用艺术来代替理性,那么他们就的确超越了启蒙运动。然而,如果他们只是打算用艺术来支持理性——即只是为理性提供动力和刺激——那么他们就依然在启蒙运动的范围之内。如同启蒙思想家,他们仅仅试图通过实现公共生活中的理性原则,从而填补思维与行动、理论与实践之间的裂痕。因此,最终而言,要确定青年浪漫派与启蒙运动的关系问题,准确地说取决于探明他们对理性的态度。但正是在此,青年浪漫派的文本其实非常闪烁、含糊,最好的情况下也是暧昧的。

青年浪漫派无论对理性能力持何态度,依旧难以被简单地视作后革命时代的启蒙思想家。因为这样做乃是罔顾他们自己在18世纪90年代末对于启蒙运动危机的关注。老一辈启蒙思想家试图驳斥康德和雅可比的批判,青年浪漫派则觉得自己除了在后者的基础上建造以外别无选择。如果青年浪漫派的美学方案就是他们对于启蒙运动危机的解决方案,那么我们除了视早期浪漫派为启蒙运动的肯定兼否定外别无选择。如同一只凤凰,启蒙运动被它自己的火焰所耗尽。在它的灰烬中诞生了浪漫主义。

第四章　早期浪漫派与柏拉图主义传统

1. 作为启蒙运动的浪漫派

[56]根据一个悠久的学术传统,早期浪漫派和启蒙运动之间有一个彻底的断裂。①学者给出许多理由把两个运动对立起来,但一个最基本的理由涉及二者对于理性的权威显然持有互相冲突的观点。就此根本问题,学者做出了两个区分。第一,启蒙运动确立了理性的概念和裁决力,而早期浪漫派则将艺术直观和感受力确立为至高无上的智识权威、关于知识的最终尺度和工具。第二,启蒙思想家肯定,而浪漫主义者则否认存在普遍的真理标准,即对于所有文化、所有时代中的一切人皆有效的普遍知识和评价标准。据称,青年浪漫派通过宣称一切真理和价值最终都取决于个人抉择,从而与自然法传统相决裂。②

近来这一传统受到了一些严苛的检视。早期浪漫派和启蒙运

①　参见 Nicolai Hartmann, *Die Philosophie des deutschen Idealismus*, Berlin, 1923, 卷一, 页 188; Georg Lukács, *Fortschritt und Reaktion in der deutschen Literatur*, Berlin, 1947, 页 54; 以及 Paul Kluckhohn, *Grundlinien einer Kritik der bisherigen Sittenlehre* 第 3 版, 前揭, 页 12、107、186。

②　第二点区分是由伯林做出或至少暗示的。参见他的 *The Roots of Romanticism*, 前揭, 页 21 - 26、30 - 31, 和"The Romantic Revolution: A Crisis in the History of Modern Thought", 见 *The Sense of Reality*, New York, 1996, 页 168 - 193。

动之间的尖锐对立,在面对更为细致的历史研究时开始分崩离析。如今浮现出的图景是一种更为复杂的暧昧,即早期浪漫派在某些方面与启蒙运动相决裂,但又在其他方面追随启蒙运动。人们指出,甚至在早期浪漫派对启蒙运动最严厉的批判中,他们依然只是将启蒙运动的基本原则引向他们的最终结论。因此,在一些重要的方面,早期浪漫派似乎——窃用一个合适的短语——不过是*启蒙的启蒙*(Aufklärung der Aufklärung)。①

把早期浪漫派的"非理性主义"和启蒙运动的理性主义间相对立的传统做法,至少可以被[57]三个理由质疑。第一,浪漫派不只接受了启蒙运动的批判方案,而且将其推向极端。浪漫派忠实于启蒙运动,坚称理性应当具有批判我们一切信念的权力。的确,值得注意的是,青年浪漫派并没有以伯克或迈斯特的方式来捍卫偏见与惯例。青年浪漫派并没有争论批判的力量,而是想要更进一步。他们要求启蒙运动的彻底批判成为其自我批判。②因此早期浪漫派特别批评了那些启蒙思想家——加尔弗、尼古莱、埃伯哈德和门德尔松,在早期浪漫派看来,这些人不去追问潜在于宗教和道德下面的传统形而上学,从而背叛了他们自己的批判原则。第二,启蒙运动和早期浪漫派享有共同的根本理想:教化,即对公众的教育。不亚于启蒙思想家的是,早期浪漫派相信教化之目的应当是发展我们一切的人性力量,其中首要的便是启蒙运动最为重视的力量:自思(Selbstdenken),即独立思考的能力。实际上我们应当恰恰在这个语境当中来理解早期浪漫派的审美主义。艺术的目的是实现启蒙

---

① 参见 Wolfgang Mederer, *Romantik als Aufklärung der Aufklärung*, Frankfurt, 1987(Salzburger Schriften zur Rechts-,Staats- und Sozialphilosophie,卷四)。

② 参见例如 Friedrich Schlegel,《雅典娜神殿断片集》,47 号、48 号、56 号、89 号、96 号、281 号,*KA* II,页 172、173、178、179、213;Hölderlin,《许佩里翁》,*GSA* III,页 93,以及他在 1796 年 6 月 2 日致他兄弟的信,*GSA* VI/1,页 208 - 209;Novalis,《海因里希·冯·奥弗特丁根》,*HKA* I,页 280 - 283。

运动最钟爱的一个理想:弥合理论与实践之间的差距,以便理性的原则能在公共生活中得以实现。艺术的价值在于它能够激励人们按照理性的原则来行动。第三,早期浪漫派的中世纪主义并非一种针对启蒙运动的反动意识形态,因为这种中世纪主义的源头就在启蒙运动当中,后者将中世纪传统作为对抗新古典主义和专制主义的一个堡垒。①

2. 旧瓶装新酒

我相信已经有很多此类对于传统解释的批评。事实的确是,早期浪漫派与启蒙运动的关系远比传统的成见所承认的要复杂且暧昧得多。然而有人或许也会问,这些批评是否足以推翻传统的对立式理解。因为即便我们承认这些批评,早期浪漫派和启蒙运动之间关于理性之权威的看法似乎仍有一个巨大的差异。不妨考虑如下几点。

第一,大部分的启蒙思想家假定了理性的普遍权威,而一些浪漫主义者却对此提出质疑,这仍然是实情。施勒格尔和诺瓦利斯就怀疑是否存在批判的普遍标准;②荷尔德林和施莱尔马赫接受了费希特的学说,即对于哲学的选择[58]终究是个人的抉择问题。③

---

① 尤见于 Werner Krauss, "Französische Aufklärung und deutsche Romantik",前揭,页 168 – 179。

② 参见 Schlegel,《哲学生涯》,13 号,*KA* XVIII,页 518,和他的评论 *Philosophisches Journal*,*KA* VIII,页 30 – 31;以及 Novalis,《一般性概述》,460 号,*HKA* III,页 333。

③ 参见例如 Hölderlin, *Fragment von Hyperion*, *GSA* III/1, 页 163;以及 Schleiermacher 的评论 *De Platonis Phaedro*,*KGA* I/3,页 471 – 472。

第二,大部分的启蒙思想家断定理性是知识终极的(ultimate)尺度和工具,而大部分的浪漫主义者却对此加以否认,这也是实情。至少,如果我们在一种推论的(discursive)意义上来理解理性,即把理性理解为在传统的波尔·罗亚尔逻辑学(Port Royal Logic)的意义上进行构思、判断和推理的能力,那么这一对立就仍然成立。尽管有许多启蒙思想家会赞同浪漫主义者,认为理性无力把握住无限或绝对,然而少有——若有的话——启蒙思想家会承认艺术直观和感受力可以在理性的概念和证据失败的地方获得成功。在任何启蒙思想家看来,这都无非是披着美学外衣的狂热(Schwärmerei)。

传统解释似乎也得到一些非常晚近的学术研究的支持,更具体地说,是亨里希和弗兰克对18世纪90年代期间耶拿古典德国哲学的细致研究。[1]这些研究非常清楚地表明这种古典哲学在深层次上是反基础主义(antifoundationalist)的。以尼特哈默尔(Immanuel Niethammer)为核心的圈子——其中包括施密德(C. F. Schmid)、埃哈德(Benjamin Erhard)、费尔巴哈(P. J. A. Feuerbach)、迪兹(C. F. Diez)和福伯格(F. K. Forberg)——彻底批判了莱因霍尔德(Reinhold)和费希特的基础主义方案,后者试图建立起一种由自明的第一原理当中推导出的完备无误的体系。这一方案背后的最终目的是维护启蒙运动的理性权威,使它脱离怀疑论者和神秘主义者不断加剧的攻击。这是启蒙运动不断弱化的明显标志,因此这个方案遭到彻底的批判并被年轻一代所摈弃。

尼特哈默尔圈子里的青年思想家发展出了一种对莱因霍尔德和费希特的基础主义之微妙且繁复的批判。他们质疑了建立无可

①　参见 Dieter Henrich, *Konstellationen*: *Probleme und Debatten am Ursprung der idealistischen Philosophie* (1789—1795), Stuttgart, 1991, 页 7 – 46 以及 Manfred Frank, *Unendliche Annäherung*, 前揭。

置疑的第一原理与创造一种关于所有知识的完备体系之可能性。他们在后批判的层面上应用康德的范导性限制，认为寻找第一原理并追求一个完备体系，这最多是我们在争取知识的过程中可以不断趋近的范导性理想，但绝对无法达到。这些批判通过一种非常直截了当的方式，对于早期浪漫派具有根本的重要性。诺瓦利斯、荷尔德林、小施勒格尔同尼特哈默尔的圈子有着密切联系；而他们在18世纪90年代的断片和笔记则表明他们深受该圈子对莱因霍尔德和费希特的批判之影响。

尽管更多是通过暗示而非刻意，亨里希和弗兰克对早期浪漫派之哲学基础的描述为传统解释提供了进一步的支持。根据亨里希和弗兰克，[59]青年浪漫派假定了一个超越一切反映、判断或理性认知的存在领域，该领域只有通过艺术媒介方可得见。他们认为，这样一种学说是荷尔德林、诺瓦利斯和谢林批判费希特的唯心论所不可避免的结果。尽管三人接受了费希特的论证，即主客体同一性原则是一切知识和经验的根本条件，但他们否认这个原则可以适用于知识或经验领域内的任何事物。因为如果这个原则是所有反映的先决条件——如果它是所有概念化的基础条件——它便不能反过来成为反映或概念化的客体。任何认识纯粹的主客体同一性的尝试都以它为前提，并因此陷入了恶性循环。因此，这个论证中隐含着早期浪漫派的审美主义与启蒙运动的理性主义之间的某种区别，因为亨里希和弗兰克都坚持认为，浪漫派的第一原理只有在艺术当中才是超理性并且可见的。实际上正是因为诸如此类的原因，弗兰克才坚持在早期浪漫派与唯心论之间做出根本区分，尤其是康德、费希特与黑格尔的唯心论，后者试图将概念化过程的最初条件概念化——这当然是不可能的。①

---

① 参见 Frank, *Unendliche Annäherung*, 页 27、65 - 66、662; *Einführung in frühromantische Ästhetik*, 前揭, 页 127 - 129、235。

3. 新问题

一旦我们考虑到所有这些要点——早期浪漫派和启蒙运动之间关于理性之权威的持久差异、浪漫派受益于尼特哈默尔圈子的反基础主义，以及浪漫派暗含的对费希特的批判——似乎我们就可以继续承认启蒙运动和早期浪漫派之间的传统对立。当然，我们必须限定这种解释，详细说明浪漫派在哪些方面背离了启蒙运动的理性主义；但是最终，启蒙运动的理性主义和早期浪漫派的非理性审美主义之间的根本对立似乎依然存在。

然而这个结论依然太过轻率了。传统解释及其晚近变体的问题在于忽视了早期浪漫派内部更深层的理性主义思潮，更具体地说，早期浪漫派从深层得益于柏拉图主义传统。早期浪漫派背后受到柏拉图主义的激发，这不是什么大秘密，一些学者甚至已经阐述了早期浪漫派是文艺复兴以来柏拉图主义的最大复兴。①可是，只有少数人已经领会到这一点，大部分人还没有充分领会。[60]因为一旦把这些柏拉图主义源头考虑在内，早期浪漫派的审美主义和启蒙运动的理性主义之间的对立便难以维持。早期浪漫派的柏拉图遗产表明它的审美主义本身就是一种理性主义形式。早期浪漫派和启蒙运动之间的差别，最多是两种理性主义的形式之间的差别，而不可能是审美主义与理性主义 per se［本身］之间的差别。

在传统解释及其后来的提法背后有一个根本假定：青年浪漫派

---

① 参见 Oskar Walzel, *German Romanticism*, New York, 1932, 页 5、8。柏拉图的遗产也被 Erwin Kircher 所强调, *Philosophie der Romantik*, Jena, 1906, 页 8－34。

仅仅将理性视为一种推论的能力，可以限制构思、判断和推理。然而青年浪漫派对柏拉图传统的忠诚，恰恰迫使我们去质疑这个假定。早期浪漫派继承了那一传统，不仅视理性为一种推论能力，也视其为一种直观能力。理性不仅仅是一种构思、判断和从事实中——无论是些什么事实——得出推论的形式能力；毋宁说，它也是一种感知能力，能够发现某种感官无法觉察的独特事实。这种感知能力通常被称为理智直观(intellektuelle Anschauung)。尽管这个概念在 18 世纪末的德意志哲学当中曾经有许多涵义，但历史证据压倒性地表明，在早期浪漫派那里，它的涵义和起源在本质上乃是柏拉图式的。理智直观即《王制》中的"对形式的直观"以及《九章集》(Enneads)中的"内观"。①

浪漫派绝不只将理性作为一种论证的能力，有时他们甚至在知性或理解力(Verstand)的推论能力与理性(Vernunft)的直观能力之间作出明确的区分。②这一区分通常被归于黑格尔，他后来曾在与浪漫派的论战中运用了该区分。但值得注意的是，这个区分业已由浪漫派自己作出。他们的区分大致遵循着康德在《判断力批判》(Kritik der Urteilskraft) 77 - 78 节中人与神的知性对比，这在柏拉图主义传统中也有先例。③根据这一区分，知性是分析的(analytical)，它将整体分为各个部分，并且从部分推到整体，或者从特殊推到普

① 参见例如《王制》，卷六，508、510；以及《九章集》，第一章，第 6 节，页 9。

② 关于这一区分，参见 Schelling, *Fernere Darstellung*, *Sämtliche Werke*, K. F. A. Schelling 编，Stuttgart, 1856—1861、卷四，页 342 - 344、362、390；Novalis,《预备作品》，99 号、233 号，*HKA* II，页 544、576；弗里德里希致 A. W. 施勒格尔，1793 年 8 月 28 日，*KA* XXIII，页 158 - 159；1793 年 10 月 16 日，*KA* XXIII，页 142 - 144；以及 1793 年 11 月 17 日，*KA* XXIII，页 158 - 159。

③ 这种区分能够在剑桥的柏拉图主义者那里找到。参见例如 John Smith, "Of the Existence and Nature of God", 见 *Select Discourses*, London, 1660, 页 127、131；以及 Henry More, *Conjectura Cabbalistica*, 页 2 - 3，前言，第 3 节。

遍;理性则是综合的(synthetic),它将整体把握为一个统一体,并且从整体推到部分,或从普遍推到特殊。然而,与其说浪漫派将这些能力严格地互相对立,毋宁说浪漫派认为它们实际上是互补的:理性的任务是提供假设或建议来指导知性的详细研究;知性的任务则是证实和详述[61]理性直观,即便它不能完全将这些直观概念化或加以阐明。将知性和理性作为一种能力的不同功能而非不同的能力,这的确更为准确;二者最终是同一种功能,因为它们有同样的来源,也有同样的对象,即执着于无限。只不过它们以不同的方式来趋近对象。

不论理性与知性之间的区分如何精确,在这里要看到的关键点是,浪漫派的审美主义必须根据他们的柏拉图主义来理解。对于浪漫派而言,审美体验并非超理性的(suprarational),遑论反理性的(antirational);毋宁说,它是极理性的(hyperrational),包含于理性的理智直观的行为当中。早期浪漫派相信,通过审美体验的理智直观,理性能够在有限中感知无限,在现象中感知绝对,或见微知著。这样一种知觉之所以是知性或理性的,主要是因为它的对象,即潜在于一切具体感官下面的理念或 arche [本源]。

乍看之下,将这种带有审美体验的理智感知当作柏拉图式的,这非常奇怪,因为我们会想到柏拉图在《王制》中对艺术家的声名狼藉的放逐。但为了理解浪漫派的柏拉图主义起源,我们当然只需记住《斐德若》和《会饮》中所表达的另一种柏拉图思路:我们只有通过对美的感知才能在此生拥有某些关于形式的知识。《斐德若》和《会饮》是青年荷尔德林、施莱尔马赫及小施勒格尔所心仪的文本,的确绝非偶然。

在此可以问:为何一个启蒙思想家会接受柏拉图式的理性概念呢? 他似乎应当认为它不过是狂热(Schwärmerei)而被雅称所掩饰的纯粹神秘主义而不予理会。这的确是康德对希罗塞尔(J. G.

Schlosser)的柏拉图式神秘主义的态度。①因此启蒙运动的理性主义
和早期浪漫派的审美主义之间似乎终究存在一种对立：一边是那些
坚持完全推论式的理性概念的人，一边是那些也承认理性有某种神
秘维度的人。

但任何这般对柏拉图式的理性概念的摒弃都实在太过草率肤
浅，遗漏了其潜在的要点。对浪漫派而言，最重要的是，理性的对象
是整体：理性所直接观照的是有机整体的统一性和不可分割性，这
个整体不可化约为单个的部分，也没有哪个部分可以从中分离出
来。因而，浪漫派的理性概念的目的，是指涉一种新的［62］阐释类
型——整体论的（holistic）阐释——它会根据各个部分在整体中的
位置来理解部分。要阐明任何特殊的或个别的事物，就应显示出它
如何在一个有机整体中扮演必需且不可分割的角色。这样一种阐
释不可化约为机械论的（mechanical）阐释形式，根据后者，每一事件
的起因都是某些先前的事件，以此类推 ad infinitum［至于无限］。
然而，重要的是，整体论和机械论的阐释并不因此就互相对立。机
械论的阐释理当从属于整体论的阐释，因为如今对无穷数级的动力
因而言有了一个理性，它以某种方式意识到整体的理念。如此这般
强调整体论解释，仍然只是符合柏拉图主义的传统：我们只需想到，
《蒂迈欧》（*Timaeus*）当中曾经如何赋予整体论阐释和目的论阐释以
远远高于机械论阐释的首要性（《蒂迈欧》32d – 33a；34c – 35a；
68e – 69a）。

如今我们正是要在这个语境当中来理解浪漫派对于美学首要
性的强调。艺术优先于哲学，不是因为它象征着超验且神秘的事
物——"此在之谜"（das Rätsel des Daseins）——这些事物不能用推
论的方式来理解；毋宁说，艺术的这一首要性是因为整体论阐释优

---

① 参"Von einem neuerdings erhobenen vornehmen Ton in der Philosophie"，
AA VIII，页 387 – 406。

先于机械论阐释。审美直观把握整体,关于整体的知识优先于整体的每一个部分;然而,哲学被它自己的推论过程局限,仅仅只能获得关于整体各部分的知识。如果我们考虑到其审美主义和有机自然概念实际上是一回事,浪漫派的审美主义与其整体论之间的密切联系立刻就变得显而易见:将宇宙视为一个有机整体,对浪漫派而言就意味着视宇宙为一件艺术作品。

如果我们仔细审视这些浪漫派在其中首次论到美学之首要地位的文本,就会发现那真的相当于在论证整体论阐释的优先性。①粗略总结这些文本背后的论证,可以看出如下三段论的形式。(1)哲学和科学都预设了某种有机主义的观念,即自然构成一个系统性整体。(2)有机主义的观念也是一个美学整体,即它具有一些关于美的典型特征,诸如某种整体论的结构以及摆脱了一切限制的无拘无束。(3)美学整体的统一性和不可分割性,即美只有在审美体验的直观当中才能被把握。②接着从步骤(1)至(3)得出(4):一切科学和哲学都预设了审美体验,只有审美体验才能证明哲学和科学关于系统整体的理想是正当的。

如果我们将浪漫派的理性概念视为一种整体论阐释的形式,[63]那么启蒙运动和浪漫派之间的对比就要采取一种新的形式。它不是非理性主义和理性主义之间的对比,而是理性的两种不同模

---

①　参见 Hölderlin, *Hyperion*, *GSA* III,页 81 – 84;Schlegel,《谈诗》,*KA* II,页 324 – 325;Schelling,《先验唯心论体系》,卷三,页 612 – 629;以及 Novalis,《预备作品》31 号,*HKA* II,页 533。

②　它被反驳为步骤(3)是错误的,因为没有理由假定只有审美体验才能把握住美学整体的统一性;这种反驳的观点认为,或许有其他的进路形式。对这样一种反驳有两点回应:(1)任何对美学整体的把握都必须是直观的而非概念的,因为概念思维分解了它的对象,以及(2)这样一种直观必须是审美的(在一种非凡的意义上),如果它的对象是美好的(依据第 2 步)。

式之间的对比：启蒙运动的机械论范式与浪漫派的整体论范式。这样重新表述启蒙运动与浪漫派之间的差异，就完全符合 18 世纪 90 年代末的哲学发展。那时的哲学家开始捍卫一种更加整体论的阐释模式，以反对在 17 世纪末和 18 世纪的物理学中占据支配地位的机械论模式。①

4. 陷阱与反驳

有人也许会在此反驳：指出早期浪漫派的柏拉图遗产不仅并非原创，而且平淡无奇。有人也许会问，理智直观除了柏拉图式的神秘主义之外还能是什么？但这样一种反驳不仅低估了早期浪漫派复杂的来源，也忽视了浪漫派的神秘主义解释中的一系列陷阱。让我来说明是为什么吧。

这里的复杂性源于一个未得到充分重视的事实：至少有两种相互竞争的神秘主义传统活跃于 18 世纪末的德意志哲学之中。非常粗略地说，一种是柏拉图式的神秘主义传统，它将神秘的洞察力理解为极理性的（hyperrational），并将理性作为一种直观能力。然而，还有一种新教的神秘主义传统，它将神秘的洞察力视为超理性的（suprarational），并将理性归纳为一种严格的推论能力。新教的神秘主义传统最终植根于 via moderna［现代方式］，即中世纪晚期思想的唯名论传统，它的根源可以追溯到奥卡姆的威廉（William of Ockham）。根据这一传统，理性只是一种做出推理的形式能力，它无法洞察共相或原型世界，原因很简单，根本没有这样的世界；对共相的信念来自假设语词的涵义具有实在性。也没有永恒的自然法这种

---

① 这种转变在谢林的小册子的前言当中最为明显，*Über die Weltseele*，*Sämtliche Werke*，卷二，页 415 – 419。

某种意义上内在于事物特有本性中的东西;因为法则只有凭借神圣意志才具有权威,而神圣意志总有能力改变法则。伟大的改革家——路德和加尔文——受教于 via moderna[现代方式]之传统,这一点的确意义重大;他们对理性和信仰领域之间的区分是这种教育的直接后果。①在路德和加尔文看来,只有通过信仰才能进入超自然的领域,而信仰不仅包含在[64]信念当中,也包含于内在体验当中。不论怎样古老,via moderna[现代方式]的传统在 18 世纪末的德意志远没有死去;它最强大且最有说服力的代言人是所谓的宗教哲学家(Glaubensphilosophen):哈曼和雅可比。他们批判启蒙运动的核心主题——本原、对 ens rationis[理智存在]的迷信——直接来自唯名论传统。

解释早期浪漫派之神秘主义的过程中所产生的陷阱,来自把上述两种神秘主义传统混为一谈。这种混淆很容易产生,因为无可否认青年浪漫派在根本方面也深受新教传统的影响。接着,也就非常容易推断出早期浪漫派的神秘主义来源于 via moderna[现代方式]的超理性主义,而非柏拉图主义传统的极理性主义。

这种危险不仅仅是假设出来的;它实在太真实了。我相信,伯林将浪漫主义解读为一种激进的反理性主义,proton pseudos[本质错误]就在于此。伯林如此着力于哈曼的出身,以及虔信派对于青

---

①　路德和加尔文的唯名论遗产已经成了大量研究的主题。关于一些晚近的优秀论述,参见 Heiko Oberman, *Luther:Man between God and the Devil*, New York, 1992,页 116 - 123;及其"Initia Lutheri - Initia Reformationis",见 *The Dawn of the Reformation*, Edinburgh, 1986,页 39 - 83。关于加尔文的唯名论遗产,参见 Alister McGrath,"John Calvin and Late Medieval Thought:A Study in Late Medieval Influences upon Calvin's Theological Development", *Archiv für Reformationsgeschichte* 77,1986,页 58 - 78。我曾在 *The Sovereignty of Reason:The Defense of Rationality in the Early English Enlightenment*, Princeton University Press, 1996,页 33 - 41 里探究了早期新教神学的唯名论背景。

年浪漫派的影响,这绝非偶然。一旦浪漫派被如此明确地置于新教传统之中,伯林接着便一以贯之地根据新教的超理性主义来解读他们。关于浪漫派的反理性主义,他得出了一些最惊人的结论——即浪漫派破坏了一切理性之普适和必然的法则,并使个人的决定成为真理和价值的独裁者——主要就是因为他根据新教传统的唯意志论来解释这种反理性主义。就仿佛浪漫派依据唯意志论来阅读康德和费希特的意志学说,以至于没有更高的规范来管理意志的决定。接着,浪漫派的个人意志就变得好像一个现代世俗版本的奥卡姆之神:它决定去做的就是好的,正是因为它决定去做。

然而,如果我们依据柏拉图主义的传统来解释早期浪漫派的神秘主义,我们就会对浪漫派的一般学说得出一些非常不同的结论。然后,我们就很容易看出浪漫派并未否认自然法的存在,遑论否认事物的永恒结构。他们理智直观的对象其实就是所有现象背后潜在的原型、形式或理念。虽然浪漫派的确怀疑理智是否有能力去认知这些形式,但他们却相信它们的存在,也相信我们可以某种程度上以直观察觉到它们,不论如何含糊且短暂。

另一个理解早期浪漫派之柏拉图主义维度的绊脚石,来自对浪漫派的康德遗产的普遍误解。[65]这种误解认为浪漫派从深层受益于康德的哥白尼革命,这标志着它与柏拉图主义传统已然根本决裂。① 柏拉图主义传统假定理性发现了内在于事物的既定永恒的秩序,康德则认为理性创造了经验的结构,这个经验的结构不能离开理性的能动性而存在。这种解释的单纯性十分诱人,但却非常可疑,有两个非常重大的原因。

第一,这种解释错误地假定康德内在于唯意志论传统,仿佛他认为真理与价值的标准仅仅取决于一个意志行为。康德非常清楚

---

① Manfred Frank,*Einführung in frühromantische Ästhetik*,前揭,页 9、41 - 42、123。

对于理性有一种先天的结构,并且意志的决定只有在符合这一结构时才具有价值。我相信康德所受柏拉图主义传统的影响比许多学者所愿意承认的要多得多,尤其是那些将他解释为某种伦理学中的范导主义者(prescriptivist)或建构主义者(constructivist)的人。①

第二,这种解释预设了创造和发现真理之间存在某种严格的区分,一种异于柏拉图主义传统乃至异于康德的区分。柏拉图主义传统从不认为心灵仅仅被动地接受真理,而总是强调心灵的主动性对于运用真理的重要性。②此外,它从未承认过创造真理与发现真理之间截然的区别。当理性认识到自身能动性的法则时,它便通过再造这些法则的行为发现了这些法则。当然,这些法则并非 ex nihilo[无中]生有,但如果心灵要认识它们,它们就必须通过有限的心灵得以再生。有限的心灵要认识那暗含的、无序的和潜在的事物,只有通过使之变得明确、有序、现实;但不论在哪个方面,对象都不只是被给予的,仿佛它在感知的心灵存在之前就已完全形成。当我们的理性通过认识对象的法则而再造了对象时,它便分有或参与了同样的创造性活动——当然,尽管只是以一种非常微弱的方式,神圣的理智也曾通过这种创造性活动创造了世界本身。

如果我们严肃地对待早期浪漫派的柏拉图遗产,那就有必要在

---

①　我在此质疑了 John Rawls, "Kantian Constructivism in Moral Theory", *Journal of Philosophy* 77, 1980, 页 515 – 572; 以及 Onora O'Neill, *Constructions of Reason*, Cambridge University Press, 1989, 页 3 – 50。关于对他们解释的批判,参见 Patrick Riley, *Kant's Political Philosophy*, Totawa, 1983, 页 1 – 37。

②　因此剑桥柏拉图主义者强烈批判了经验主义传统,因为它将心灵视为一块白板。参见 Ralph Cudworth, *Treatise on True and Immutable Morality*, 卷四,第一章,第 2 节:"知识是心灵自身的内在能动力,以及来自内部的自我天赋活力之展现,凭借它来从事征服、控制和命令它的对象,并因而产生一种内在于它自身的清晰、平静、胜利且满足的感觉。"

几个方面来修正我们当前对于早期浪漫派的理解。必须认识到浪漫派的审美体验不是一种超理性主义,不是一种对于"此在之谜"的神秘莫测的意识,某种意义上只能借助一件艺术作品的不竭的可解释性来展现那不可展现的。这种对于浪漫派美学的评价,最有力的代言人是弗兰克,①其中有几个致命的困难。它忽视了早期浪漫派中的柏拉图式的理性概念;它忽视了浪漫派[66]美学与自然哲学之间的紧密联系,在那里浪漫派实际上试图提供对自然的整体论阐释;最重要的是,它将一种不必要的蒙昧主义因素注入早期浪漫派之中,这使得它容易受到一切对反理性主义的旧式指控的攻击。所有这些困难都源于弗兰克解读浪漫派美学时其背后的基本灵感来源:晚期海德格尔(同上,页22－24、25－29)。然而,现在应该已经显而易见,这样一种解释并不准确,且犯了时代错误。

我们对早期浪漫派的理解所必须修正的另一个重要方面,涉及一个据称是早期浪漫派与唯心主义之间的区别。②我认为这种区分的一些要点完全站得住脚,例如,我们不能将早期浪漫派的认识论和形而上学等同于康德和费希特的主观唯心主义,而人们太过经常地把它当作早期浪漫派的基础。浪漫派的认识论和形而上学,最好理解为针对康德和费希特的唯心主义之反动,并且不可与费希特、谢林以及黑格尔的宏大思维体系混为一谈,这种说法的确是对的。然而由这些观点,并不能 tout court[简单地]推出早期浪漫派是对唯心主义的一种拒斥。

事实上,考虑到早期浪漫派的柏拉图遗产,有可能甚至必须将浪漫派视作自有其形式的唯心主义。我们可以沿用施勒格尔和谢

---

① Manfred Frank,*Einführung in frühromantische Ästhetik*,前揭,页140－141。

② 参见 *Einführung in frühromantische Ästhetik*,前揭,页231－247,以及 *Unendliche Annäherung*,页27、65－66、662。对于弗兰克之区分更为详细的批判,参见我的 *German Idealism*,前揭,页354－355。

林的用法,称其为一种绝对的或客观的唯心主义。①这种唯心主义的意思并不是说一切事物皆有赖于某些自觉主体,而是说一切事物皆符合于事物的理念、目的或逻各斯。

有人也许会反诘我对早期浪漫派的柏拉图主义解释着重于整体论阐释,是原黑格尔主义的(proto - Hegelian)。但我想反戈一击:这种反驳更多是一种对黑格尔的浪漫派解读,而非对浪漫派的黑格尔解读,因其只表明在另一方面黑格尔曾受惠于浪漫派传统。特别是,这种反驳表明了黑格尔的绝对唯心主义如何产生于浪漫派传统:它实际上只是对早已由诺瓦利斯、施勒格尔、荷尔德林及谢林所提出的绝对唯心主义的最晦涩累赘的表达。在此又一次,我们必须如谢林与荷尔德林那样将黑格尔想象为倚杖徐行的老人(der alte Mann)。是时候让黑格尔主义者最终意识到他们的英雄是"兔中之龟"了,赢得身后名只因为他是一位更踏实的苦干家。

但是,我承认这一反诘有一定的合理性。如果将浪漫派视为像黑格尔那样的体系[67]构建者,那么任何对浪漫派的原黑格尔主义解读都是成问题的。这样一种对早期浪漫派的黑格尔主义解释中最惊人的一例是海林(Haering)的《作为哲人的诺瓦利斯》(*Novalis als Philosoph*),它将诺瓦利斯看作一名跟随黑格尔的体系性思想家(Theodor Haering,《作为哲人的诺瓦利斯》,Stuttgart,1954)。尽管有这些危险,但我认为我对早期浪漫派的柏拉图主义解释避开了这个陷阱。我的解释依然承认并坚持早期浪漫派与黑格尔之间有着

---

① 参见 Schlegel,《哲学生涯》,*KA* XVIII,页 33,151 号;页 65,449 号;页 80,606 号;页 85,658 号;页 90,736 号;页 282,1046 号和页 396,908 号。关于谢林对这个术语的使用,参见《进一步阐述》,*Sämtliche Werke*,卷四,页 404;*Bruno*,*Sämtliche Werke*,卷四,页 257、322;"Zusatz zur Einleitung",见《自然哲学的理念》,*Sämtliche Werke*,卷二,页 67、68;以及 "Über das Verhältniß der Natur-philosophie zur Philosophie überhaupt",*Sämtliche Werke*,卷五,页 112。

一个根本的差别,即黑格尔肯定了而浪漫派否认了创造一个完备的哲学体系的可能性。换言之,黑格尔肯定而浪漫派否认了有一种适用于理性直观的单一概念性的详述和论证。在浪漫派看来——这种观点只是再次遵循了柏拉图主义传统——理性的推论演绎将永远既跟不上又无法充分说明理性的直观。换言之,浪漫派否认有这样一种作为绝对知识体系的东西;他们仅仅把这样一个体系视为一个范导性的目标,一个我们通过不懈奋斗可以趋近却永远无法达到的目标。

实际上正是在早期浪漫派对基础主义的怀疑中,我们再次看到它深刻受益于柏拉图主义传统。从某种现代视角出发,有些难以理解的是,早期浪漫派的极理性主义,如何与它对体系和第一原理的怀疑论并存。我们思考当今的理性主义时,首先想到的是笛卡尔、莱布尼茨和斯宾诺莎的宏大体系和不容置疑的第一原理。但是古代和中世纪的世界并不这样看待事物;尤其是因为柏拉图的遗产,他们经常将一种极理性主义的神秘主义,与一种对最终体系和终极基础的怀疑主义联系在一起。我们在早期浪漫派中发现的是同样的联合学说。揭开施勒格尔和施莱尔马赫对于第一原理和完备体系的怀疑主义表面,我们看到了什么?苏格拉底反讽的微笑。苏格拉底启发了施勒格尔的反讽概念,一如启发了施莱尔马赫的辩证法理论,这不是什么大的秘密。

5. 柏拉图的遗产

既然早期浪漫派的柏拉图主义维度依然未得到充分的重视,而认识到这一点的后果又如此之大,就有必要稍微详细地证明柏拉图对一些浪漫派领袖的影响。作为我论证的一个附录,我要简要地描绘一下小施勒格尔、施莱尔马赫、诺瓦利斯以及谢林的柏拉图主义。①

[68]回顾这些人之前,有必要考察普遍的历史背景:18 世纪末德意志的柏拉图复兴。② 德意志重拾对柏拉图的兴趣始于 18 世纪中叶,然后在 90 年代浪漫派一代的形成期里达到顶峰。然而,在 18 世纪初的德意志,柏拉图几乎已被遗忘,被大学里的亚里士多德主义经院哲学所遮蔽。当然,最伟大的德意志柏拉图主义者是莱布尼茨;但他的柏拉图主义是他的教诲中较为隐秘的方面,因而大体上依然没什么影响。对柏拉图的兴趣在那个世纪中叶方才出现,主要是由于古典哲学的发展。

18 世纪 50 年代,古典学家埃内斯蒂(J. A. Ernesti)和鲁恩肯(David Ruhnken)坚持用原文阅读希腊文献,对复兴古典哲学做出了很大贡献。作为柏拉图的崇拜者,埃内斯蒂和鲁恩肯发表了关于柏拉图哲学的极富影响的学术演讲。温克尔曼是在 1757 年读到柏拉图的,柏拉图于是成了对其美学具有核心影响力的人物。到了 18 世纪 60 年代,对柏拉图的兴趣已然大量增加。那时,卢梭和沙夫茨伯里(Shaftesbury)的充满了柏拉图式主题的著作开始产生影响。同一时期,哈曼、赫尔德、维兰德和门德尔松都开始写作关于柏拉图或柏拉图式的主题。到 70 年代,柏拉图业已成为一位知名作者。他的著作得以频频翻译再版。

---

① 我们也能类似地描绘荷尔德林的柏拉图主义;但在荷尔德林那里,柏拉图的遗产十分深刻且复杂,我难以做到公正。一个优秀的叙述,参见 Michael Franz, "Platos frommer Garten: Hölderlins Platonlektüre von Tübingen bis Jena", *Hölderlin Jahrbuch* 28, 1992 – 1993,页 111 – 127。亦可参见我的 *German Idealism: The Struggle Against Subjectivism, 1781—1801*,页 382 – 384。

② 18 世纪德意志的柏拉图主义史,参见 Max Wundt, "Die Wiederentdeckung Platons im 18. Jahrhundert", *Blätter fur deutsche Philosophie* 15, 1941,页 149 – 158;以及 Michael Franz, *Schellings Tübinger PlatonStudien*, Göttingen, 1996,页 13 – 152。

18 世纪 80 年代,柏拉图复兴真正开始。在哈雷(Halle),沃尔夫(F. A. Wolf)开始了一项更加严格的关于柏拉图的文献学研究,他的一些著作多次出版。从 1781 年到 1787 年,柏拉图著作的双语(Zwiebrücker)版出现了,较之从前更为易读。同一时期,荷兰柏拉图主义者赫姆斯特赫斯(Franz Hemsterhuis)的著作出现了德语译本,①这些译本是早期浪漫派最重要的一个源头,因为施勒格尔兄弟和诺瓦利斯都是他热忱的学生。②

我们已经考察了早期浪漫派的柏拉图主义背后的普遍背景,就让我们来看看它是如何在具体的思想家身上展现的吧。

小施勒格尔

在小施勒格尔那里,柏拉图对于早期浪漫派的影响最是随处可见。小施勒格尔自己也热衷于承认他大部分灵感的源泉。在他 1827 年《生活哲学》(*Philosophie des Lebens*)的前言中,他披露了自己主要的哲学兴趣及其根源:"39 年前,我怀着无法形容的好奇心通读了希腊文的柏拉图全集;从那时以来……[69]这种哲学探求[形而上学]就一直是我真正主要关心的东西。"(*KA* X,179 – 180)

小施勒格尔的理性主义背后的柏拉图根源第一次展现在一场

---

① 其著作最重要的版本是 *Vermischten philosophischen Schriften des Herrn Hemsterhuis*,Leipzig,1797,译者不明。这一版本被希尔斯(Julius Hilß)修订并再版为 *Philosophische Schriften*,Karlsruhe,1912。

② 参见小施勒格尔急切要求他的兄弟寄给他赫姆斯特赫斯的著作,在他 1793 年 8 月 21 日和 9 月 29 日的信中,*KA* XXIII,页 122、133。赫姆斯特赫斯之于奥古斯特·威廉的重要性体现在他的"Urtheile, Gedanken und Einfälle über Literatur und Kunst",39 号,*Sämtliche Werke*,Edvard Böcking 编,Leipzig,1846,VIII,页 12。

他与兄弟的早期争论中。① 在 1793 年的某段时间里,奥古斯特·威廉[大施勒格尔]曾经阅读雅可比,后者对启蒙运动的批判给他留下了尤为深刻的印象。但是弗里德里希[小施勒格尔]并不赞同,他斥责兄长*仇视理性*(Vernunfthaß)。小施勒格尔认为雅可比事实上犯了非理性主义的过错,因为他的理性概念过于狭隘。他没有在*理性*(Vernunft)与*知性*(Verstand)间做出区分,后者在于构思、判断和推理的能力。理性并不只如雅可比所暗示的那样是一种接受事实的被动能力,它也是主动且自发的。事实上理性不仅是人的一种能力,也是人的根本能力:理性追求永恒。

接着,凭靠柏拉图的 eros[爱欲]概念,弗里德里希阐明了理性与心灵之间实际上毫无差别,因为理性说到底就是爱。②理性和爱都在于对整体性的执着,对普遍性的追求,渴望成为无限者或同宇宙融为一体。纠正了兄长对于理性的混淆之后,弗里德里希接着捍卫了理性的另外两个方面:理想和体系。理想的根源就在于理性、在于理性对永恒的渴望;理性始终把我们生活的根本目标摆在我们面前:努力成为像上帝一样。一个体系无疑是一次通过概念来把握事物之间根本联系的尝试。它正是我们称为诗之魂、人之灵以及物之神的东西。当然,只有一个真正的体系:自然整体。然而弗里德里希坚称,一个完备的体系只是一个我们能够趋近却永远无法达到的理想或目标。他追随孔狄亚克的做法,区分了体系化的精神(esprit systématique)和体系的精神(esprit des système):前者是为了找到一切知识中更大的统一性的努力,是理性的本质功能;后

---

① 参见弗里德里希致奥古斯特·威廉,1793 年 8 月 28 日,*KA* XXIII,页 129 – 130。1793 年 10 月 16 日,*KA* XXIII,页 142 – 144;以及 1793 年 11 月 17 日,*KA* XXIII,页 158 – 159。

② 参见除了前注所引的信件外,施勒格尔的早期断片"Von der Schönheit in der Dichtkunst",*KA* XVI,页 3 – 14、15 – 31。尤见于 13 号、15 号、17 号,*KA* XVI,页 8 – 9。

者则试图从少量事实中创造出一个体系,然后再把这体系付之于经验。

在整个 18 世纪 90 年代和雅典娜神殿时期(Athenäumszeit),施勒格尔继续发展出一套根本上受柏拉图启发的哲学。在 1796 年的《哲学生涯》笔记伊始,先于谢林和黑格尔若干年,他就展示了他如何走向一种他称之为"绝对唯心主义"的学说。根据这个学说,现实中的一切皆合于理性,理性就包含在形式、理念或事物的目的当中(*KA* XVIII,页 252,701 号;XVIII,页 332,108 号)。主客体之间没有根本上的差别,因为二者都是在区分一个单一理性活动的组织及发展的不同程度,这个理性活动通过不断地将整体分开并将分开的部分统一而起作用。[70]在后来的笔记中,施勒格尔的理性概念变得更为复杂。它不再仅仅等同于柏拉图的 eros[爱欲],而是以令人困惑的多种方式来被使用。然而,其理性概念的柏拉图主义起源保留了下来:理性是事物的理智结构,是我们通过理智直观的能力在美当中所感知到的。① 施勒格尔对他的绝对唯心主义最为系统的描述,出现在 1801 年他关于先验哲学的演讲中。这些演讲背后基本的柏拉图主义灵感,在他为这些演讲辩护的第一篇论文中体现得最为明显:Platonis philosophia genuinus est Idealismus[柏拉图哲学才是真正的理念论](*KA* XVIII,页 36)。1800 年左右,柏拉图对于施勒格尔思想产生了持久的重要影响,这一点可以明显地从一篇笔记的开头看出来,这篇笔记大概写于演讲期间:"柏拉图真知在握,哲学之全部精神皆备于他。他知晓一切,亦即整全,一切皆有赖于它。"(*KA* XVIII,页 417,1149 号)

---

① 参见 *KA* XVIII,页 208,137 号、146 号;XVIII,页 303,1314 号。施勒格尔早先在一种纯粹范导性的意义上来解读理智直观的概念,犹如律令之于整体。参见 *KA* XVIII,页 66,462 号。他之后赋予它一种更为建构性的意义,将它对应于一个更加积极的神秘主义概念。

施莱尔马赫

在所有的浪漫派人物当中,受柏拉图影响最深的大概是施莱尔马赫,他十分明确地承认这种影响:"除了这位圣人外没有别的作者能够这样影响我,使我献身于哲学和人文的世界……"(致布林克曼[Brinkmann],1800年6月9日,*KGA* V/4,页82)施莱尔马赫如此尊崇柏拉图,甚至将这种尊崇描述为"不可言喻","一种宗教般的敬畏"。① 当然,施莱尔马赫自己因其对柏拉图作品的翻译而在柏拉图主义复兴中扮演了一个核心角色,这些译本如今依然在使用。②施莱尔马赫哲学的各个方面都能够在他对柏拉图的研究中找到大部分的源头:他的辩证法概念、他的有机自然观、他对基础主义的怀疑,以及他的宗教体验理论。然而,最后这个方面的柏拉图影响在此尤为相关。若我们仔细阅读施莱尔马赫在《论宗教》(*Reden*)第二篇讲稿当中对宗教体验的分析,其柏拉图主义的根源很快就会显露出来。在一个值得注意的段落中,施莱尔马赫阐明了对宇宙的直观在于一种爱的感觉、一种与宇宙融为一体的渴望,在其中"吾乃其魂……其为吾体"(*KGA* I/2,页221–222)。这种渴望当然就是柏拉图笔下的爱欲。然而不仅直观宇宙的行动是柏拉图式的;其对象亦如是。施莱尔马赫之后在同一篇讲稿中阐明,当我们直观宇宙时,我们所感知到的是宇宙的可知结构。因此他说,当我们把握住了"物体据其自我创生自我毁灭所依据的永恒法则"时,"我们才能以一种最神圣的方式来最清晰地直观宇宙"(*KGA* I/2,页225)。[71]"在宇宙的外部世界中实际唤起宗教体验的,"他进一步论证道,"并非宇宙的种种混乱,而是宇宙的种种法则。"(*KGA* I/2,页227)

---

① 致布林克曼,1800年4月24日,*KGA* V/3,页486。

② 关于施莱尔马赫的柏拉图学术,参见 Julia Lamm, "Schleiermacher as Plato Scholar", *Journal of Religion* 80,2000,页206–239。

谢　林

　　柏拉图对谢林的影响不如对二施那般显著和戏剧化。在谢林的早期著作当中,没有令人惊讶的表白,仅有些许对柏拉图的引用。但柏拉图的遗产在那里仍然一如既往。谢林对柏拉图的钟爱始于他在图宾根神学院(Tübinger Stift)的早年岁月,在那里他用希腊文广泛且深入地阅读了柏拉图。他早期对柏拉图的兴趣在他 18 世纪 90 年代初的两篇笔记中显而易见。一篇笔记名为“古代世界之表现方式”,其中有很长一部分论到柏拉图;另一篇《论柏拉图哲学之精神》则是对《蒂迈欧》的评注。①谢林的《蒂迈欧》研究对其自然哲学(Naturphilosophie)至关重要,它质疑了柏拉图的世界灵魂和造物主的理念(《自然哲学的理念》,*Sämtliche Werke*,卷二,页 20,44 - 45)。柏拉图对谢林的早期影响更进一步地体现在两个方面:在《论罪恶的起源》(*De malorum origine*)当中他对于罪恶的阐释,以及他在《关于独断论和批判论的哲学通信》(*Philosophische Briefe über Dogmatismus und Kriticismus*)当中对理智直观的描述(对比 *Sämtliche Werke*,卷一,页 19 - 20,318)。在这些作品当中,谢林都不仅赞扬了柏拉图,还借用了柏拉图的思想。

　　然而,柏拉图对谢林思想的影响,直到后者与费希特绝交后,在

---

　　①　关于这些手稿参见编辑报告,Jorg Jantzen,*SKA* I/2,页 195 - 196,以及 Manfred Durner,*SKA* I/5,页 37。*Timaeus* 评注由 Hartmut Buchner 出版,*Timaeus* (1794). *Ein Manuskript zu Platon*,StuttgartBad Cannstatt,1994。对谢林早期柏拉图手稿之重要性的一篇非常有用的介绍,参见 Manfred Baum,“The Beginnings of Schelling's Philosophy of Nature”,见 *The Reception of Kant's Critical Philosophy*,Sally Sedgwick 编,Cambridge University Press,2000,页 199 - 215。谢林有关柏拉图的早期著作的详细描述,参见 Franz,*Schellings Tübinger Platon Studien*,前揭,页 153 - 282。

他的同一性哲学(1800—1804)发展期间才变得最为明显。在《布鲁诺》和《艺术哲学》中,谢林勾画了一种世界观(Weltanschauung),我们最好把这种世界观描述为对柏拉图和斯宾诺莎的一种综合;换句话说,它是一种柏拉图主义的一元论,或者说一种一元论的柏拉图主义。谢林复兴了柏拉图的理念论,以此来解释无限如何存在于有限之中、一如何存在于多之中的古老问题。他解释说,特殊事物只有在其反映了绝对的整个本质,即只有在其自身也是绝对时,才存在于绝对之中;这种完全存在于绝对中的特殊事物便是理念。① 然而谢林的整个绝对概念都是柏拉图式的。单一的普遍实体如今成了"诸理念的理念",也是理性的唯一对象(《布鲁诺》,*Sämtliche Werke*,卷四,页243)。我们认识到这种绝对要通过一种理智直观,这种直观是纯粹理性的,且不可化约为推论理性(同上,页299–300)。谢林忠实于《斐德若》的遗产,声称我们首要的是通过美的理念认识到无限与有限之间具有联系,或无限显现于有限之中(同上,页225–226)。

诺瓦利斯

[72]乍看之下诺瓦利斯似乎是所有早期浪漫派成员中最非柏拉图式的了。他的信件和著作中很少提及柏拉图,而且他并不迷恋于荷尔德林、谢林、施莱尔马赫与施勒格尔所迷恋的希腊事物。然而这一印象被小施勒格尔所纠正,后者在1792年初次遇见诺瓦利斯之后告诉他的兄长,他的新朋友所"钟爱的作者"(Lieblingsschriftsteller)是柏拉图与赫姆斯特赫斯。② 我们越细致地审视诺瓦利斯的某些早期著作,就越看到他的理性概念中的柏拉

① *Philosophie der Kunst*,第25–27节,*Sämtliche Werke*,卷五,页370、388–390。对比 *Bruno*,卷四,页229。

② 弗里德里希致奥古斯特·威廉,1792年1月15日,*KA XXIII*,页40。

图主义灵感。诚然,在他早期的《费希特研究》(*Fichte – Studien*)中,
诺瓦利斯将自己展现为一名极为严厉地批评推论性思想之谵妄的
人,这种推论在试图把握真理的行动中恰恰歪曲了真理;但我们不
应当以此为证据认为他患有厌辩症,更不可认为这证明了他的超理
性主义。诺瓦利斯并没有仅将理性视为一种推论能力,即认为理性
仅负责构思、判断和推理。毋宁说,他将理性当作一种直观能力,
"一种理智的视力",它实际上是"迷狂的"。①不同于雅可比,他不认
为理性仅有的功能是提供机械的阐释;毋宁说,他强调理性超越了
单纯的机械性,并且其任务是在整体中适得其所地把握每个事物
(《预备作品》,31 号、233 号,*HKA* III,页 533、576)。

　　诺瓦利斯得益于柏拉图主义传统,这一点直到他的晚期生涯
才变得完全显明。1798 年秋天,他获得了一个重大发现:普罗提
诺(Plotinus)!②他宣称没有哲学家曾经如此深远地进入神圣的殿
堂。③他如今在普罗提诺的影响下写作,因而他将理智直观描述为"内
心之光"或"迷狂"(《一般性概述》,896 号,*HKA* III,页 440),并用"神
圣的逻各斯"来解释理性(同上,908 号、1098 号,*HKA* III,页 443、
469)。这种热忱的主要原因是诺瓦利斯曾一直在探寻一个正确的概
念来统一唯心论和实在论。如今他将这个概念称为"共评主义"(syn-
criticism),这个术语一度被用来指代新柏拉图主义的神秘倾向。

　　所有这些关于施勒格尔、施莱尔马赫、谢林和诺瓦利斯的事实,
揭示了柏拉图主义对他们的深远影响。只有这些事实才能保证将
早期浪漫派解释为柏拉图主义的复兴。然而,一旦我们将早期浪漫

---

　　①　对比 *Fichte – Studien*,143 号,*HKA* II,页 133;*Das Allgemeine Brouillon*,
934 号,*HKA* III,页 448。
　　②　诺瓦利斯对普罗提诺的发现,参见 Hans Joachim Mähl,"Novalis und
Plotin",*Jahrbuch des freien deutschen Hochstifts*,1963,页 139 – 250。
　　③　诺瓦利斯致卡罗琳·施勒格尔,1799 年 1 月 20 日,*HKA* IV,页 276。
对比诺瓦利斯致小施勒格尔,1798 年 12 月 10 日,*HKA* IV,页 269。

派视为一场柏拉图主义的复兴,任何对于它的概括解释都会产生诸多后果。其中一个后果是,我们必须将早期浪漫派的神秘主义和审美主义解释为极理性主义的一种形式。我在此的目的就是单单阐明这一后果。

第五章　艺术的主权

1. 艺术作为形而上学

[73]早期德意志浪漫派最显著的一个特征,是他们对于艺术之形而上学地位的信念。几乎所有青年浪漫派成员——瓦肯罗德、谢林、施莱尔马赫、诺瓦利斯、青年黑格尔、荷尔德林,以及施勒格尔兄弟——都将审美经验作为认识终极实在或绝对的尺度、工具和媒介。他们相信,通过审美经验,我们能够在有限中感知到无限,在可感事物中认知到超感事物,在绝对的诸表象中感知到绝对。既然只有艺术才拥有探测绝对的能力,艺术便优先于哲学,哲学如今只得沦为艺术的侍女。①

至少有两个原因使这样一种学说值得注意。第一,它与启蒙运

---

①　因此荷尔德林在他的 *Hyerion* 中写道:"诗歌……是这一学科[哲学]的始终。如同密涅瓦[Minerva]来自朱庇特[Jupiter]的头中,她发源于一位无限神祇的诗歌。" *GSA* III,页 81。诺瓦利斯在他的 *Vorarbeiten*,31 号,*HKA* II,页 533 中声称:"诗歌是哲学的钥匙,它的目的和意义。"对比 280 号,*HKA* II,页 590 - 591。施勒格尔在他的 "Gespräch über Poesie" 中主张:"所有艺术与科学最深处的神秘便是诗的领域。万物来自那里又复归于它。"(*KA* II,页 324)谢林在 *System des transcendentalen Idealismus* 中宣称,"艺术是科学的典范,哪里有艺术,科学便应当在哪里遵循";一脉相承地:"艺术乃唯一的真与永恒的器及哲学的文。"参见 *Sämtliche Werke*,前揭,卷三,页 623、627。亦可见 Wilhelm Wackenroder, *Herzensergießungen*, Werke, 1910,卷一,页 64 - 69。

动关于理性主权的教条彻底决裂,后者将理性作为最高的智识权威。启蒙思想家将理性——在推论的意义上被理解为一种构思、判断和推理的能力——作为知识的首要尺度、工具和媒介,青年浪漫派则将这样一个角色分配给了审美经验的感觉和直观。第二,它也迥异于18世纪美学中占据主导地位的主观主义趋势,后者仅将美感视为观者的愉悦感,并且只将审美创作视为艺术家的情绪表达。① 康德美学怀疑审美判断中的客观因素,这并没有质疑而只是完成了这一趋势。

浪漫派美学的这些惊人特征自然提出了一些非常有趣的问题。青年浪漫派与启蒙运动[74]及18世纪美学的主观主义相决裂的可能性,其根源和影响是什么? 在他们对于艺术主权的信念背后,有什么基础或根据? 当然,这些问题之前已经有人提出过;然而,无人可以宣称已经有了任何确定的答案。

对于这些问题的回答,近期最值得注意的尝试是弗兰克富于启发性的新书《早期浪漫主义美学导论》(前揭)。依据弗兰克,浪漫派对于艺术之形而上学地位的信念,不仅是与启蒙运动和18世纪美学的根本决裂,也是与柏拉图以来整个西方的智识传统的决裂(同上,页9-14)。这种决裂就在于拒斥真理符合论(truth as corre-

---

① 在18世纪的范围内,美学家没有赋予艺术任何认知地位,它通常属于次级种类。沃尔夫曾将审美体验作为对完美的感觉,这的确是事物的一种客观属性,即它们在多样性中的统一;但他也将感觉视为理智的一种次级或混乱的形式。参见其1743年的 *Psychologia empirica*,第54-55节。尽管鲍姆嘉登力争感性的自主地位,即它能拥有它自己的规则和完美尺度,但他也将其归为次级知识。参见其 *Metaphysica*,第521、533节。特立独行的18世纪美学主观主义趋势的伟大例外当然是哈曼,他1762年引人注目的作品 *Aesthetica in nuce* 在多方面预见了浪漫派的学说,并且尤视艺术为形而上学知识的唯一一媒介。然而,如他喜欢将他自己描述为的样子,哈曼的预言成了"旷野中的呼告"。他之于浪漫派的影响非常可观——雅可比、歌德与赫尔德都是他的仰慕者——但他的影响也非常间接且遥远。

spondence)及其替代品真理建构论(truth as creation or production)。①弗兰克认为,只要真理作为符合的观念大行其道,考虑到理性的直接、清晰和精确,而艺术家的图像与符号无法代表现实,艺术家便低于哲学家。弗兰克告诉我们,终结这一真理概念两千年的统治的是1781年《纯粹理性批判》(*Kritik der reinen Vernunft*)的出版(同上,页9、41)。康德通过他的哥白尼革命,以真理建构的概念替代了真理符合的概念。根据建构论,主体不只是反思一个被赋予的现实,亦通过其能动性来构建现实的特定结构。弗兰克主张,主要是这种新的真理概念允许浪漫派赋予艺术以形而上学地位。艺术家的创作活动并非仅限于对给定现实的模仿,而是普遍能动性的一部分,主体通过这种能动性创造出它的整个世界(同上,页41 – 42、123)。

因此,在弗兰克看来,浪漫派美学发展背后的根本因素来自康德的哥白尼革命,更具体地说,来自康德《第一批判》中的真理概念。但弗兰克并没有将康德的重要性局限于《第一批判》。他也将《判断力批判》,尤其是该书第一部分"感性判断力批判",作为青年浪漫派的核心文本。相应地,他将书中所收的前八篇讲稿全部用来具体分析康德在《第三批判》中的感性判断理论。

在某些方面,弗兰克的描述代表了有关浪漫派美学兴起的标准观点。通常康德的哥白尼革命被当作浪漫派美学的出发点,一般认为其关键文本是《判断力批判》。弗兰克对此观点的捍卫和精巧阐述深刻而详细,为这种观点提供了最佳的可能论据。然而,在另外一些方面,[75]弗兰克对浪漫派美学的描述背后又有一些新颖且重

---

① 在将其描述为真理建构论时,我多少有些简化了,因为弗兰克写了一篇"aktiven sich ins Werken setzen des Absoluten",页124,对比页29。我简化的合理性在于弗兰克将康德的真理范畴描述为强调认知主体的能动性。这隐约来自海德格尔。

要的东西。他第一个看到——并且强调——浪漫派美学不只是康德和费希特的观念论之诗学版本，而这是从海姆到伽达默尔的标准观点。[①]然而，我们很快将会看到，弗兰克的理论的这两个方面——一者更为传统而一者更为创新——互相抵牾。浪漫派美学无法既以康德的哥白尼革命为根基，同时又与康德和费希特的主观唯心主义遗产相决裂。因为康德的真理概念正是那种观念论的基础。

　　接下来，我不仅要揭示弗兰克的理论所伴随的问题，也要为浪漫派美学的根基进行另一番描述。我自己的说法将会把这一根基定位于一个被弗兰克完全忽视了的领域中：浪漫派的自然哲学和它的有机自然概念。

2. 表现与模仿

　　让我从弗兰克的核心论点开始吧，他宣称：浪漫派美学理论所潜在的主要前提，取决于它的新康德主义真理概念。我必须站在这个宣称的立场来说上几句。一些青年浪漫派确实认为艺术家创造了真理的标准，并否认这些标准仅仅是在本质上赋予他的，以至于他必须被动地模仿它们。因此大施勒格尔和谢林明确表示，并不是自然为艺术家立法，而是艺术家为自然立法。[②] 他们的声明看起来差不多是康德的哥白尼革命的一个美学变体。

---

① 参见 Rudolf Haym, *Die romantische Schule*, 前揭，页 332、354 – 365。在海姆的传统中，参见 H. A. Korff, *Geist der Goethe Zeit*, Leipzig, 1964, 卷三，页 246 – 252；Nicolai Hartmann, *Die Philosophie des deutschen Idealismus*, 前揭，卷一，页 220 – 233。伽达默尔对浪漫派美学的理解落在了同样的传统之中。参见他的 *Wahrheit und Methode*, 见其 *Gesammelte Werke*, 卷一，Tübingen, 1990, 页 61 – 106。

② 参见 Schelling, *System des transcendentalen Idealismus*, *Sämtliche Werke*, 卷三，页 622, 以及 Schlegel, "Ueber das Verhältnißder schönen Kunst zur Natur", *Sämtliche Werke*, Edvard Böcking 编, Leipzig, 1846, 卷九，页 303 – 306。

然而,从他们的声明中推断出浪漫派美学是天然的主观主义就错了,这种理论将心灵看作一盏灯而非一面镜子。[1]浪漫派从未完全拒斥模仿论,因为他们仍旧认为艺术必须忠实于自然,或是艺术家应当表现他周遭的整个世界。[2]早期浪漫派美学从来就不是一种简单的情绪表现学说,仿佛一件艺术作品的价值只在于它表现艺术家之感受和欲望的能力。虽然浪漫派确实认为艺术天才具有制定他的艺术规则的能力,但他们从未宣称这些规则只具有主观意义,除了艺术家的心灵以外与他者无涉。实际上关于早期浪漫派美学,最为引人注目的是它对模仿和表现两种学说的综合。[76]它认为艺术家在表达他的感受和欲望时,在探测他自己的个人深度时,也揭示了自然作用于他的创造力。艺术家的创作其实是绝对通过他的自我生产,因为艺术的创作活动是自然的一切创造力中最高程度的组织和发展。

这种模仿和表现的综合正是我们应当期望从浪漫派形而上学中看到的东西,它的根本原则是主客体同一性。根据这一原则,主观与客观、理想与现实、精神与物质都是绝对的单一不可分割的现实性的同等的表现、表象或体现。绝对本身既是主观的也是客观的,因为二者都是它必要的表象;但它也既非主观的也非客观的,因为它并不排他地属于二者中的任何一者。这种学说意味着审美经验作为主客体同一性的完美化身,应当兼有主观与客观的表现形式;在每一种表现形式中,主客体互相压制却无法离开对方而存在。

---

① 我指的当然是艾布拉姆斯(M. H. Abrams)的经典研究 *The Mirror and the Lamp*, New York, 1953。不论艾布拉姆斯的区分对于英国浪漫主义有何价值,它对于早期浪漫派都是错的,后者的目标正是要超越这样一种区分。

② 这只有在《雅典娜神殿》116 号中才显而易见,在那里施勒格尔坚称浪漫派艺术家应当在他的对象中失去自我,从而对对象的特征刻画是他唯一的任务。*KA* II,页 182。他打算使浪漫派艺术成为一种素朴与感伤、模仿与表现的综合。

当客观方面占据优势时,主体便应当服从客体,因而艺术家应当模仿自然;而当主观方面处于支配地位时,客体便应当服从主体,因而客体只有通过主体的表现活动才能自我揭示。

在这个形而上学理论中,显而易见,康德的哥白尼革命宣称客体应该符合观念(而非相反),这只抓住了审美体验的一方面。它只充分理解了主体那一方,认为主体为客体创造了标准;但它没能充分说明客体那一方,即客体会将标准施加于主体。用一句不太严谨的话来说,对浪漫派美学理论进行严格的康德式解读,根本问题在于无法阐明它的客观维度。艺术家的活动倘若只源自主体内部,便会与绝对相隔断,从而失去了它的形而上学维度,无法成为绝对本身的揭示或者表现。对于浪漫派,艺术家的创作具有对形而上学真理的诉求,其主要原因在于他的活动是一个整体的自然的延续和不可或缺的部分。①艺术家的活动之所以是绝对的一种揭示或表现,乃因为它完全就是所有自然力量的最高表达和体现。因此艺术家所揭示的正是自然通过他所揭示的。当然,艺术家不只是镜子或只模仿自然;他的创作活动决定了审美价值的标准。然而要看到的关键点是,艺术家是一名合作者,[77]他实际上是贯穿整个自然的生产链中的最后一环。因此不仅仅艺术家的能动性得以表达,绝对的能动性也通过艺术家进行自我表达。

浪漫派美学理论的客观维度,尤为体现于浪漫派在 18 世纪 90 年代中期对斯宾诺莎与日俱增的喜爱。对于浪漫派而言,斯宾

---

① 浪漫派经常强调这一点。仅举三例,谢林在其 *System des transcendentalen Idealismus* 中论证艺术家的自为生产与内在自然本身的自在生产相同一(《全集》,卷三,页 612 – 619);A. W. 施勒格尔在其 *Vorlesungen über schöne Literatur und Kunst* 中表示艺术是"自然通过一种完美精神的媒介流露出来的"(《全集》,卷九,页 308);以及小施勒格尔在其"Gespräch über Poesie"中宣称我们所有的诗都源于"那首神圣诗歌,我们都是它的部分和花朵"(*KA* II,页 285)。

诺莎代表了与康德和费希特之先验观念论的截然对立。如果康德—费希特的哲学使自我成了绝对,自然只是对自我的一种修正,那么斯宾诺莎则使自然成了绝对,自我只是对自然的一种修正。在 18 世纪 90 年代末,谢林、施勒格尔、荷尔德林和诺瓦利斯开始赞誉斯宾诺莎,他们相信,斯宾诺莎的实在论应当成为康德和费希特之观念论的补充。这一浪漫派美学的斯宾诺莎维度常被人忽视;在施勒格尔的核心文本《雅典娜神殿断片集》中,这一维度再清楚不过了,在那里施勒格尔不仅为斯宾诺莎辩护,还将他个人与所有人的某种神秘感作为审美的一种要素。①在《谈诗》中,我们甚至得知一个人无法成为诗人,"除非他尊敬、热爱并运用斯宾诺莎"(*KA* II,页 317)。

这种浪漫派美学的客观维度,或者说斯宾诺莎的维度,被低估或忽视了如此之久,这首先要归咎于标准解释,这种解释强调浪漫派对于费希特 1794 年《知识学》的依赖。根据这种解释,浪漫派对于艺术之形而上学力量的信念产生于费希特的想象概念,艺术家的创造力只是活跃在经验作品中的潜意识力量的更高表现。如此,浪漫派美学只不过是《知识学》的诗学。

这种关于浪漫派美学的说法依然非常流行,其背后的首要前提是:浪漫派是费希特 1794 年《知识学》的信徒。看到青年浪漫派对费希特的崇敬,便非常容易看出为何这种说法依然流行。但是,荷尔德林、诺瓦利斯和小施勒格尔的早期断片和笔记却讲述了一个十分不同的故事——他们并非费希特的忠实信徒,而是尖锐的批评者。在 1795 年到 1797 年浪漫派美学的形成期,他们质疑了费希特的基础主义和唯心主义。他们对费希特的基础主义的批判基于人

---

① 关于对斯宾诺莎的辩护,参见《雅典娜神殿断片集》,270 号、274 号,卷二,页 211;301 号,卷二,页 216;450 号,卷二,页 255。关于强调一种普遍的神秘感,参见同上,121 号,卷二,页 184。

不可能建立无误的第一原理和关于一切知识的完备体系。他们攻击费希特的唯心主义则是由于其主观主义,更具体地说,是由于其主客体同一性原则之概念只居于自我或主体中。①为了克服费希特主观唯心主义的片面性,[78]他们坚持用斯宾诺莎的实在论或自然主义来补充它。他们论证道,如果绝对是主客体同一性,那么它应该可以将自己设想为既是客观的也是主观的,既是现实的也是理想的。这一论证在谢林的 1800 年《先验唯心论体系》中更为清晰,但它早在 1796 年就已蕴含于荷尔德林的断片以及诺瓦利斯和施勒格尔的笔记当中了。

在揭示传统解释将浪漫派美学视作费希特唯心主义的一种诗学版本背后的错误方面,无人能比弗兰克自己做得更多。他正确地强调,浪漫派不再将自我视为哲学的第一原理,而将哲学的基础置于超越于自我的绝对之中(弗兰克,《导论》,页 127)。他阐明,浪漫派对于艺术之形而上学地位的信念,源自他们认为主观性有一个基础,该基础本身不可能位于主观性自身之内(同上,页 127、128)。但如果这就是所有的情况,那么在何种意义上我们能够主张浪漫派美学的根源在于康德的主观主义真理概念? 弗兰克自己似乎体会到了这一点的力量,当其认识到浪漫派的目标是去建立一种关于美的客观理论时,他便承认康德哲学之于浪漫派美学终究不是这样一个转折点(Wendepunkt)(同上,页 122 – 123)。

我能给予弗兰克关于浪漫派美学之康德解释的最仁慈的解释,就是去承认它在某种意义上是浪漫派美学非常间接的历史来源。康德的真理概念是费希特主客体同一性原则的原型,接着,浪漫派通过将这种同一性的来源定位于自然、存在或宇宙来重新解释它。

① 参 Schelling, *Fernere Darstellung aus dem System der Philosophie*, *Sämtliche Werke*,卷四,页 353 – 361;Schlegel, *Philosophische Lehrjahre*, *KA* XVIII,页 31,134 号;页 38,209 号。

但非常重要的是,在此必须对这个学说的历史来源与逻辑基础作出区分。这些是显而易见的,因为一个理论可能会通过其继承者而扩大影响,但也会被继承者所反驳或转变。实际上这就是康德的真理理论的情况。康德的理论虽然是浪漫派美学的一个历史来源,但从来都不是浪漫派美学的逻辑基础。然而,弗兰克的说法如此误导人的地方就在于,我们很容易将历史原型误解为逻辑基础。于是,康德的理论看起来就在某种程度上成了浪漫派理论的基础,虽然它只是故事的一半。

3. 康德《第三批判》的挑战

如果说弗兰克赋予康德的《第一批判》以如此高的重要性是误入歧途,那么,他强调《第三批判》的重要性则肯定是稳妥的。[79]毫无疑问,一些青年浪漫派受到了康德《第三批判》的启发,他们中的大多数人都在早年仔细研读过《第三批判》。①虽然他们经常质疑康德,但他们也深刻地受益于他。②康德的艺术自律学说、他的有机体概念、他的自然之目的性观念、他对天才的定义,以及他认为美是道德的象征,都以这样或那样的方式对大部分青年浪漫派产生了至

---

① 在此重要的例外是大施勒格尔,他比大部分浪漫派更为激烈地批判康德。参见他的 *Vorlesungen über schöne Literatur und Kunst*,见 *Vorlesungen über Ästhetik*,Ernst Behler 编,Paderborn,1989,卷一,页 228 – 251。

② 因此,我无法同意贝勒尔,他在一篇对弗兰克作品的评论中批判了将核心地位赋予《判断力批判》的做法。参见《雅典娜神殿》卷一,1991,页 248 – 249。虽然贝勒尔认为康德的作品之于浪漫派的重要性日趋减少是正确的,但他却低估它的早期意义。尽管那种意义在一定程度上是负面的,它也在很大程度上是正面的。离开了康德对于审美自律的论证,施勒格尔兄弟的早期批判就是不可思议的。

关重要的影响。

　　然而,就早期浪漫派关于艺术的形而上学地位的学说而言,必须承认,与其说康德的《第三批判》具有积极意义,不如说具有消极意义。康德否认审美判断的认知地位而坚称审美体验只包含于一种愉悦感当中,他对关于表象的知识的普遍限制,都给浪漫派美学的发展造成了严重的障碍。青年浪漫派的一个核心目标便是超越康德对于审美体验的范导性限制。[1]他们相信席勒在正确的方向上迈出了一步,席勒试图提出一种客观美学,从而将美塑造成自由的体现。但他们认为席勒也还走得不够远。席勒忠实于康德的批判教导,坚称我们只能将美作为仿佛是自由的体现;青年浪漫派想要将关键性的一步迈得更远:主张美就是自由的体现。

　　当然,弗兰克自己充分意识到了康德的范导性学说(regulative doctrine)对青年浪漫派提出的挑战。他多次提出过异议,即面对康德对于审美判断和体验之纯粹范导性地位的坚持,《第三批判》之于浪漫派何以如此重要(弗兰克,《导论》,页38 – 39、50 – 51、93 – 94)。然而,必须提到的是,他对这个问题所给出的答案是半心半意的,似乎没有说服他自己(同上,页122 – 123、129)。他的回应本质上着重于《第三批判》第59节,在那里康德将美作为道德的象征,并且暗示美也代表着超感觉的基础,连接本体和现象的世界。依据弗兰克,康德在此的论证对于浪漫派十分关键,因为它暗示了一条统一康德二元论的途径,而这曾是他们的一个核心目标。通过暗示美是道德的符号,康德实际上使美成为本体与现象世界,乃至实践理性与理论理性之间的中介。

---

　　[1]　参见荷尔德林致诺弗尔(Neuffer),1794年1月16日,*GSA* VI,页137;荷尔德林致席勒,1795年9月4日,*GSA* VI,页181;以及荷尔德林致尼特哈默尔,1796年2月24日,*GSA* VI,页203。亦可参见弗里德里希·施勒格尔早期对于康德的批判"Von der Schönheit in der Dichtkunst"1,*KA* XVI,页5 – 6、11。

当然,对于把《判断力批判》第 59 节作为浪漫派学说的一个来源,还需做一些说明。有迹象表明,这一节或类似的某些章节对于荷尔德林与小施勒格尔也十分重要。①但是,也不应如此过分地强调这些段落的重要性,原因有二。第一,康德[80]"美是道德的象征"这一声明有太多制约和限定,以至于它无法支持浪漫派"艺术提供了绝对之可感形象"这一学说。康德并不认为美就是善的体现,他只是认为,我们必须将其判断为仿佛如是。②第二,康德的声明也暗示出他的学说无法具有任何基本理论来阐明本体与现象的统一;他通过表明只有一种美学象征代表二者的统一,从而使这种统一成了一个谜。但也是在这个方面,浪漫派比康德要走得更远:他们寻求一些模式来阐明本体与现象的统一;他们想要的不只是一个美学象征,来象征本体与现象神秘的交互。现在我们就来考量那一阐发模式。

4.《第三批判》的先例

虽然康德《第三批判》之于浪漫派对艺术之形而上学地位的信念主要具有消极的意义,但这并不是说,它完全或仅仅具有消极意义。对于这一信念,《第三批判》依然在某种程度上具有一种积极的意义,因为康德本人暗示了他自己的批判限制何以能够被克服。在这一方面,《第三批判》最具有暗示性和影响的部分并非审美判

---

①　参见荷尔德林的早期诗歌"Hymne an der Schönheit", *GSA* I,页 132。在此荷尔德林引用了《判断力批判》的第 42 节。亦可参见施勒格尔的 Von der Schönheit in der Dichtkunst", *KA* XVI,页 24,在那里他将美定义为善的体现。

②　在第 59 节,康德认为只有在一种类比的意义上美才是道德的象征,并且那种类比并不提供任何关于客体的认知(*AA* V,页 531)。

断力批判,如弗兰克所认为的那样,而是目的论判断力批判。且让我尝试简要说明其中的道理吧。

如果我们细致地审视早期浪漫派的一些核心文本——特别是荷尔德林的《许佩里翁》、施勒格尔的《谈诗》、谢林的《先验唯心论体系》,和诺瓦利斯的一些断片——我们就会发现,在他们对于艺术之形而上学意义的信念当中,有一个普遍心照不宣的论证。①大致来说,论证如下。(1)哲学和科学都预设了有机体理念,即自然形成一个系统性的整体,其中整体的理念先于整体的所有部分,并使部分成为可能。(2)有机体的理念是一个美学的整体,即它具有一些美的典型特征。一个有机体在两方面如同一件艺术作品:第一,它具有一个整体论结构,在此整体的理念决定了整体的所有部分;第二,它是自主的,不受外部约束,因为它是自在自为的。(3)一个有机体的理念,或一个美学整体,只能在审美体验中被把握。这是因为审美体验存在于直观之中,即对事物总体的直接感知当中,而知性则只通过将每样事物解析为不同的部分来分析性地阐明每一事物。

[81]有了这些前提,也就可以自然得出,所有的科学和哲学都预设了审美体验,只有审美体验才能为科学和哲学的系统理想正名。没有审美体验,便不可能证成有机统一存在于自然当中,而这是所有哲学和科学的理想。接着,这一论证试图提出某种关于审美的"先验演绎",即试图展示审美如何是科学本身之可能性的一个必要条件。

不论康德自己会如何拒斥上述论证,这里的每一个前提都显然有其康德式的先例,或者至少这些前提背后的一些假定都有其康德

----

① 参见 Hölderlin,*GSA* III,页 81–84;Schlegel,*KA* II,页 324–325;Schelling,《全集》,卷三,页 612–629;以及 Novalis,"Vorarbeiten",31 号 *HKA* II,页 533,及"Hemsterhuis Studien",32 号,*HKA* II,页 372–373。

式的先例。以上的每个前提要么出现在《判断力批判》的导言中，要么出现在其后半部分。荷尔德林、施勒格尔和谢林所做的只是将它们汇总起来，得出必然的结论。

拿第一个前提来说。康德曾论证过有机体的理念——特别是自然目的——是理性的一个必要理念。这一理念假定自然中的万物都符合某些理智设计，或者万物都是根据一个理性计划被创造出来的，由此也就统一了本体和现象的领域。同样重要的是，有必要为经验法则的多样性提供系统秩序，这一秩序是无法仅通过诸知性范畴来保障的。在《第三批判》的几个段落当中，康德甚至论证了系统性与自然目的的理念对于经验真理的可能性本身也是必要的。[1]

就第二个前提而言，康德也有先例。康德曾在《第三批判》中将有机体的理念作为美学本身的核心。他在有机体和艺术作品的概念之间看到一个贴近的类比。[2]二者的结构相同，因为二者都涉及有机整体的理念，其中，每一部分的同一性皆与整体不可分割，并且整体的同一性也与每个部分不可分割。二者的起源也类似，都是根据某些理性的计划而被创造出来的，这是一种综合的普遍性，在此，整体的理念先于整体的诸部分。此外，两个概念也都涉及康德的无目的之目的性（Zweckmäß igkeit ohne Zweck）的理念，因为自然和艺术家都根据某些理智的设定而工作，即使双方都并没有充分地意识到那一设定。

最后，就第三个假设而言也有一些康德式的先例，尽管只是在消极意义上。康德否认审美体验能够具有认知意义，这一点

---

① *KrV*，页 B 679、681 – 682、685、688，以及《判断力批判》，第 5 节，*AA* V，页 185。

② 这在初版导言中通过其自然技术（technic）概念而无比清晰。参 *AA* XX，页 204 – 205、214、216 – 217。

上他挑战了浪漫派,但他也论证了[82]任何关于有机体的推论性的洞见都不成立,从而支援了浪漫派并预示了浪漫派的出现。在《第三批判》的后半部分,康德提出了两种论证以反对存在这样的洞见。第一,我们的推论式知性是分析的,从部分推到整体;它不是综合的,从整体理念推到所有的部分。第二,我们的理性仅能知晓它所创造的,即它按照自己的计划所产生的事物;既然它无法创造出有机体无限复杂的结构,那么也就无法认知有机体。①

如果我们将所有这些康德的先例汇总起来,显然就非常接近浪漫派的艺术主权学说了,不过还不够接近。浪漫派依然迈出了超越康德的重大的两步:第一,赋予有机体的理念以建构性的地位;第二,宣称有某些直观形式或是非推论性的理解可以通达有机体的理念。当然,在这两个方面,康德的范导性限制对于浪漫派都会成为一种挑战。那么,在此,我们又一次看到了康德教导中本质上的消极意义。

当然,即便如此,浪漫派论证的这些康德式先例确实证成了应当将一些积极意义归诸康德的《第三批判》。应该承认,这部作品即便没有自己提出论证,它也确实提出了该论证的大部分前提。但是,依然不能任意宣称《第三批判》在这方面的重要性,原因很简单,《第三批判》并不是这些前提的唯一来源。这一论证的许多核心主题——宇宙构成了一个有机整体,有机体的理念克服了主客体间的二元论——在18世纪90年代已经司空见惯。康德的《判断力批判》既帮助创造了这种新思想,同时也是对这种新思想的反映。

---

① 《判断力批判》,第65节,*AA* V,页375;第68节,*AA* V,页384;第73节,*AA* V,页394–395。

5. 浪漫派美学的形而上学基础

荷尔德林、谢林与施勒格尔对于美学的先验演绎,表明了我们应当到哪里去寻找浪漫派美学的基础。它的直接来源在认识论领域,实际上在于一个新的真理概念,正如我们刚看到的那样。但它的终极根源位于别处,即它所蕴含的形而上学,更具体地说是它的自然有机论。①这一理论贯穿于荷尔德林、诺瓦利斯和施勒格尔兄弟的断片、笔记和讲稿之中;谢林在其 1798 年的《论世界灵魂》(Von der Weltseele)中对其做了系统性的陈述,[83]接着青年(而且依然是浪漫派)黑格尔在其 1801 年的《差别》中激情地为其辩护。这一理论的发展当然与自然哲学密切相关,后者在 18 世纪末的德意志支配了生理学和物理学。自然哲学方面的一些核心人物——里特尔(J. W. Ritter)、艾先梅耶(C. A. Eschenmayer)、斯特范斯(H. Steffans)、巴德尔(Franz Baader)、洪堡(Alexander Humboldt)——无疑与耶拿和柏林的浪漫派圈子有着密切联系。

自从 17 世纪初科学革命伊始,自然有机论的兴起便成了自然科学中最值得注意的事件。这一理论的出现标志着笛卡尔和牛顿的机械物理学的衰亡,后者曾经主宰了整个 17 世纪末和 18 世纪初的自然哲学。就其涉及全新于机械物理学的阐释标准而言,将新的有机论作为一种"范式转换"毫不夸张。机械物理学通过将现象置

---

① 当然,对有机论的重要性的强调并不只有我自己,它有着漫长且令人尊敬的传统。参见例如 Paul Kluckhohn, *Das Ideengut der deutschen Romantik*,前揭,页 24 – 35;Oskar Walzel,"Wesenfragen deutscher Romantik",前揭,1929,页 253 – 276;Alois Stockmann, *Die deutsche Romantik*,前揭,页 13 – 17;以及 Morse Peckham,"Toward a Theory of Romanticism",前揭,页 5 – 23。

于一系列的动力因当中来理解现象,其中每一个事件都有之前的事件作为其动力因,以此类推 ad infinitum [以至于无限];有机论则通过将所有事件视为一个更广泛的整体之部分,以整体论的方式来阐明现象。

有一种固执且普遍的趋势,要将浪漫派的自然哲学固化为一种先验思辨和体系构建,以反对当时一般的经验科学。但这一固化行为从深层而言犯了时代错误。在科学与哲学尚未具有鲜明界限的年代,自然哲学便完全是当时的普遍科学。它直接产生于 18 世纪物理学和生理学的最新进展,而非存在于先验思辨和体系构建之中。①

非常粗略地概括来说,自然有机论有两个根源。第一个是新兴动力学的出现,它主张事物的本质在于主动的力,而非惰性的广延。机械物理学一直很难阐释引力和斥力,这两种力似乎意味着"隔空运动"。但如今电磁和化学领域的新实验似乎表明同样的力量也内在于事物当中,并且于自然之中无所不在。第二个根源是先成论(the theory of preformation)的衰亡——它主张生物在其胚胎中由于某些超自然因素已经完全预先形成,以及后成论(the theory of epigenesis)的兴起——它认为造物[84]从初始的胚胎发展至有机体是出于自然的原因。这两种发展共同采纳了一个统一的自然概念。如果说第一个发展通过将能量作为事物的本质,似乎使得无机世界更加接近于有机世界,那么,第二个发展通过消除对于超自然的生命起源的需要,则显得使有机更加接近于无机了。如此,自然的两个领域便在力(Kraft)的理念中结合起来。

两个 18 世纪末的哲学家十分清楚地看到了这个发展:赫尔德和基尔迈尔(K. F. Kielmeyer),他们二人对于自然哲学都有重大的

---

① 关于自然哲学方法论的更多细节,参见我的 *German Idealism*:*The Struggle Against Subjectivism*,*1781—1801* ,前揭,页 523 – 528。

影响。①他们不只看到了有机和无机领域之间的根本连续性,也坚称统摄两个领域的法则不能只被归纳为机械论。这样一种有机自然观的始祖当然是莱布尼茨,他的时代终于到来了。②

讽刺的是,康德在自然有机论的发展中也扮演了有力的角色。对于浪漫派意义上的有机体的最好的分析,是康德自己在《判断力批判》第65节对于自然目的(Naturzweck)的分析。依据康德,有机体的概念包含两个要素:(1)整体的理念先于诸部分并使诸部分得以可能;(2)部分之间互为因果。康德认为,第一个因素并不充足,因为一件艺术作品和一个有机体都是根据一些普遍概念或者计划被创造出来的。还有必要加上第二个因素,因为一个有机体的与众不同之处在于它是自我生成并自我组织的。

早期浪漫派赞同康德对于有机体理念的分析;但他们接着便将其拓展至宇宙级,继而摒弃了对它的常规约束。根据浪漫派的有机体隐喻,宇宙是一个广袤的有机体,一个单一活体,一个大写的人(Macroanthropos)。自然的一切形成了组织发展过程中的等级体系,其中每个较低的等级只有在一个更高的等级之中才能实现其目的,后者组织发展了一切低于它的活力(living force)。最终,自然的一切背后只有一种活力,它以不同的形式和水平来表现自己,但其终究保持了同一。

这种力的概念给自然哲学家提供了精神与物质、理想与现实、主观与客观之间的中介概念。这些对立面之间再也没有种类上的根本

---

① 关于赫尔德和基尔迈尔的影响,参见 Manfred Durner, "Die Natur-philosophie im 18. Jahrhundert und der naturwissenschaftliche Unterricht in Tübingen", 见 *Archiv für Geschichte der Philosophie* 73, 1991, 页 71 – 103。

② 莱布尼茨的复兴从谢林的"导论"到其《自然哲学的理念》, *Sämtliche Werke*, 卷二, 页 20 中尤为明显。写到莱布尼茨的遗产, 谢林宣称:"这一时刻终于到来了, 当人们可以复兴他的哲学时。"亦可参见荷尔德林致诺弗尔, 1780 年 11 月 8 日, *GSA* VI/1, 页 56。

不同,而只有程度上的区别,因为它们只是活力的组织发展之不同程度。[85]精神是物质的内化,物质是精神的外化。谢林如此诗意地总结这个观点:"自然应当是可见的精神,精神应当是不可见的自然。"①

较之盛行于18世纪的机械物理学,有机论包含了一种对于精神与物质之间关系的全新描述。根据机械论传统,自然包含于独立事物的复合之中,万事万物只是通过因果交互来彼此联系。一个物体通过碰撞作用于另一个物体——即通过碰撞另一个物体并且改变它的位置——其中碰撞通过给定时间内的位移来衡量。如同自然中的一切事物,心灵和肉体也被视为独立的实体,它们只是因果性地互相作用。既然不可能宣称精神事件改变了位置,机械论要想阐明肉体何以通过碰撞作用于心灵便面临严重的困难。实际上正是这些困难激发了对非机械论阐发模式的探寻,并且最终导致了新的动态物理学。

根据有机概念,精神与物质间的交互并不在于不同的实体或事件之间;毋宁说在于某个力的实现或显现。一个力不仅仅是它现实化的原因,仿佛这个力只是在逻辑上有别于它,因为力只有通过它的实现或表现才能成为其所是。换言之,心灵不仅仅作用于在它之前存在的肉体,而是通过在肉体中的外化而成为其所是;反之,肉体也不仅仅作用于在它之前存在的心灵,而是通过在心灵中的内化而成为其所是。

现在应当清楚了,不可能用常规模式——即仅仅用逻辑同一性或动力因的概念——来阐明力与其表现形式间的联系。如果力不是其表现形式之原因,它也并不只在逻辑上等同于它们。毋宁说,力与其表现形式间的关系犹如潜在的、普遍的、暗含的相对于现实的、特殊的、明确的。事物之间显然有着可以用这些术语来描述的

---

① 参见《自然哲学的理念》"引言",*Sämtliche Werke*,卷二,页56。

逻辑关联,因为它们具有同样的潜在内容;但这种关联不是纯粹的同一性,因为这些事物呈现的是相同内容的不同方面。

现在,想要理解浪漫派美学,尤其理解它代表艺术家的形而上学知识所做出的重大[86]宣称,我们只需将有机理论运用于艺术家。这一理论提供了几个理由,使我们可以认为艺术家的创作也将是自然本身的自我揭示。(1)既然在一个有机体中整体与其各个部分不可分割,艺术家的作品便如同自然的一部分那样,也将反映自然的一切;换言之,它将会成为——像诺瓦利斯喜欢说的那样——"小宇宙"。(2)既然在自然当中有一种连续性和等级,它将在人类活动中到达顶峰,那么,艺术家的创作也将是自然本身所固有的一切力量的顶点。(3)既然精神是物质所固有的一切力量的内化——既然它只是蕴含于物质中的一切力量的明显形式——艺术家的创作就会体现、表达并发展所有作用于它的自然力量。所有这几点,意味着艺术家的创作即自然力量的自我实现与自我表现;换言之,艺术家所创作的便是自然通过他所创造的一切。

如果我们考察这些自然有机论的含义,那么浪漫派的终极源头不在于它的新认识论,而在于它的新形而上学,这一点就变得显而易见了。虽然我们可以将浪漫派美学描述为新认识论的结果,更具体地说是对于真理概念的全新描述的结果,但这一认识论在本质上只具有次等的重要性,因为它必须被置于浪漫派普遍的形而上学语境之内来看。浪漫派的自然有机论有着深刻的认识论后果,真理的产生模式就是其中重要的一个。既然主客体不再有如不同实体般相互联系,而是作为一种单一力量的表现,那就不必再从不同实体间的相符来描述真理;毋宁说,主观是客观的实现与体现,因此也是客观的产物。真理符合论的确更为适用于旧的、如今过时了(passé)的自然机械论概念,其中所有实体都彼此分离,并且在形式相似的层面上彼此相符。

弗兰克对浪漫派美学的描述之根本缺陷在于,没有将浪漫派美学置于其形而上学和自然哲学的语境之内。然而,只有在我们如此将其置于语境当中时,我们才能充分理解浪漫派要致力于艺术的形而上学力量的著名宣称。根本而言,这并不非常令人惊讶。考虑到[87]有机体与艺术作品之间的近似,有机概念实质上带有自然本身的感观。当自然本身成为一件宏伟的艺术作品时,显而易见,艺术家就会拥有一些洞悉它的特权。因此,说到底,浪漫派美学几乎就是其自然哲学的拱顶石。

第六章　早期德意志浪漫主义中的教化概念

1. 社会和政治背景

[88]1799 年,早期浪漫派圈子的领袖小施勒格尔异常明确地陈述了他的 summum bonum[至善]观,即生活中的最高价值:"至善,以及有益的事物[之根源],便是教化。"①由于德语词教化实质上与教育同义,施勒格尔所说的也可以是:至善便是教育。

那条格言,以及别的类似格言,无疑确证了教育之于早期德意志浪漫派的重要性。毫不夸张地说,教化,即对人性的教化,是早期浪漫派的一个核心目标,一个最高志向。那个小圈子的所有领袖人物——弗里德里希和奥古斯特·威廉·施勒格尔、瓦肯罗德、弗里德里希·冯·哈登贝格(诺瓦利斯)、谢林、路德维格·蒂克,以及施莱尔马赫——在教育中看到了救赎人性的希望。他们共同的刊物《雅典娜神殿》之目的便是要勠力同心追求一个压倒一切的目标:教化。②

---

① Friedrich Schlegel, *Ideen*, 37 号。对比 65 号和他的" Vorlesungen über die Transcendentalphilosophie", *KA* XII,页 57 中的陈述:"根据最高的人性观,一切事物都必须与之相关的概念即教化。"对比 *EPW*,页 127、131。

② 参见《雅典娜神殿》,卷一,1798,页 3–4 的"概要"。对比《雅典娜神殿》,卷三,1800,页 296。这份刊物的撰稿人发誓将他们自己献身于教化领域,他们有这样的宣言:"在同一中把握教化的所有光芒,将健康的与病态的分离开来,我们在自由的联合里衷心致力于此(Der Bildung Strahlen All in Eins zu fassen, Vom Kranken ganz zu scheiden das Gesunde, Bestreben wir uns true im freien Bunde)。"

　　在早期浪漫派的议题当中,教化的重要性和当务之急只有在其社会和政治语境里才能得以理解。18 世纪 90 年代,青年浪漫派正在进行写作,那十多年饱含了由法国大革命所造成的大灾变。早期浪漫派像他们的许多同辈那样,最初非常热衷于大革命。蒂克、诺瓦利斯、施莱尔马赫、谢林、荷尔德林与小施勒格尔盛赞巴士底狱风暴为新时代的黎明。他们为自由、平等与博爱的理想而举杯,他们郑重宣告只有在共和国中人性才会绽放。他们的热忱较之许多老一辈人诸如席勒、[89]赫尔德和维兰德要强烈和持久得多,后面这几位在 1793 年路易十六被判处死刑之后理想逐渐幻灭,那时法国已经明显不会成为一个君主立宪制国家。而浪漫派经历九月屠杀、处决王室、入侵莱茵乃至恐怖时期之后,依然热情洋溢。

　　然而,到了 18 世纪 90 年代末,浪漫派的狂热开始降温。法国的持久动荡、入侵和征服态势,以及拿破仑实行的军事独裁,使他们跟许多同辈一样陷入幻灭。浪漫派尤为苦恼于现代法国社会的失范、自我主义和唯物主义,这些似乎危害了一切伦理的和宗教的价值。他们的政治观点在那十年行将结束时变得越发保守。他们断言需要某种形式的精英统治,一个更加有教养的阶层来管控人们的利益与精力。他们虽然继续肯定他们的共和国理想,却相信最好的国家是贵族制、君主制和民主制的混合体。

　　法国的政治问题很快席卷莱茵,给古老的神圣罗马帝国造成了一系列的危机。德意志不可以追随法国路线变得显而易见:法国试图全盘引入政治改革,而不同时采取任何先导性措施改变人们的态度、信仰及习俗,这已经自我证明了是一次失败。但情形也表明时代不可能再回到过去:大革命已在人民心中点燃了希望和期待,他们不再满足于旧式的王权更替。人民想要参与国家事务,想要在某种程度上拥有对自身命运的控制权,他们不再相信那些反复的保证,即他们的国君爱他们并以他们的名义施行统治。但是,怎样才能满足人们对于社会和政治变革的普遍需求,并且不陷入法国那样长期混乱的道路呢？这是每一个大革命的理智观察者所要沉思的问题，浪漫派也不例外。

浪漫派对这一危机的解决方案在于教育。如果说法国所有的混乱与流血表明了什么，他们认为，那就是表明了人民若没有做好准备迎接共和国，共和国就无法成功。一个共和国具有崇高的道德理想，如果人民不具有知识或意愿遵从这些道德理想来生活，那么道德理想在实践上就毫无价值。一个共和国想要运作，就必须拥有负责、开明且有德性的公民。人民想要参与公共事务，就必须认识到他们的真实利益与国家利益是一个整体；他们想要成为负责任的公民，就必须具有[90]德性与自控来使得公益高于一己之私利。但这样的知识和美德只有通过教育才有可能获得，事实上还必须是非常深入彻底的教育。教育必须以某种方式将顺从、被动、愚昧的专制君主国臣民转变为自律、主动、开明的共和国公民。

浪漫派对教育的论证好像是常识，18 世纪 90 年代几乎每一位稳健的思想家都曾提出过这种论证。不过，其中依然有争议。这一论证的预设是他们继承自孟德斯鸠的经典学说：共和国的"原则"就是美德。① 在著名的《论法的精神》（*Esprit des lois*）中，孟德斯鸠曾写道，牢记古罗马和希腊的典范，共和国的稳定有赖于公民的美德，即为了公益而牺牲私利的意愿。这一学说至少遭到康德的亲自反驳，在《论永久和平》（*Zum ewigen Frieden*）中，他极力主张，共和国"甚至对于一个魔鬼的民族"也将是可能的。康德的观点是，即使每个人都只会根据自己的私利而单独行动，他们也会赞同根据宪政共和来生活，因为共和政制只确保了每个人都可以追求自

---

① 孟德斯鸠在德意志的影响像卢梭一样大。他在德意志的接受史，参见 Rudolf Vierhaus, "Montesquieu in Deutschland: Zur Geschichte seiner Wirkung als politischer Schriftsteller im 18. Jahrhundert", *Deutschland im 18. Jahrhundert*, Göttingen, 1988, 页 9–32。

己的私利而最少受到他者干扰。因此,康德的恶魔共和根本无需教育。

然而,浪漫派相信教育不可或缺,因为他们质疑康德论证中的一个核心前提:私利可以成为社会凝聚力。他们认为,从个体分散的私利中建立一个真正的社群,在政治上是不可能的。① 在法律不能得到执行时,自私自利的行为可以逍遥于法律之外,从而,对一个由魔鬼组成的民族的唯一的社会控制形式,就是压迫和独裁统治,一个真正的霍布斯式的利维坦。因此,除了转向教育,别无他途,教育提供了国家的唯一基础。

2. 作为至善的教育

社会和政治背景阐明了为何教育之于浪漫派成了这样一个当务之急,但依然没有说明为何浪漫派将教育看作至善,看作生活中的最高价值。要理解为何浪漫派把教育置于他们价值等级的顶端,[91]就必须重构他们关于一个古典的哲学问题之哲学立场。

对于至善即生活中最高价值的追问,自古就是一个核心的哲学问题,并且实际上是所有哲学流派之间论战的一个主要根源。这个问题在18世纪的德意志至关重要,成了宗教和哲学著作的一个流行主题。康德在其《实践理性批判》中重新提出了这个问题,费希特在他颇具影响的1794年讲稿《论学者的使命》中也将其当作核心问题。浪漫派只不过是接续了传统,关于至善的问题经常出现在小施勒格尔、诺瓦利斯、荷尔德林与施莱尔马赫的未刊著作当中。毋

---

① 　这一论证在诺瓦利斯的"Glauben und Liebe",36 号,*HKA* II,页 300 – 301 中十分明确。对比 *EPW*,页 45 – 46。

庸置疑,在施勒格尔写作他的格言时,他正是在对这一古老问题阐述立场。

在古典意义上——首先由亚里士多德所定义,接着由康德重新规定——"至善"具有两个涵义。第一,至善是一个终极的目的,其价值不源于它是其他什么目的的手段。第二,至善是一个完满的目的,包含了所有的终极目的,无法再为其增加什么以赋予其更多的价值。①

乍看之下,浪漫派的"教育便是至善"的观点显得非常矛盾,且不说难以置信。看起来教育当然无法成为最高价值,因为教育只是其他事物的手段。毕竟,有人也许会问,我们为何而育人?

然而,当我们重新考量德语教化时,悖论便消失了。教化这个词表示两个过程——学习和个人成长,但是不能相互分离地理解这两个过程,仿佛教育只是成长的一种手段。毋宁说,学习是个人发展的要素,是我们何以在普遍意义上成为人类和在特殊意义上成为个体所不可或缺的一部分。如果我们把教育作为自我实现的普遍过程的一部分——作为一个人之为人类和个体所特有的一切力量之发展——那么就不难理解浪漫派为何会将教育作为承受"至善"这一头衔的一个合情合理的候选者。

浪漫派在两种古意上将自我实现作为至善。自我实现是终极的目的,因为其价值并不源于它是某种更高目的——诸如公益或国家——之手段。尽管浪漫派也强调教育对于国家的重要性,但他们并不仅仅视教育为该目的的一种手段;相反,他们坚称[92]自我实现本身就是一个目的,并认为国家促成每一位公民的自我实现。自我实现也是完满的目的,因为达到了这一目的的个体已无所欠缺,

———————

① 参见亚里士多德,《尼各马可伦理学》,1094a、1997b;以及康德,《实践理性批判》,AA V,页110-111。[译注]相关的伦理转折点,可参见康德,《通灵者之梦》,李明辉译,商务印书馆,2023。

实现了生活中的一切价值。换句话说,完成自我实现之人达到了生活本身的目的,即存在之特定目的。

这些的确是宽泛且大胆的宣称,但青年浪漫派的著作中很少明确地为这类宣称辩护。①不过,如果考虑到他们对于 18 世纪末的两种有关至善的互斥理论的态度,我们就可以开始重构他们的立场。一种理论是英国功利主义者和法国启蒙哲人的享乐主义,他们依靠快乐来定义至善。另一种理论是康德的道德斯多葛主义,他将美德作为终极的善,并将合乎美德的幸福作为完满的善。

早期浪漫派拒斥享乐主义,因为后者并不鼓励我们人性或个性所特有的那些能力的发展。快乐本身无法成为至善,在无节制的情况下,快乐甚至对我们有害。如果说快乐具有什么价值的话,其价值就在于它有时也是我们特有的人性力量之行动的结果或者一部分。②

在施勒格尔和诺瓦利斯对现代资产阶级社会的生活方式的控诉当中,浪漫派对享乐主义的批判表现得最为明确与显著。他们使用了一个非常强烈的术语来描绘这种生活方式:庸俗(philistin-ism)。③诺瓦利斯说,庸人将自己投身于一种舒适的生活。他将他的生活塑造成一种重复的套路,为了拥有一种轻松的生活而顺从道德和社会惯例。若他看重艺术,那只是为了消道;若他信教,那只是

---

① 最为明确的处理方式是施莱尔马赫的早期论文"Über das höchste Gut",*KGA* I/1,页 81 – 125,和"Über den Wert des Lebens",*KGA* I/1,页 391 – 471。以及小施勒格尔关于先验哲学的讲稿。参见 *KA* XII,页 47 – 49、85 – 86。对比 *EPW*,页 146 – 147。

② 小施勒格尔在这样的基础上明确在其早期论文《论美的局限》,*KA* I,页 37 拒斥享乐主义。浪漫派对享乐主义最持久的批判在于施莱尔马赫 *Grundlinien einer Kritik der bisherigen Sittenlehre*,前揭,卷一,页 81 – 92。

③ 浪漫派对庸俗的批判,参见小施勒格尔的小说"Lncinde",*KA* VIII,页 41 – 50;以及 Novalis,"Blütenstaub",77 号,*HKA* II,页 261 – 263。对比 *EPW*,页 24 – 25。

为了缓解他的苦难。简而言之,庸俗的罪恶在于它剥夺了我们的人性与个性。

如果说浪漫派发现享乐主义在道德上太过宽松,那么他们则认为康德的伦理学在道德上又太过严苛。①他们看到了康德式伦理的两个根本困难。第一,康德以牺牲感性为代价来强调理性,忽视了诸感觉同样是我们人性的一部分,并且也需要培养与发展。浪漫派认为道德行为者不仅是一个纯粹理性的存在,而是完整的个体,不是违背其意向,而是顺乎其意向来履行其责任的。第二,康德强调根据普遍法则而行动,从而没有看到个体性的重要。康德的道德理想要求我们发展一种纯粹理性的人格,我们仅作为理智存在者而共同分有理性,理性也因而保证了一致性。这种理想也许是一种充分的道德分析,但不能被视为对[93]至善的恰当描述,至善也要求个性的实现,那才使得我只能成为我而非任何他者。

教化理想旨在修正这些康德伦理学的短板。早期浪漫派的教育有两个根本目的,分别弥补了以上两种缺陷。一个目的联结与发展一个人的所有力量,将他或她所有不相干的能力锻造为一个整体。另一个目的不仅发展我们特有的人性力量,即那些被每个人作为人类而分有的力量,也会发展我们的个性,即那些每一个体所特有的独特天资与性情。这两个目标当然紧密相连:将个人的所有力量发展为一个整体,自然会实现一个人的个性,因为个性浮现于个人所有的人类力量之独特的综合统一当中。

---

① 关于浪漫派对康德伦理学的批判,参见施莱尔马赫的"Monologen",*KGA* I/3,页 17 – 18(*EPW*,页 174 – 175);以及小施勒格尔的《断想集》,第 39 节和关于先验哲学的讲稿,*KA* XII,页 48、72。对比 *EPW*,页 128。康德《第一批判》的源头最终可以追溯到席勒,尤其是他的论文 *Über Anmut und Würde*,下文将对其进行论述。

3. 美育

根据人类的完美、卓越或者自我实现来描述浪漫派的教育理想，如我迄今为止所做的，这还不够。这样的描述只道出了其类属，而非其 differentia specifica[种差]。完美并不是浪漫主义所独有的理想特征，在许多 18 世纪的德意志思潮中都能发现这一特征。虔信派如施本尔(P. J. Spener)、阿恩特(Johann Arndt)，古典派如维兰德、歌德、赫尔德，以及莱布尼茨－沃尔夫学派如门德尔松、鲍姆嘉登、沃尔夫，全都有他们的完美理想。我们的描述有必要更精确些，因为，在基本的方面，浪漫派批判了他们的前辈和时人的理想。

如果我们将浪漫派的理想描述为美育，那便更准确了。这个术语最早由席勒在其著名的 1795 年《审美教育书信集》(*Über die Ästhetische Erziehung des Menschen in einer Reihe von Briefen*)中提出来，这部作品之于浪漫派极为重要。浪漫派运动的大部分审美论——它对于艺术在文化革新当中的核心角色的信念——其源头都可以追溯至这部作品。浪漫派遵循了席勒的思想，将艺术视为人类教育的主要手段，并将艺术家看作人文的特定典范。为何席勒及浪漫派赋予艺术如此的重要性？为何他们要视艺术为教化之关键？我们只有再次将他们置于当时的社会和政治语境之中，特别是 18 世纪末的社会与政治危机当中，才能重构出他们的理由。

[94]早在 18 世纪 90 年代之前，狂飙突进的主要思想家——哈曼、赫尔德、莫瑟，还有席勒本人——就曾经批评传统的启蒙运动未能给人民提供一种恰当的教育。莱布尼茨－沃尔夫学派的启蒙思想家曾经从在公众当中传授知识、传播清晰的概念的角度来定义启蒙，仿佛教育仅仅是培养理智。但这样一种教育方案——这一点早在 18 世纪 70 年代时就被赫尔德与莫瑟看到——受困于两个严重

缺陷。第一,它并不鼓励独立思考,或者说思维的自发性,因为它预设了另外某个人已经为一个人完成了所有的思考;公众被塑造成已经习得的知识和已经澄清的概念之被动且无异议的接受者。第二,更成问题的是,它假定人民如果的确理解了所教授给他们的原则,就会愿意并且能够根据原则来行动;但这种昏聩的理智主义忽视了古老的意志薄弱(akrasia)的问题:即使认识到了善,我们未必依从。

在所有这些思想家看来,大革命惊人地确证了这一诊断。法国启蒙哲人向人民传授了数十年的理性原则,并不断地宣告宪政,但一切都无济于事。人民还没有为这样崇高的原则和理想做好准备。与其说他们根据理性原则来行动,毋宁说他们得以自由支配自己的利益和激情。结果众所周知:法国进一步跌入混乱、冲突和流血的深渊。

席勒认为,从启蒙运动的失败和大革命的混乱中学到的教训是,只教授理解力是不够的。必须培养感受和欲望,发展一个人的感性,以便他或她倾向于根据理性的原则来行动。换言之,还有必要去激发(inspire)人们,触动他们的心灵,激发他们的想象,带领他们依靠更高的理想而生活。

当然,过去对这个问题曾经有一种补救方式。宗教曾经以它强大的神话和诱人的奥秘提供一种大众化的道德动机,因其直接诉诸人们的心灵与想象。无物能像受难的耶稣、复活的拉撒路或愤怒的耶和华那样,启迪美德并惩戒罪恶。但在18世纪90年代末,这一道德[95]权威的传统根源逐渐衰弱,而且事实上已到了崩溃的边缘。在此启蒙运动实在太成功了,它对于圣经、对于传统关于上帝存在的论证,以及对于教士之权威的无情批判,没有给旧宗教留下多少余地,旧宗教如今被谴责为偏见、迷信和神话。显然,有一个巨大的空洞有待填补。罗伯斯庇尔精心设计的人为的理性崇拜明显失败,使得这个问题更加凸显。

艺术对于席勒和浪漫派变得如此重要,正是因为他们视艺术为化解这一危机的唯一手段。他们认为,哲学不能激发行动,而宗教无法说服理性,但艺术却有能力鼓舞我们根据理性来行动。艺术如此强烈地诉诸想象,如此深刻地影响我们的感受,因此能感动人们按照共和国崇高的道德理想来生活。于是,浪漫派最终寻求用艺术来替代传统宗教的角色,以此作为道德的动机和激励。他们发展出一种关于现代神话、新式圣经和重建教会的理念。如今艺术家将要接管古代牧师的职能。

这种关于艺术具有教化人性之力量的说法最早由席勒提出,但很快就成了浪漫派运动的主旨(leitmotiv)。诺瓦利斯的《海因里希·冯·奥弗特丁根》、小施勒格尔的《断想集》、瓦肯罗德的《一个热爱艺术的修士的内心倾诉》(*Herzensergießungen eines kunstliebenden Klosterbruders*),以及蒂克的《弗朗茨·施特恩巴尔德的游历》(*Franz Sternbalds Wanderungen*),其核心主题都在于此。不过,教化最为简单明了的呈现,还是在后来浪漫主义盛期的一部作品当中,克莱斯特(Heinrich von Kleist)的短篇《圣赛西利亚或音乐的力量》(*Heilige Cäcilie oder die Macht der Musik*)。故事发生在荷兰宗教改革的早期,四个兄弟,他们是狂热的新教徒,组织了一群暴民去攻击修道院;绝望无助的修女们求助于音乐的守护圣徒圣赛西利亚,她默示修女们歌唱。她们唱的《荣耀颂》(*Gloria*)如此美妙,以至于劫掠者跪下来忏悔他们的罪行,皈依上帝并终至癫狂,在疗养院度过余生,每晚吟唱着《荣耀颂》。这当然完全是一个神话,但毋庸置疑的是,它表达了浪漫派灵魂深处最高的希望,以及最强烈的心愿。

4. 艺术的角色

看起来似乎浪漫派只是用一种天真的形式替换了另一种——用他们自己[96]对于艺术的信念替换了启蒙运动对于理性的信任。两种信仰似乎都不切实际,都赋予文化领域过分夸大的力量。至少可以说,假定人只要通过听音乐、读小说和看戏剧就能成为更好的人,这是非常理想主义的。如果艺术的确拥有这样的效力,那么我们只能说,这可能是因为人已经预先倾向于艺术,因而已被培养为艺术的受众了。但接下来,整个为艺术的论证就陷入了一个恶性循环:艺术只有在人们已经被教化的情况下才能教化人类。

对于席勒的论证,最为普遍的一个异议就是指控其天真,浪漫派无可救药的理想主义名声很大程度上也基于此。但这种批评取决于批评者非常肤浅地理解了艺术在浪漫派教育当中的角色。当浪漫派就美育而写作时,他们所指的不仅仅是艺术作品对于道德品质的影响。在他们的脑海当中有着更多的东西。但那是什么?

正是通过细读席勒的《书简》,浪漫派如何理解美育才变得清楚明白。令人震惊的是,在第十封信中,席勒实质上承认了整个关于天真的指控(Schiller, *NA* XX,页336–341)。他承认艺术只会教育正直者,并指出艺术兴盛的时期也是那些道德衰败的时期。但是,在承认这些观点之后,席勒接着便将论证转到一个新的方向。问题之于他并非艺术是否具有对道德品质的影响力,而在于美是不是人类完美本身的一个本质成分。席勒的论证是,如果我们自我完善——如果我们把我们的各种力量组成一个整体——我们就会变得像艺术作品一样。自我完善便是使我们理性的形式统一于我们感性的内容,但形式与内容的统一是美本身的特质。因而美育不在于通过艺术作品来铸成我们的品格,而在于将我们的品格塑造成艺术作品。

席勒对一个人何以能够成为一件艺术作品最详细的描述,出现在他的文章《论优美与尊严》当中。① 在此他提出了关于"优美灵魂"(die schöne Seele)的理想,一个人的品格之所以是一件艺术作

---

① Schiller, *NA* XX,页251–289。整个第一部分都与上文所重构的论证有关。

品,是因为他或她的一切行为都展现出优雅。对于席勒,优雅的行为在于没有显示出任何受约束的迹象——不论是物质需求的约束,还是道德律令的约束——并显示出一个人整个品格的自然与和谐。这样的行为不只来源于感性,仿佛它是自然需求的结果,遑论只来源于理性,仿佛它是道德命令的产物;毋宁说它来自整个品格,来自理性与感性的一致行动。优美灵魂并不是按照有悖于自然倾向的责任而行动,也不是按照有悖于责任的自然倾向而行动,[97]而是按照与责任一致的自然倾向来行动。然而,这样一种自然倾向并非自然所授予的欲望或感受的产物,而是我们的道德教育、美德修养的结果。因此,在优雅的行动中,我们的欲望和感受既不因理性而被压制,也不因感性而被放纵,而是被改善与拔高,或者用一个现代术语来说,"升华"。

席勒关于优美灵魂的理想给出了一个全新的视角,帮我们来理解艺术如何激发道德行为。并不是观照艺术作品激励我们行善,而是有一种审美愉悦就内在于人类的卓越之中,它充当了获得并维系这种卓越的一个动机。道德完善的激励并非源自任何艺术作品,而仅仅源自特定的人类活动所涉及的愉悦感。如同大多数的道德家,席勒也主张美德带来它自己的奖励,即一种独特的愉悦;只不过他补充说,这种愉悦本质上是审美的,因为实现人类的完美就像创造一件艺术作品。

席勒为美育所做的论证最终依赖于一种美即完善的理论。这种理论很容易被人概括并引申至任何能够达到完美的事物,无论它是自然中的客体、个体的人,还是国家与社会本身。这是一种席勒或浪漫派都无法抵御的诱惑。他们将其诉诸国家与社会,从而拓展了他们关于审美在人类生活中之首要性的说法。他们认为完美的社会或国家也是一件艺术品。例如席勒在《书简》最后一封信中,将他的乌托邦写成一个美学的国度(ästhetischen Staat),它如同一件艺术品,将社会的不同成员联结为一个和睦的整体(Schiller, *NA*

XXI,页 410 – 412）。诺瓦利斯在他的《信与爱》中想象了一个诗意的国度,其中的君王是诗人中的诗人,一个大公共舞台的导演,所有的公民都是演员（Novalis,《信与爱》,39 号,*HKA* II,页 303 – 304;对比 *EPW*,页 48）。施莱尔马赫在他的早期手稿《社会行为理论刍议》（*Versuch einer Theorie des gesellgen Betragens*）中想象了一个理想社会,在其中个体通过人格的自由交互和理念的彼此互换形成了一个美好的整体（Schleiermacher, *KGA* I/2,页 169 – 172）。谢林、诺瓦利斯和施莱尔马赫都假定完美的社会或国家就像一件艺术品,因为个体与社会整体之间存在一种有机统一,它既不被物质所控制,也不受道德的约束,而只受到自由交互的支配。

早期浪漫派的乌托邦理想因而是一个社会或政治的艺术品之产物。这个美学整体将是一个教化机构（Bildungsanstalt）,在这个社会当中,人们将通过自由交换[98]他们的个性和理念来互相教育。柏林和耶拿的浪漫派沙龙试图将这个理想诉诸实践。浪漫派相信,若生活只是一场宏大的沙龙,是一次人人参与其中的长期的学习经历,那么社会就将真正成为一件艺术作品,而此生也将会是"所有可能的世界中最美好的"。

5. 教育和自由

当我们将浪漫派教育描述为美学时,我们就更加接近浪漫派教育的 differentia specifica[种差]了。但我们依旧与目标有很远的距离。问题是,甚至浪漫派的教育理想——尽管它是浪漫派的核心——都不是他们所独有的,或者说是他们的特征。有许多 18 世纪的德意志思想家都用美学术语来表述人类的完善,并强调需要培养人类的感性,如同培养理性那样。这条思想线索可以在莱布尼茨 – 沃尔夫学派中找到,尤其是在该学派最杰出的美学家鲍姆嘉登的著作中。①18 世纪早期,德性与美的联系便已然成为一个颇受尊崇的传统:它是沙夫茨伯里和哈奇森(Hutcheson)所喜爱的主题,他们二人在德意志有着巨大的影响。席勒关于优美灵魂的主题也有一个值得骄傲的系谱,其源头可追溯至虔信派和"德意志伏尔泰"——维兰德(关于优美灵魂概念的历史,参见 Robert Norton,《优美灵魂》,前揭)。

这便产生了问题:何者,如果有的话,是浪漫派美育之特征?它何以不同于——如果有任何不同的话——18 世纪如此盛行的美育形式?

莱布尼茨－沃尔夫传统与浪漫派之间具有明显的延续性,但是他们之间也有一个剧烈且戏剧性的断裂。这个断裂由康德的批判哲学所造成,后者切断了由莱布尼茨－沃尔夫学派极其细致地锻造的德性与美之间的联系。在《实践理性批判》当中,康德论证了道德行为的基础和动机必须只源于纯粹理性,独立于一切快乐、审美或其他事物。他还在《判断力批判》中强调美的愉悦完全是非功利的,具有独立于一切道德和物质目的之特质。康德论证道,当我们体验到一个客体为美时,我们便在对它形式的绝对观照中获得了愉悦,但我们并不考虑它是否符合道德或物质的目的(《判断力批判》,第 4 – 7 节,15,AA V,页 207 – 212、226 – 229)。在这两部作品中,康德抨击了[99]作为道德或美之尺度的完善概念的价值,而这正是莱布尼茨－沃尔夫学派的伦理和美学思想的拱顶石。

批判哲学在 18 世纪 90 年代德意志的绝对威望,似乎足以一劳永逸地埋葬德性与美、道德与审美的诱人等式,后者在 18 世纪已经迷住了如此多的思想家。但情况恰恰相反。吊诡的是,康德的批判

---

① A. G. Baumgarten, *Aesthetica*,第 1、14 节,见 *Theoretische Ästhetik: Die Grundlegenden Abschnitte aus der Äesthetica*,Hans Rudolf Schweizer 编译,Hamburg,1983。

导致席勒对这一等式加以重制和转化,从而赋予它一次新生。在其未刊却意义重大的 1793 年《美育书简》当中,席勒在一个新的基础上复合了艺术与道德、美与德性的领域,它们曾被康德灾难性地分割开来(Schiller, *NA* XXVI,页 174 – 229)。他认同康德批判中的一些消极结论:艺术必须是自律的,不服务于道德或物质的目的;完善之概念,在古典意义上被理解为多样性中的统一,不足以阐明美。不过,席勒反驳康德,认为美不仅是一种主观品质,诸如观照的愉悦感,而且是客体本身的一种客观特性。席勒认为,一个客体是否美好,取决于它是否自决(self – determining),即它是否免于外部约束并只根据它内在的本质而行动。既然自决等同于自由,既然一个美的客体将这一品质呈现、展示或揭示给了感官,那么美便恰好就是表面上的自由(freedom in appearance)。

通过这样来定义美,席勒试图赋予康德的审美自律概念一个新的基础:它独立于道德和物质的目的。但反讽的是,这样一个定义也提供了一种艺术和道德间的新联系。因为审美对象的自决——它独立于一切形式的约束,不论是道德的还是物质的——意味着它能够充当自由的象征,而根据批判哲学本身,自由乃是道德的根本概念,因此席勒十分自觉且刻意地重接了艺术和道德的领域,只是现在这些领域间的联结由自由概念而非完善概念所提供。

这并不意味着席勒完全拒斥了旧的完善概念,他继续使用它,并在传统意义上将其描述为多样性中的统一。但重要的是,这个概念如今有了一个新的基础:自由本身的概念。完善如今依照自决来定义,即根据一个人独立于一切约束的必然本性而行动。

[100]浪漫派的美育概念植根于席勒对艺术之道德角色的重新定义。浪漫派概念的核心和特质是席勒的论点,即美育之目的乃是自由。如同席勒,浪漫派主张要成为一个美学整体,要将个人生活

塑造成一件艺术作品，就有必要实现个人作为自在自为的主体之本性。既然美在于表面上的自由，那么只有当我们的道德品质表达了自由本身时，我们才能获得美。

　　教化在于发展自由，这一点在小施勒格尔和诺瓦利斯那里得到了着重强调。施勒格尔直接将教化定义为独立性的发展（Entwicklung der Selbständigkeit），他的著名主张是：现代世界中教化的特性与古代相反，恰恰是为自由而奋斗。①他主张我们生活的目的就是去实现我们作为自决存在的本性，在其中一个人的自决就在于不断试图确定他之所是，然后还要意识到个人就是不断地试图确定其所是的行动（这是施勒格尔在其小说《卢琴德》"一次反思"一章的著名表述，*KA* V，页 72 – 73 ）。诺瓦利斯像施勒格尔一样强调且明确："一切教化都导向我们可称之为自由的事物，不过这不应当仅仅指一个概念，而应当是一切存在的创造性基础。"（诺瓦利斯的主人公在《海因里希·冯·奥弗特丁根》，*HKA* I，页 380 中如是说）

　　正是这种对于自由的强调，将浪漫派对美育的描述与它的历史先导即莱布尼茨－沃尔夫学派的描述区别开来。但这不就是我们应当期待的吗？任何来自 18 世纪 90 年代之人的战斗口号都是自由。浪漫派批评莱布尼茨－沃尔夫学派的旧式启蒙思想家，认为他们的问题在于与社会和政治现状相妥协，从而摒弃了他们的自由。浪漫派教育应是一种适合于 18 世纪 90 年代的教育，即精神从一切形式的社会和政治压迫中解放出来。

---

　　①　关于对教化的定义，参见施勒格尔的"Vorlesungen über die Transcendentalphilosophie"，*KA* XII，页 48。而关于对现代教化的描述，参见他的早期文章"Vom Wert des Studiums der Griechen und Römer"，*KA* I，页 636 – 637，以及 *Üeber das Studium der Griechischen Poesie*，见 *Die Griechen und Römer：Historische und Kritische Versuche Über das klassische Alterthum*，*KA* I，页 232 – 233。

6. 感官的觉醒

　　无论是在浪漫派还是在莱布尼茨－沃尔夫传统中,美育的首要目标都是培养感性。与理性相反,感性通常在一种非常宽泛的意义上被定义为包含着欲望和感受的力量。美育计划潜在的前提是,感性可以得到发展、规训和改善,其程度不亚于理性。早在18世纪90年代之前,[101]狂飙突进者就已经在抱怨启蒙运动未能培养这种能力。既然启蒙思想家的主要任务是与迷信、偏见和狂热做斗争,那么他们自然会将大部分注意力投诸理性的发展。但是,狂飙突进者反驳道,这会忽视了我们一半的人性。

　　浪漫派同样抱有这种对于启蒙运动的批判,就这一点而言,他们对感性的关注延续了狂飙突进的传统。如同席勒和狂飙突进者,浪漫派想要将感性培养为一种审美能力。他们的目标是教化感官,特别是培养感官感受世界之美的力量。他们相信,这种能力能够塑造得更加敏感、完善和敏锐,以使人的生活得到极大充实和提高。

　　然而,重要的是,浪漫派的美育计划还有其他独有的特质,在一个重要的方面,他们甚至超越了席勒和狂飙突进者。他们计划的与众不同之处不在于他们想教化感性,而在于他们想如何教化。简而言之,他们的目标是把感官浪漫化。但这个令人浮想联翩的词意味着什么呢?

　　最明确的线索来自诺瓦利斯。他在一篇未刊的断片中解释说,把世界浪漫化就是使我们意识到世界的魔幻、神秘和奇妙;它教化感官,使其将平凡看作超凡,将熟悉看作陌生,将世俗看作神圣,将有限看作无限(《预备作品1798》,105号,*HKA* II,页334。对比*EPW*,页85)。在对于世界平凡且世俗的感知中,我们自动地根据普遍概念把一切事物分类,只将事物看作利用的对象。浪漫派想要突破这种感知对我们的拘囿,目的是发展我们观照(contemplation)的力量,以便我们能够重新看待事物,即如其自身所是并为其自身的缘故来看它们,而丢开它们的功利性和普通含义。

浪漫派旨在浪漫化的不仅仅是我们的外部感官——我们感知外部世界的能力——还有我们内在世界的感性。他们不仅试图将我们的注意力引向外部世界、社会和自然值域,还引向我们的内心深处、自我的隐秘之处。对于浪漫派而言,自我实现本质上就是自我发现,一次对于个人内心深处的探索。如诺瓦利斯所言:

> 我们梦想一场穿越宇宙的旅行。但宇宙难道不在我们之中吗?我们并不知道我们精神的深处。向内走进那条秘密的道路。它的世界永在,过去与未来皆备于我而非彼。①

[102]这一信念在后来启发了诺瓦利斯将《海因里希·冯·奥弗特丁根》——浪漫派主要的教化小说(Bildungsroman)——写成了歌德早期同一体裁作品《威廉·麦斯特的学习时代》(*Wilhelm Meisters Lehrjahre*)的对立面。威廉的学徒教育在于去广阔的世界中冒险,在于遇到一些非凡的人物和种种艰难的处境;海因里希的教育则来自解开关于他的梦的秘密。有两种教育灵魂的方式,海因里希解释说:一种是"经历之路",它非常间接并且只会导向世俗的智慧和审慎;一种是"内心观照之路",它非常直接并且导向精神的自我实现。

这一重新唤醒内部和外部感官的计划背后有着雄心壮志:使人与自己、与自然、与他人再次统一,好能再次在他的世界中感到安适自在。根据浪漫派的历史哲学,早先的人曾经一度与自己、与他人、与自然合一;这种统一是纯粹自然的,并不依靠自身的任何努力。然而,不

① 《花粉》,16 号,*HKA* II,页 419。对比 *EPW*,页 11。

可避免且可悲的是,这种原初和谐已被文明的发展打破。作为文明社会日趋激烈的竞争的结果,人变得与他人疏离;随着劳动分工的产生,他变得与自我分裂;在科学祛魅自然,将其塑造成人类为了自身利益而支配和控制的对象之后,他也变得与自然疏离。现代人的任务便是在一个自觉且理性的水平上再造一度在一种朴素且直观的水平上被给予先前之人的与自我、与他人、与自然的统一。

这的确是浪漫派诗人的天职,他们试图复兴我们失去的与自我、与自然、与他人的统一。再造那种统一的关键在于将世界再神秘化(remystification),将感官浪漫化,因为只有当我们再次唤醒世界的美好、神秘和魔幻时,我们才会使自我重新与世界达到相联。

毫不令人惊讶的是,这一再度唤醒感官的要求导致浪漫派对神秘主义进行了重估。对神秘主义的同情出现在许多早期浪漫派的作品当中:诺瓦利斯的《赛斯的弟子们》(*Die Lehrling zu Sais*)、施莱尔马赫的《论宗教》(*Reden über die Religion*)、小施勒格尔的《断想集》,还有谢林的《先验唯心论体系》。所有这些作品都认为我们具有一种精神感官,一种观照或理智直观的能力,它超越我们的推论理性并将我们带入[103]与自我、与他人、与自然本身的直接联系之中。这些作品都赞扬了艺术家表现这些直观并唤醒我们沉睡的观照力量的能力。

这种新的神秘主义在浪漫派的圈子里自然而然地与宗教复兴携手并进,1799 年施莱尔马赫的《论宗教》出版之后,这一点变得尤为明显。与其说浪漫派把宗教当作一种形而上学或道德的原初形式,如同启蒙运动那样,毋宁说浪漫派视其为一种观照或感知宇宙的特殊形式。施莱尔马赫在其《论宗教》中认为,宗教的本质是对宇宙的直观。这种对宗教的复兴经常被批判为一种陷入了旧制度(ancien régime)意识形态的旧病复发,但重要的是,我们应在浪漫派对于教化的普遍关注这个语境中来看待浪漫派对宗教的复兴。他们主要将宗教作为美育的一个工具、一种再次唤醒感官的手段。

7. 爱的力量

浪漫派教化感性的计划不仅包含对感官的培养,更重要的是,还包含对"欲望能力"的发展。它的目标不只是培养我们的感知能力,还有那些感受和欲望的能力。在浪漫派看来,培养感受和欲望本质上意味着一件事:唤醒、培育并改善爱的力量。

尤为鼓舞早期浪漫派的——比任何其他事物都更能赋予他们目的感和认同感——是他们对于失去的爱之力量的再次发现。他们认为,[爱,]我们人性的这一至关重要的根源,已经被遗忘、抑制或忽视得太久了,现在正是忆起、召回并复兴它的时候。由于启蒙运动的理性主义和康德‐费希特伦理学的律法主义,爱已经失去了它一度在伦理学和美学中的关键角色,也失去了它一度在基督教传统中所具有的荣耀地位。浪漫派把恢复爱在道德、政治和艺术领域的主权视为他们的使命。

浪漫派伦理学的核心概念是爱。浪漫派赋予爱以启蒙运动和康德‐费希特的伦理学当中所赋予理性的高度。如今是爱,而非理性,提供了道德律法的根基和约束力。施勒格尔告诉我们(《断想集》,39 号,*KA* II,页 259),爱之于律法犹如心灵之于文字:爱创造事物,理性则仅仅参与编纂。实际上爱的力量超越了一切道德规范:爱鼓舞,而律法抑制;[104]爱原谅,而律法惩罚。爱也是一种比理性更加强大的"意志的决定性根据"(如康德所称的那样),是更加有效的道德行为激励者。把个体与社群和国家联结起来的纽带并不是理性的普适准则,而是爱的感染和奉献。

爱在浪漫派的美学当中享有关键地位。施勒格尔写道,爱的精神在浪漫派的艺术中必须随处于"无形中可见"(施勒格尔的《小说简论》,*KA* II,页 333–334)。艺术家只有通过激发爱的力量才能使我们的感官浪漫化。只有在我们用爱的精神看待万物的时候，我们才能够把世界再神秘化，即能够重新发现世界失去的美好、神秘和魔幻。正是通过爱，我们在自然和他人中看到了自我，因而再次与世界相联，并且再一次在世界中变得自在安适。

浪漫派的教化方案，即他们的美育方案，强调对爱的培养，强调要发展每一个体给予及接受爱的能力。浪漫派相信，这在本质上是自我实现，是对我们人性和个性的发展，因为爱是我们人性的核心，我们个性的中心。"只有通过爱，通过爱的觉悟，"小施勒格尔写道，"人才成其为人。"①爱的确是调和并且统一我们本性中的交战双方——心智与肉体、理性与情感——的关键。这不仅仅是一种肉体冲动，也是更深层的精神欲求：渴望返回黄金时代，在那时我们与自我、与他人、与自然都是合一的。

尽管浪漫派对于爱的再发现基于重新理解爱的精神意义，但应当看到，他们从未忽视或贬低爱的肉体根源。教化欲望意味着所唤起和培养的不只是我们的精神性，还有我们的感性。我们必须学会接受并享受我们的性欲，我们必须将性欲视为爱的一部分，我们为了成为完整的人，就必须在性欲的层面上爱上某人——这些都是小施勒格尔的小说《卢琴德》的核心主题，震惊了当时的公众。在书中施勒格尔反抗压抑人的社会规范，后者认为性欲只有在婚姻当中才合理，并认为婚姻只是为了家庭生活的便利。施勒格尔不认为离婚和群交（ménage à quatre）有什么错——若它促成一个人个性和人性的发展；他也不认为婚姻和贞洁有什么对——若它导致压抑和侮辱。

小施勒格尔支持性自由的一个基本主题是他[105]对性别定型论的抨击。他批评流行的性规范将男人限定为一种积极主动的角色，而将女人限定为消极被动的角色。的确，为了更好地享受我们的性欲，他建议情侣们互换角色。在人类的本性当中，没有理由限

---

① 《断想集》，83 号，*KA* II，页 264。对比 *EPW*，页 132。

定男人不能发展消极、柔顺且感性的一面,而女人不能发展她们积极、支配且理性的一面。男性气概和女性气质是每一个人的属性,不论他们是何种性别。

8. 最后的悖论

　　浪漫派的教育哲学终止于一个悖论。我们已看到,对浪漫派而言没有比教化,即教化人性更重要的事了,这是他们的伦理学、美学和政治学的核心主题及目的。但是,从实践的角度来看,似乎对浪漫派而言又没有什么比教育更不重要了。当涉及关于如何教育人性的具体建议时——关于要做出何种具体的制度安排——浪漫派便沉默了。浪漫派的著作鲜有谈到要设计出某种社会和政治结构来确保对人性的教化。①

　　然而,这种沉默更多是原则,而非忽视的结果。他们缄默的原因是他们深信个体的自我实现必须源于他的自由,这一自由不可以被社会和政治安排所损害。正是因为这个原因,小施勒格尔写道:"人性不能被灌输,美德既不能教亦不能学,除非通过能干且真诚之人的友谊和爱,除非通过与自我、与内在于我们的神的联系。"②

　　德意志浪漫主义的悖论就在于,它一方面彻底投身并奉献于对人性的教化,一方面却又承认无法也不该做任何事情来达成这种教育。如此,留给我们的便是理论与实践之间的惊人断裂,弥补这一断裂正是浪漫主义的目标。

---

　　① 　对于这种普遍情况,主要的例外是施莱尔马赫的 *Gelegentliche Gedanken über Universitäten in deutschem Sinn*,1808,见《全集》,卷四,页 533 – 642,它写作的目的是为柏林的新大学提供基础指导。

　　② 　*Ueber die Philosophie*,*KA* VIII,页 44 – 45。

第七章　小施勒格尔:神秘的浪漫派

1. 谜团

[106]学者通常都会承认小施勒格尔在早期德意志浪漫派中的主导地位。通常认为是他清楚表述了浪漫诗的概念,而这一概念成了浪漫派运动的典型特征。可以肯定这个概念并非施勒格尔的发明,它在之前的德意志美学中已有悠久的历史;但它的确是因施勒格尔才成了浪漫派圈子决定性的美学理想。①正是由于施勒格尔,浪漫诗成了早期浪漫派运动的口令。

但如果说施勒格尔在早期浪漫派产生过程中的角色明确而无可争议,那么他自己的哲学发展则恰恰相反。围绕着施勒格尔的浪漫派美学起源,一直有一个深深的谜团,即为何施勒格尔在一开始就成了浪漫派,这一点几乎不可能弄得明白。施勒格尔在他著名的1798 年《雅典娜神殿断片集》116 号当中关于浪漫诗的宣言,看上去是一次彻底的 volte face[突转],是对他自身的新古典主义美学的彻底颠覆,仅仅早些年以前,他还在他的新古典主义著作当中为之热情地辩护。如果只粗略地看,在他 1795 年的《论希腊诗研究》,即所

---

① 一则富有启发性的对 18 世纪德意志浪漫派概念运用的描述,参见 Raymond Immerwahr, "Romantic and its Cognates in England, Germany and France before 1790", 见 *Romantic and Its Cognates*, Hans Eichner 编, University of Toronto Press, 1972, 页 53 – 84。

谓的《研究论文》(*Studiumaufsatz*)中,施勒格尔已经形成了他后来的浪漫诗概念。①然而如果说施勒格尔在1799年接受了浪漫诗的话,那么在1795年他则曾经拒绝过它。

这一对浪漫诗态度的逆转源自何处? 为何施勒格尔开始赞扬他曾一度鄙视的? 施勒格尔本人并没有给出解释。他极度复杂的智识发展呈现出过多诱人的线索和误导,令人非常困惑。但依然值得尽力找出一条走出施勒格尔迷宫的道路,[107]因为如果我们能确定为何施勒格尔推翻他自己的观点,就会对他的浪漫派美学的理据有所认识。鉴于施勒格尔普遍的历史意义,这样做应该会揭示出早期浪漫派自身的起源。

施勒格尔对浪漫主义的改宗长期以来都是思索和论战的主题。大体上,有两个相对立的观点派别。一派强调新古典主义和浪漫派两个阶段之间的非连续性,宣称施勒格尔的改宗必定是某些外部影响的结果。②他们把各式人选列入这一外部中介者的名单之中:歌德、费希特、席勒,抑或他们之中的某两位甚至全部。另一派则侧重施勒格尔早期与晚期的连续性,从整个内在固有的原因来阐明施勒格尔的浪漫主义的起源,诸如他早年对浪漫派文学的喜爱,或是他的历史哲学中的隐含逻辑。有时候这些学者对施勒格尔的思想发展连续性的强调甚至让他们宣称压根儿就没有什么突转。③ 他们

---

① 这个《研究论文》的草稿早在1795年10月就完成了;但由于出版的延误,直到1797年1月才发表。在那时施勒格尔已经摒弃了他的新古典主义。

② 这一争论的 locus classicus[经典章节]是 Arthur Lovejoy, "Schiller and the Genesis of German Romanticism",见《观念史论文集》,前揭,页207-227。

③ 这种观点的首例便是 Richard Brinkmann, "Romantische Dichtungstheorie in Friedrich Schlegels Frühschriften und Schillers Begriff der Naiven und Sentimentalischen", *Deutsche Vierteljahrschrift für Literaturwissenschaft und Geistesgeschichte* 32, 1958, 页 344 – 371; 以及 Raimund Belgardt, "Romantische Poesie' in Friedrich Schlegel's Aufsatz *Über das Studium der griechischen Poesie*", *German*

主张,施勒格尔的浪漫主义之产生,是一次着重点的改变,而非学说的逆转。

　　在此,我要重新审视关于施勒格尔的浪漫主义根源的古老争论。我这样做有两重原因。第一,我们有了一些可用的新资源,尤其是施勒格尔的哲学和文学笔记的出版,它们直到 1963 年和 1981年才分别出现于施勒格尔《文集》的批评版(Kritische Ausgabe)中。①当古老的争论正式开始时,人们还无法看到这些笔记;然而,这些笔记中包含着理解施勒格尔从 1795 年到 1798 年智识发展的钥匙,那是他改宗浪漫主义的关键时期。第二,最近对 18 世纪末的耶拿德意志哲学有了许多研究,而施勒格尔的改宗便是发生在这个背景当中。这个研究计划起先由亨里希构想出来,但后来由施塔姆(Marcelo Stamm)、鲍姆(Wilhelm Baum)和弗兰克进行了极为详尽的拓展。②他们的工作揭示了施勒格尔在耶拿的思想形成期,特别是他的浪漫派美学何以从一种对基础主义极为不满的哲学氛围中产生出来。

　　如果我们依照施勒格尔的笔记和他在耶拿的普遍智识背景来考量他,那么显而易见,他改宗浪漫主义的决定性因素乃是他对于费希特哲学的批判。这与传统观点截然相反,后者认为施勒格尔的浪漫派美学只不过是[108]费希特的《知识学》之诗学运用,"诗意

Quarterly 40,1967,页 165 - 181。

　　①　文学笔记在卷十六(1981),而哲学笔记在卷十八(1963),载 *Kritische Friedrich Schlegel Ausgabe*,Ernst Behler et al. 编,Paderborn,1958—2002。

　　②　参见 Dieter Henrich,*Konstellationen:Probleme und Debatten am Ursprung der idealistischen Philosophie(1789—1795)*,前揭,页 7 - 46;Wilhelm Baum, "Der Klagenfurter Herbert – Kreis zwischen Aufklärung und Romantik",*Revue Internationale de Philosophie* 50,1996,页 483 - 514;Marcello Stamm,*Systemkrise:Die Elementarphilosophie in der Debatte*,Stuttgart,即将出版;以及 Manfred Frank,*Unendliche Annäherung*,前揭。

夸张的费希特"(dichterisch übersteigerter Fichte)。①与这种依然普遍的观点相反,事实上,恰恰是施勒格尔对《知识学》的拒斥而非接受将他引向了他的浪漫派美学。施勒格尔从新古典主义转向浪漫主义,恰好与他早期认同费希特的基础主义而后来又否定它同步——既在时间上也在逻辑上同步;费希特的基础主义学说,即有可能确立关于一切知识的第一原理并在此基础上构建出一个完备体系的学说。施勒格尔的新古典主义取决于他对费希特的基础主义的信仰,他的浪漫主义则产生于他对费希特的基础主义的批判。一旦施勒格尔开始确信人绝不可能确立关于知识的无误的第一原理或是完备体系,他便摒弃了对于一种客观美学之可能性的信仰,而这正是他的新古典主义信仰的根本论点。浪漫主义似乎开始越发吸引施勒格尔,这恰恰是因为它并不要求对达到有关知识的第一原理或完备体系的独断式信仰。毋宁说,浪漫派美学的无限渴望与追求显得正好适合于一种反基础主义的认识论学说,它强调的是第一原理和完备体系的纯粹范导性地位。的确,浪漫诗的概念已经在施勒格尔的早期经典著作当中占有一席之地,但他依照他的反基础主义认识论对其进行了重释和重估。简而言之,施勒格尔的浪漫主义就是反基础主义的美学。

2. 问题的情况

在尝试描述施勒格尔的突转前,有必要考虑清楚需要研究的是什么问题。由于强调施勒格尔思想发展之连续性的学者,有时会否

---

① 这是科尔夫在其颇具影响力的 *Geist der Goethe Zeit*(前揭,卷二,页246–249)中的提法。科尔夫仅仅是追随了 Rudolf Haym (*Die romantische Schule*,前揭,页257–262)的脚步。

认施勒格尔有一个观念上的彻底颠覆,所以他们会质疑是否真的存在有待阐明的现象。因此,首要的便是展示出的确存在一个问题,并阐明问题究竟何在。

施勒格尔改宗的神秘性来自两个表面上的事实。第一,施勒格尔的早期和晚期浪漫诗概念之间存在密切关系。第二,施勒格尔对于浪漫诗的态度发生了彻底改变,即先是谴责继而赞扬。那些坚持施勒格尔思想发展连续性的人,强调的重点是浪漫诗概念已经出现在他的早期著作中。但有必要强调,这实际上并非争议所在。[109]甚至那些强调施勒格尔思想发展之非连续性的学者,也都充分认识到了这一点(参见例如,Lovejoy,《早期德意志浪漫派中"浪漫"的意义》,见《论文集》,页196–198)。问题在于阐明他对浪漫诗态度上的转变,而非某个全新概念的提出。那些坚持施勒格尔思想发展之非连续性的人,也未必相信他在其浪漫派阶段创造出了一种全新的诗学概念。

但问题依然存在:这些"事实"仅仅是表面上的吗? 早期浪漫派的诗学概念与晚期的相同吗? 以及,如果相同,那么施勒格尔真的改变了他对浪漫诗的态度吗?

如果我们细细重审施勒格尔在《研究论文》中的早期浪漫诗概念,就会看到,在其早期和晚期概念中实际上有一个值得注意的相似之处。在他早期的新古典主义著作当中,施勒格尔通常使用术语"趣味诗"(interesting poetry)或"现代诗",只在非常偶然的情况下才使用"浪漫诗",①但这些术语依然——至少在许多惊人的方面——指示了他后来用"浪漫诗"所意指的东西。施勒格尔将下列特征归诸趣味诗:(1)常常是不同文体的混合(卷一,页219);(2)一种永不满足的渴望,一种永恒的追求(卷一,页219、223);

---

① 术语浪漫的(romantisch)或浪漫诗(romantische Poesie)频繁地出现在《研究论文》当中,KA I,页226、233、257、280、319、334。

(3)戏谑或反讽的出现(卷一,页334);(4)专注于个体,即事物间的差异性,而忽略普遍,即事物间的相似性;(5)缺乏对纯美的关注而试图使艺术服务于道德或科学之兴趣(卷一,页220);(6)缺乏自制,达到一个目标只是为了再次超越它(卷一,页219-220、230);(7)试图描绘整个时代的文化(卷一,页226-227);以及(8)试图融合哲学与诗(卷一,页242-243)。众所周知,所有这些趣味诗的特征,本质上都未经改变地再次表露于施勒格尔在《批评断片集》《雅典娜神殿断片集》和《谈诗》里对浪漫诗的成熟描述之中。

当然,这一切并不意味着趣味诗与浪漫诗之间不存在重大的差别。虽然二者都显示出对个体的关注,但施勒格尔后来曾强调浪漫诗同样执着于总体性、普遍性和整体性的理想。此外,施勒格尔并未完全拒斥他早期的古典诗概念;毋宁说,他试图将古典诗的要素整合进他新的浪漫诗概念中,它后来成了一种不断演化并具有无限弹性的古典主义(如贝勒尔所论证的那样。参见其《欧洲浪漫派概念评论》,前揭,页8-22)。最后,施勒格尔后来的浪漫诗概念比他早期的趣味诗概念要更加哲学化,有更多历史和美学的涵义。

同样清楚的是,施勒格尔对浪漫诗的态度也发生了翻转。[110]在他1797年的《批评断片集》中,施勒格尔明确否定了他早期所持的新古典主义,甚至特意否认了他"早期的哲学音乐剧"。①与《研究论文》的新古典主义断然相反,《雅典娜神殿断片集》116号宣称一切都应当是浪漫的:"浪漫诗体裁是唯一大于体裁的文学样式,可以说就是诗本身;因为在某种意义上,一切诗都是或都应当是浪漫的。"②施

---

①　关键性的断片是7号,*KA* II,页147-148;66号,*KA* II,页155;44号,*KA* II,页152;91号,*KA* II,页158;以及60号,卷二,页154。

②　*KA* II,页183。同样的结论出现在文学笔记中。参见例如,606号,*KA* XVI,页136;106号,*KA* XVI,页590;590号,*KA* XVI,页134;982号,*KA* XVI,页167。《哲学生涯》,740号,*KA* XVIII,页91。

勒格尔如今用与趣味诗相同的术语来描述浪漫诗:浪漫诗包含对反讽的使用、文体的混合、对于无限的追求或渴望、融合诗与哲学的努力,以及描绘个体与整个时代的尝试。只是,如今他以一种积极的眼光来看待所有这些特征,将其描绘为一切真正诗歌的必备要素。

3. 施勒格尔思想发展中的连续性与非连续性

施勒格尔的早期和晚期浪漫诗概念之间的相似性,以及他对之态度的转变,为讨论施勒格尔思想发展中的逆转提供了充分的保证。但这仍然并非争论的目的,因为那些强调施勒格尔思想发展之连续性的人,有时也会承认施勒格尔的态度有过逆转。只不过出于两个原因,他们往往会低估或者淡化这种逆转。第一,他们指出施勒格尔对浪漫诗的偏爱(predilection)不只体现在他的浪漫诗概念上,也体现在他早期的新古典主义著作当中。第二,他们也认为施勒格尔的古典美学与他许多更为根本的学说并不一致,尤其是他的历史哲学,并据此推断施勒格尔的思想发展中压根儿没有什么彻底或根本的突变。因为,当施勒格尔后来改宗浪漫主义时,他只不过是逆转了他更为基本的偏好,并从他更为根本的学说中得出了恰当的结论。

当然,青年施勒格尔的确钟爱现代文学,后者与他所声称的新古典主义并不完全一致。这种偏爱最明显不过地表现在他在《研究论文》中对莎士比亚的判断之中。①尽管施勒格尔视莎士比亚为"现代诗的顶峰"——他所憎恶的那种诗——但他也深深地、几近隐秘地钦佩着他。他写道,莎士比亚联合了"浪漫派幻想中最诱人的花朵,哥特

---

① 亦可参见施勒格尔1793年5月致其兄弟的信:"莎士比亚是所有诗人当中最真诚的(Shakespeare ist unter allen Dichtern der Wahrste)。" *KA* XXIII,页97。

英雄时期的丰功伟绩、现代社交中最好的品质,以及最为深刻丰富的诗化哲学"(卷一,页249)。[111]仿佛这还不够,施勒格尔紧接着继续捍卫莎士比亚以对抗狭隘的新古典主义评论家,后者根据狭隘的规则来评判莎士比亚从而无法理解他(卷一,页249-250)。施勒格尔也崇敬另一位现代诗的大师但丁,他发现其《神曲》(*Divine Comedy*)乃是"崇高的"(卷一,页233)。施勒格尔的确十分喜爱现代文学,他在写作《研究论文》的回顾序言时公开承认他对早期现代文学的喜爱,从而自我捍卫以反对一种片面的古典主义指控(卷一,页208)。

无疑,在施勒格尔的早期著作中也有一些深层的张力,几乎所有这些张力都产生于他狭隘且狂热的新古典主义与他宽容且自由的历史哲学之间的冲突。一方面,他的新古典主义美学宣称绝对的有效性,即根据秩序、和谐与均衡的尺度来判断所有艺术作品的权力;另一方面,他的历史哲学却将这些标准限定于古典时代。根据他的历史哲学,西方历史的两个根本时期——古代和现代文化——受完全相反的原则所引导。①古代文化背后的基本原则是自然或本能(Trieb),在其中行动之目的由自然设定,理智只是找寻实现目的的手段。然而,现代文化背后的核心原则却是自由或理性,在其中行动之目的由我们的自发性活动所设定,自然只提供实现目的的手段。对应于这些相反的原则,每种文化都发展出了它独特的历史概念。古代文化具有一种循环史观,自然从生到死循环往复;现代文化则具有一种进步史观,完全的自由是一种无限的理想,我们只能通过无尽奋斗来趋近这理想。

古典与现代文化的相反原则,似乎暗示了用一种文化来评判另

----

① 施勒格尔主要在两部作品中发展了这种哲学:《研究论文》,*KA* I,页230-233,以及"Vom Wert des Studiums der Griechen und Römer",*KA* I,页629-632。我曾经合并了这两部作品中所给出的描述。虽然在它们之间有一些变化,但它们对于我们当前的目的并不重要。

一种文化及其文学形式将会是荒诞的。果然,施勒格尔本人有时得出的正是这个结论。在他的《研究论文》中,他一度承认,指望以现代文化的无限奋斗去终结古典的审美理想是不恰当的(卷一,页225)。接着,在1795年的一篇未刊文稿中(《论研究希腊人与罗马人的价值》,*KA* I,页621–642),施勒格尔十分明确地肯定了每种文化的自律(卷一,页640)。他虽然宣称振兴现代文化之道在于模仿古代,但也强调所有真正的模仿都来自"内在的独立性"和"自由的运用"(卷一,页638)。他告诫我们不要像乞丐那样依靠过去的救济为生(卷一,页640)。施勒格尔甚至认为古代艺术的作用仅限于为现代艺术提供范例。[112]他解释说,我们从古代接受的一切都只是新文化的材料,而我们从现代学到的才是它应当采取的方向(卷一,页638)。

在施勒格尔的新古典主义著作中一些其他的段落里,他声称或暗示了现代文化的原则甚至高于那些古典文化的原则。例如,他将教化定义为人类自由的发展,这种定义将会把所有的文化都限定于现代(卷一,页230)。虽然他赞扬了希腊人臻于美学的极致,但他也强调了他们能够做到这般只是因为他们的目标十分有限。的确,他们目标的实现意味着他们文化的最终衰退是不可避免的(卷一,页35)。然而,现代文化之伟大在于它的目标是无限的,其所要求的完全是一种持续的奋斗(卷一,页640)。像他曾经所说的那样,我们的短处便是我们的希望,因为现代人无法实现其无限的理想(《论美的界限》,*KA* I,页35)。

考虑到施勒格尔对莎士比亚和但丁隐秘的喜爱,以及他声称现代文化独立于甚至高于古代文化,似乎对他而言,对现代浪漫派文学有一种积极的态度才是唯一自然的。改宗浪漫诗因而似乎完全蕴含于他早期的新古典主义阶段当中。它更多是产生于他内在的发展而非与过去的断裂。看起来仿佛施勒格尔在宣告其浪漫派美学的过程中所做的一切,都在揭示他的本色并摆脱新古典主义的姿态或伪装。

那么,毋庸置疑的是,在很重要的程度上,施勒格尔的浪漫主义已经潜在于他早先的观点当中了。这一点之所以值得强调,只是因为,论及施勒格尔与他过去的决裂便会倾向于以连续性为代价而将非连续性戏剧化。不过,也有必要坚持主张一种决裂。甚至当我们认识到施勒格尔对浪漫派作者隐秘的喜爱时,当我们承认他对现代文化的颂扬时,当我们领会了他历史哲学的内在逻辑时,他依然会使我们感到惊讶。出于他几近狂热的新古典主义、他对一切艺术都应该根据美之标准来评判的信念,施勒格尔刻意淡化并抑制了他早期观点中的这些要素。将施勒格尔的新古典主义仅仅当作一种姿态、一种轻描淡写的意见就错了。的确有一种漫画手法将青年施勒格尔只当作秘密的(crypto‐)或原始的(proto)浪漫派,因为他的新古典主义也有其深层的根源。那些片面坚持施勒格尔思想发展之连续性的人没有看到这些根源扎得有多么深入。

[113]施勒格尔的新古典主义源头是温克尔曼和康德。从温克尔曼那里,施勒格尔获得了两个根本信念:所有艺术之目的都应当是描绘美,以及模仿并不在于复制自然中的个体,而在于重塑自然背后的理式。①的确,温克尔曼启发了施勒格尔所有的古典研究,因为施勒格尔的抱负是成为希腊诗领域的温克尔曼。从康德那里,施勒格尔获得了他对艺术自律的信念,即它独立于道德和科学的要求,以及它作为一个纯粹的游戏和观照之领域的内在价值。② 这些温克尔曼和康德的学说在施勒格尔的信念当中结合为艺术,其目的

---

① 参见 Winckelmann, "Gedanken über die Nachahmung der griechischen Werke in Malerei und Bildhauerkunst" 和 "Erinnerung über die Betrachtung der Werke der Kunst", 见 *Werke in Einem Band*, Helmut Holtzhauer 编, Berlin, 1986, 页 11 – 13、37。

② 参见《论美的局限》, *KA* I, 页 37;《研究论文》, *KA* I, 页 211、213、214、220。然而,施勒格尔的立场也更加复杂且混乱,因为他通过将美定义为善之令人愉悦的体现,从而结合了美与道德。参见《研究论文》, *KA* I, 页 288;以及 "Von der Schönheit in der Dichtkunst", *KA* XVI, 页 22(11 号)。

便是创造一个理想的并且完全自律的美之领域(《研究论文》,*KA* I, 页 217;以及《论诗艺中的美》,*KA* XVI,页 22,11 号)。那么,不背离这些基本原则,施勒格尔就无法摒弃他的新古典主义。

正是这种温克尔曼对美的奉献,这种康德对自律的坚持,激发了施勒格尔对现代文学的严厉判决。如果美要求克制,遵从于普遍的形式,那么现代文学便误入歧途地混淆了文体并赋予艺术家完全的自由。此外,如果美应当是自律的,那么现代文学在使艺术服务于道德和科学的利益,并迎合读者趣味时便腐化了。最后,如果美包含在完全的满足之中,那么现代文学在其对无限目标的不断渴望和永恒奋斗中便是堕落的。

施勒格尔并不仅仅满足于从更高的古典美立场来谴责现代文学,他还发展出了一套对现代文学的内在批判,它试图通过其自身内部的倾向和价值来展示出它何以将会导致不可避免的自我毁灭。他在《研究论文》中详细地论证了现代文学正在走向一场危机,而它只能通过新古典主义的创作来化解。现代文化的无限奋斗与永恒渴望正在导致完全的枯竭与空虚,因其从未止于美的完全满足。每个作者都通过创作新奇的效果来取悦公众,从而努力变得比前人更加有趣(同上,卷一,页 238)。这种趋势要么将会终止于完全的破灭,要么当作者最终认识到了一种新的审美需求时,它便会自我修正。

除却其温克尔曼和康德的遗产,施勒格尔的新古典主义还有另一个源头。这便是他将新古典主义等同于另一个狂热坚持的信念:评判之可能性。如同许多新古典主义传统中的人,施勒格尔将古典美的特征——秩序、和谐、均衡,以及克制——等同于所有艺术的普遍且必然的标准。如果这些特征并不具有一种绝对的权威,[114]似乎就根本不可能有任何的评判。的确正是在这个方面,青年施勒格尔渴望去质疑康德。他得益于康德,但他依然无法接受康德在《判断力批判》当中的论证,即之于品位没有规则。对于施勒格尔,这就相当于宣称根本没有客观的评判,因为所有的评判都需要运用普遍的标准和规则。因此施勒格尔早年的一个抱负正是要为这样一种客观评判,即审美科学提供基础。他为关于美的演绎,即它普遍且必要的品质之证明,充分地勾画出了若干草案。①

正是在这里,费希特的基础主义在施勒格尔的新古典主义美学当中扮演了一个关键的角色。正是费希特的《知识学》支撑了他对于建立审美科学之可能性的信念,这种科学将会为评论家提供普遍且必要的品位规则。正如同费希特曾发现理性的第一原理,从而确保了康德批判哲学的一个坚实根基,施勒格尔相信如今确定关于美的第一原理是可能的,从而能为审美科学和评判提供一个可靠的基础。因此,在其《研究论文》的结尾处,施勒格尔声称,在费希特发现哲学的根基之后,对于客观美学之可能性不会有任何合理的质疑(卷一,页358)。随着他对希腊诗的研究,施勒格尔如今计划出版他自己的"欧几里得诗学",以此来发展他自己的审美科学,而它将会为他的新古典主义提供最终的哲学根据。

施勒格尔的新古典主义美学对费希特的基础主义之依赖性在《研究论文》当中最为明显,施勒格尔强调一切对希腊人的模仿何以最终都需要知晓美的普遍标准(卷一,页347)。如同温克尔曼,施勒格尔否定了仅仅通过观察和复制具体的作品来模仿希腊艺术之可能性;一个人起初必须知晓美本身的普遍发展。因此施勒格尔认为,要理解任何具体的艺术作品,便有必要知晓整个希腊文化;但要知晓希腊文化,必须先掌握"一种客观的历史哲学"和"一种客观的艺术哲学"。换言之,如果没有这样一种客观美学,甚至就不会有对希腊艺术的模仿,从而整个新古典主义美学都将会崩溃。

---

① 这些断片中的两篇保存了下来:"Von der Schönheit in der Dichtkunst" 3,*KA* XVI,页3 – 14;和同名的"Von der Schönheit in der Dichtkunst",*KA* XVI,页15 – 31。

现在应当清楚的是,在施勒格尔的早期哲学中有一种深层的张力,除非经历一场彻底的剧变,否则它是无法被消除的。[115]不论施勒格尔早期喜欢浪漫派艺术的什么,也不论他的历史哲学蕴含了什么,如果不摒弃他的古典主义,他便无法发展它们。但如果不放弃他对于美的温克尔曼式奉献,对于艺术自律的康德式信念,以及,最糟糕的是,他在古典意义上对于评判之可能性的信仰,施勒格尔便无法否定他的古典主义。

4. 外部影响的问题

鉴于难以阐明施勒格尔何以从其古典主义内部演化至改宗浪漫主义,并且鉴于它涉及其哲学发展中的一些突变,似乎有必要假定一些外部影响来作为他改宗的源头。迄今为止这一角色最热门的候选人便是歌德和席勒。

歌德的影响最早是海姆在其精湛的《浪漫派》中提出的(Haym,《浪漫派》,前揭,页251–254)。海姆注意到施勒格尔在《雅典娜神殿断片集》116号中的浪漫诗概念和他对歌德《威廉·麦斯特》的描述之间有着显著的相似之处。海姆认为,理解施勒格尔的概念之关键是浪漫诗等于小说诗(Poesie des Romans),这种小说(Roman)的范例便是歌德的《威廉·麦斯特》。尽管海姆的假设十分陈旧,并且还遭到了一些尖锐的批评,但它却在最近被贝勒尔所复兴。①

海姆的论点至少面临着两种困难。第一,就纯粹的年代而

---

① 参见他的"Die Wirkung Goethes und Schillers auf die Brüder Schlegel",见 *Studien zur Romantik und zur idealistischen Philosophie*, Paderborn, 1988, 页264–282,尤其是页273–274。

言,歌德的作品不可能令施勒格尔摒弃他的古典主义。相反,施勒格尔对他的钦佩恰恰是因为他作品中的古典美德。在《研究论文》中,施勒格尔曾将歌德的诗描述为"真实艺术的黎明",因其似乎重新实现了关于纯美的古典理想(卷一,页260)。1796年夏天之前,施勒格尔都继续因其古典美德而钦佩歌德的作品,当时他赞扬歌德的田园(Idyll)诗,因为这些诗是以古希腊的意味来写作的。① 然而,如同我们即将看到的那样,正是大约在这一时期,施勒格尔开始了他对费希特哲学的批判,这很快就会破坏他古典主义的基础。

第二,如克尔纳和艾希纳曾经认为的那样,施勒格尔对于《威廉·麦斯特》的隐秘观点表明了他并没有把它当作浪漫派作品的典范。②因此,在1797年中期,施勒格尔极有可能是在那时开始他对歌德作品的集中研究,他写道"歌德不是浪漫派","歌德对小说的理解很糟糕",以及歌德"完全不了解[116]浪漫派"。③ 他明确表示"一部完美的小说必须比《威廉·麦斯特》更加是一部浪漫派作品",并且拒绝将歌德的作品称为浪漫小说(romantische Roman),他只会将这一颂词献给塞万提斯的《堂吉诃德》(Don Quixote)。④ 重要的是,在施勒格尔出版的对《威廉·麦斯特》的评论中,他避免将其称为一部小说。虽然施勒格尔钦佩歌德的作品这点毋庸置疑,但那更多是因为它的承诺而非它的成就。他在歌德的作品中看到了

---

① 弗里德里希致奥古斯特·威廉·施勒格尔,1796年6月15日,*KA* XXIII,页312。

② 参见 Josef Körner, *Romantiker und Klassiker：Die Brüder Schlege in ihre Beziehungen zu Schiller und Goethe*,前揭,页90–95;Hans Eichner, "Friedrich Schlegel's Theory of Romantic Poetry",前揭,页1019–1041,尤其是页1028–1029,和他为批评版(Kritische Ausgabe)作的序,卷二,页71–79。

③ 1102号,*KA* XVI,页176;115号,*KA* XVI,页94;342号,*KA* XVI,页113。

④ 289号,*KA* XVI,页108;575号,*KA* XVI,页133;1110号,*KA* XVI,页176。

浪漫派"倾向",只要它们得以充分地发展,就能带来一场小说的复兴。①但因为这些只是倾向,便不可能主张《威廉·麦斯特》是"无以复加"(non plus ultra)(海姆语)的浪漫派艺术。与其说施勒格尔的浪漫诗概念源于《威廉·麦斯特》,像海姆和贝勒尔所假定的那样,毋宁说更有可能的是,他仅仅是在对歌德作品的解读中体现出了自己业已经形成的浪漫诗概念。

关于席勒的影响,最令人信服的说法是由洛夫乔伊在 1920 年的一篇著名文章中提出的。②从那时开始,"席勒对施勒格尔有着重要影响"就成了某种信条。③根据洛夫乔伊,施勒格尔对浪漫主义的改宗源于他对席勒《论素朴的诗和感伤的诗》的阅读,它首次于 1795 年发表在《季节女神》(Horen)上,恰好是在施勒格尔完成他《研究论文》的主体却尚未写就它的序言之时。恐怕,席勒的论文使他意识到了关于现代诗还能说很多东西,并且导致了他在《研究论文》的序言中对古典主义的一次令人尴尬的变节。

————————————

①   正是在这种情况下,人们必须阅读施勒格尔在《雅典娜神殿断片集》216 号中的著名宣言,即歌德的《威廉·麦斯特》以及法国大革命和费希特的《知识学》,这是那个年代的大势所趋。对比施勒格尔在笔记 1110 号, *KA* XVI,页 176 中的宣言。对施勒格尔宣言的恰当解释详见 Körner, *Romantiker und Klassiker: Die Brüder Schlege in ihre Beziehungen zu Schiller und Goethe*,页 92 – 93;以及 Eichner, *KA* II,页 76。

②   参见 Körner, *Romantiker und Klassiker: Die Brüder Schlege in ihre Beziehungen zu Schiller und Goethe*,页 34,注 4,他宣称洛夫乔伊的文章较之恩德斯(Carl Enders)并没有什么进步。参见 Enders, *Friedrich Schlegel: Die Quellen seines Wesens und Werdens*,Leipzig,1913,页 380。

③   参见 Hans Eichner, "The Supposed Influence of Schiller's *Über naive und sentimentalische Dichtung* on F. Schlegel's Über das Studium der griechischen Poesie", *Germanic Review* 30,1955,页 261 – 264。虽然艾希纳批判了海姆的假设,即《研究论文》的后半部分是在席勒的影响下写成的,但他依然接受了"公认的"洛夫乔伊的论点,即席勒使得施勒格尔摒弃了他对现代文学的新古典主义判决(页 262)。

　　不难理解席勒的论文何以能影响到施勒格尔。席勒在古代和现代文化之间所做的区分与施勒格尔的观点大致契合。如同施勒格尔,席勒假定古代文化是由自然所支配的,反之现代文化是由理性所规定的。①古人栖于同自然的即刻统一之中,现代人则要努力回到那种在文明发展过程中失去的统一。席勒在素朴诗和感伤诗之间做出的区分遵从于他在古代和现代文化之间的普遍区分。古代诗人模仿自然,因其栖于同它的即刻统一之中,现代诗人则理想化自然,渴望回到他曾失去的统一(Schiller, *NA* XX,页432、436 – 437)。如同施勒格尔,席勒认为古代诗人之所以能够实现其目标,是因为它们非常有限,但现代诗人却为了一个不可企及的无限理想而奋斗(同上,页438)。然而,不同于施勒格尔,席勒毫不犹豫地从他的区分中得出了恰当的结论。他认为既然[117]古典诗与现代诗由如此不同的原则和目标所支配,用一者来判断另一者便是荒唐的(同上,页439)。

　　那么,施勒格尔必须阅读席勒的论文似乎只是因其从他自己非常相似的原则中得出了相同的结论。既然这些结论已经蕴含在他自己的作品当中,并且他已经准备好了得出这些结论,那么他抛下他的古典主义外壳所需要的一切便是席勒的范例(Lovejoy,《席勒与浪漫主义的起源》,页220)。诚然,席勒的作品对施勒格尔有着毋庸置疑的影响。他刚完成他的《研究论文》便通读了席勒的论文,这令他沉思良久。他在一封致他兄弟的信中描述了它的影响:"席勒的感伤理论深深攫住了我,以至于几天来我除了阅读它和做笔记外无法做别的事情。如果你能读到我的论文(《研究论文》),你就会明白为何它令我如此感兴趣。席勒真的为我阐明了一些事

① 参见 Schiller,《论素朴的诗和感伤的诗》,*NA* XX,页414。当然,施勒格尔与席勒的观点中的巧合并非偶然,施勒格尔的历史理论追随了席勒《美育书简》的脚步,后者出版于1793年至1794年之间。

情。当某些事物让我内心如此煎熬时,我便无力再去理会别的事情。制订出我行将出版的诗学之梗概的决心,如今已然确定了。"(弗里德里希致奥古斯特·威廉,1796 年 1 月 16 日,*KA* XXIII,页271)

鉴于施勒格尔自己承认了席勒的影响,以及他们的理论在逻辑结构上强烈的相似性,席勒的影响似乎毋庸置疑。然而,更为细致地审视证据则显示出席勒之于施勒格尔的影响恰恰与通常被假定的那种相反:它鼓舞了施勒格尔去捍卫他的古典主义而非摒弃它。

除去(刚才引用的)致其兄弟的信,代表了席勒之影响的所谓证据便是《研究论文》的序言,它是施勒格尔在完成了作品主体并阅读了席勒的论文后不久写成的。在此施勒格尔明确承认席勒的论文使他明白了关于现代诗还有很多能够谈论的,并且他乞求读者们不要把他对现代诗的严厉判决当作他在这个主题上的结论(卷一,页 207、209)。

这些声明被用来意指施勒格尔如今把趣味作为判断现代作品的恰当标准(Lovejoy,《席勒与浪漫主义的起源》,页 218)。但实际上施勒格尔并没有说过这种话。在语境中来考量的话,他在其中承认席勒拓宽了他对现代诗的看法,这只意味着现代诗的概念也适用于晚期古典诗人(卷一,页 209)。因此施勒格尔只是说在罗马人的田园诗和希腊人的情欲诗当中有着现代诗或感伤诗的元素(卷一,页 209–210)。与其说这让施勒格尔怀疑了他对现代诗的判定,毋宁说席勒对感伤诗形式的分析[118]只是坚定了他的观点,即它完全就是趣味诗,因为它欲求并且相信它的理想之现实性(卷一,页 211)。对于施勒格尔,这等于是说感伤诗已经丧失了审美自律的理想,后者的唯一目标应当是自由的游戏,无关乎其创作的现实性。

到目前为止,施勒格尔从对新古典主义美学的摒弃转向了一种新的捍卫方式。序言重申了他的一般论证的基本前提:(1)现代诗在本质上是功利的,诗应服务于道德和知识的目的,(2)美应当是非功利的,以及(3)美应当是所有诗的唯一理想(卷一,页211、214)。然而,施勒格尔如今愿意赋予现代诗更多的意义,并着手勾画了一个关于它的必要性之"推论"。但是,从他的推论中可以看出,现代诗只有一种暂时或假设的有效性。它的价值仅在于它是新的古典诗歌再生的一个必要阶段,或是为其奠基。他的结论使得他持续的反现代主义显露无遗:"根据这个推论,它以恰当的科学和实用的诗学为基础,趣味只具有一种暂时的审美价值。当然,趣味必然有一种道德内容:但我宁可怀疑它是否具有价值。真善须知行,而非感受或展示。"(卷一,页214)不可能会有一个更加反席勒的结论了!

在有利于传统解释的最惊人的段落中,施勒格尔似乎承认了他自己对现代诗的所有新古典主义论断都只具有假设的有效性。他写道:

> 如果有关于美和艺术的纯粹法则,那么它们就必须普遍有效。但如果人们在运用法则时没有进一步的决策和指导方针,而将这些纯粹法则作为现代诗的评价标准,那么除了它是现代诗以外什么都无法判断,而它几乎完全与这些法则相矛盾,根本没有任何价值。(卷一,页208)

施勒格尔接着宣称,这样一个结论完全有悖于我们的感受。他说,一个人必须承认这种矛盾,为了探索现代诗的恰当特征,为了阐明古诗的需求,以及为了提供"一种对现代人的惊人辩护"。

但在此又有必要将这一段置于其更大的语境当中。若施勒格尔如今以假设的形式抛出他对现代诗的判断,那不是因为他怀疑了他的判断,遑论撤销它们。毋宁说,施勒格尔的让步只是他依然必须为他的原则提供一些证明,[119]这些原则他只能在一部批判作品中预先假定,这部作品的任务是去运用那些已在别处被论证过的规则。当施勒格尔告诉他的兄弟,如今他决意要写出"我的诗学之梗概"时,这恰恰是因为他意识到他必须捍卫的正是席勒曾经质疑的法则。因此席勒的论文激发了他去捍卫而非摒弃他的新古典主义。因而他后来在 1796 年 3 月 6 日的一封信中告诉他的兄弟,他为他的《研究论文》写了一篇长序,是因为"我无法将这次诞生赤裸裸地推入世界"(卷二十三,页 287)。他接着重申了他决意要出版其"欧几里得诗学"(poetischen Euklides),这是他对评判的客观标准之严格的先天演绎。

总之,不可能是席勒说服了施勒格尔摒弃他的新古典主义。甚至施勒格尔在出版了他的《研究论文》并且读了席勒的论文之后,也始终坚持他的新古典主义;的确,他决意为它做一场决定性的辩护。只有最后一点显得有碍于这个结论。在他 1796 年 7 月 20 日致席勒的回信当中,施勒格尔声称他的《研究论文》使他充满了"痛苦与不满"(Eckel und Unwillen),他几乎要停止它的出版(卷二十三,页 332)。他接着为他从席勒关于感伤诗的文章中所得到的指引而感谢他。①这封信可以被解读为在席勒的影响之下,施勒格尔对《研究论文》的一次完全的否弃。但必须意识到,这一结论在时代上是错误的。当施勒格尔写这封信时,他已经脱离了包含在他的新古典主义当中的基础主义。他已经宣称他不再坚持独立的因素,而这与席勒的影响无关。

那么,这些因素是什么?什么使得施勒格尔最终拒绝了他的新古典主义,而不再对它坚决捍卫?答案最终在于施勒格尔与费希特的复杂关系,我们现在必须来探索它。

----

① 施勒格尔多少有些夸大了席勒对他的影响,因为他由于个人和经济上的原因而渴望成为《季节女神》的参与者。关于施勒格尔信件的背景,参见 Körner, *Romantiker und Klassiker: Die Brüder Schlege in ihre Beziehungen zu Schiller und Goethe*,页 36 – 38。

5. 施勒格尔与费希特，1795 年—1797 年

施勒格尔初识费希特要追溯到他的德累斯顿（Dresden）岁月（1794 年 1 月—1796 年 6 月）。他起初对费希特的看法非常谄媚，显示出了一切年轻人的天真与热情。他在 1795 年 8 月写信给他的兄弟奥古斯特·威廉，称费希特是"现今在世的最伟大的形而上学思想家"，并且他是"那种彷徨于无地的智识型哈姆雷特"，因为他已然知行合一（卷二十三，页 248）。[120]青年施勒格尔的确十分崇敬费希特，把他当作高于康德和斯宾诺莎的思想家，高于卢梭的流行作家（致奥古斯特的信，1795 年 12 月 23 日，*KA* XXIII，页 263）。

施勒格尔崇敬费希特的原因非常复杂。一部分原因是哲学上的。如同 18 世纪 90 年代初的许多人那样，施勒格尔将费希特视为完成康德之哥白尼革命的第一位思想家。是费希特最终找到了批判哲学的基础，并且创造了一个完整且融贯的唯心论体系。[①]虽然施勒格尔很快就会表达出他对费希特之唯心论的怀疑，但他始终将其当作最伟大的文化成就。他在一句著名的格言中写道，费希特的《知识学》与法国大革命和歌德的《威廉·麦斯特》并称，是这个时代最伟大的潮流之一（雅典娜神殿断片集，216 号，卷二，页 198）。他在 1802 年写道，费希特的唯心论已经成了"德意志新文学的中心点和根基"，因其表达了现代所特有的自由精神，而这便是新浪漫派文学的核心与灵魂。[②]

---

① 参见 Schlegel, *Ueber das Studium der Griechischen Poesie*，卷一，页 358。对比 Schlegel 于 1804—1805 年的 "*Die Entwicklung der Philosophie in Zwölf Büchern*"，*KA* XII，页 291。

② 参见 Schlegel, "Literatur"，见其 *Europa*，卷一，1803，页 41 – 63，*KA* III，页 3 – 16。

施勒格尔对费希特的崇敬背后不仅有哲学的,也有政治的动机。自 1793 年以来,施勒格尔便将他自己与法国大革命联系在了一起,并且他的政治兴趣变得如此强烈,以至于他的古典研究开始显得黯然失色。①他在 1796 年出版了他最激进的政论《论共和主义概念》,为一种共和原则的左翼解释而辩护,并且因为限制公民权和否定革命权而批判了康德(初版见《德意志》(*Deutschland*),卷三,1796,页 10 – 41,*KA* VII,页 11 – 25)。考虑到他的政治承诺,施勒格尔对费希特的崇敬就毫不令人惊讶了,后者乃是德意志的法国大革命最著名的代言人。的确,绝非偶然的是,当施勒格尔在他 1795 年8 月的信中高度赞扬费希特时,他提到了费希特的《纠正公众对法国大革命的判断》(*Beyträge zur Berichtigung der Urtheile des Publikums über die franzöische Revolution*),这是一篇关于大革命进程的激进辩护。

毋庸置疑的是,在德累斯顿时期,施勒格尔完全赞同费希特《知识学》中的基础主义方案。②他似乎不仅完全信服了在哲学中有一个第一原理,而且相信费希特已经发现了它。例如,在他1795 年的《研究论文》中,他赞扬费希特建立了批判哲学的根基,并表示关于美学的客观体系之可能性不再可能会遭到任何合理的怀疑(*KA* I,页 358)。在他 1796 年的残篇《论诗艺之美》("Von der Schönheit der Dichtkunst")当中,他重申了对客观美学的信仰,认为它将会以[121]实践哲学的根本原则为根基,而这一点正是由费希特奠定的(*KA* XVI,页 5、17 – 18、22)。最终,在《论共和主

---

① 参见施勒格尔在 1796 年 5 月 27 日致他兄弟的信,在其中他承认了共和主义比批判更合他的心意。*KA* XXIII,页 304 – 305。

② 关于施勒格尔的费希特阶段,更为详细的描述参见 Frank, *Unendliche Annäherung*,页 578 – 589;以及 Ernst Behler, "Friedrich Schlegel's Theory of an Alternating Principle Prior to his Arrival in Jena[6 August 1796]", *Revue Internationale de Philosophie* 50,1996,页 383 – 402。

义概念》中,他开始从费希特的假定"自我应当是"推导出共和制的原则(卷七,页15－16)。

如果施勒格尔曾经是费希特的信徒,那也只是一小段时间,可能最多一年,从1795年夏天到1796年夏天。① 在1796年夏天,施勒格尔初次怀疑费希特的哲学。在随后的七月他拜访了他的朋友诺瓦利斯,后者可能给了他一些他对费希特唯心论的保留看法;② 八月初他去了耶拿,在那里他联系了尼特哈默尔的圈子,他们的反基础主义似乎感染了他。③ 一些1786年秋天的笔记条目表明了他对基础主义与日俱增的怀疑与幻灭。因而关于怀疑论,施勒格尔写道:"依然没有一贯的 σκ[怀疑论];当然值得建立一个。σκ[怀疑论]＝永久的反叛。"(94号,卷十八,页12)他接着抱怨了莱因霍尔德的基础主义方案:"莱因霍尔德,康德派智术师中的第一人,已经确立了康德主义并造成了误解——他是一名基础探寻者(Grundsucher)。"(5号,卷十八,页19)论及"苛评的回潮"(4号,卷十八,页

---

① 施勒格尔对尼特哈默尔的《哲学杂志》之正面评价,被纯粹解释为一个信徒的做法,费希特是它的编辑和撰稿人;参见 Haym, *Die romantische Schule*,页225－226。但这是难以置信的。施勒格尔不仅非常慎于表述他对费希特的文章之看法,而且他的评论是以他对一切哲学中的判断标准的怀疑而结束的,这个立场直接与他早先的基础主义相对立(卷八,页30)。他的评论写于1791年1月,在他否认与费希特有任何的干系之后。

② 诺瓦利斯影响了施勒格尔的证据是非常间接的。施勒格尔在1796年夏天拜访了诺瓦利斯一周,在抵达耶拿之前他依然是热忱的费希特主义者(Fichteaner):施勒格尔随后将会写下他们关于"费希特的自我"的讨论(*KA* XXIII,页326、328、340)。在1796年夏天,诺瓦利斯已经开始怀疑费希特了;而在1796年秋天,施勒格尔也显示出极端的怀疑论迹象。然而,诺瓦利斯相信是施勒格尔将他从费希特的影响中解放了出来。参见诺瓦利斯致施勒格尔,1797年6月14日,*KA* XXIII,页372。当然,有可能是他们互相将对方从费希特的影响中解放出来,这是他们的协作哲学(Symphilosophie)的预期结果。

③ 施勒格尔早期与尼特哈默尔圈子的联系,参见 Frank,《无限趋近》,页569－593、862－886。

19），施勒格尔也开始远离那些康德派，他们发誓要本着康德哲学的精神（191号，卷十八，页36）。这些"苛评"很可能来自费希特和谢林（如弗兰克所言，同上，页578）。

施勒格尔对费希特哲学的怀疑，直到1796年8月他初次遇见费希特以后，才开始变得激烈起来。在一次与费希特交谈之后，他向克尔纳抱怨道，费希特对和他没有直接联系的事物毫无想法，并且他尤其弱于每种有着具体对象的科学。① 施勒格尔困惑于费希特对物理和历史毫无兴趣。他接着做了一个惊人的揭露：费希特告诉他，他宁可数豌豆也不愿学历史！这些疑虑被证明是决定性的，因为施勒格尔后来与费希特决裂的一个主要原因，就可以归结为他的体系中缺乏现实性和历史。

施勒格尔开始在1796年冬天的某个时间里集中研究费希特的哲学。他开始写下他的一些批评和观察，希望以散文的形式出版，将其暂时命名为"《知识学》之精神"。②他在1797年1月30日告诉克尔纳，他不仅明确了一些根本观点，而且他也"果断地将[122]他自己与《知识学》分离开来"（卷十八，页343）。尽管文章从未写就，相关笔记却保留了下来，其中揭示了许多施勒格尔早期对费希特哲学的保留意见。

他的许多怀疑都涉及《知识学》的形式和方法。施勒格尔特别批判了费希特的基础主义，嘲笑了费希特所宣称拥有的一个完备体系与无可辩驳的第一原理。只是否定他的一些根本的第一原理非常容易（126号，页31），它们本身就需要被证明。例如，为何不说非

---

① 施勒格尔致克尔纳，1796年9月21日和30日，*KA* XXIII，页333。

② 参见施勒格尔致科塔（J. F. Cotta）的信，1797年4月7日，*KA* XVIII，页356，以及1797年3月10日致诺瓦利斯的信，*KA* XXIII，页350。尽管施勒格尔暗示了文章已经完成，但他只勾画出了他的一些观点。这些可见于 *Philosophische Lehrjahre*，*KA* XVIII，页31－39（126－227号）。

我绝对地设定自我呢(51 号,页 510)? 然而,鉴于任何命题都能以无数种方式来证明,认为这些原理可以被证明便是徒劳的,因为推论从来没有终点(129 号,页 30;9 号和 12 号,页 518)。此外,费希特的体系过于数理化和抽象,遗漏了积极的现实经验;他的所有推论最多只是源于抽象,而非经验的个别事实(141 号,页 152)。考虑到这种对费希特基础主义的怀疑,施勒格尔将《知识学》当作一部文学而非哲学作品就毫不令人惊讶了。《知识学》就是费希特的《维特》(*Werther*)(220 号,页 38),用费希特本人进行修辞的话,就是"一部以费希特的文字写成的关于费希特精神的费希特阐述"(144 号,页 33)。费希特所有的恫吓与严厉使他成了一个喜剧人物:他像醉汉一样不懈地爬上他的马并且试图"超越它",结果只是再一次地跌落(138 号,页 32)。

除去他关于"《知识学》之精神"的笔记,施勒格尔在他的笔记当中还有其他若干断片集也专注于费希特。①这些断片也表明了施勒格尔与费希特的哲学的决裂是多么彻底。这些集子的一个核心主题为:费希特是一个神秘主义者,并且像所有的神秘主义者那样,他通过设定某些绝对的事物来开始他的哲学(2 号,页 3)。然而,这让一切都显得太容易了,因为一旦我们设定了绝对,我们就能够解释一切;但真正的问题是何者在一开始赋予我们去设定它的权力(71 号,页 512)。施勒格尔认为,费希特依赖于一种神秘体验——他脑海中的是理智直观——已经丧失了对于批判的需要,而批判不允许我们诉诸某些无误的体验(52 号,页 93;8 - 9 号,页 12)。这些

---

①　参见断片集"Zur Wissenschaftslehre 1796", 1 - 121 号, *KA* XVIII,页 3 - 15;"Philosophische Fragmente 1796",附文 1, *KA* XVIII,页 505 - 516;以及 "Zur Logik und Philosophie",附文 2, *KA* XVIII,页 517 - 521。第二部断片集较多的完成形式暗示了施勒格尔曾经考虑过出版;但它是否作为"《知识学》之精神"的一部分则不确定。

笔记中另一个基本主题是费希特忽视了整个历史领域,而它对于表明他自己的体系之必要性至关重要。为了证实《知识学》,我们应当看到它是如何产生的,为何它对于解决它的历史语境之问题是必要的;但那就意味着我们不能将《知识学》与它本身的哲学史相分离(20号,页520)。[123]施勒格尔认为,尽管的确有必要区分先验和经验自我(135号,页31),费希特的哲学依然犯了那种"经验唯我论"的错误,因为它将主体的经验局限于永恒的现在,而忽视了将我们与过去和未来联系在一起的自我意识的历史维度(31号、508号)。

如果我们去总结源于施勒格尔批判中的积极建议,那便是就其所宣称的第一原理和完备体系,哲学必须成为完全范导性的。施勒格尔想要保留的费希特哲学的唯一维度,便是自我包含于能动性之中的学说,特别是无限奋斗之能动性。他坚称,哲学应当始终伴随着奋斗(18号,页101;5号,页13)。但这一特定的费希特主题反对了费希特本人,因为它被应用于第一原理和完备体系,而如今它们被纳入了范导性的理想。因此施勒格尔将费希特的第一原理"自我绝对地设定其本身"解读为一条律令:"自我应当是绝对的。"(187号,页36)这种以严格范导性的方式来解读费希特基础主义的策略实质上在尼特哈默尔的圈子里面司空见惯,而它也表明了施勒格尔得益于耶拿哲学氛围的深远程度。

6. 一种反基础主义的认识论

在1796年至1797年冬天他反思费希特哲学的过程中,施勒格尔勾画出了一种反基础主义的认识论轮廓,那最终将会转变他的美学。这种认识论主要出现于施勒格尔的笔记里;但它也在已出版的《批评集》和《雅典娜神殿断片集》当中有所体现。下列主题最能帮助我们概括出包含在这些著作当中的反基础主义认识论。

第一原理

施勒格尔批判了由莱因霍尔德和费希特所重申的古典基础主义学说,即哲学必须始于不证自明的第一原理,并接着通过一系列演绎从它推导出其他所有的信念。施勒格尔对之提出了两点异议。第一,任何命题,[124]甚至看似不证自明的,都能被怀疑;它也必须得到论证,因而有一个无限的论证倒退。第二,任何命题都有无数种方式来证明,因而我们能够持续完善我们的论证 ad infinitum［至于无限］。①基于这些原因,施勒格尔总结道:"对于真理,没有第一原理可以作为普遍有效的指引。"(13 号,XVIII,页 518)

施勒格尔对第一原理的怀疑也体现在他对几何方法的态度中,后者长期作为基础主义认识论的典范。在他的《雅典娜神殿断片集》82 号当中,他嘲笑了它的自负,宣称定义和论证一个命题毫无意义。对于任何个体,都有无数种真实定义,而任何命题都能用各种方法来论证。要点在于遵循"假设法",找到有趣的事物并将它表达出来,根据"假设法",我们定下了"思想中不带有掩饰、掺杂或人为曲解的纯粹事实"(卷二,页 178)。

批　判

施勒格尔接受了批判哲学的根本要求,即所有的信念都要接受批判。然而,他坚持把这个要求运用于批判哲学本身,以便它成为元批判(metacritical)。这一对元批判哲学的要求不断体现在笔记当中,在其中施勒格尔称之为"哲学的哲学"。同样的主题也出现

---

① 这两点都来自施勒格尔的宣称,即每个命题和论证都可无限臻于完美。参见 *Philosophische Lehrjahre*,12 号、15 号,*KA* XVIII,页 506、507。

在《雅典娜神殿断片集》当中:"既然哲学批判它面前的一切事物,那么一种对哲学的批判也只不过是正当的回报。"(56 号,卷二,页173)当然,将批判激化为元批判涉及怀疑论;但施勒格尔并不逃避这一结论,坚持认为一种真正的怀疑论之价值在于"始终伴随着无数的矛盾"(400 号,卷二,页 240-241)。

出于对这种怀疑论的坚持和对第一原理的拒斥,施勒格尔质疑了在先于做出此类诉求前,批判一切对于知识的诉求之可能性。我们无法悬隔所有对于知识的诉求,然后在我们做出诉求之前评价它们;因为不仅对于知识的标准之应用暗示了拥有知识,而且我们也只能通过使用它们来知晓我们认知的能力与局限。这意味着我们应当在使用它们之时而非之前来批判我们的认知力。换言之,批判必须被整合进探讨的过程中,而不能脱离它(施勒格尔在他后来的讲稿《先验哲学》,*KA* XII,页 96 中最明确地表述了这一点)。

给予之谜

[125]关于为知识提供一种确定基础的可能性,施勒格尔像批判理性主义那样批判了经验主义。他质疑了感性所被给予的可靠性,亦如质疑了理性的无误的第一原理。这便是《雅典娜神殿断片集》226 号中的信息,在其中施勒格尔主张我们只有在假设的指导下才能做历史(卷二,页 202)。他认为我们不能声称某事发生了,除非我们能说出发生了什么;但要确定发生了什么,我们首先必须用到概念。因此事实便是这些只能通过概念得以确定的事物。施勒格尔解释说,这并不意味着任何事物都能成为事实,也不意味着任何概念都能用来判定事物,因为在大量可能的概念当中,只有一些能够被用来确定事实。但是,他坚称批判哲学家的任务是要意识到他所使用的是哪种概念;否则,他对概念的接受将只会是随机或

任意的。他告诫道，需要提防的主要错误是自负，即认为可以拥有"纯粹可靠的完全后天的经验事实［Empirie］"，因为这只会导致"一种极端片面，高度独断的先天超验观"。

体　系

施勒格尔的反基础主义使得他对有关体系的理想态度变得暧昧。①他既肯定又否定这个理想。他在古典理性主义的意义上否定它，即否认整个知识都源于且围绕着一个不证自明的第一原理。在他看来，没有完美的体系，因为有如此多的组织知识的方式，并且没有一种能够宣称是唯一的真理。但施勒格尔也肯定了关于体系的理想，因为如今留给他的唯一的真理尺度便是内在的融贯。遵循着康德的传统，他摒弃了真理符合论而代之以融贯论。与其符合于某些不可知的存在领域，毋宁从一些毋庸置疑的第一原理中将其推导出来，真理的唯一标准如今是一个整体中命题间的交互证明（Wechselerweis）。体系的恰当形式并不是线性的，我们并非在唯一的演绎链中从一个原理推导出所有的命题（16 号，卷二，页 22；518 号，卷二，页 521），体系的形式是环状的，我们能够始于任何命题并且返回于它，因为所有命题都互相联系。②

［126］施勒格尔对于体系之可能性的暧昧态度被完美地概括于《雅典娜神殿》的一篇断片之中："精神有没有体系都同样错误。因此必须下定决心把二者结合起来。"（52 号，卷二，页 173）这一两难

---

①　施勒格尔对系统性的复杂态度，亦可参见他 1793 年 8 月 28 日致他兄弟的信，*KA* XXIII，页 125 – 126。

②　施勒格尔融贯论的背景，参见 Manfred Frank，"Alle Wahrheit ist Relativ，Alles Wissen Symbolisch"，见 *Revue Internationale de Philosophie* 50，1996，页 403 – 436。

处境是不可避免的。一方面,有一个体系是危险的,因为它给探讨设定了独断的限制,并给事实强加了人为的秩序。另一方面,有一个体系是必要的,因为统一连贯对于所有知识都是本质性的,并且只有在体系当中,命题才是可证的。

如果我们必须拥有却无法拥有一个体系,剩下的一切便是持续为一个体系而奋斗。对于施勒格尔,关于体系的理想有着纯粹范导性的地位,它是一个我们应当趋近却永远无法达成的目标。当然,没有完美的体系;但那并不意味着所有体系都有着同样的立足点,因为我们知识的组织有着更好和更糟的方式。理想的体系结合了最大的统一性和最大的多样性,或者说它根据最少的原则组织了最多的信息。

7. 新的批评

在费希特基础主义的批判的深刻影响之下,施勒格尔的美学思想在 1796 年至 1797 年冬天经历了非常多的演变。直接且基本的结果是施勒格尔的古典主义的崩溃。如果没有关于理性的普适且必要的标准——或者至少没有我们能够知晓的——那就无法对一切艺术作品都拥有绝对权威的批评裁决。在一篇对尼特哈默尔《哲学杂志》的评论当中,施勒格尔自己明确得出了这个结论,当时他正在怀疑根据一些真理的客观标准来评判哲学作品的可能性:"当尚未有科学时何以会有科学的判断? ……正如表象教给我们的那样,在哲学中无物是确定的。在此没有根据或基础。"(*KA* VIII,页 30)如果不存在评判哲学作品的客观标准,遑论[a fortiori]评价艺术作品的客观标准。在写作《批评断片集》时,施勒格尔在他对基础的批判和他对新古典主义的拒斥之间建立了一个紧密的联系:

我早期的哲学乐谱中对于客观性的革命性愤怒有几分类似于对基础[Grundwut]的愤怒，后者在莱因霍尔德治下，已经在哲学中变得如此有害了。（66号，卷二，页155）

[127]既然施勒格尔拒绝了"对客观性的愤怒"，问题便在于确定还有什么留给了美学批评。在1797年左右的笔记中，我发现他正在为寻求一个答案而努力。他一开始似乎对批评之可能性完全绝望了，怀疑对于审美的诉求是否可以有任何客观的基础："所有恰当的审美判断都要凭借它们特定的自然律令[Machtsprüche]而非其他……人们无法证明它们，但人们必须使做出判断的权利合法化。"（71号，卷十六，页91）既然一个人可以做的一切只是去论证他做出这些判断的权利，美学价值的问题最终便只是道德上的：

> 纯粹的美学家声称"因此我爱这首诗"，纯粹的哲学家会说"因此我理解了它"。价值的问题最终是伦理性的。（1053号，卷十六，页172）

相应地，在一系列致力于语文学之基础问题的断片中，施勒格尔质疑了语文学到底能否作为一种科学（117号，卷十六，页40），他代之以坚称它只是一门艺术（2号，卷十六，页68；35号，卷十六，页40），为了理解一首诗，一个人必须成为诗人（168号，卷十六，页49）。

但施勒格尔并没有局限于完全的怀疑论。他并没有因为客观基础的缺乏便推断出所有的审美判断都必须是完全主观的，仿佛它们只依赖于感觉。相反，我们发现他戏仿了激进的主观主义看法：

　　如果艺术的神秘爱人持续地思索,他把所有的批评都当成分析,并把所有的分析都作为破坏性的娱乐,那么"我将被诅咒"就会是对最具价值的作品之最佳判断。评论家们所说的也不外乎是这个,尽管要以更长的篇幅。(57 号,卷二,页154)

施勒格尔执着于要在绝对的标准和任意的感受之间找到中间道路,并最终找到了类似于答案的东西,这可见于他 1797 年的笔记。答案是他所谓的特性,或是如今所谓的"内在批判"。特性指的是,对一部作品的判断并非通过某些传说的普适标准,而是应依照作者自身的标准;换言之,评论家必须将作者的成就和他的意图相比较。因此施勒格尔在他的笔记中写道:"评论一部作品不应当根据某些普适理想,而应当探寻每部作品独自的理想。"(197 号,卷十六,页 270)还有:"评论将作品与其自身的理想相比较。"(1149 号,卷十六,页 179)通过一部作品自身内部的标准来判断它,这需要充分认识到作者的目标和语境。换言之,语文学必须深刻地历史化。施勒格尔自己坚持这一点,强调语文学的根基必须在历史中被发现。若他在早期基础主义[128]岁月中所说的是批评必须基于哲学与历史的混合,如今他则只尊崇历史(18号,卷十六,页 36)。

施勒格尔新的批评标准对他关于浪漫派文学的态度不会没有深远影响。如今这导致了他必须以浪漫派文学自己的方式,根据其自身的目的和理想来评价它。这将意味着尽力去理解浪漫诗的所有特征——它的文体混合、它的缺乏约束、它的反讽运用、它的渴望与执着——是如何源于它核心的抱负:欲求无限。施勒格尔现在——但也只是现在——必须承认席勒的观点之力量,即浪漫派文学具有与古典文学同等的权利。二者都具有与众不同的理想,依据一者来衡量另一者是徒劳的。

但施勒格尔对浪漫派文学的重估远不止仅仅赋予它和古典文学同等的权利。有某种关于浪漫派文学的事物如今使得它宣称自己优于古典文学。①浪漫派文学已经成了认识论的那一恰当载体。浪漫诗的核心特征——席勒曾坚称而施勒格尔亦赞成——是它对于理想或无限的永恒追求(eternal striving)、持久渴望(constant longing),它存在于同自然的完全统一当中。但是这种特定的追求与渴望也是施勒格尔新的反基础主义认识论之核心主题,它认为绝对真理只是一种范导性理想,一种追求者在无限进程中能够趋近但却永远无法获得的目标。既然我们永远无法知晓第一原理或创造出完备体系,施勒格尔便宣称我们所能做的一切就是去努力获得这样的原理和体系。因此施勒格尔如今从浪漫派作家那里总结出了一种认识论美德(epistemological virtue)。浪漫派作家只是暧昧地、含蓄地、潜在地具有了趋近真理之恰当的方法论和态度。施勒格尔如今回到浪漫派文学当中来解读他的认识论观点,他将浪漫诗作为哲学理想,而不仅仅是一个历史概念。

8. 浪漫的反讽

施勒格尔的美学与他的反基础主义认识论之间的联系,在其《批评断片集》和《雅典娜神殿断片集》中发展出的反讽概念里尤为明显。这一概念是施勒格尔对其反基础主义认识论之明显 aporia

---

①　有时人们会认为施勒格尔的浪漫诗概念是现代与古典的综合,将他的概念理解为"专指现代,作为他早期古典主义之对立面"是片面的。参见 Behler, "Kritische Gedanken zum Begriff der europaischen Romantik",页 10 – 21。虽然施勒格尔的确没有反对古典主义,但他的确使之从属于浪漫诗的理想。古典主义成了浪漫派争取总体性过程中的一个要素;或者那种争取被视为一种"无限灵活的古典主义"。

[困境]的回应。[129]尽管没有第一原理，没有完美论证，没有评判标准，没有完备体系，我们也不必然绝望。倘若在朝向完美的道路上，我们永远致力于突破一切局限，我们便依然处于面向真理的进程（progression），持续趋近（approximation）我们的理想。反讽在于认识到即使我们无法获得真理，我们依然必须永远为之奋斗，因为只有那样我们才能趋近它。当然，哲学史中最伟大的反讽大师是苏格拉底，他如今成了施勒格尔的模范。①虽然苏格拉底是最聪明的人，因其知道自己一无所知，但他也是一只永恒的牛虻，将他的朋友刺入更深的探寻之中。

施勒格尔在 1797 年的《批评断片集》中给出了他关于反讽最好的特征描述。他通过在试图知晓真理中所遭遇的两种困境来阐明反讽。第一种在于“无条件与有条件之间不可解决的冲突感”（108号，卷二，页 160）。反讽者在无条件与有条件之间感受到了一种冲突，这是因为任何通过将无条件者条件化来认知它的尝试都会曲解它。全部真理都是无条件的，因为它完成了整个条件序列；但对无条件者所进行的任何形式的概念化和阐释都会使它条件化，要么是因为它运用充足理由律，为任何事物都指定了条件，要么是因为它运用了某些确定的概念，只能通过否定来假设其涵义。②第二种困境在于“完全沟通的不可能性与必要性”。反讽者觉得完全沟通是不可能的，因为任何视角都是局部的，任何概念都是有限的，任何表述都是可以改善的；但是他也看到了完全沟通是必要的，因为只有当我们致力于去实现这个理想时，我们才能够趋近真理；只有当我

---

①　参见施勒格尔致科塔的信，1797 年 4 月 7 日，在其中他表示他计划写一篇论文，暂名为“苏格拉底的反讽特征”（“Charakteristik der sokratische Ironie”）（*KA* XXIII，页 356）。

②　如施勒格尔在他的笔记中提到这一点：“知道意味着有条件的认知。因而绝对的不可知性是一种同义反复的浅薄。”（62 号，*KA* II，页 511）

们预设并致力于一个完全沟通的理想时，我们才能够获得更加深入的视角、更加丰富的概念，以及对于真理更为清晰的表述。

反讽者对于这些困境的回应在于"从自生到自灭的持续变化"（37号，卷二，页151；对比《雅典娜神殿断片集》，51号，*KA* II，页172–173）。换言之，反讽者在永恒创新是因为他一直提出更加新颖的视角、更加丰富的概念、更加清晰的表达；但他也在自我毁灭，这是因为他永远在批判他自己的努力。只有通过这种自生与自灭间的交互，他才能投身于对真理的永恒探索之中。施勒格尔在这种自生与自灭间的 via media ［中道］便是自制：限制我们的创造力，[130]为它们设立一种批判的距离，以便它们不会将自身完全消耗于灵感的狂热之中。但在此，克制并不属于古典主义，后者是被强加于艺术家的；它更多的是自我克制，自主创新并施加规则。

在根本方面，施勒格尔的浪漫诗概念也是其反基础主义认识论的结果。如同施勒格尔在著名的《雅典娜神殿断片集》116号中所表示的那样（卷二，页182–183），浪漫诗在本质上是哲学家对于真理的永恒追求之美学版本。浪漫派诗人像哲学家一样培养出了同样的反讽态度。诗人和哲学家都投身于无尽的探寻、永恒的追求，他们致力于为他们的对象提供最好的描述。因而施勒格尔在116号中说道，浪漫诗的"本质特征"是它处于永恒生成之中并且从未完成。此外，诗人和哲学家都摇摆于自生和自灭之间，因为他们批判了一切他们为描述对象所做的努力，但他们又一直在创新。因此施勒格尔又在116号断片中说浪漫派诗人"在诗学反思中盘旋于被描绘的对象与描绘它的行为之间"。更进一步地说，诗人和哲学家都意识到了自我批判没有终点，并且没有不知怎么就凌驾于批判本身的关于批判的客观规律。因而施勒格尔在116号中再次写到浪漫派诗人多重反思 ad infinitum ［至于无限］，仿佛身处一系列无穷的镜子当中。最终，诗人和哲学家都拒绝承认对真理的探求有任何最终的规则，因为规则只充当了加诸创作过程之上的人为且独断的限制。因此施勒格尔在 116 号中宣称浪漫派诗人将不会被任何明确的文体规则所束缚,而且他意识到没有任何法则能限制他自己的自由意志。

应当显而易见的是,关于施勒格尔的浪漫派美学背后的反基础主义认识论,还有很多能说的东西。这个浪漫派的核心概念所扮演的机智与类比的角色也能够在同样的基础上得到解释。但它超出了本章去探究这些要点之目的。我的主要论点是,施勒格尔的浪漫主义并非产生于歌德、席勒或费希特的影响之中,而是来自施勒格尔对费希特的基础主义之幻灭。

第八章　浪漫派形而上学的悖论

1. 一场奇怪的婚礼策划

[131]在18世纪90年代末，在德意志的一些主要的浪漫派思想家已经勾勒出了他们新的形而上学之基本轮廓，这种世界观（Weltanschauung）后来会成为浪漫派的典型特征。从1795年到1797年，荷尔德林、诺瓦利斯和小施勒格尔在各类断片当中起草了这个形而上学的雏形；谢林后来在他1800年的《先验唯心论体系》和1801年的《我的体系之阐述》(Darstellung meines Systems)中给了它一个更为体系化的表述。在这些思想家之间，对这个学说的表述有着一些重大的不同之处；但也有着一些惊人的相似之处，一些共同的特征。这些特征中只有一个将会是我们在此特别关注的。这便是浪漫派形而上学试图综合唯心论与实在论，更具体地说是费希特的唯心论和斯宾诺莎的实在论。①

---

① 从他们的笔记和断片中，可以明显看出来浪漫派有这样一个计划。关于谢林，参见他的 *Briefe über Dogmatismus und Kriticizismus*, *Sämtliche Werke*, K. F. A. Schelling 编，Stuttgart，1856—1861，卷一，页 326 – 335。谢林后来的绝对唯心主义，如在 *System des transcendentalen Idealismus* 和 *Darstellung meines Systems* 中所表达的，可以被当作综合费希特的唯心论和斯宾诺莎的实在论之尝试。关于诺瓦利斯，参见例如 *Das Allgemeine Brouillon*，79 号、634 号、820 号，*HKA* III，页 252、382、429；*Fragmente und Studien*，611 号，*HKA* III，页 671。关于小施勒格尔，参见例如 *Philosophische Lehrjahre*，*KA* XVIII，页 31、38、43、80。关于荷尔德林，

Prima facie［乍看之下］这一特征令人困惑且问题重重。毋庸置疑，费希特和斯宾诺莎都是对浪漫派那一代人有着最为重大影响的哲学家。但在根本方面，他们也是完全不相容的：费希特的唯心论、非决定论和二元论与斯宾诺莎的实在论、决定论和一元论相互冲突。尽管完全意识到了这些不相容性，浪漫派却依然想要结合它们。除了联姻以外别无他法，因为在他们看来，每个人都只抓住了一半的真理。恰如理想的婚姻伴侣那样，费希特与斯宾诺莎在一个不可分解的整体中成了完美的互补。

任何人对此的第一反应都可能会认为这个计划是荒谬绝伦的，是另一个浪漫的狂想（Schnappsidee），幸运的是，它从来没有实现过。费希特的唯心论和斯宾诺莎的实在论在其目的和内容上如此矛盾，如此根本对立，以至于似乎［132］任何联结两者的尝试都注定会失败。倒不如试着去化圆为方。诚然，这并不被人看好，康德与费希特他们自己就排除了任何与斯宾诺莎相联结的前景。需要明确强调的是，他们将其唯心论构想为斯宾诺莎的实在论和自然主义之对立面。①他们告诫说，对于他的宿命论，唯一的补救在于他们的先验唯心论。

参见 *Hyperion* 的倒数第二版序言，*GSA* III/1, 236；*Fragment von Hyperion* 的序言，III/1, 163；以及 *Hyperion* 的最终版，III/1, 38。试图结合费希特和斯宾诺莎是荷尔德林早期小说的一个根本目标。大概在 1796 年至 1797 年，这个计划也许是荷尔德林和谢林之间讨论的一个主题。参见 *Briefe über Dogmatismus und Kriticizismus*，*Sämtliche Werke*，卷一，页 284－290。在倒数第二封信中，谢林勾画了他自己对于综合唯心论与实在论的想法，这后来在他的 *System des transcendentalen Idealismus* 中变得成熟起来。参见同上，页 326－330。想要确定浪漫派当中谁是这个计划的原创者是不可能的，因为他们大致在同样的时间里，尤其是 1796 年到 1798 年的形成期里，通过会谈，部分独立、部分协作地将其构想了出来。

① 参见 Fichte，*Grundlage der gesammten Wissenschaftslehre*，*Sämtliche Werke*，I. H. Fichte 编，Berlin，1845—1846，卷一，页 101；以及 Kant，《实践理性批判》，*AAV*，页 101－102。

这种怀疑造成了一系列问题。浪漫派何以试图结合费希特与斯宾诺莎? 这样一种综合能够融贯吗? 我相信,任何去理解浪漫派世界观的尝试最终都会面临这些问题。浪漫派的形而上学已经太过频繁地被理解为费希特的唯心论和斯宾诺莎的自然主义之诗学形式了,仿佛它非此即彼。但这些一般的解释都太过片面,错过了浪漫派形而上学最惊人的特征:它试图使费希特与斯宾诺莎联姻。如果不理解这场联姻,那么浪漫派形而上学最典型的特征就依然是个谜和悖论。

尽管经年累月,似乎在浪漫派综合费希特与斯宾诺莎的计划中仍有某些持久而有趣之处。如今哲学家们经常写到笛卡尔传统的崩溃,他的认识论以彻底的主观主义告终,将知识限定在意识的范围之内;他们在自然主义或海德格尔的存在论当中看到了这种主观主义的解药,它们将自我作为自然或历史的一部分。但这样一种补救是有问题的,尤其是因为它并没有回答在一开始推动笛卡尔认识论的怀疑问题:我们何以*知道*有一个超越意识的自然或历史呢? 我们接着就被置于一个困境当中:要么是怀疑的认识论,要么是独断的本体论。浪漫派形而上学最吸引人的一个方面便在于它试图避开这些极端。青年浪漫派太了解这一困境了:他们所面临的,就是在康德的批判论和斯宾诺莎的独断论之间做出选择。他们综合费希特与斯宾诺莎的目的就在于去克服这一困境,避免主观主义和独断论的极端,并将批判主义认识论和自然主义本体论的优点相结合。

接下来便是要试图解开浪漫派形而上学的悖论,阐明他们克服这一表面上的永恒困境的尝试。我认为,一旦我们将浪漫派的形而上学置于它潜在的有机自然概念的语境当中,它就完全可以被理解并融贯。[133]正是这个概念允许浪漫派结合费希特的唯心论与斯宾诺莎的实在论,结合费希特对于自我首要性的信念和斯宾诺莎对于自然优先性的信仰。

当然,强调浪漫主义的有机概念之重要性并无新意。几代学者都已经强调了它的关键角色,视其为浪漫派世界观的核心特征。[①]然而必须要说的是,这种传统观点并不赞成近来浪漫派研究(Romantikforschung)的最新趋势,它质疑了对有机概念的旧式强调,代之以强调浪漫派的思想当中缺乏完备性与闭合性。[②]然而,我们很快将会看到,这种有机概念对于解开浪漫派形而上学的悖论必不可少,更具体地说,它对于理解它表面上荒唐地试图联姻唯心论和实在论必不可少。这将有助于维护旧的学术传统,并恢复有机论在浪漫派思想中的合法地位。

2. 不匹配的轮廓

在我阐明浪漫派的计划之前,对于他们所面临的挑战有必要给出一个更加具体的看法。更确切地说,费希特与斯宾诺莎之间的不相容性是什么?

有若干基本问题将他们区分开来。第一,他们对外部世界或自然之真实性的看法发生龃龉。费希特的哲学是唯心论的:它否认物自体的真实性,即任何独立于我们对它的意识而存在的事物;并主张一切事物都是为了某些实际或可能的意识而存在。相反,斯宾诺

---

① 参见例如 Alois Stockman,*Die deutsche Romantik*,前揭,页 13 – 17;Oskar Walzel,"Wesenfragen deutscher Romantik",前揭,页 253 – 276;Adolf Grimme,*Vom Wesen der Romantik*,前揭,页 13;René Wellek,"The Concept of Romanticism in Literary History" 和 *Briefe über Dogmatismus und Kriticizismus*,前揭,页 165、220;Morse Peckham,"Toward a Theory of Romanticism",前揭,页 5 – 23;以及 Lawrence Ryan,*Romanticism*,前揭,页 123 – 143。

② 参见例如 Paul de Man,"The Rhetoric of Temporality",前揭,页 187 – 228,尤其是页 220 – 228;以及 Alice Kuzniar,*Delayed Endings*:*Nonclosure in Novalis and Hölderlin*,前揭,页 1 – 71。

莎的哲学是实在论的：它肯定自然整体的真实性，事物独立于且先于对它的意识而存在。与其说只为了某些主体而存在，毋宁说主体性只是自然整体的模式、表象或部分。第二，费希特与斯宾诺莎关于自然解释的范围互相冲突。费希特的哲学是反自然主义的：它将自然的领域限于经验，并假定了一个超验的理性和自由之领域。然而，斯宾诺莎的哲学是彻底自然主义的：它将一切都置于自然当中，以至于无物能规避其法则。顺着这第二点差异，在一个非常重要的意义上，费希特肯定而斯宾诺莎否认人类自由的真实性：独立于外部因素而做出其他选择的能力。对于斯宾诺莎，人类的意志和[134]行为都是自然的部分，因而根据其法则必然发生；然而，对于费希特，人类的意志和行为超越了自然，以至于他们可能做出其他选择。

当我们考察第三个将他们区别开来的问题时，费希特与斯宾诺莎之间的冲突最极端地表现了出来：他们关于终极实在或绝对的相反的说法。费希特将自我作为他的绝对，提出将自然的一切都解释为它的产物；斯宾诺莎则将自然作为他的绝对，试图把自我解释为它的产物。那么，我们除了肯定两种绝对的存在，两种无限的实在以外，无法结合费希特与斯宾诺莎。我们无法"使万物皆备于我而境空且万物皆备于境而无我"。①

我们对浪漫派的综合的疑虑只有在我们思考他们从费希特和斯宾诺莎那里看到了什么时才会增加。费希特吸引浪漫派的是他激进的人类自由概念，自我据其设定自身，使之成为其所是。正是这个自我设定自我的概念将法国大革命合理化，赋予自我根据理性的要求来重塑法律和制度的权利。作为法国大革命的支持者，青年浪漫派只能接受它背后的概念。浪漫派钦佩斯宾诺莎的是其对宗

---

① 这是荷尔德林在倒数第二版《许佩里翁》的序言，*GSA* III/1，页 236 里的提法。

教和科学的综合。斯宾诺莎的泛神论似乎解决了理性与信仰间的一切传统冲突。它通过神化自然而把科学塑造成宗教，又通过物化神圣而把宗教塑造成科学。但正是在这些方面，费希特与斯宾诺莎似乎全然不可调和。若自然是神圣的，它便是无限的，那么一切事物都应当隶属于它的法则；因而不会有任何超越自然的先验自由领域。与其说创造其本身，毋宁说自我只是意识到了事物的自然秩序所赋予它的本质必然性。

考虑到所有这些不相容性，费希特与斯宾诺莎的成功结合显得毫无希望。除非我们能结合唯心论者和实在论者、二元论者和一元论者、非决定论者和决定论者，否则我们就无法使他们联姻。如果对立面之间的结合有时会成功，那也只是因为一些更深层次的潜在联系。

3. 主客体同一性

讽刺的是，正是费希特首先激发了浪漫派去"做媒"的努力。且不论他对斯宾诺莎的攻讦，费希特实质上迫使了[135]浪漫派接受他的宿敌作为他的必要补充。这是《知识学》的一个根本原理之不可避免的结果，费希特有时会称这个原理为主客体同一性。根据这一原理，主观和客观、理想与现实，最终都是相同的。浪漫派从这一原理中得到了提示，用它来使他们超越费希特的举动合理化。他们用主观的或理想的一极来表示费希特的唯心论，用客观的或现实的一极来代表斯宾诺莎的实在论。为何浪漫派觉得被迫要用这样一种反费希特的方式来解释费希特的原理呢？答案在于费希特本人对这一原理的解释当中所固有的困难。

在耶拿《知识学》时期，费希特在本质上依据自知来解释主客体同一性。既然认知者和认知在自知当中是相同的，那么它便要求主体与客体、理想与现实的同一性。费希特相信，仅凭这一事实，自知就应成为所有知识的范式。既然所有的知识都预设了某些认知者和认知的同一性，而这种同一性在自知当中又是可以论证的，那么自知就应当成为所有知识的基础。如果我们能够以某种方式表明所有知识——甚至潜意识里的自知——都是自知的一种形式，那么我们将会为之提供一个根基。①

费希特的原理背后的灵感无疑是康德"新的思想方法"背后的指导理念，即我们只能知晓我们所创造出的先天结构（Kant, *KrV*, 前言, B xviii）。康德曾宣称心灵的固有活动对于其本身是显而易见的，无论它创造了什么它都能知晓（同上, B xiii, A xx, A xiv）。既然自我在其客体，在它关于它们的所有知识中，将它的能动性体现或者揭示为自知的一种形式，那么自知便是所有知识的范式。这一知识范式在《第一批判》的先验演绎当中通过伴随着所有表象的统觉、"我思"或自觉的形式扮演了一个基本的——甚至完全明确的——角色。这种自觉相当于自我意识到了它自己的创造力，它的产物是各种先天综合的形式，即知性的范畴和感性的时空形式。

在根本方面，浪漫派接受了费希特的主客体同一性原理。他们赞同费希特将主客体同一性等同于某些自知形式，以及自知应当成为所有知识的基础。但他们质疑了他对这个原理片面的主观主义解读。在他们看来，费希特[136]对此原理的解读是主观主义的，他将主客体同一性置于先验主体的自觉，统觉的"我思"（Ich denke）或《知识学》的"我即是我"（Ich bin Ich）当中。对于费希特，主客体同一性本质上就存在于先验自知，即主体对其自发能动性的意识当

---

①　这是谢林在其早期关于费希特的作品 *Abhandlungen zur Erläuterung des Idealismus der Wissenschaftslehre*, *Sämtliche Werke*, 卷一, 页 365 – 366 中的论证。

中。他坚称这种同一性必须内在于可能的知觉领域之内；像斯宾诺莎那样将其置于这个领域之外，无疑是超验的实体，"纯粹理性的谬误"（Fichte，《全部知识学的基础》，《全集》，卷一，页101）。

浪漫派在两个根本方面反对了费希特对于主客体同一性原理的主观主义解释。第一，主客观的特定概念只有互相对照才有意义；它们只有在经验领域之内才有具体涵义；但这条原理被假定为先验的，它阐明了经验的可能性，因而不能位于经验之内；然而，那样的话，它就既不是主观，也不是客观的了。①

第二，这样一种解读使得这个原理不可能去履行它阐明知识之可能性的职能。如果它是一个基本的或者理论上的原理，诸如"我是"或"我思"，那么它就无法在不顾及经验知识之内容的情况下，从经验的主客体之间得出二元论。然而，如果它是一个范导性或实践性的原理，所表达的不过是自我控制自然的努力，那么我们便陷入了一个困境之中。在自我支配自然的范围内，客体不过是其能动性的产物，是一个实体；但在其并不支配自然的范围内，客体便是一个不可知的 = X。因此我们就必须在自知和物自体间做出选择。在1794年的《知识学》结尾处，费希特承认了这一困境对于任何有限的认知者都是不可避免的。对于青年的谢林与黑格尔，这就相当于承认了失败。②

――――――――――

① 这一批判最明显地表现在荷尔德林著名的断片"Urtheil und Seyn"，*GSA* IV/1，页216–217当中。然而，荷尔德林并非唯一这样做的人。同样的观点被谢林在 *Briefe über Dogmatismus und Kriticizismus*，*Werke*，卷一，页329，以及 *Vom Ich als Princip der Philosophie*，同上，页180–181 中提出。亦可参见 Novalis，*Fichte – Studien*，*HKA* II，页107（5–7 号）。

② 第二种批判在早期黑格尔和谢林那里最为明显。参见他们的 *Fernere Darstellung aus dem System der Philosophie*，见 Schelling，*Sämtliche Werke*，卷四，页356–361，以及他们的"Über das Verh？ ltni？ der Naturphilosophie zur Philosophie überhaupt"，见 Schelling，*Sämtliche Werke*，卷五，页108–115。

　　浪漫派批判费希特的原理之本质在于它没有公平对待经验的实在性和外部世界的存在。费希特的主客体同一性原理是主观主义的,因为它并不适应于客观世界的经验。Prima facie[乍看之下]这一反对似乎并不公正,因为费希特已经打算使他的先验唯心论成为经验实在论的一种形式,它能够独立于意识主体而阐明空间中事物的实在性。阐明伴随我们表象的必然感,即它们的来去似乎独立于我们的[137]意愿和想象这一事实,这的确是《知识学》的特定目的。

　　但是,浪漫派十分清楚地意识到了费希特的意图,他们在两方面针对他。第一,经验实在论是不充分的;第二,费希特甚至无法保证它。经验实在论是不充分的,这是因为,尽管它容许客体独立于经验自我而存在,它却并不允许它们独立于先验自我而存在,后者是自然的立法者。浪漫派想比费希特走得更远,赋予自然独立的实在性;他们要求一种"更高的实在论",它将会赋予自然独立于自我的实在性,不论是经验的还是先验的。①这种更高的实在论是他们同情斯宾诺莎的基础和结果。第二,费希特甚至无法建立起他的经验实在论,因为他承认了《知识学》的第一原理——"自我绝对地设定其本身"——无法得出非我的实在性,而非我与其本身相对立。在1794年的《全部知识学的基础》第一部分中的所有极为精妙繁复的推理最终得出了一个结论,即自我设定的自我无法通过设定对立于其本身的非我来自我限定。在1794年的《基础》中,费希特的演绎方案的失败,决定性地说服了浪漫派去突破他自己的主观主义原理的局限。

---

　　①　关于施莱格尔,参见例如 *Philosophische Lehrjahre*,*KA* XVIII,页31(134号)、页38(209号)、页80(606号)。关于诺瓦利斯,参见 *Das Allgemeine Brouillon*,*HKA* III,页382 – 384(634号)、页252(69号)、页382(633号)、页429(820号),以及 *Fragmente und Studien*,*HKA* III,页671(611号)。

4. 有机的自然概念

正是由于需要阐明外部世界的现实性,公平对待非我的绝对异质性,浪漫派最终摈弃了费希特唯心论的片面性,并通过斯宾诺莎"更高的实在论"来补充它。无论如何,他们必须找到一种对于主客体同一性原理的解释来适应我们外部世界的经验。这是一个先天悖谬的任务,因为主客体同一性原理假定了主体与客体的同一性,但普通经验似乎表明了它们互不相同。无论如何,必须要有一种主客体同一性与主客体非同一性的同一性。但仅就表述而言,这一当务之急似乎自相矛盾。另一种表述——同样悖谬的——便是去宣称在费希特的唯心论和斯宾诺莎的实在论之间必定有某种统一性。

对于浪漫派,走出这一僵局的路径便在于其有机自然概念。这一概念被谢林于他1799年的《论世界灵魂》及1798年的《自然哲学体系初稿》当中得以巨细无遗地发展。[138]但同样的想法也出现在小施勒格尔、诺瓦利斯与荷尔德林的笔记当中。

浪漫派的自然概念背后的根本概念是自然目的(Naturzweck)。康德在《判断力批判》第56节里非常具体地定义了这一概念,这对于谢林和浪漫派是非常关键的文本。康德写道,某物只有满足两个本质条件时才是自然目的。第一,它必须具备有机统一,在其中每一部分都与整体不可分离,并且整体的理念决定了每一部分的地位。第二,它必须是自在自为的,以便所有部分交互地成为彼此的因果,而没有外部的因素。康德认为这第二个条件便是自然目的相对于艺术作品的特征。艺术作品和自然目的之共同点是它们都是根据某些整体观念被创造出来的;但只有自然目的是自为的,它的设计与结构产生于某些内部原理,而非像艺术作品那样产生于外部因素。

有机的自然概念产生于康德的自然目的论之归纳与延伸,它将自然把握为一个整体。有机概念意味着自然整体是一个巨大的自然目的,它的每一个部分也是这样的目的,于是自然便是有机体中的有机体。这个概念假定了一股贯穿自然的活力,所有不同种类的矿物、植物和动物,甚至所有不同类别的事物,都只是它众多不同程度上的组织和发展。自然中的一切从而形成了一个巨大的层级,其中包含了活力组织发展的各个阶段。活力首先自我表现于事物最简单的形式之中;它接着贯穿了更为复杂的矿物、植物和动物;并且最终止于生活最为繁复的形式,诸如先验哲学家的自我意识和艺术天才本身的创造力。这种自我意识便是所有自然力量最高的组织和发展。这意味着艺术家和哲学家对于自然的知觉也是自然通过他们而达到它的自觉。

有机自然概念最重要的暗示在于精神与物质间没有种类上的区别,只有程度上的差异。心物不再异质,而只是贯穿自然的活力之不同水平的组织和发展。精神只是物质中的活力最高程度的组织和发展;[139]物质只是心灵中的活力最低程度的组织和发展。我们因此便能将心灵作为高度组织发展的物质,将物质作为组织发展程度较低的心灵。正如谢林所言:

> 自然应当是可见的精神,精神应当是不可见的自然。(卷二,页56)

5. 有机主义的理据

无疑,谢林的有机自然概念颇为大胆且富于想象力,但它也因为粗心大意和过度推论而遭到实证主义者和新康德主义者恰当的谴责。但这种判断没有考虑到自然哲学的语境,特别是18世纪末的物理学和生理学的危机。虽然谢林无法也没有宣告他的概念的最终的实验性证明,但他的确相信它将会被他那个时代最新近的科学成果所支持。然而,更重要的是,谢林起先发展出这个概念是因为他视其为生理学和物理学所面临的长期问题的唯一解决办法。对于有机概念的论证更多是概念上的而非经验上的:它似乎独自化解了内在于 18 世纪自然科学中的危机。

谢林提议将他的概念首先作为二元论对机械唯物主义这一显然无法逃避的困境之解决办法,它从 17 世纪早期以来一直困扰着生理学。如果一个人接受了笛卡尔的物质概念及其机械论解释范式,那么他面前便只有这两种极端。根据笛卡尔,事物的本质在于广延,而它先天具有惰性,只有被外力推动时才会运动。根据此范式,我们将所有事件都解释为一个物体作用于另一个物体,在其中我们通过一个物体在给定时间内的位移来衡量作用力。如果我们接受了这个概念和范式,那么我们就必须在两种不受欢迎的选项之间做出选择:要么我们将生命置于自然以外,并因此成为二元论者;要么我们将生命归纳为物质运动,并因此成为机械论者。但两个选项都不令人满意。机械论者赞成自然主义的原理,但似乎忽视了生命的特质;反之,二元论者承认了这些特质,却将它们转入一个神秘的 sui generis [自成一类]的领域,从中无法得到科学解释。

谢林的有机概念之目的是要[140]在这一困境的两极之间找到某条中道。①谢林同意二元论者的说法,即机械论无法解释生活 sui generis [自成一类]的特性;但他也同情机械论者根据自然法则来解释生命的努力。他相信,只要提供一种对于生命和心灵的自然而然的(naturalistic yet nonreductivistic)描述,有机自然概念就能避免二元论和唯物主义的问题。既然有机体不可化约为机械论,生命便

---

① 参见 Schelling, *Von der Weltseele*, *Sämtliche Werke*, 卷二, 页 496 – 505, 以及他的 *Erster Entwurfeines Systems der Naturphilosophie*, *Sämtliche Werke*, 卷三, 页 74 – 78。

不可化约为机械;但既然它根据自然法则而行动,便不能违反自然主义的原理。因此有机概念质疑了二元论和唯物主义背后的共同假设:所有自然解释都是机械论的。与其通过作用于它们的外因来描述自然事件,毋宁通过它们在系统整体中的必要位置来解释它们。这种解释范式是整体论而非分析论或原子论的。

谢林的有机概念不只受命于生理学的危机,也有物理学的。在18 世纪晚期,物理学的主要挑战在本质上来自这一事实,即自笛卡尔以来曾主导物理学的机械论范式似乎不再能对物质本身做出解释。这一问题的根源在于牛顿的引力定律。无人可以怀疑牛顿的定律,它已经一再地通过观测和实验得以确证;但它假定了似乎作用于真空空间中的物体之间的引力,因而产生了"超距作用"的麻烦问题。这对于机械物理学是个严重的问题,它坚称一个物体只有通过碰撞才能作用于另一个物体。一些物理学家负隅顽抗地试图通过假定物体间有着微妙的媒介或流体来解释引力;但实验没能检测到它们的存在。[①]

18 世纪末关于电磁和化学的研究似乎为机械论敲响了丧钟。解释超距作用的问题变得更加关键,因为各式研究领域的新近发现似乎暗示了物质本身就包含了引力和斥力;牛顿为宏观世界所假定的力如今看起来也适用于微观世界本身。事物的本质看起来不再是惰性的广延而是动力。但若是如此,那么机械论的解释不仅不适用于生命领域,而且不适用于物质领域。无论如何,这便是谢林第一部关于自然哲学的作品,他 1797 年的《自然哲学之概念》的主要结论。

[141]我们如今处在一个更佳立场上来理解驱使谢林给出其有机自然概念的普遍智识力量。如果有必要拓展自然主义的世界观以便心灵和生命都成为自然的一部分,或者更进一步,如果不存在

---

① 关于这些实验,参见 Thomas Hankins, *Science and Enlightenment*, Cambridge University Press, 1992, 页 46 – 80。

对于物质的机械论解释,那么唯一的方法就在于拓展有机范式以便它能适用于自然本身的一切。有机范式的远大前景是,在机械论崩溃之后,它保障了自然统一体的原则,即一种解释生命与物质的单一形式。lex continui[连续性法则]最终得以确立。心灵与物质、有机和无机,不再被分离开来,它们仅仅是活力的不同表现。

这一有机自然概念的伟大祖先是笛卡尔主义的宿敌(Erzfeind)莱布尼茨:并非那个先定和谐的局外人莱布尼茨,他区分了心物领域;而是单子论的秘传者莱布尼茨,他将物质只作为生命力的一种表象。赫尔德与谢林自觉且明确地复兴了莱布尼茨,这不是偶然。①讽刺的是,这个首要的独断论者,方才被康德所拘禁,如今却被复兴起来。莱布尼茨的时代终于到来了;撇开巴洛克式的假发,他已然成为浪漫派时代的宠儿。

6. 复兴的斯宾诺莎主义

当然,另一位"甜心"是"神圣的斯宾诺莎",施勒格尔、诺瓦利斯、谢林、荷尔德林与施莱尔马赫都要向他致敬。黑格尔后来说,在斯宾诺莎的实体氛围中,一个人必须学会去哲学化地概括一整代人的信念。② 然而,将浪漫派的形而上学约略视为斯宾诺莎的一次复兴,这将会是一个严重的错误。因为浪漫派深刻地重释了斯宾诺莎,甚至在他死后也要赞颂他。当然,只有通过重释斯宾诺莎,他们才能够将他的自然主义和实在论同康德和费希特的唯心论相整合。

---

① 参见 Herder, Gott, Einige Gespräche, *Sämtliche Werke*, B. Suphan 编, Berlin, 1881—1913),卷十六,页 458–464;以及 Schelling, *Ideen zu einer Philosophie der Natur*,卷二,页 20。

② Hegel,《哲学史》,Werkausgabe,卷二十,页 165。

　　浪漫派尤其被斯宾诺莎体系的两个方面所吸引。第一,他的一元论。他相信有一个单一的宇宙,在其中的精神与物质都只是不同的属性。斯宾诺莎的一元论是笛卡尔传统之二元论遗产的对立面,后者在生理学中已经造成了如此多的问题。第二,他的泛神论,他的自然神论。浪漫派拒斥了一切太过普通的将斯宾诺莎当作无神论者的解释,这只是混淆了 natura naturans［创生的自然］［142］和 natura naturata［受造的自然］。与其说斯宾诺莎是无神论者,毋宁说他乃是"醉心于上帝的人"(der Gott betrunkener Mensch),因为他将万物都视为神圣的模型。这种自然神论似乎是在科学时代保持宗教活力的唯一方式。旧式神学已经在现代圣经批评的张力下崩溃了,理神论面对休谟和康德的批判岌岌可危,只有斯宾诺莎的泛神论不易受到理性批判或科学发展的影响。deus sive natura［神即自然］这个口号似乎通过物化神圣而将宗教塑造成了科学,又通过神化自然而将科学塑造成了宗教。

　　且不论斯宾诺莎主义的吸引力,浪漫派相信它面临着无法克服的问题。斯宾诺莎体系的核心缺陷在于它依然被陈旧的笛卡尔物理学教条所限制。斯宾诺莎不仅接受了笛卡尔的物质之为广延的概念,也认可了机械论的解释范式。但在这些方面,斯宾诺莎已经表明了他自己是他那个时代的孩子。如果斯宾诺莎的体系依然富有生命力,那就必须根据电磁和化学领域所有最新的发展来对它进行重新解释。对于浪漫派,这只能意味着一件事情:根据他们新的有机解释范式来重新解释斯宾诺莎主义。

　　这样一种有机解释涉及若干对于斯宾诺莎体系的深刻改变。第一,它将一个发展的概念引入了他凝固、严苛的宇宙之中。斯宾诺莎的实体如今全然就是活力,即*万力之原力*(die Urkraft aller Kräfte)。这样一种实体不再是静态且永恒的,而是动态且暂时的,经历了从原初到有序、从无定到确定、从潜在到实际的发展。尽管斯宾诺莎自己尽力试图理解实体,①但他从未在有机的层面依据莱布尼茨的 vis viva[活力]来理解力。此外,他的力总是永恒地活动着,因为实体与它的模式有着纯粹的逻辑关联。

第二,有机解释将目的论的因素注入了斯宾诺莎的体系之中。如果神圣实体是一个有机体,那么它便也是一个自然目的,其目标是实现它贯穿于自然中的潜能。众所周知,斯宾诺莎从他的体系当中摒弃了目的论,因为它是拟人且人类中心的,暗示了自然是上帝为了人类的目的而设计的。但浪漫派相信斯宾诺莎对于目的论的拒斥太过轻率了。他们也拒斥过去旧式的自然神论,它认为自然只是上帝创造出来服务人类的一件工具。但这是一种"外部目的论",[143]认为目的是强加于事物之上的;而非一种"内部目的论",认为目的是内在于事物之中的,如同整体的理念。一种内部目的论无需涉及人类的目的,因为它假定了事物的目的源自它自身内在的概念或本质。

第三,有机解释也涉及了自然中的金字塔或等级观念,即"存在巨链"的观念。斯宾诺莎曾在同一个基础上放置了所有模式;岩石、蔬菜或人类都是无限之同等表现,它完全呈现于一切事物之中。然而,浪漫派的有机概念意味着重返旧式的自然等级概念。如果宇宙是一股活力,那么,如同所有这样的力,它通过不断增长的组织水平而在程度与阶段上发展。对于浪漫派,神力组织发展的最高程度全然就是艺术家、哲学家或圣徒的创造力。他们的创造力是自然中一切有机力量的顶峰。艺术家所创作的便是神通过他所创作的,因而他的作品全然就是神的启示。

第四,有机解释也意味着对于斯宾诺莎属性学说的新描述,即精神与物质只是一个单一不可分割的实体之不同属性。无可争议

---

① Spinoza, *Ethica*, *opera*, C. Gebhardt 编, Heidelberg, 1924, 卷二, 页 77, 第一部分, 前言, 页 34。

的是,这一学说是斯宾诺莎的体系中最难理解的一个部分,对它的解释取决于属性是纯粹主观的——仅仅是知识分子阐释或理解实体的方式,还是客观的——从它本质的必然性中推出的神性。但无论我们如何来理解斯宾诺莎的学说,无论我们的解释把他与浪漫派联系得有多紧密,浪漫派依然重新解释了它的一个方面,即他们通过有机的方式将斯宾诺莎的属性理解为活力的组织和发展之不同程度。精神与物质不只是关于实体的不同性质或视角,而是活力的组织和发展之不同程度。

公平地说,通过将斯宾诺莎的宇宙有机化,浪漫派依据莱布尼茨的思路重新解释了它。他们对于斯宾诺莎的重释,本质上是对斯宾诺莎和莱布尼茨的一次综合。浪漫派融合了莱布尼茨的 vis viva[活力]和斯宾诺莎的单一无限实体,创造出了一种活力泛神论或泛神活力论。如果他们接受了斯宾诺莎的一元论,那么他们则拒斥了他的机械论;如果他们拒斥了莱布尼茨的多元论,那么他们则接受了他的活力论,[144]即蕴含于其动力学中的有机自然概念。正是通过这种对莱布尼茨和斯宾诺莎——17 世纪两个最伟大的独断论形而上学家——的卓越混合,浪漫派将试着来解决后康德时代的aporiae[困境]。

7. 唯心论与实在论的幸福婚约

根据这种复兴的斯宾诺莎主义,我们必须要解释浪漫派融合唯心论与实在论的尝试。莱布尼茨与斯宾诺莎之结合是费希特与斯宾诺莎之婚姻的基础。一种活力一元论或一元活力论看起来是对费希特的唯心论和斯宾诺莎的实在论去伪存真的最好方式。

浪漫派融合唯心论与实在论的尝试必须首先被理解为一次复兴斯宾诺莎的属性学说的尝试。根据此学说,在思维或广延的属性范围内,我们能够观照整个宇宙,即单一的无限实体。精神和物质不再是不同的实体,而只是同一事物的不同属性——性质或视角(或者两者皆是)。既然精神和物质不再是异质的事物,阐明它们之间的交互作用便不再有任何问题。既然人们能在思维或广延的范围内阐明一切,那么单一的无限实体——整个宇宙——就依然是不可分割的。

涉及至少一种对于斯宾诺莎疑难学说的解释时,唯心论和实在论似乎拥有同等的分量。如果我们在思维属性的范围内解释一切事物,我们便是唯心的,仿佛一切存在者都是精神的或想象的;而如果我们在广延的属性范围内阐释一切事物,我们便是唯物的,现实地说明一切事物,仿佛一切存在者都只是物质的表象或体现。无论这样一种解释的优点是什么,浪漫派都认可了它,将其作为他们综合唯心论与实在论的线索。如今他们依据斯宾诺莎的思路来重新解释了费希特的主客体同一性原理。主客体同一性不在于先验主体的自知当中,而在于单一的无限实体之中,无论被主观地(唯心地)解释还是被客观地(实在地)解释,它都始终如一。

当然,早期浪漫派对斯宾诺莎的学说进行了一次有机的扭转,[145]从而使得唯心论和实在论的综合必须通过有机的方式来被理解。在我们从上到下地观照一切事物的范围内,我们能够通过唯心的方式来解释整个宇宙,只将物质看作心灵中的活力组织和发展的最低程度。而在我们从下到上地观照一切事物的范围内,我们也能够通过现实的方式来理解它,将心灵看作只不过是已然先天潜在于物质中的活力的组织和发展。若自然只不过是可见的心灵,而心灵只不过是不可见的自然,那么唯心论和实在论便都是正确的。关键在于一种形式或解释并不优于另一种;对于一个单一的实在性,即活力,二者都是独立且同样有效的视角。

要是认为这种对唯心论和实在论的综合使得两种观点相融无间就太过天真了,仿佛它们所有的要求都可以被接受一样。若它们的洞见都被保留，那么它们的幻想便都将被否定。唯心论的一个洞见是认为自然能够通过目的论的方式被理解，从而假定万物都能通过自我意识和主体性来被解释。自我意识实际上无疑就是自然目的，即它所有力量之最高的组织与发展。但是，浪漫派相信，唯心论者误入歧途地混淆了目的论的方式与本体论的方式；换言之，如果自我意识和主体性是自然中一切的目的，也不意味着一切事物都只存在于某些自我意识或主体之中。如果主体性是事物的目的，那并不意味着只有主体性存在。费希特的万物皆备于我的原理是正确的，但那不应当意味着万物皆存在于我，而只意味着自然在自我当中才能实现其终极目的。唯心论者没有注意到亚里士多德的一个古老却根本的观点：在解释序列中的首位事物时，它无需也在存在序列中居于首位。尽管心灵是自然之目的——尽管万物都为了它的缘故而存在——这并不意味着心灵创造了自然的一切。

认为有一个自然独立于主体性而存在，自然的存在无需且先于人类对它的意识，这样的实在论视角是正确的。如果主体性在解释序列中是首位的，那么客体性则在存在序列中是首位的。人类的自我意识只是蕴含且潜在于物质中的力量之表现与发展，这的确是正确的。然而，实在论者误入歧途地认为自然是一种自在之物，[146]无关乎人类、主体或理想。如果人类的自我意识是自然中一切有机力量的最高组织和发展，自然便只有通过它才能完全地得以实现和确定。如果基于某些原因，没有这样的自我意识，自然将无法完全自我实现。它的确将会继续存在；但只以某种潜在的、原初的、不确定的形式。它就像从未变成参天大树的树苗。

我们将会很容易看到浪漫派将唯心论融入他们组织过的斯宾诺莎主义之中，赋予其一种本质上的目的论意义。浪漫派探寻一种不再无关自我的对宇宙的理解；并且他们通过再一次地将自我加冕为创造的顶峰，避免了这种对于斯宾诺莎主义的粗糙暗示。它很可能被反对说这只是一次复归于神人同形同性论和人类中心论，这正是斯宾诺莎曾经一度在目的论中所发现的恶习。然而,重要的是,这是一种新的神人同形同性论和人类中心论,它从未出现在斯宾诺莎的视域之内。如同我们已经看到的那样,浪漫派宣称斯宾诺莎的论战目标是旧式自然神论的外部目的论(external teleology),这种观点认为一切事物都仅仅为了人类而存在,仅仅是人类目的的手段。这种目的论从人类需要塞住酒瓶来阐明栓皮栎的存在。然而,浪漫派的神人同形同性论和人类中心论产生于一种内部目的论(internal teleology),它认为自然中的一切事物都是其本身的目的。浪漫派宣称,在对其发展的固有法则的遵循中,自然目的为人类自我意识的形成准备了基础。

在这个语境当中值得我们注意的是,早期浪漫派的有机自然概念暗示了万物互为手段与目的。根据不同的立足点,我们既能够将有机体的每个部分都看作整体发展的工具,也能够将整体看作每个部分发展的工具。这意味着人类的发展是为了自然的目的,如同自然的发展是为了人类的目的一样,这都是可能的。如果浪漫派如此频繁地强调一个而非另一个——更为拟人的或人类中心论的那个方面——那只是因为他们如此关注钝化斯宾诺莎的无差别实体的尖锐锋芒,这一实体完全独立于一切人类的关涉。对于浪漫派而言,这样的一个信念只是机械论物理学的一个更加麻烦的遗产,多亏了有机的自然概念,它的消亡现在可以被预见到了。

8. 改进并复兴认识论

[147]在根本的方面,浪漫派的有机自然概念与笛卡尔的认识论传统相决裂,后者曾经根据某些它的机械论物理学的根本假设来分析知识。其中的一个假设是,知识的主客体像自然中的所有实体那样,只通过充足理由律而互相影响。这些主客体都是独立自足的

实体,只通过因果关系而互相联系。要么主体是客体的原因,如同在唯心论中那样;要么客体是主体的原因,如同在实在论中那样;或互为因果,如同在某些实在论与唯心论的结合当中那样。不论是哪种情况,只有一种主客体间的因果交互不会改变二者的同一性。另一个假设是笛卡尔的二元论。既然机械论无法解释 res cogitans[思维之物],它便将其置于一个超越自然秩序 sui generis[自成一类]的领域里,而自然则完全存在于 res extensa[广延之物]当中。这种二元论意味着关于外部世界的知识将会必须存在于两种非常不同的事物当中:一种是精神的表象而另一种是广延的客体。这种对应通常被理解为一种相似性或同构性。

当然,这些假设在阐明知识的可能性中造成了无法克服的困难。若表象属于精神领域,而它的客体属于物质领域,那么它们之间何以会有任何对应关系呢? 这样异质的实体之间怎么可能会有相似的属性呢? 笛卡尔模式的第二种假设破坏了第一种,因为第一种假设了对应关系是通过因果交互而产生的,但第二种假设使其不可能在精神与物质间构想出因果关系。机械论模式预设了一个客体通过碰撞作用于另一个客体,在其中冲击力通过给定时间内的位移来衡量,而心物二元论则意味着 res cogitans[思维之物]不占据任何空间,从而无法构想出物理原因何以能够有一个精神结果。尽管机械论模式在自然世界的广延客体之间非常适用,但它却不适用于非广延的客体,诸如作为知识轨迹的思维实体。因此笛卡尔自然概念的唯一结果是知识成了一种彻底的谜团。这就不可能阐明[148]表象和它的客体间存在何种相似性,以及它到底是如何形成的。

若我们用有机论来替代机械论的自然模式,这些传统认识论的谜团就会消失。第一,在精神与物质间没有二元论,因为二者都是活力组织和发展的程度。因此在阐明异质实体间的对应关系时毫无问题。主体的客体表象并不与客体处在不同的世界,而只是客观世界中活力组织和发展的更高程度。第二,在主客体间不仅有偶然的因果关系,也有紧密的同一性,在其中每一事物只有在他者之中并通过他者才能实现其本性。根据有机模式,自然中的一切事物都是有机整体的一部分,在其中每个部分都与整体不可分割,反之亦然。没有哪个部分具有自足或独立的本性,除去一切别的东西后还能保持其同一性;毋宁说,每个部分都反映出整体的同一性。像有机整体的所有部分那样,主客体以这种方式内在地互相联系。主体意识到了客体的发展并实现了客体的力量,以至于它对客体的意识便是客体的自我实现。既然艺术创造力和哲学思辨是自然中一切力量最高的组织和发展,那么艺术家和哲学家对于自然的意识便无疑是自然通过艺术家和哲学家体现出的自我意识。

有机自然概念本质上涉及了一个完全不同于笛卡尔传统中的心物联系模式。联系不再只是因果性的,在其中每一者都独立于交互作用而保持其同一性;毋宁说,它是目的论的,在这个意义上,每一个事物只有通过他者才能实现其本性。每一个事物只有通过他者才能成为其所是,以至于它只有通过他者才能变得组织化、现实化和确定化,没有他者它就依然是原初的、潜在的和不确定的。只要对于知识的分析依然陷在因果模式之中,便不可能阐明知识的可能性,因为主体之于客体,或客体之于主体的能动性,将会影响到客体的表象,因而它所赋予我们的知识仅仅是主体如何影响客体或客体如何影响主体,而非客体本身排除于交互之外或先于交互性。①[149]因此机械论交互模式所不可避免的结果便是一个不可知的物自体观念。

在这个新的有机自然模式的基础上,浪漫派相信他们最终克服了唯心论和实在论之间的传统对立。他们认为唯心论和实在论都是片面的视角,二者既对且错:它们就整体的某一面而言是对的,但

---

① 关于这个推论,参见 Schelling, *System der gesammten Philosophie*, *Sämtliche Werke*,卷六,第 1 节,页 138 – 140。

就整体本身却是错的。若自然是一个有机整体,就不可能说唯心论完全内在于知觉而实在论全然外在于知觉。毋宁说,它们既是且非。①

有机整体内在于知觉是因为知觉是它所有活力最高的组织和发展;哲学家和艺术家对自然的意识是自然的一切通过他们而到达其自我意识,以至于自然的一切都在艺术家的创造力和哲学家的思辨中到达顶峰。有机整体也是外在于知觉的,因为人类的知觉只是自然的一部分,其无需且先于我们而存在。没有人类,自然就无法实现它的目的,它便仍然是原初的、无组织的、不确定的,但不能就此得出它不存在。那么,从这一点看来,物自体的观念将会被证明是一种谬论。自然独立于我们对它的意识而存在是对的,但自然独立于对它的意识而具有完全自足的本性就错了,那种观念只是对有机整体观念的一种人为抽象。

9. 自由的问题

问题依然存在:浪漫派如何使他们新的形而上学和他们对自由的信念相符合? 在那种信念和他们的泛神论之间似乎有着一种不可调和的冲突,根据泛神论,一切事物都根据自然法则而必然发生。这些法则是目的论的还是机械论的最终并没有什么区别。在这个方面,他们的泛神论似乎和斯宾诺莎的完全一样;但斯宾诺莎因其宿命论和无神论而声名狼藉。那么,浪漫派何以能够避免宿命论的

---

① Schelling,*System der gesammten Philosophie*,*Sämtliche Werke*,卷六,第 4 节,页 141 – 145;Schelling 和 Hegel,*Fernere Darstellung aus dem System der Philoso-phie*,*Sämtliche Werke*,卷六,页 356 – 361;以及 Novalis,*Das Allgemeine Brouillon*,*HKA* III,页 382 – 384(634 号)、页 252(69 号)、页 382(633 号)、页 429(820 号)。

指控呢？这个问题深深困扰着小施勒格尔、谢林和诺瓦利斯，他们在 18 世纪 90 年代末到 19 世纪初的讲稿、笔记和草稿中回应了这个问题。①

浪漫派的有机自然观使他们不可能接受康德和费希特关于自由问题的解决方案。此概念的核心是对自然之统一性、[150]主观和客观、理想和现实之同一性的坚定信念。然而，康德和费希特对于自由问题的解决方案在这些领域之间预设了一种二元论。为了拯救自由，康德和费希特设定了一个超越自然现象领域的本体领域，这一领域符合理性所加诸的道德律令，现象领域则根据自然法则而被严格的必然性所支配。浪漫派之所以拒斥这样一种解决方案，本质上是因为它的二元论暗示。他们也质疑了二元论的根基，即自然领域被机械法则严格支配。如果自然并不只遵从于机械法则，那么整个关于自由和必然性的问题就必须被重新考虑了。

浪漫派忠实于他们的反二元论，将自我置于自然当中，坚称它是单一无限实体的一种模式，是普遍有机体的一个部分。他们的自然主义并不亚于斯宾诺莎：他们也肯定一切事物都在自然之中，并且自然中的一切事物都符合自然法则。与一种流行的浪漫主义形象相反，他们不接受自然中的任意、独断或随机。毋宁说，他们主张在自然中发生的一切事物都是必然发生的，毫无例外。浪漫派不曾质疑一切发生的事物都必须根据机械论法则而产生，每一个事件都将会有某些先前的原因决定了它的行为。他们不同于斯宾诺莎之处不在于他们否定机械必然性的事件，而在于将机械必然性本身置

---

① 参见 Schelling, *System der gesammten Philosophie*, *Sämtliche Werke*, 卷六, 第 302 – 317、538 – 570 节; Schlegel, "Vorlesungen über die Transcendentalphilosophie", *KA* XII, 页 50、52、57、72、74、86; 以及 Novalis, *Die Lehrling zu Sais*, *HKA* I, 页 77, *Fichte – Studien*, *HKA* II, 页 154、202、270, 以及 *Das Allgemeine Brouillon*, *HKA* III, 页 271(172 号)、页 381 – 382(633 – 634 号)、页 404(713 号)。

于更高的有机法则之下。与其说有特殊的有机法则以某种方式超越了机械论的管辖,毋宁说机械论从属于有机论。机械论只是目的论的一种有限形式,源自一个局部的视角,即对事物各个部分的考量只通过其即刻的相互关系,而非它们与整体的关系。机械论考虑的是在确切的初始条件下所确定发生的事件;但它并不会追问这些初始条件起先的原因,相反,它代之以允许一系列的原因不断回溯 ad infinitum［至于无限］。

因为他们信奉一元论和自然主义,浪漫派便不能接受康德和费希特所意指的彻底自由。他们质疑了康德和费希特所支持的两种意义的自由之可能性:第一,根据康德的自由之为自律(spontaneity)的概念,自我无需被某些前因所决定就能开始一个因果序列;第二,根据费希特的自我设定(self-positing)概念,[151]自我使其成为其所是,而不具有自然所赋予它的本质。既然两种概念都排除了自然因素的决定性,他们便预设了本体与现象的二元论,而这正是浪漫派所拒斥的。

考虑到他们的自然主义和一元论,以及他们对于先验自由的拒斥,似乎浪漫派并没有给自由留下余地。他们到底在何种意义上准备承认自由呢? 他们试图调和自由与必然性,表明真正的自由和必然性并非相互对立,而在根本上是同一的。他们首先在神性自身当中看到了这种统一性,神性在斯宾诺莎的意义上是自由的:它只根据它自己本性中的必然性而行动。令人吃惊的是,虽然施勒格尔和谢林拒绝将自由归于自然的任何部分,但他们却乐于将其归于自然整体,即无限的神圣实体本身。①这个实体在其是 causi sui［自因］的意义上是自由的,即自在自为。既然它包含了一切事物,那么无物

①　Schlegel, "Vorlesungen über die Transcendentalphilosophie", *KA* XII, 页 57、72、74;以及 Schelling, *System der gesammten Philosophie* 5, *Sämtliche Werke*, 卷六,第 305 节,页 541–548。

在它之外,以至于没有外因驱使它的行动。然而,对于任何包含于整体之中的事物,总会有别的外在于它的部分根据必然法则来决定它的行为。然而,值得注意的是,在康德的自律或费希特的自我设定的意义上,甚至斯宾诺莎的无限实体都不是自由的,因为两种概念都假定了自我能够做出其他的行动,能够选择一个不同的序列或原因或者具有不同的本性。对于斯宾诺莎,神性在与其本身不相矛盾的情况下无法成为别的事物或做出别的行动。

尽管施勒格尔和谢林仅将绝对的自由归于作为一个整体的自然,他们却依然试图避开宿命论的暗示。虽然他们否认了自我作为自然的一部分是自由的,但他们却肯定了它在与自然作为一个整体的统一当中是自由的。他们在两种视角和立场间做了一个区分:在与他者的联系中作为个体的自我,这一自我被认为是相对于他者的有限事物;以及剔除与他者联系的普遍自我,这一自我被认作与其他一切事物相同一。如果个体的自我受到必然性的支配,那么普遍的自我则共享了神圣的自由。它的同一性没有被限制于整体的一部分,在其中一切事物都是由外因所决定的;但它拓展到了所有事物的整体,它只根据其自身本性的必然性而自由地行动。真正的自由接着便产生于享有或参与了神圣的必然性,在其中我所有的行为都是神圣作用于我的。这便是斯宾诺莎对于上帝的理智之爱当中的自由,当其认识到它与整个宇宙的同一性时,这种自由便调和了自我与必然性。

[152]虽然浪漫派对自由与必然性的调和中一直有这种斯宾诺莎主义的维度,但却不应只将其限定于这一维度。其独特的成分来自他们的有机自然概念。这个概念较之斯宾诺莎的体系赋予了自由更大的空间,这主要是因为它将人性作为自然本身的 telos[终极目的]。"人是自由的,"小施勒格尔写道,"因为他是自然的最高表现。"(Schlegel,《先验哲学》,*KA* XII,页 72)若自我是自然所有力量的最高组织和发展,那么自然便不再是某种外在于自我的外部力

量,或驱使其行动的外因。毋宁说自然成了自我的一部分,因自我的内在目的只有通过自然才能得以实现。如果自我是自然的最高表现,那么随着自我拓展至整个自然,自然便缩小了对于自我的限制。手段与目的的交互性不仅意味着自我是自然目的之手段,也意味着自然只是自我的手段。那么自然的一切都成了自我的有机体。一旦自我最终把握住它与自然的同一性,那么它就会把自然决定当作另一种形式的自决。

但必须说,如果浪漫派在他们的有机宇宙当中已经成功地抢救了某些关于自由的意义,那已不再是一开始那样的彻底自由。他们必须摒弃作为自律和自我设定的自由。在费希特对于批判论和独断论之间的戏剧性选择中,他们已然陷入了独断论,肯定了一种普遍必然性。随着革命热情的消退,浪漫派思潮发生了显著的变化。他们的宣言不再是根据理性的需要来改造世界,而是去认知已然内在于自然和社会中的理性,将它本身与其必然性相调和(Schleiermacher,《论宗教》,*KGA* II/1,页232)。在道德和政治方面,浪漫派的费希特与斯宾诺莎之结合、唯心论与实在论之结合都是偏颇的,它偏颇地展现了费希特巨大努力的缺陷,以及斯宾诺莎式幸福的斯多葛主义的优点。如同在所有不相容的伴侣之间的婚姻中,某人必须失去某物,这是为了另一个非常值得注意的联合所付出的代价。

第九章　康德与自然哲学家

1. 复归于独断论?

[153]关于浪漫派的自然哲学,可能没有其他方面比它的有机自然概念更能招致新康德主义批评家的愤怒。这些批评家将此概念斥为一次复归于最恶劣的独断论形而上学。他们指控其违背了康德如此明智地置于目的论之上的范导性约束。据称,浪漫派的自然哲学家——谢林、黑格尔、小施勒格尔和诺瓦利斯等思想家——天真且独断地赋予有机体的观念一个建构性的地位。浪漫派坚持自己对宏大思辨和先验推论的偏好,毫无顾忌地假定了自然实际上就是一个有机体,因而没有遵守康德的关键性的教诲,即它必须只被约略当作一个有机体那样来研究。

难道浪漫派真的如此天真而又如此粗心吗? 抑或他们拥有某些超越了康德之限制的理据吗? 如果他们确实拥有的话,其何以貌似可信呢? 这些便是我希望在此讨论的主要问题。这一任务的一部分仅仅是注释性和历史性的,即去重构康德针对目的论之建构性地位的异议,以及浪漫派对它们的回应。在此过程中,我希望表明浪漫派不仅意识到了需要去证成他们的新式形而上学,也发展出了一套有关它的相当繁复的辩护。① 这一任务的另一部分则更为哲

_____

① 浪漫派对有机自然观进行辩护的关键文本是 Schelling, *Ideen zu einer Philosophie der Natur* 引言,前揭,卷二,页 10 – 73,以及 *Von der Weltseele* 前言,

学化:去评估浪漫派的情况,去确定他们对康德是否有一个充分的回应。虽然较之他们的新康德主义批评者所认为的那样,我力主浪漫派有着更加貌似可信的情况,我也希望表明他们对康德的回应终究是不充分的,不能同潜在于康德的范导性学说之下的怀疑论相匹配。但愈发明显的是,这并未给予新康德主义者任何根据来自满或说"我早就如此告诉过你了"。[154]问题是自然哲学产生于康德体系中的一个深层 aporia[困境]:它无法阐明知性与感性、本体与现象之间的交互作用。的确,浪漫派关于他们的有机自然概念最为有趣且貌似可信的论证利用了一种非常普遍的康德式策略:它试图提出某种类似于关于有机理念之先验演绎(transcendental deduction)的东西。换言之,它力图表明有机理念的建构性地位乃是经验之可能性的必要条件。无论这样一种大胆且困难的论证最终有何优点,新康德主义的自然哲学批评者都没能认出它来,遑论评估它了。

如果在我对这些过往争论的重新审视中存在着某种普遍准则,那便是我们必须破除后康德式的唯心主义和浪漫主义这两种支配性模式——这些运动标志着自康德以来的或演进或倒退。新康德主义模式不负责任地复归于形而上学独断论,而新黑格尔主义模式则不可避免地导向了绝对理智,二者在评估这些争论的哲学复杂性上都毫无价值。唉,到头来哲学承诺像生活中的任何决定一样艰难:我们必须去比较不可比较的,用一个 aporia[困境]来对付另一

Sämtliche Werke,卷二,页 347 – 351;Schlegel,"Vorlesungen über die Transcendentalphilosophie",*KA* XII,页 3 – 43、91 – 105;Novalis,*Allgemeine Brouillonnos*,69 号、338 号、820 号、460 号、477 号、820 号和 *Vorarbeiten*,118 号、125 号;以及 Hegel,*Differenz zwischen des Fichte'schen und Schelling'schen Systems der Philosophie* 里关于费希特和谢林体系的部分,和"Kantische Philosophie",见其 *Glauben und Wissen*,*Werkausgabe*,卷二,页 52 – 115、301 – 333。尽管黑格尔后来与浪漫派决裂了,但他在 1804 年之前的耶拿著作是对浪漫派的立场最重要的辩护。

个,并接着做出决断。在康德与自然哲学家的对决中,我们必须在康德式二元论的困难和浪漫派思辨的危险之间进行衡量。何者更好而何者更糟呢? 就我个人而言,无法找到一个清楚的答案。

2. 新康德主义的陈词滥调

在考察康德对目的论的反对以及浪漫派对此反对的回应之前,让我首先来澄清一个基本的问题:康德与自然哲学的关系。直到今天,康德之名依然作为喝退自然哲学之幽灵的护符被唤起。在一些卓越的科学史家当中,康德依然被视为自然科学的朋友和形而上学思辨的敌人;他的范导性学说的确被擢升为科学正当性的特定试金石。①诚然,对康德进行一种实证性的解读有着某些基础。康德的确谴责了活力论唯物主义的形而上学——大部分自然哲学家的核心学说——并且他强调了哲学必须保持在可能的经验界限以内。[155]康德的这种原实证立场最明显不过地表现在他对赫尔德的《人类历史哲学的概念》(*Ideen zur eine Philosophie der Geschichte der*

---

① 例如,这一假定在勒努瓦(Timothy Lenoir)的作品中行之有效。参见他的"Kant,Blumenbach,and Vital Materialism in German Biology",*Isis* 71,1980,页 77 – 108;"The Göttingen School and the Development of Transcendental Naturphilosophie in the Romantic Era",*Studies in the History of Biology* 5,1981,页 111 – 205;以及 *The Strategy of Life:Teleology and Mechanics in Nineteenth – Century German Biology*,University of Chicago Press,1989。勒努瓦的策略是,通过展示出康德对这些生理学家的影响,诸如布鲁门巴赫(Blumenbach)、基尔迈尔、特雷维拉努斯(Treviranus)和洪堡,他认为他们响应了康德对目的论和活力论的批判,从而将 18 世纪末和 19 世纪初的德意志生理学从与自然哲学的联系中解放出来。关于对勒努瓦观点的评价,参见 K. L. Caneva,"Teleology with Regrets",*Annals of Science* 47,1990,页 291 – 300;以及 Robert Richards,*The Romantic Conception of Life*,University of Chicago Press,2002,页 210、227 – 228、235。

Menschheit)的尖刻评论当中(Kant,*AA* VIII,页 45 – 60)。

但这种解释仍旧是一种过分简化的陈词滥调。它只强调了一个复杂图景的一个方面,它的另一个方面则使康德和自然哲学家更为靠近。新康德主义的解释至少有三个问题。

第一,在根本方面,康德是自然哲学之父。他在《自然科学的形而上学基础》(*Metaphysische Anfängsgründe der Naturwissenschaften*)中关于物质的动力学理论对于第一代自然哲学家有着决定性的影响,尤其是谢林、艾先梅耶、林克(H. F. Link)和舍雷尔(A. N. Scherer)。这些思想家更进一步地将康德的动力学理论应用于新近的化学和电磁领域的发现之中。① 此外,康德的方法论——尤其是他对体系统一的要求和他对先天综合原则的坚持——对于某些自然哲学家也非常重要。当新康德主义者批评自然哲学家的先验思辨和体系构建时,他们的许多灵感都来自康德自己,这多少有些讽刺。甚至使自然哲学家受到严厉批判的类比法也有康德根源。赫尔德首先树立起了运用这个方法的榜样;但赫尔德只是追随了他的老师,《自然通史与天体理论》(*Allgemeine Naturgeschichte und Theorie des Himmels*)的作者之脚步。②

第二,康德的范导性学说在 18 世纪末和 19 世纪初并非像有时被认为的那样是生理学和生物学研究的基础(Lenoir,《生活的策略》,页 6)。毋宁说,情况恰恰相反。令人震惊的是,实质上 18 世纪末所有著名的德意志生理学家——哈勒尔(Albrecht von Haller)、布鲁门巴赫、基尔迈尔、沃尔夫、亚历山大·冯·洪堡——都将活力

---

① 关于这些作者和他们的作品,参见 Manfred Durner, "Theorie der Chemie",见 *Schelling*, *Historisch – Kritische Ausgabe*, *Wissenschaftliche Bericht zu Schellings Naturphilosophischen Schriften* 1797—1800, Stuttgart, 1994, 增补卷,页 44 – 56。

② 关于赫尔德受益于这部作品,参见 Emil Adler, *Der junge Herder und die Aufklärung*, Vienna, 1968, 页 56 – 59。

设想为因果中介而非范导性的原则。①他们的目标是为有机世界做出牛顿曾为无机世界所做的事情:确定其运动的根本法则。尽管他们放弃了关于这些法则之原因的知识,如同牛顿曾经拒绝思索重力的原因一样,但他们依然将这些原因视为有机生长背后的活力中介。

第三,康德本人对于其范导性学说非常暧昧。②他的游移最明显地表现在《第一批判》先验辩证论附言中。在此康德明确拒斥了[156]自然的系统性原则的纯粹假设及启发地位,并且他确切申明了我们必须假定在自然当中存在系统秩序,从而自然统一的概念"系于客体本身"(den Objekten selbst anhängend)(KrV, B 678)。康德认为,仅仅根据一种仿佛的假定来推进,不足以证明或激发探讨(同上,B 679、681 – 682、685、688)。接着,通过提出系统性假设对于范畴自身的运用是必需的,康德模糊了他在范导性和建构性,甚至在理性和知性之间所做的区分。他说,若没有系统性的观念,就不会有"连贯的知性使用",甚至都不会有"经验真理的充分标准"(同上,B 679)。在某种程度上,同样的模棱两可延伸到了《判断力批判》,在其中康德有时会声称若没有反思判断的普遍应用,我们根本不会有连贯的经验(《判断力批判》,第5节,AA V,页185)。

基于所有这些原因,我似乎不宜在自然哲学和德意志生理学及生物学的传统之间做出清晰快捷的区分,仿佛自然哲学是炫耀着康

① 参见 James Larson, "Vital Forces: Regulative Principles or Constitutive Agents? A Strategy in German Physiology, 1786—1802", Isis 70, 1979, 页235 – 249。

② 关于康德的某些模棱两可,参见 Paul Guyer, "Reason and Reflective Judgment: Kant on the Significance of Systematicity", Nous 24, 1990, 页17 – 43, 以及 "Kant's Conception of Empirical Law", Proceedings of the Aristotelian Society, 增刊卷六十四, 1990, 页221 – 242。关于康德与黑格尔立场的隐秘相似性,参见 Burkhard Tuschling, "The System of Transcendental Idealism: Questions Raised and Left Open in the Kritik der Urteilskraft", Southern Journal of Philosophy 30, 1991, 增刊, 页109 – 127。

德的范导性指导方针之腐朽的形而上学,而生理学及生物学则是留意着它们的强势经验科学。在谢林、黑格尔以及诺瓦利斯这一方和布鲁门巴赫、基尔迈尔以及洪堡这另一方之间,区别最终只在于程度而不在于种类。任何性质上的区分都不仅低估了康德对于自然哲学的深远影响,也低估了康德的范导性约束和18世纪末生理学之间的深层张力。更糟糕的是,它夸大了自然哲学的思辨和先验维度,仿佛它无关乎观察与实验,继而轻视了那些从事观察与实验之人的形而上学兴趣。

新康德主义的遗产更为不幸的一个方面是,几代人以来,它已经成功地将自然哲学描绘为一种对于真科学的偏离,而真科学遵循的则是实验观察的道路。幸运的是,最近数十年来,这一图景中极端的时代性错误已变得显而易见。它经不起一些非常基本的事实的考验:在这一时期,哲学与科学之间并没有明确的区分,并且没有仅限于观察和实验的纯粹经验科学这样的事物。在18世纪末和19世纪初,自然哲学并非一种对"标准"经验科学的形而上学倒错或背离。毋宁说它就是标准科学本身。从我们当代的视角难以想象一名科学家[157]也是一位诗人或哲人。但这正是自然哲学如此迷人且富于挑战之处,它必须在它自己的时代语境里作为那时的科学来被理解。

3. 康德关于范导性约束的论证

不论康德对范导性学说的疑虑是什么,毫无疑问的是,至少在某些时候,他肯定了它。因为康德在《第三批判》中反复坚称自然目的之理念只具有一种范导有效性。当然,正是在这个非常重要的观点上,他与自然哲学家相冲突。尽管他们有着非常类似的自然目的概念,但康德否认而自然哲学家却肯定了它的建构性地位。问题随之而来:为何浪漫派面对康德的知识批判而做出了这一假设呢?

为了评估他们情况的合法性,首先必须考察他们所面临的挑战:康德对目的论之范导性地位的有力论证。至少有三个这样的论证,它们的某些方面互相契合。值得注意的是,其中两个的最明确的形式并没有出现在《判断力批判》当中,而是出现在 18 世纪 80 年代的两部晦涩作品当中:1786 年的《自然科学的形而上学基础》和 1788 年的文章《论哲学中目的论原则的运用》("Über den Gebrauch teleologischer Prinzipien in der Philosophie")。①同样有趣的是,其中一些论证中,至少是通过暗示的方式径直针对自然哲学家,因为它们所针对的目标是赫尔德在他的《人类历史哲学的概念》中的活力论唯物主义,而这是一部对于浪漫派那代人极为重要的作品。②

康德对目的论的反驳涉及一个非常特别的概念,他称之为"自然目的"(Naturzweck),这一点很重要。这个概念在《判断力批判》第 65 节中被明确地定义,而这对于浪漫派自己的目的论概念来说是一段非常重要的文本。康德解释说,只有当某物满足两个本质条件时,它才是自然目的。第一,它必须是有机统一的(organic unity),其中每一部分都与整体不可分割,并且整体的特定理念决定了每一部分在其中的位置。第二,它必须是自在自为的,它所有的部分都互为因果,从而不存在外部原因。康德认为这第二个条件也是必需的,因为仅第一个条件(有机统一)尚不足以将某物当作自然目的,[158]该条件也能够通过机械来满足。只有同时符合第二个条件的事物才是自然目的,因为它们自我产生并且没有某些外部的原因或设计者。

---

① 参见"Über den Gebrauch teleologischer Prinzipien in der Philosophie",*AA* VIII,页 181 – 182;以及 *Metaphysische Anfängsgründe der Naturwissenschaften*,*AA* IV,页 543 – 545。第一个文本中的论证重现于《判断力批判》,第 65 节,卷五,页 375;第二段文本的论证再现于第 65 节,页 374 – 375 和第 73 节,页 394 – 395。

② 它们写于康德对 *Ideen zur einer Philosophie der Geschichte der Menschheit* 的评论之后,见 Kant,*AA* VIII,页 45 – 66。评论中的争论预示了后来的论证。

康德对自然目的概念的分析对于浪漫派是决定性的,他们接受了其主要观点。他们的有机自然概念始于康德的自然概念,并随后将其泛化成一个自然整体。接着,自然的一切就成了一个存在于无数较小的自然目的中的巨大的自然目的。根据这个概念,在理想和现实、精神与物质之间并没有种类上的根本差别,因为它们只是活力组织发展的不同程度。心灵是高度组织发展的物质,物质是组织发展程度较低的心灵。重要的是,这种有机概念并没有废除机械论,后者的法则依然保持了以往的效力,但却将机械论视为有机论的一种极限状态。有机论通过整体来解释自然的部分,而机械论仅仅通过互相的关系来处理这些部分,仿佛它们在某种程度上是自足的。机械论通过先前作用于它的事件来解释给定的事件,以此类推 ad infinitum［至于无限］;有机论则解释这些部分起初的互相作用。

当然,康德想要剪除的正是这种思辨爱好者的飞行翅膀。康德和自然哲学家之间的冲突再清楚不过了:康德否认而他们却肯定了自然目的概念的建构有效性。康德否定了这一概念在宏观或微观层面的运用。

康德对于赋予自然目的之理念以建构性地位的第一个反驳在本质上是怀疑论的,《论运用》一文最详细地表述了这一反驳。康德认为,我们无法知道(no means of knowing)动植物等自然中的客体是否真的有目的;换言之,我们无法证明这样的客体是真的有机体而不仅仅是非常复杂的机械。根据康德,我们只能通过我们自己的人类(human)经验来理解根据目的而行动的力量,更具体地说是当我们根据我们的意志来创造某物时,这种意志在于"根据一个理念来创造某物的力量"(卷八,页181)。因此,若某物无法根据理念来行动,我们便无权假定它具有为了目的而行动的力量。因而自然目的的概念,即一个存在者有目的地行动却不具有意志,是"完全虚构且空洞的"(völlig erdichtet und leer)(页181)。

［159］在得出这个结论的过程中,康德并未说这个概念是完全

无意义的——否则它甚至几乎不会有一种范导性的地位——而只是说它无所指。他的观点仅仅是,只有在存在者伴随着意志和知性而行动的情况下,我们才能知道目的性,因而我们无法认为没有意志和知性的存在者之目的性是可以被验证的。简而言之,康德的论证在于意向性——在有意识的目的或目标指向性的行为之意义上——是目的性的尺度,并且由于人类知识的内在限制,这样一种尺度无法被满足。

康德的第二个论证出现在《第三批判》的第 68 节当中,可以被称为他的反弗兰肯斯坦策略。这个论证在于对批判哲学核心原则的一个简单运用,或是在于其"新的思维方法"背后他所称的原则之物当中。① 康德在第 68 节明确重申了一条原则:

> 我们只对那些我们能够根据自己的概念自为的事物拥有完全的洞见。(卷五,页 384)

康德认为,这个原则意味着有机体之于我们是不可思议的,因为它并不内在于我们创造或生产它们的手段当中。我们的确能够创造某些物质的东西,正像自然所产生的那样。但我们无法生产无限复杂的有机结构。因此如果我们所认识的只是我们能够生产的,并且如果我们无法生产有机体,由此可以得出我们无法认识有机体。

康德的第三个论证直接针对物活论或活力论唯物主义,这种学说认为物质存在于 vis viva[活力]之中。要将自然目的归诸活物,并不需要成为物活论者,因为可以认为这样的目的是活物或者有机物所特有的。物活论乃是"活力对于物自体而言是本质性的"之更强表述;它因而暗示了有机和无机之间毫无区别。然而,尽管不是必需,物活论足以证明将目的归诸事物是合理的,因为它主张活力是目的性的。

---

① 　参见 *KrV* 第二版前言,B xviii。对比第一版前言,A xx。

康德对物活论的反驳来自他在《基础》(*Anfangsgründe*)中对物质的分析。根据第二力学法则,即惯性法则,每一个事物的变化都必须要有一个外部的原因,即它会在同一方向以同一速度保持静止或运动,除非有某个外因来改变它的方向和速度(卷四,页543)。因此,这一法则暗示了物质中的变化不可能是内部的,或物质不具有内在的决定根据。这对康德意味着物质在本质上是无生命的;因为他将生命定义为[160]物体根据一个内部的原则,即其自我改变的力量而行动的能力。康德激烈地坚称自然科学的特定可能性就在于充分认识到这些蕴含的惯性法则;在他看来,物活论是最佳的思辨和最糟的拟人;因而他谴责其无异于"所有自然哲学的死亡"(der Tod aller Naturphilosophie)。

康德关于物活论的争辩在两个非常不同的论点之间呈现出暧昧和摇摆的不稳定状态:(1)将生命归诸物质是无意义的,因为它违背了物质的特定观念,(2)将生命归诸物质是有问题的,因为我们永远无法知道它们是否真的具有目的性。第一个论点意味着目的论是一种虚构,而第二个论点将会赋予它一种假设的地位。尽管康德列出了这两个论点,但张力却仅仅是表面上的,因为它们所针对的是他自己区分的两种非常不同的物活论版本(第65节,卷五,页374-375和第73节,卷五,页394-395)。第一个论点针对的是物自体或其本质是活的这种学说。康德认为这种学说断然违背了物质的本质,即惯性。第二个论点所针对的学说是,尽管物质本身不是活的,但依然存在某种内在于它的活力或实质以某种方式引导并组织了它的行为。康德举出两点来反对这一学说:第一,我们没有经验证据来表明在物质当中有这样一个原则,因为经验只能验证惯性法则;第二,"活力内在于物质"的观念在本质上是循环论证,因为我们通过诉诸活力来解释它的表象,而接着又通过它的表象来解释活力。

在这些论证的基础上,康德推断出有机体或自然目的之概念只具有一种范导性的地位。为了避免某些普遍的误解,需要看清楚这样一个结论意味着什么。除了最激进的活力论唯物主义版本以外，康德并没有说这个概念只是一个虚构，仿佛在自然中并不存在有机体。他所说的毋宁是，这个概念只有一种有问题的地位；换言之，我们没有证据或理由来判定自然目的存在与否。可能有这样的目的，也可能根本就没有，因为众所周知，它们可能真的只是非常复杂的机械。作为批判哲学家，康德的唯一目标便是确定我们认知能力的限制，因而他既没有肯定也没有否定有机体 sui generis［自成一类］的地位；或者说，他既没有肯定也没有［161］否定机械论的可能性。因此他在《第三批判》第 71 节中明确表示："我们完全无法证明有组织的自然产物不能通过自然机械论而被生产出来。"（卷五，页 388）当康德否认了对有机体的完全机械论解释的可能性时，当他公开否认了永远不会有一位牛顿来解释一叶植物的生长时，他这样做并非因为他认为有机体是（are）超越机械论的——因为那也是一种对知识的独断论宣称——而仅仅是因为他认为它是一种人类知性的必要限制（necessary limitation of the human understanding），即我们无法完全机械地来理解有机体，必须诉诸目的论来使得它们变得可以理解。

4. 第一道防线

自然哲学家面对这组论证要如何来为他们自己辩护呢？[1]他们的第一个策略是缩小他们目标的范围，清除自然目的概念中的所有传统

---

① 在此一个史实的告诫是必要的。浪漫派并没有明确、自觉且系统性地逐条回复康德的论证。因此历史学家有必要重构出他们的回应，这意味着从他们的普遍立场中得出一些蕴含的信息。这就要求考察他们回应康德时将会或能够说些什么。

的神学联系。谢林、黑格尔、施勒格尔和诺瓦利斯并不希望保持或复兴古老的形而上学天意概念，根据这个概念，自然中的一切事物都遵从一个神圣的计划。毋宁说，他们相信他们的目的论是完全内在的，限于自然本身的目的之中。根据他们的观点，自然是其自身的目的，而自然中的一切之目的都是不超越其本身的。

虽然这个策略取得了重大的成果——即目的论无需背负传统的自然神学包袱——它却依然无法驳斥康德的主要论证。尽管康德有时像是在说自然的客观目的性概念不可避免会导致一种自然神学（第75节，卷五，页398－399），但他论证的矛头就是自然目的（Naturzweck），并因而指向自然本身便是自在自为的观点。因此他的靶子便是自然哲学家的核心学说：一种内在的目的论。

将问题限制于自然本身的领域之中，这样自然哲学家就似乎依然能够避开康德的论证。他们所必须要做的一切，就是指出自然目的概念无需涉及任何康德归于它的不可靠假设。更具体地说，他们可以从两方面来回应康德。第一，他们可以主张自然目的观念无需蕴含意向性，即活物的意志属性。声称客体是自然目的并没有[162]假定在它的创造背后有某些意图，遑论有某种内在于客体本身的意志。毋宁说，所有这些意味着客体是一个有机统一体，在其中整体的理念先于其各个部分，而各个部分则互相作用，互为因果。在康德对那个概念的描述当中，这些的确是自然目的之充要特征。因此，用他自己的话来说，应当无需论证意向性的存在。①

第二，自然哲学家也可以争辩说，活物的观念需要有某种内在于

---

①　这一点被包含在谢林和黑格尔的观点中，即自然的合理性是其可知结构而非自我意识的结果。在他们为客观唯心主义辩护以反对康德和费希特的主观唯心主义时，这一点是本质性的。这一论证尤为明显地体现于黑格尔的 *Differenzschrift* 以及他们的合作文章"Ueber den wahren Begriff der Naturphilosophie und die richtige Art, ihre Probleme aufzulösen", Schelling, *Sämtliche Werke*，页81－103。

物质本身的灵魂或精神以某种方式来引导和组织它的成长。重要的是,像康德一样,自然哲学家也反对任何形式的泛灵论和活力论来假定有机生长背后的某种超自然力量或非物质实体。像几乎所有的18世纪末的生理学家那样,他们也想要避免唯物主义对决活力论的两难困境。①虽然他们认为唯物主义也是化约论,因为它无法阐明有机体的 sui generis［自成一类］的结构,但是他们也拒斥了活力论,因为它太过于蒙昧主义,涉及某种神秘的力量或超自然的中介。

自然哲学家的目的论首先是一种整体论阐释形式,这一点很重要。它包含了一种非常不同于机械论的阐释范式或概念。它宣称通过其自然目的来阐明客体便是一种整体论的阐释,在其中目的便是整体的理念。这个整体是一个有机统一体,不可被化约为各个部分,它的每个部分只有通过其在整体中的位置才能被理解。这种整体论阐释乃是机械论阐释的对立面。根据机械论阐释,整体仅仅是它各部分的总和,各部分离开整体都是自足的。这些阐释形式之间的不同其实是两种不同的整体与部分的概念。要么整体先于部分,要么部分先于整体。这便是康德所谓的 totum［整体］或 compositum［复合］之间的差异,②或者用《第三批判》中的话来说,综合或分析的普遍性。

所有这些使得康德和自然哲学家之间似乎根本没有争执。康德只是在一种非常强的意义上否定了自然客体的目的性,这种意义

---

① 在此我质疑了勒努瓦,他接受了将自然哲学家视为一种活力论者的标准讽刺。此外,我将传统的活力论唯物主义和自然哲学家区分开来。参见他的"Kant, Blumenbach, and Vital Materialism in German Biology",页108。

② 参见 *KrV*, A 438；以及就职论文第15节,导论, *AA* II,页405。在反思推论第3789, *AA* XVII,页293,康德将此差别表述为 totum analyticum［整体分析］和 atotum syntheticum［整体综合］间的差别。在反思推论第6178, *AA* XVIII,页481,他则将此表述为直观普遍性和推论普遍性之间的差别,亦可参见《判断力批判》,第76节, *AA* V,页401－404。

暗含了自然中意向性或精神力量的存在,然而自然哲学家是在一种较弱的意义上肯定了它,没有这样的暗含。此外,康德赞同自然哲学家关于目的论的阐释不可化约为机械论的阐释(《判断力批判》,第 75 节,*AA* V,页 398;第 82 节,*AA* V,页 429)。

[163]但此处的温馨表象非常具有欺骗性。断定康德和自然哲学家之间毫无差别实在太过草率了。这没能领会到康德论证的全部力量,以及他和自然哲学家之间尚有争议的主要观点。为了说明原因,让我们更进一步地来考察 status controversiae[地位争议]吧。

5. 经验的局限

尽管自然哲学家否认了自然目的概念指的是某种神秘物质或超自然力量,但他们却依然赋予了它某种本体论地位或客观的指涉。目的论并不只是一种特殊的从逻辑上不可化约为机械论的阐释形式。相反,目的论在两个根本方面具有一种建构性地位、一种客观的指涉。第一,它指的是一种有机体特有的结构、功能或形式;第二,它意指这种结构、功能或形式背后的一种力量。诚然,这种力量不是超自然的,遑论是一种实体;但它是一种因果中介的形式,一种表现为有机结构、功能或形式的力量。

当然,康德所反对的恰恰是这些本体论的假设。他不仅质疑了在有机生长背后有一种特殊的因果中介,也质疑了有机体具有特别的结构、功能或形式。他的范导性学说背后的全部重点恰恰在于悬搁这些假设。因此即便我们撇开生命精元和超自然力量不谈,康德依然同自然哲学家相互龃龉。

更确切地说,康德可以承认自然目的观念并不涉及任何有关意向、灵魂或精神的假设。此外,他也可以承认——如他所坚称的那样——自然目的中的整体观念不可化约为它的各个部分。但是,即便他做出这些让步,康德依然质疑自然目的概念具有客观有效性。因为即便目的论阐释在逻辑上不可化约为机械论阐释,我们依然必须追问:我们有何权力来假定这些阐释指的是自然世界中的某种独特的结构形式或因果关系? 毕竟,康德坚持认为考虑到人类知性的局限性,目的论对于我们是一种阐释自然的必要的方法;换言之,我们无法知道自然当中是否真的有不可化约为机械因的独特结构、功能或形式。众所周知,有机体可能仅仅是非常复杂的机械。康德再一次相当明确地强调了这一点:[164]"我们完全无法证明有组织的自然产物不能通过自然机械论而被生产出来。"①

对于康德之挑战的第一种天真且自然的反应便是宣称观察和实验的确证实了独特的活力结构或形式的存在。在 18 世纪末,这种论证方式在德意志的某些主要的生理学家当中非常流行,如布鲁门巴赫、沃尔夫和基尔迈尔等思想家,他们对于自然哲学的发展有着深远的影响。②布鲁门巴赫、沃尔夫和基尔迈尔认为可以为某些生物实际上的自在自为提供令人信服的经验证据。一旦置于历史语境当中,他们的信心就很容易理解。在 18 世纪的前半叶,关于生命的起源和发展有两个根本理论:预成论(preformation)和渐成论(epigenesis)。③根据预成论,有机体已经在胚胎中预先形成了,它们

---

① 第 71 节,卷五,页 388,对比同上,第 71 节,*AA* V,页 388 – 389;第 75 节,*AA* V,页 400。

② 关于布鲁门巴赫的影响,参见 Lenoir,"The Göttingen School and the Development of Transcendental Naturphilosophie in the Romantic Era",页 128 – 154;关于基尔迈尔的影响,参见 Manfred Durner,"Die Naturphilosophie im 18. Jahrhundert und der naturwissenschaftliche Unterricht in Tübingen",前揭,页 95 – 99。

③ 对此问题简要且有益的研究,参见 Shirley Roe,*Matter,Life and Generation:18th Century Embryology and the Haller – Wolff Debate*,Cambridge University Press,1981,页 1 – 20;Thomas Hankins, *Science and Enlightenment*, 前揭,页 113 – 157;以及 Robert Richards,*The Meaning of Evolution*,University of Chicago Press,1992,页5 – 16。

的发展仅仅是尺寸上的增加。然而,根据渐成论,有机体最初只存在为早期的"萌芽"或"种子",它们的发展在于有机体特有的结构和组织的实际繁衍当中。临近 18 世纪末,预成论已遭到严重的怀疑,主要是因为它无法面对许多积聚起来反对它的经验事实——例如,举一个最引人注目的情况,淡水珊瑚虫的再生。因此,在其富有影响力的小册子《论构形冲动》(*Über den Bildungstrieb*) 当中,布鲁门巴赫坦言他必须摈弃他先前对预成论的忠诚,因为反对它的经验证据有着绝对的分量,他接着便开始极为详尽地描述这些证据。[①] 此外,在沃尔夫与哈勒尔的著名争论中,沃尔夫力主他的渐成论并不依赖于荒谬的推论,即哈勒尔所暗示的无法被观测之物(预先形成的胚胎)便不真实存在,而是存在于于对已然存在之物的简单观察之中。在经历了数月的艰苦观测之后,沃尔夫断定他在显微镜下看到的完全就是鸡胚中肠组织的生长;在任何地方都没有可观测到的预先形成的结构;并且可以看到的一切便是初始的团质形成分化的结构。因此,在沃尔夫看来,那些否认渐成论的人处在像伽利略的批评者一样的尴尬窘境之中:他们只是拒绝通过显微镜来观看(Roe,《物质、生命与繁殖》,页 80 – 83、86)。

　　这些发展很是惊人,颇具戏剧性,并且对于自然哲学家阐明有机自然概念的产生十分关键,[165]但依然不会威胁到康德主义者。后者将会平静地主张,即便观察和实验表明某物无需预先形成的结构就能够自我组织,这依然不能证明它就是自然目的。问题在于,众所周知,那个事物依然可能完全因为机械的原因而行动。自然的目的性暗示了存在某些其他无法严格化约为机械论的因果形式,但是即便有再多经验也不足以完全地排除隐藏的机械因之运作。当然,生理学家和自然哲学家从他们的观察当中推断出自然目的性之存在的一个理由是,他们相信他们已经驳倒了机械论。因为曾经独

---

① 　J. F. Blumenbach, *Über den Bildungstrieb*, 第二版, Göttingen, 1791, 页 44 – 77。

立地反驳过机械论,他们便相信他们可以安全地排除从隐藏的机械因中产生出自在自为的可能性。通常,他们会做出两种论证来反驳机械论。第一,他们宣称有机体的结构太过复杂,从而不可能只从机械因中产生。第二,他们认为自然目的非常不同于机械论,因为它暗示了客体是其本身的原因,然而机械论则暗示了一切原因对于事物都是外在的。

然而,这些论证都不是决定性的。二者都做了无效推论——并且的确正是康德在《第三批判》中揭露的那种独断论。第一个论证假定,因为我们无法设想机械因中的结构,便难以从我们认知能力的局限中独断地推导出何物必须存在。第二个论证则假定了因为目的概念包含了一种不同于机械论的阐释形式,因此它也必须涉及一种特殊的结构或原因;但这正是康德所质疑的观点,他认为目的概念的地位颇具问题。尽管康德本人认为我们无法使用机械论来阐明有机体,但他这样做的原因非常不同于自然哲学家:并不是因为任何预设的对于有机体的客观本性的洞见,而是因为我们知识力量的局限。然而,自然哲学家在他们对于机械论的批判当中是独断的,因为他们假定,根据来自有机体本身之客观本性的机械因来阐释有机体乃是不可能的。他们因而便排除了康德想要保持的特定可能性,即众所周知,有机体依然能够通过机械论来产生。

6. 关于有机物的先验演绎

[166]就目前为止关于此争论的阐释而言,似乎康德已然胜过了自然哲学家,他们毕竟犯了独断论的错误。尽管他们或许并不像新康德主义者所描绘的那样天真,但是他们对于自然哲学的辩护依然无法证明赋予有机观念以建构性地位。这样看来,康德主义者似乎能够继续穿戴着他们的假发,温柔地粉饰它们。

但这并不是故事的结局,它最有趣且最重要的章节依然有待讲述。现在有必要来考察浪漫派关于自然哲学的理据,这个论证暗含在他们关于自然的所有著作当中,只要询问,他们所有人便都会明确地给出这个论证。为了理解这个论证,必须回到历史当中,重构出在 18 世纪 90 年代末有机自然观发展背后的语境。那个语境大部分是由对康德哲学的早期批判所设定的,尤其是通过对其二元论的反驳。

许多康德的早期批评者指控道,他的二元论——不论它们最初的根据是什么——使他不可能解决他自己的问题。①迈蒙的反应便是典型且有影响力的,②他认为康德的二元论问题十分严重,它们破坏了任何回答先验哲学之核心问题的尝试:"先天综合知识何以可能?"若知性与感性是如此异质的能力——如果知性是一种主动的、纯粹理智的能力,超越了空间和时间,而感性是一种被动的、纯粹经验的能力,内在于空间和时间当中——那么它们何以互相作用而产生出知识? 康德已经强调过,如果知识是可能的,那在这些能力之间必须要有最密切的联系——有如他著名的口号"概念无直观则空,直观无概念则盲"——但他还是将它们彻底区分开来,以至于它们之间似乎不可能存在任何交互。迈蒙认为,这一问题类似于笛卡尔面对他的心物二元论时的经典困境,并且同样严峻。

---

①　我相信,这一点被康德的捍卫者低估了。后康德哲学的一元论抱负产生于对康德的内部批判,而非任何先前的形而上学承诺。对比 Karl Ameriks, "The Practical Foundation of Philosophy in Kant, Fichte, and After", 见 *The Reception of Kant's Critical Philosophy*, Sally Sedgwick 编, Cambridge University Press, 2000, 页 109 – 129, 尤其是页 118 – 119; Paul Guyer, "Absolute Idealism and the Rejection of Kantian Dualism", 见 *The Cambridge Companion to German Idealism*, Karl Ameriks 编, Cambridge University Press, 2000, 页 37 – 56。

②　参见 Maimon, *Versuch über die Transcendentalphilosophie*, *Gesammelte Werke*, Valerio Verra 编, Hildesheim, 1965, 卷二, 页 62 – 65、182 – 183、362 – 364。

正是在这个语境当中,自然哲学家首先发展出了他们自己的有机自然概念。这个概念背后的一个主要动机就是要克服康德颇有问题的二元论,并从而解决先验哲学的突出问题。青年浪漫派认为,[167]仅仅通过赋予有机体的概念以建构性地位不可能弥合这些二元论。当然,康德通过提出将有机体的概念作为本体和现象之间的媒介,已经在《第三批判》当中为这样一种论证架设了舞台。那么他与自然哲学家之间唯一的症结便在于,这一概念的地位是范导性的还是建构性的。但是在这里,自然哲学家坚称,先验哲学本身就需要赋予这个概念以建构性的地位;因为只有假定有机体存在,才可能阐明主观与客观、理想与现实、本体与现象之间的实际交互。赋予这一概念纯粹范导性的地位则只会导致它们的实际交互成为一个谜。因此,基于这些理由,自然哲学家相信有机体的概念具有它自己的先验演绎:它无异于一种可能经验的必要条件。在此我们再一次目睹了一个经常能够在后康德的思想史中看到的现象:有必要超越康德的限制来解决他自己的问题。①

有必要补充说明这一代表了有机体的先验论证并不只是一种可能的策略,也不仅仅是关于推理隐线的历史重构。毋宁说,它多少可以在谢林和施勒格尔的早期著作当中明确地找到。谢林在他1797 年的《自然哲学之概念》引言当中首次提出了这一论证。黑格尔则在他的《差别》当中以其典型的稠密晦涩的行文发展了这个论证。鉴于谢林的论证更为清晰且是黑格尔的论证之原型,我将会在此专注于它们。

---

①　基于这个原因,以及上文所引述的,勒努瓦在先验的和形而上学的自然哲学家之间所做的区分变得非常摇摆。参见他的"The Göttingen School and the Development of Transcendental Naturphilosophie in the Romantic Era",页 146、149。这样一种区分忽视了那些强调有机体的建构性地位之人使用先验方法来证成它的程度。

惊人的是,在《概念》的引言中,谢林提出疑问:"自然哲学必须解决什么问题?"并通过提及关于先验哲学的基本问题来回答它:"外在于我们的世界何以可能? 自然与其经验何以可能?"①因此,谢林十分明确地表示,自然哲学有着一个先验的任务:它的基本目标是要解决知识的问题。谢林解释说,解决这类问题尤为困难,因为所有的知识都需要主观和客观、理想与现实,或者先验与经验之间的某种形式的对应或联系。然而,这样一种对应或联系似乎是不可能的,因为这些领域看上去完全彼此异质。那么,为了阐明知识的可能性,有必要联合这些领域,在它们之间锻造一座桥梁。

[168]于是谢林最终认为这个问题无法通过传统的康德式前提来解决(同上,页16、25-26)。他坚称,在经验的形式和质料之间所做出的正统的康德式区分仅仅恢复了那种在一开始就导致知识问题的二元论。他解释说,康德主义者无法弥合这些领域间的裂痕,因为他们明确区分了经验的形式和质料,因而无法解释智识的、理想的、主观的形式何以能与经验的、现实的、客观的质料相互作用。他们只声称形式被强加于质料,尽管他们没有解释这何以可能。

在《概念》当中,谢林只是就康德之二元论能够如何被克服提出了一些建议,并且,他虽然批判了康德的范导性约束,但是他也不敢废除它们(谢林对此问题的踌躇参见同上,页54)。然而,在一些后期作品中,尤其是他1798年的《自然哲学体系初稿》和1800年的《先验唯心论体系》,他就康德的二元论问题提出了一种解决方案,它明显超越了康德的范导性限制。谢林的解决方案完全就是他的有机自然概念。如果自然是一个有机体,那么在精神与物质、主观与客观、理想与现实之间没有种类上的区别,而只有程度上的差别。于是它们只是随处可见于自然当中的活力之不同程度的组织和发展。继而这些明显的对立便可以被视为互相依存。精神只不过是

---

① Schelling, *Sämtliche Werke*, 卷二, 页15。

肉体中的活力最高程度的组织和发展;而肉体只是心灵中的活力最低程度的组织和发展。

　　不论谢林的有机概念之优点或缺陷是什么,如今应当显而易见的是,将此概念视为先验形而上学仅仅回避了对他的质疑。这一新康德主义者的著名抱怨忽视了自然哲学的先验策略;更糟糕的是,它也回避了重要的问题,即如何解决由康德的二元论所造成的麻烦。唉,那些要求我们回到康德去的人似乎经常忘记了哲学家们何以被迫在一开始就要去超越他。

7. 一个最终的解决方案

　　如今我们已然看到了康德和自然哲学家之间的辩证斗争,我们应当如何评价它的结果呢? 它有何危险呢?

　　[169]考虑到康德二元论的所有困难,不应认为他已然被其浪漫派继承者所取代。也许有机体的建构性地位只意味着克服其二元论的困难,正如谢林与黑格尔所认为的那样。但是康德自己完全意识到了这些困难,并且相信依然有必要去忍受它们。与浪漫派不同,他满足于将知性和感性、理智与经验之间的联系留作一个谜。①的确,他有时会论述这些能力的某一种根源;但他认为任何关于这一根源的理论都是非常投机的,严格地说,它们对于阐明经验知识之可能性无论如何都不是必需的。若先验演绎预设了这些异质能力之间有着某种交互作用,这并不意味着它必须要阐明那个事实。毕竟,不像怀疑论者能够质疑相互联系的事实,他只有在质疑夸张的相关理论时才会获得立足点。

―――――――――

①　对此问题更为详细的描述,参见 Dieter Henrich,"On the Unity of Subjectivity",见 *The Unity of Reason*,Richard Velkley 编,Cambridge,1994,页17－54。

正是在这里,我们似乎来到了最终的交叉路口。分叉的路径是康德之稳健对后康德之惊异,康德之怀疑论对后康德之思辨。但在此,这又一次被证明太过简单化,因为如果一方面谢林的有机概念超越了康德,公然对抗他的范导性限制,而另一方面,抛开字面意义,它则完全由他所担保,完全与其精神相一致。这是联结两种非常康德式的思路所不可避免的结果。第一,动态的物质理论,其宣称物质并非惰性的广延而是能动的力量。这一理论背后的根本前提是机械论不足以解释物质,后者存在于引力和斥力当中。第二,自然是一个统一体、一个系统整体,其中整体的理念先于它的所有部分。在这些康德的主题的基础上,谢林已经为他的有机自然概念获得了足够的理据。因为如果机械论无法解释物质本身,遑论生命与心灵,那么它就像那种想要解释自然之一切的范式那样失败了。唯一貌似可信的其他选项便是有机论。有机论的巨大优势在于,它证明了了自然的统一性和系统性。它根据单一的原则来解释物质与心灵,将二者都视为活力的不同程度的组织和发展。既然机械论只是有机论的一种限定情况,那便无需在机械物质和有机非物质之间做出区分。我们如今能够清楚地看到,为何谢林想要跨出超越康德的那一步所需要的不仅是动态的(dynamic)也是活力的(vital)物质概念。因为如果我们坚持[170]自然统一的原则,那就只有一种活力概念才能将有机与无机、精神与物质整合进一个自然的世界之中。

当然,康德从早期未迈出这一步,并且实际上他以他所有的激情和能量来反对它。原因不难发现。对于他,有机论只会意味着付出巨大的代价:道德自由的丧失。如果我们接受了有机论,那么我们就必须摒弃本体与现象之间的二元论,而康德视其为道德行动和责任的先决条件。有机概念的确意味着不仅要将自然解释的范围拓展至身心领域,也要拓展至本体或理性的领域。从它的反二元论视角看来,理性与精神、本体与生命之间只能有一种人为且独断的边界线。有一种贯穿自然的连续性从最原始的物质延伸至最微妙繁复的意识形式;它一切形式中的理性都无异于内在于自然中的活力的最高的组织和发展。尽管它在自然的等级当中赋予了人类的理性以崇高的地位,但有机概念依然将理性视为内在于自然中的力量之又一个表现。不可避免地,自然必然性的主宰接着便会侵入道德领域。

当然,谢林和早期浪漫派对整个问题给出了不同的评价。对于他们,二元论并非解决途径而是问题所在。正是二元论伴随着如此惨重的代价。二元论意味着自然统一性,即神圣的 lex continui [连续性法则]之终结,它使道德的决定与行动成了一个谜,并且使得涉及一切知识的理性与感性之间的交互作用变得无法理解。但摒弃二元论就迫使浪漫派必须阐明一个康德最初曾捍卫过的特定问题:自由的可能性。

浪漫派关于自由必须要说些什么是另一个问题,它远远超出了这一章所要研究的范围。此刻能说的是,对他们的有机自然概念的合理化所涉及的问题比它们一开始出现时要复杂得多:关于知识的局限,有机的意义,心物之间的关系,甚至自由本身的可能性。如果我已经表明了有机概念并不只是天真的思辨——并且如果我也表明了康德的批判并不只是实证独断论——我便在此达到了我的目的。

第十章　早期浪漫派的宗教与政治

1. 一些麻烦的陈词滥调

[171]在1835年,海涅在其才华横溢的《浪漫派》当中叙述了一些他与大施勒格尔相遇的有趣故事,施勒格尔那时作为德意志浪漫派的主要发言人正处于其盛名的顶峰(《全集》,前揭,卷五,页418–421)。海涅告诉我们,当他第一次参加1819年施勒格尔在波恩大学的讲座时,他被深深地触动了。施勒格尔根据最新的巴黎时尚进行盛装浓抹。"他就是典雅与礼仪本身,每当他说到英国首相时,他总会加上'我的朋友'。"施勒格尔是如此瘦弱而杰出,以至于他看起来像纯粹的精神。但是当海涅大概十年后在巴黎的街道上再次遇见施勒格尔时,他的印象非常不同。纯粹精神已死,只有肉体还活着。施勒格尔不再是杰出的文学史家,他已经变得又老又胖,满足于沐浴在他身上的荣耀中,在脖子上戴着他所有的徽章。海涅写道,每当他笑的时候,就像"一个老妇人刚巧把糖放进嘴里"。

当然,海涅的描绘是刻意偏颇的,旨在嘲弄一个持不同政见的人物。在《浪漫派》中,我们对他的轻蔑之原因毫无疑问。在此海涅将德意志浪漫主义解释为本质上的反动,其主要目的是复兴中世纪的宗教和艺术(同上,页361–363)。他永远无法原谅或者忘记某些浪漫派曾经改宗天主教并为梅特涅(Metternich)工作过。在海涅看来,浪漫派的文学事业受到了他们反动的政治价值观的启发。

他写道,施勒格尔兄弟合谋反对拉辛,有着施泰因(Stein)大臣反对拿破仑那样的热情(《全集》,前揭,卷五,页 380 - 381)。海涅接着便在古典主义和浪漫主义之间做了一个简单却引人注目的对比。①[172]古典主义者是人道主义者,他们认为人性的目的在此终究会实现,而浪漫派则是基督徒,他们相信至善只有在天堂里才能实现。若人道主义者的政治理想是自由和平等,那么浪漫派的那些理想便是对教会与国家的信仰。对于海涅,浪漫主义差不多就是复辟之文学形式,其灵感最终来自基督教本身。

　海涅对浪漫主义的描绘曾经有着——并且依然保持着——深远的影响。它得到了 19 世纪 40 年代其他德意志激进派的支持,诸如马克思和卢格,他们将浪漫主义视为敌对的意识形态,或称其为"日耳曼基督教的复辟原则"。②直到非常晚近,这都是官方马克思主义者对浪漫主义的看法。③但是,即便在他自己的时代,海涅的描绘也不乏批评者。1850 年,19 世纪最杰出的文学史家赫特纳指出了海涅描绘中的首要困难:海涅对于浪漫派的解释是有时代错误的,他从浪漫派晚期代表人物的观点来判断整个浪漫派运动(Hermann Hettner,《浪漫派与歌德和席勒的内在联系》,前揭,页 2 - 3)。当然,在浪漫派后来的岁月里,一些成员(小施勒格尔、亚当·缪勒、阿尼姆[Archim von Arnim])成了支持梅特涅和罗马天主教的反动

---

　① 这一对比最明确且详尽的形式出现在 Arnold Ruge, "Unsere Klassiker und Romantiker seit Lessing",前揭,卷一,页 7 - 11、248 - 249。

　② 参见 Arnold Ruge, "Plan der Deutsch - Französische Jahrbücher",页 145 - 160。

　③ 参见例如 Georg Lukács, "Die Romantik als Wendung in der deutschen Literatur"(1947),前揭,页 51 - 73。卢卡奇的看法无疑是官方的。在 1962 年莱比锡的一次会议上,汉斯·迈耶与维尔纳·克劳斯批评了卢卡奇的解释,他们的文章被党的忠实信徒正式谴责。参见 Klaus Hammer, Henri Proschmann 和 Hans - Ulrich Schnuchel, "Fragen der Romantikforschung",前揭,页 173 - 182。

派;但在他们早年,在 18 世纪 90 年代,他们都是法国大革命的拥护者。

对于赫特纳,浪漫主义的问题并不在于它是反动的,而在于它是非政治的(同上,页 26 - 29、42、48 - 49、53 - 55)。浪漫主义在根本上是一场美学运动,它将艺术作为其本身的目的,而从未向社会和政治现实妥协过。因其在政治世界中的无力,浪漫派便退入文学想象的世界,只有在那里,他们才能享有完全的自由。赫特纳的观点也变得非常具有影响力。在现代,施米特主要支持了这一观点,他家喻户晓的《政治的浪漫派》便只是在重复赫特纳的论点。①

如今,伴随着诸多后见之明的益处,在我看来,我们终于能够说海涅与赫特纳都错了。赫特纳对海涅的批评的确是有效的。尽管海涅的描绘确实把握到了晚期浪漫主义(所谓的晚期浪漫派[Spätromantik])的某些特点,但它对于几乎所有的早期浪漫主义(所谓的早期浪漫派[Frühromantik])的主要思想家而言则是完全错误的,他们的政治观是非常自由和进步的。但赫特纳的解释,以及施米特所暗示的,也是有缺陷的,他们错误地认为政治学对于早期浪漫派不是本质上的,而仿佛只不过他们文学想象的工具或场域。[173]大部分浪漫派的早期哲学断片都在 1960 年以后才出版,因而无法被赫特纳与施米特所使用,如果考察这些断片,那么显而易见的是,政治学是浪漫派哲学的一个不可分割的要素。然而,非政治解释的主要问题在于它无法客观地对待某些浪漫派关于他们根本信念的明确且显著的声明。

如果我们想要知道某人的根本价值观,只需要去了解他们对于一个经典问题的回答,即亚里士多德在《尼各马可伦理学》卷一(第七章,1097a - 1097b)当中提出的问题:何为至善? 浪漫派对这个问

---

① 参见 Carl Schmitt, *Politische Romantik*,前揭。施米特并不承认赫特纳的先例。

题有着明确的答案,它在 18 世纪末的德意志依然非常富有生气。他们坚定而热情地主张,至善便是教化,即人类的卓越与完善,人类所有的力量整体上的自我实现与发展。①如同亚里士多德,他们也认为这种卓越与完善只有在社群或国家当中才能得以实现。他们重申了亚里士多德的经典学说,即国家先于个人,人是政治的动物,离开了城邦(polis)他便是纯粹的野兽或者神。因此,对于浪漫派,就如同对于亚里士多德那样,政治学成了第一艺术或者第一科学。施勒格尔在他早年的《论希腊诗研究》当中这样回应亚里士多德:"政治判断是所有观点的最高点。"(KA I,页 324–325)

那么,如果我们要理解早期浪漫派,我们必须将赫特纳与施米特的看法倒转过来。对于早期浪漫派,艺术从属于政治,而非政治从属于艺术。浪漫派使艺术从属于伦理和政治,而远非将艺术作为其自身的目的。因为他们认为艺术的目的便是教化,即人性的教育,教化只有在国家当中才能实现。因而青年小施勒格尔写信给他的兄弟说:"我学说的灵魂在于人性便是至善,并且艺术只是为其而存在。"②

基于类似的原因,似乎我们也应当将海涅倒转过来。因为浪漫派告诉我们至善便是教化,即人类的卓越与完善,而它是人本主义的信条,海涅则视其为浪漫主义之对立学说。但正是在这一点,事情开始变得复杂起来了。如果早期浪漫派并非捍卫罗马天主教义的反动派,那他们也不是宣称无神论人本主义的激进派。毋宁说,他们在他们的人本主义和宗教之间看到了最密切的联系。尽管他

---

① 参见例如 Schlegel, Ideen, 37 号、62 号, KA II, 页 259、262;Novalis, Blütenstanb,32 号,HKA II,页 427;以及荷尔德林致其兄弟的信,1793 年 9 月,GSA,卷六,页 92,对比《雅典娜神殿》,卷三,1800, 页 236,以及 "Vorerrine-rung",卷一,1798,页3–4。

② 弗里德里希致奥古斯特·威廉,1793 年 10 月 16 日,KA XXIII,页 143。

们宣称至善便是教化,但是他们也坚称离开了宗教这便无法实现。对于教化,宗教不只是一种手段,也是一个本质部分;的确,它无异于其背后的导向力。①

[174]因此浪漫派想要的是一种人本主义宗教或宗教人本主义。但是,对于海涅、卢格,以及马克思,这是一件不可能的事情,它是悖谬的,是一种 contradicto en adjecto[言辞矛盾]。要记得,根据他们的观点,人本主义是美学的、进步的、自由的,而宗教是反动的,是旧制度(ancien régime)的主要支柱。这就产生了一个非常棘手的问题:浪漫派何以认为他们能够综合人本主义与宗教?为何他们不像海涅、卢格和马克思那样,在合并它们的过程中没有看到任何矛盾呢?

2. 18 世纪 90 年代的激进派时尚

Prima facie[乍看之下]在此似乎没有多少问题。显然海涅、卢格和马克思都有着一种非常狭隘的宗教概念,将宗教限定为基督教传统的一神论。当然,人们可以说,那不应当被认为是我们在一般意义上对于宗教的理解。还有许多其他形式的基督教,其中有些与最为进步的社会因素相联系,比如,在宗教改革期间的激进唯灵派是如此众多的现代自由主义价值观的根源。

我们很快就会看到,浪漫派的宗教的确是非常进步且自由的,并且与海涅归诸它的传统一神论毫无关系。但需要看到,一致性的问题要远比这个问题深入得多。我们不能仅仅指出浪漫派所支持

---

① 参见例如 Schlegel, *Ideen*, 7 号、14 号, *KA* II, 页 257; Novalis, "Christenheit oder Europa", *HKA* III, 页 509、523–524; 以及 Schleiermacher, *Reden*, 卷二, 第一章, 页 229、238。

的其他更为自由进步的宗教形式而已。

问题的根源在于,我们越审视浪漫派的人本主义宗教来源,我们就越发现来自两位哲学家的根源完全相互龃龉。浪漫派人本主义的来源是费希特;而浪漫派宗教的源头则是斯宾诺莎。但很少有哲学家在所有根本问题上比这两位更加对立,更加龃龉。

为了更好地描述即将讨论的问题,让我来更为详细地阐明为何浪漫派在一开始就被费希特和斯宾诺莎所吸引吧。一旦我们看到他们被费希特和斯宾诺莎互相冲突的方面所吸引,我们就将更好地体会到他们必须要解决的张力。这个张力来自两种完全对立的宗教观和政治观。具体来说,问题在于如何去调和费希特式的(Fichtean)人本主义和斯宾诺莎主义的(Spinozist)宗教。

毋庸置疑,费希特和斯宾诺莎对于青年浪漫派是最具有影响力的哲学家。荷尔德林、弗里德里希·施勒格尔和[175]诺瓦利斯都参加了费希特在耶拿的早期讲座,这给他们留下了不可磨灭的印象;并且直到 1798 年,谢林在本质上都是费希特的门徒。费希特对于这些青年人的心灵有着如此强大的力量,以至于他们必须全力挣扎以增加自身的独立性。讽刺的是,费希特在德意志影响力最大的那些年——大致从 1794 年到 1799 年——也是斯宾诺莎主义复兴的全盛期,它随着雅可比的《斯宾诺莎学说简论》(*Briefe über die Lehre von Spinoza*)的出版肇始于 1786 年。在那本引人注目的作品当中,雅可比轰动性地揭露了莱辛在 1780 年夏天向他坦言他是个斯宾诺莎主义者。雅可比此举的目的是要告诫公众警惕斯宾诺莎主义的危险,在他看来,这相当于无神论和宿命论。然而雅可比的告诫适得其反,它导致了一场此起彼伏的斯宾诺莎主义宣告。许多人认为,如果莱辛能够坦白他的斯宾诺莎主义,那么他们也能,这些人当中最为突出的便是歌德与赫尔德。

成长于 18 世纪 90 年代,青年浪漫派不可避地卷入了泛神论争辩的漩涡当中。他们的笔记给出了丰富的证据,表明了他们对于斯宾诺莎主义的研究与同情。对于他们,斯宾诺莎便是"醉心于上帝的人"(der Gott betrunkene Mensch)。①在系谱(Stammbücher)中写"Hen kai pan"——"一和全"(Eins und Alles)——成了某种时尚。众所周知,施莱尔马赫在其《论宗教》当中要求我们奉献于"神圣的被抵制的斯宾诺莎"(Schleiermacher,《论宗教》,*KGA* II/1,页213)。但当他做出这个要求时,供奉已经堆积如山了。

不难理解任何成长于18世纪90年代的人何以会受到费希特和斯宾诺莎的吸引。从完全对立的视角看来,他们是这一年代最为激进的哲学家。想要成为时代精神(Zeitgeist)的先锋,就意味着要追随他们的步伐。

浪漫派在斯宾诺莎那里看到的首先是他试图将宗教理性化。斯宾诺莎的名言 deus sive natura[神即自然]将上帝等同于自然的无限,似乎解决了理性和信仰间的冲突,而这正是整个启蒙运动的哲学家和神学家都曾经致力于的。斯宾诺莎的格言在神化自然的同时也物化了神圣,因此它似乎使得科学成了宗教,宗教成了科学。如果上帝等于"一和全"——如果神圣不过是自然的统一、它所有法则的系统联合——那么便没有理由将理性和信仰对立起来。宗教与科学的对象是同一个。理性与信仰间的冲突之所以在一开始就出现,只是因为[176]神圣被设想为某种超自然的事物。如果上帝是超越自然世界的实体,那我们就能通过圣经(一神论)或理性推论(理神论)来证明他的存在。

但是在18世纪末,理神论和一神论都大势已去了。一神论不仅依赖于神迹,而这很难与科学相协调,也极大地遭遇了新式的圣经批评;而理神论则在怀疑论的无情火力之下崩溃了。只有斯宾诺莎的泛神论似乎没有这种被淘汰的危险。斯宾诺莎的上帝之实在

---

①　这一著名的格言出现在 Novalis,*Fragmente und Studien*,卷二,562号,*HKA* III,页651。

就像自然本身一样明显。不同于神秘的精神,如传统一神论的上帝,亦不同于无关的抽象,如理神论的上帝,斯宾诺莎的上帝同等地呈现在每一个人当中。既然我们都是单一无限实体的模型,我们只需要自我反思便能发现内在于我们的神圣。

重要的是,斯宾诺莎对于浪漫派的吸引力不仅仅是认识论上的,因为政治因素在此又一次扮演了决定性的角色。为了理解这些因素,需要将海涅的另一则评论牢记于心:泛神论一直都是德意志的秘密宗教,是它隐秘的文化信仰。①海涅知道他说的是什么。既然在17世纪末的德意志,斯宾诺莎已经成了激进的新教徒之守护圣徒,而所有那些不满的改革者都指控路德货与帝王家并且背叛了他的两个宏大理想:宗教自由和信徒皆祭司。这些激进分子基于各种各样原因接受了斯宾诺莎,而所有这些原因都是完全新教式的。他们将斯宾诺莎的政教分离视为对于宗教自由的保障;他们接受了他针对圣经的批评,因为正是他将路德宗从圣经主义当中,即日益衰微地强调将字句作为信仰的准则当中,解放了出来。并且,激进分子喜爱他的泛神论,因为它似乎证实了所有信徒的平等和祭司身份。毕竟,如果上帝同样无限地呈现于每个人当中,我们便都是平等的;那么就无需牧师或者精神权威来传达我们与上帝的关系。当然,斯宾诺莎至少在背景上是一个犹太人,但这些激进的新教徒骨子里就是普世的,他们那便更有理由来接受他了。还有什么能够更好地显示出他们的普救主义凭证呢? 无论如何,难道斯宾诺莎在里津斯堡(Rijnsberg)不是与他的兄弟们同在吗? 他们学说上的密切联系难道终究只是偶然的吗?

尽管受到了持续的迫害,德意志宗教激进主义的热焰却从未熄灭过;《伦理学》和《神学政治论》(*Tractatus*)的地下版本也从未停止

---

① Heine, *Zur Geschichte der Religion und Philosophie in Deutschland*, *Sämtliche Schriften*,卷五,页571。

流通。激进理想在 18 世纪恰逢其时,在作家当中首先得到了体现,
[177]诸如阿诺德(Gottfried Arnold)、迪佩尔(Conrad Dippel)、埃德
尔曼(Johann Edelmann),以及最后莱辛与赫尔德他们自己。当浪漫
派在 18 世纪 90 年代末接受斯宾诺莎主义时,他们——多少有些不
经意地——承接了激进的改革者的传统。18 世纪 90 年代的斯宾诺
莎复兴无疑是激进改革的最后一次伟大表现。它最好的文学和哲
学表达便是施莱尔马赫的《论宗教》。

　　费希特对于浪漫派的吸引,主要是他激进的自由概念,特别是
他声称自我仅仅是它所设定其所是之物。这个概念在两个方面是
激进的。第一,它意味着自我并没有永恒的本质,即它以某种方式
必然实现或者发展;或者说,它的本质是由它自己创造的。对于费
希特,自我仅仅是它自我设定之物,他的立场预见了萨特。①第二,
自我不仅能够创造其本身,也能创造它的世界,后者也应是它的理
性的产物。通过第二点宣称,费希特并没有意指自我已经创造出了
它的世界——仿佛它不知怎么便是神圣的——而仅仅意指它具有
这样去做的能力,它能够通过不懈的努力趋近于一个完全理性的世
界之理想。②

　　在 18 世纪 90 年代的语境当中来解读的话,费希特的激进概
念便有了一个明确的政治信息,一个他年轻的听众片刻也不会错
过的信息。费希特说的是,社会和政治世界并不是一个我们必须

---

　　① 这一非常现代萨特式的提法十分明确地出现在费希特那里。参见他
的 *System der Sittenlehre*, *Sämtliche Werke*, I. H. Fichte 编, Berlin, 1845—1846, 卷
四,页 36、50、222。

　　② 费希特只是在描述一个显然可以从他的 *Vorlesungen über die Bestim-
mung des Gelehrten*, *Sämtliche Werke*, 卷六,页 296－301 当中看出的理想。单单
基于这个原因就认为他相信绝对自我的存在(existence)是不对的。绝对自我
更多是一种不懈奋斗的理想,即如果我们是纯粹理性的,创造了整个世界,那
么我们将会成为绝对自我。

要服从的永恒秩序；毋宁说它也是我们能根据我们自己理性的需要来创造的事物。费希特所鼓吹的并非顺从而是行动；他坚持认为我们不仅有权利也有义务根据理性来改造社会和政治世界。因此他著名的 1794 年《论学者的使命》以一种振奋人心的口气结尾："行动！行动！这就是我们在此的目的。(Handeln！Handeln！das ist es, wozu wir da sind.)"(Fichte,《全集》,卷六,页 345)

3. 费希特对决斯宾诺莎

　　既然我们已经看到费希特和斯宾诺莎为何如此吸引浪漫派,那就很容易理解浪漫派为何想要将这两个哲学家纳入一个体系当中。我们多少能明确地在他们早期的笔记或断片中发现浪漫派对这一综合计划的表述。①我相信,这个计划对于理解早期德意志浪漫主义至关重要。浪漫派的世界观经常会被解释成费希特的《知识学》或斯宾诺莎的《伦理学》之诗学版本,非此即彼。但这些解释都错过了早期浪漫派哲学最核心的特质：试图使费希特和斯宾诺莎联姻。

　　当然,尽管如此,这个计划却恰恰是一个巨大的悖论。[178]我们一旦考虑到他们之间的深刻冲突,综合费希特和斯宾诺莎的这一

---

①　参见 Novalis, *Das Allgemeine Brouillon*,75 号、634 号、820 号,*HKA* III,页 252、382、429, 以及《断片与研究》,611 号,*HKA* III,页 671。亦可参见 Friedrich Schlegel,《哲学生涯》,*KA* XVIII,页 31、38、43、80。关于 Schelling,参见他的 *Briefe über Dogmatismus und Kriticizismus*,前揭,卷一,页 326–335。谢林后来在 *System des transcendentalen Idealismus* 和 *Darstellung meines Systems* 中表达出来的绝对唯心主义可以被看作综合费希特的唯心论和斯宾诺莎的实在论之尝试。

特定想法便似乎完全是荒谬的。这些冲突在那些费希特和斯宾诺莎最吸引浪漫派的方面尤为明显——即费希特的政治激进主义和斯宾诺莎的泛神论宗教。

乍看之下似乎没有那么多的冲突。斯宾诺莎的泛神论难道不也是进步而激进的吗？的确，费希特与斯宾诺莎的共和主义、平等主义和对宽容的捍卫并无龃龉之处。那么，他似乎应当接纳斯宾诺莎为一名激进的同志，甚至为了同样的政治原因而斗争的烈士。然而，非但没有如此，费希特还唾弃斯宾诺莎，宣称斯宾诺莎是他的宿敌。众所周知，费希特宣称只有两种可能的哲学：他的和他的宿敌斯宾诺莎的（Fichte，《全部知识学的基础》，*Sämtliche Werke*，卷一，页101）。在他和斯宾诺莎的哲学之间做出选择对于他来说便是对哲学的忠诚与诺言的那一（the）关键考验。

为何费希特在他自己和斯宾诺莎之间看到了这样一个冲突呢？在其《知识学第一序说》（*Erste Einleitung in die Wissenschaftslehre*）当中，费希特对于将他们区分开来的主要问题给出了一个生动简明的描述（同上，页425－430）。两种可能的哲学不是他的唯心论就是斯宾诺莎的实在论，抑或如有时他用康德的术语所描述的"批判论"或"独断论"。如果我们是唯心论者，我们便会将自我绝对化，并将自然解释为自我的产物；然而如果我们是实在论者，我们便会将自然绝对化，并将自我解释为自然的产物。换言之，我们要么通过批判论将绝对置于我们内部，使之内在于经验之中，要么则通过独断论将其置于我们外部，使之超越经验。费希特坚称无法调和唯心论与实在论，因为它们是关于绝对，即单一无限实体之不相容的概念。如果二者都是正确的，那么我们就必须区分无限；但是，显然，只能有一种无限实体，而对于无限的定义只有一种回答：关于它无法构想出更伟大的事物。

费希特经常将他和斯宾诺莎的哲学之间的选择描写得仿佛在本质上是个体性的，即个人选择的问题。在一些著名的段落当中

（《知识学第一序说》，*Sämtliche Werke*，卷一，页434），他宣称个人所选的哲学取决于他是何种人；但他可能也曾说过相反的话：个人所选的哲学决定了他是何种人，甚至他对世界的基本态度。因为费希特主义者是唯心论者，那么他便是行动派，致力于不懈奋斗，不断努力将世界变得更好；因为斯宾诺莎主义者是实在论者，那么他便是寂静派，默认了作用于他的神力，而这只是从它自己本质的必然性中产生的。

[179]尽管费希特有时会说在他和斯宾诺莎的哲学之间所做的选择本质上是个体性的，但他也指控斯宾诺莎犯了逻辑谬误（《全部知识学的基础》，*Sämtliche Werke*，卷一，页100－101），这是康德曾称之为"纯粹理性的谬误"：实体、物化，提出外在于我们的理念，仿佛它们是我们必须服从的外部力量，而它们实际上只是我们自身活动的产物（Kant，*KrV*，B 349－366）。康德教导说，这个谬误乃是一切形而上学的独断论之原罪，而消除它所要求的无异于一种对于理性的批判。批判则为这一弊病提供了一种有效的补救：将建构性原则重塑为范导性原则，前者假装描述了某些存在之物，后者规定了我们理性的任务。换言之，似乎作为信仰之对象的事物必须成为行动之目标。费希特认为，斯宾诺莎使得无限之物外在于我们——单一无限实体——他其实犯下了这一特定的谬误，而它实际上不过是内在于我们的某物，即我们根据理性来改变世界的无限力量。正是由于这个原因，费希特将斯宾诺莎称为"一个独断论者"，因为实体便是独断论的特有谬误。

费希特对斯宾诺莎的批判的确是他自身人本主义的基础。他批判的直接结论便是无限理念只是一个行动的目标，而非信仰的对象。换言之，我们应当努力在人间实现上帝之国，而不是坚信它存在于天堂。如同康德那样，费希特以伦理的方式来理解传统的上帝之国的理念；这一国度象征了至善的道德理想，即美德与幸福的完美契合、责任与回报的全面和谐。但他在通过政治的方式来再度解释这一传统的理想时比康德更进了一步。至善并不存在于身后的超自然领域当中;毋宁说,它是一个我们要在此生达到的目标:完美的共和宪政,在其中有着彻底的正义,在其中按劳分配。因此费希特的人本主义最终是无神论的。①相信上帝和至善的存在便是将理念实体化(绝对/客观唯心主义)。

现在我们便能明白为何在费希特的激进主义和斯宾诺莎的泛神论之间有着这样的一种冲突。很简单,费希特的激进主义是一种无神论人本主义的形式,否认了被斯宾诺莎视为单一实体的上帝之存在。通过更加康德式的术语,我们能够这样说:斯宾诺莎主张无限的建构性地位,而费希特却坚持它的范导性地位。

我们也许承认了这一差异,但我们依然会问:为何我们无法既肯定[180]上帝的存在又依然致力于费希特的激进理想?为何我们无法既是费希特式的行动主义者又是斯宾诺莎主义的泛神论者?在此费希特又一次拒绝了任何融合的尝试,并且有着充足的理由。斯宾诺莎的泛神论在两个根本的方向上损害了费希特的行动主义。第一,它抹杀了彻底的自由。如果上帝依照他自己本质的必然性而

---

①　这是一个有争议的解读。当费希特自己在 1799 年被指控为无神论时,他愤慨地反驳了那些指控。参见他的 *Appelation an das Publicum gegen die Anklage des Atheismus*,*Sämtliche Werke*,卷五,页 193 – 238,和 *Gerichtliche Verantwortung gegen die Anklage des Atheismus*,*Sämtliche Werke*,卷五,页 241 – 333。然而,在我看来,那些指控是有效的。在他引发控诉的" Ueber den Grund unseres Glaubens an eine göttliche Weltregierung "中,费希特将神圣等同于道德的普世命令,他明确地说,这是我们通过我们的道德行为构建出来的。参见《全集》,卷五,页 185。然而,整个问题要复杂得多,因为费希特转变观点的过程大致处在关于无神论的争论时期,并且是在一个更加形而上学的方向上改变了它们。无论如何,在此的关键问题是,费希特明确说出的要少于他的普遍原则所暗示的。费希特对斯宾诺莎的批判使得他不能赋予无限理念以建构性地位变得显而易见,这样做将会意味着犯下实体说的谬误。

行动,并且如果一切人类活动都是对神性的模仿,那么它们也将会是必然的。我所思所为的事情仅仅是上帝通过我所思所为的事情;人们便再也无法选择其他的行动,除非永恒的神性能够被改变。第二,斯宾诺莎似乎破坏了任何去改变世界的动机。对于他而言,上帝的本质是理性的,并且既然万物都表明或者显示出了上帝的本质,万物便是完全理性的。那么,如果万物已然是神圣理性的一种体现,为何还要烦心来改变世界呢?

重要的是,对于费希特而言,在他的无神论和他对于自由的信仰之间一直有着最为密切的联系。如果我们相信无限已然存在,如果我们把它作为一个信仰的对象,那么我们便让渡了我们的自由,放弃了我们的自律,即放弃了我们根据我们自身的理性来改变世界的力量,因为我们设计出了一些外在于我们自身的异质的存在领域,而我们必须服从于它。与其说使得真实的世界服从于我们的需求,毋宁说我们使得我们自己服从于某些想象出来的世界之需要。我相信,斯宾诺莎主义背后的这一异化和屈从的因素,激发了费希特对斯宾诺莎的强烈敌意。尽管斯宾诺莎的泛神论有着进步性,但是它终究损害了社会和政治变革的积极性。的确,恰恰是因为看上去如此进步,斯宾诺莎的宗教才会比传统的一神论要更加危险。因此,吊诡的是,费希特对斯宾诺莎的谩骂居然甚于对最保守的一神论者。

无论费希特与斯宾诺莎之间冲突的根源是什么,以及它最终可能以何种方式得到调和,重要的是,张力并不仅仅是暗含的。它们并非哲学史家的人为重构;毋宁说,它们是浪漫派自身的直接经历。张力显而易见,浪漫派的心灵因为这个冲突度过了许多不眠之夜。我们一再发现浪漫派在费希特的激进主义和斯宾诺莎的泛神论之间的撕扯。有那么一些时刻他们似乎要和费希特一起说,我们生活在一个我们自己创造的世界里,我们有能力通过我们自身的努力在人间创造出天国。"现代文化的出发点,"小施勒格尔一度写道,

"便是要在人间实现［181］天国的革命性愿望。"①但也有那么一些时刻,他们似乎接受了斯宾诺莎的单一无限实体,并投入了一和全的怀抱。这一张力最明显不过地表现在荷尔德林的小说《许佩里翁》当中,主人公许佩里翁不断地在这两种对待世界的态度之间摇摆,一种是将会改变一切事物的政治行动主义,另一种是将会使其本身屈从于无限的宗教寂静主义。在一次对费希特和斯宾诺莎之间冲突的明晰暗示当中,荷尔德林写道,有时候我们会觉得仿佛我们便是万物而世界则是无物,而有时候仿佛世界才是万物而我们则是无物。②《许佩里翁》无疑是荷尔德林调和这两种对待世界的态度之尝试。同样的张力出现在早期浪漫主义的另一篇重要文本,谢林的《关于独断论和批判论的通信》中。这部作品极有可能是谢林与荷尔德林关于费希特和斯宾诺莎之间冲突的对话之产物。第一封信向我们呈现出了在两个不同的世界图示之间的突兀选择:一种是关于自由的哲学,赞美改变世界的英勇斗争;另一种是关于必然性的哲学,它会告诫我们要注意到我们的虚荣心,并且建议我们将自己投入无限的怀抱之中(Schelling,《全集》,卷一,页 284 – 290)。

　　费希特与斯宾诺莎之间的冲突如此广泛而深远,那么浪漫派会如何来试图调和他们呢?青年荷尔德林与谢林有时候会苦无答案。正是他们首先宣称——费希特的名言只在他们那里发出了回响——在他们之间所做的选择终究是一种个人的决定。但是还有一些事物在所有的这些不眠之夜里生发了出来。我们发现,在 18

---

①　Schlegel,《雅典娜神殿断片集》,222 号,*KA* II,页 202。对比 Novalis,*Das Allgemeine Brouillon*,320 号:"所有断言了上帝的事物都包含了关于人类未来的学说……如今每个活在主内的人都应当使他自己成为上帝。"*HKA* III,页 297。

②　尤见于 *Hyperion* 倒数第二版的前言,*GSA* III,页 236。对比 *Fragment von Hyperion* 前言,卷三,页 163;以及最终版,卷三,页 38。

世纪90年代末,青年浪漫派竭力想要找到一个更加深入的哲学解决方案。现在是时候来看他们采取了何种形式了。

4. 复兴斯宾诺莎

浪漫派综合之核心在于对斯宾诺莎的重新解释。在某种程度上,"斯宾诺莎主义在18世纪90年代的复兴"的写法是一种误导,因为严格说来,德意志浪漫派并非斯宾诺莎主义者。他们通过与斯宾诺莎的一些根本教义完全龃龉的方式来重新解释斯宾诺莎。如果贝内迪特(Benedictus)了解他们的话,他也会惊呼背叛。但恰恰是通过这种再解释,浪漫派使得斯宾诺莎更加符合于费希特的唯心论。

浪漫派对斯宾诺莎再解释的关键先例是赫尔德1787年的小册子《论神,对话数篇》。无论是否有直接的影响,[182]赫尔德对斯宾诺莎的重新解释当中的一些根本宗旨又出现在谢林、荷尔德林、诺瓦利斯、小施勒格尔和青年黑格尔那里。在我看来,赫尔德的文本要远比雅可比的《斯宾诺莎学说简论》重要得多,尽管后者近来作为浪漫派对于斯宾诺莎之理解的根源得到了最广泛的关注。①

在1787年的小册子里,赫尔德将斯宾诺莎的哲学再解释为一种活力泛神论或泛神活力论。他将斯宾诺莎塑造成有机世界观的捍卫者,根据有机世界观,自然的一切形成了一个巨大的活体。由此看来,在重塑斯宾诺莎的过程中,赫尔德自觉地将他与其伟大的形

---

① 参见 Dieter Henrich, *Der Grund im Bewusstsein*, Stuttgart, 1992, 页 48 – 92、146 – 185。

而上学同辈莱布尼茨相融合。①因为正是莱布尼茨将实体的本质定为 vis viva[活力]。赫尔德相信,我们必须将斯宾诺莎的一元论和自然主义与莱布尼茨的活力论相结合。讽刺的是,赫尔德正在复兴这两位伟大的独断论形而上学家时,恰逢康德不顾一切地试图在《纯粹理性批判》中将他们埋葬。

尽管赫尔德同情这位首要的形而上学家,但他对于斯宾诺莎的独断论方法却少有同情,其更加 geometrico[依据几何学]的步骤始于公理和定义,并接着通过严格推导得出定理。在 18 世纪 60 年代,作为康德的一名学生,他对这样一种方法几乎毫无信心,他将其视为死去的经院哲学遗迹。赫尔德宣称,形而上学的恰当步骤乃是康德在其获奖论文中概述的:它应当归纳经验科学的成果。但恰恰是在这一点上,斯宾诺莎的哲学曾经证明了它自己是如此陈旧,因为它基于笛卡尔的物理学阐释的机械论范式之上。如同笛卡尔,斯宾诺莎曾假设了物质是惰性的广延,并且只有当一个物体通过碰撞直接作用于另一个物体时,它才会运动。但正是这个范式,赫尔德力争,不再适用于现代物理学。所有来自化学和电磁学的新的实验数据已经显示出物质并不在于惰性的广延,而是在于作用力。研究表明了物质很可能在于引力和斥力。如果是这样的话,那么机械论便处在一个非常棘手的麻烦当中;因为机械论的一个经典问题便是其显然无法解释引力。这些成果似乎暗示了超距作用,而它在碰撞的基础上无法得到解释。

但赫尔德从未怀疑过斯宾诺莎的自然主义,即他的自然之为无限的观念,以及自然中的一切事物根据必然法则而发生。如同斯宾诺莎,他也想要支持自然的统一性;并且他也是一位所有二元论形式之不可调和的反对者。但是如今,[183]伴随着机械论显而易见的崩溃,还有可能维系斯宾诺莎的一元论和自然主义吗? 显然,这

①　Herder, *Sämtliche Werke*, Bernard Suphan 编, Berlin, 1881—1913, 卷十六, 页 450、458。

些学说必须根据最新的科学成果来再解释。对于赫尔德,这首先意味着重新解释斯宾诺莎的单一无限实体,以便它能成为活力,"万力之原力"(die Urkraft aller Kräfte)(同上,页453)。这样一个步骤确保了自然的统一性和连续性,因为在心灵与物质、有机与无机之间不再有任何二元论。如果我们假定物质就是活力,那么我们便不再会陷于二元论对唯物论的经典困境之中。因为我们现在能够将心灵和物质都阐释为活力的组织和发展之不同程度。物质是活力的组织和发展之较低程度,而心灵则是组织和发展的最高程度。这并不是一种化约论的形式,因为在心物之间依然有差别;不过,差别是程度上的,而非种类上的。

应当显而易见的是,赫尔德对于斯宾诺莎的有机论再解释绝不会取悦贝内迪特。它至少将两个异质元素引入斯宾诺莎体系之中。第一,目的论的元素。如果实体是活力,那么它便不再具有惰性,不再永恒,如斯宾诺莎所构想的那样;毋宁说,它经历了改变与发展,从未成型的不确定的潜在进化为有组织的确定的实在。既然这个发展实现了实体的本质或本性,那么它就应当被理解为有意地断然违背了其斯宾诺莎对于目的论的责难。但是赫尔德相信斯宾诺莎对目的论的禁令只是针对旧式的外部目的论(external teleology),即视目的为上帝为了人类的缘故而加诸自然之上的;他并不反对内部目的论(internal teleology),即视目的为事物自身的本质或固有性质。第二,赫尔德将自然等级的观念——"存在巨链"——带入了斯宾诺莎主义当中。自然在此范围内便是一个有机整体,它有着金字塔的结构,展现出组织与发展的阶段或水平。根据这一等级制度,自然的顶峰,活力的组织和发展之最高程度,无疑是人类本身。因此人类在自然秩序当中重获其曾在斯宾诺莎的体系中失去的优越地位。斯宾诺莎曾仅仅将人类设想为自然的一个有限的模式,就像任何其他的事物那样;为其赋予一个更高的地位仅仅是粗糙的人类中心论和神人同形同性论。

浪漫派试图综合费希特的唯心主义和斯宾诺莎的自然主义，在本质上是基于这种对斯宾诺莎的重新解释。既然人类的自我意识被复原为自然之目的和顶峰，[184]费希特便可以说自我终究应是哲学的第一原理。将自我意识置于一切事物的中心，作为阐明自然中的一切之基础，费希特的确是对的，因为自我意识便是自然目的，是它一切活力的组织和发展之最高程度。然而，费希特误入歧途的是，他将终极因解释成第一因。他曾错误地假定自我乃是自然的第一因，而它实际上只是终极因，即事物为之而存在的最终目的。费希特没能区分在存在序列中的首要之物和在阐释序列中的首要之物，这一根本性区分对于有关世界的有机论解释十分重要。

浪漫派的活力论也允许他们赋予宇宙中的人类能动性一个伟大角色，比斯宾诺莎所想象的任何事物都要伟大得多。在斯宾诺莎看来，人类的能动性和意识最终与神圣无甚区别。上帝拥有完善且自足的本性，无论我们人类存在与否，它都始终如一；尽管我们依靠上帝，上帝却不依靠我们。然而，对于浪漫派，上帝依靠人类，一如人类依靠上帝。因为只有通过人类的自我意识和行动，神圣的自然才能最终自我实现，否则神圣的自然虽然依旧会存在，但始终是不完善的、潜在的、未成型且不确定的。只有通过我们的行动，我们才实现并完善了神圣，从而人类活动便是神圣本身。

通过赋予人类能动性这样一个更加伟大的角色，早期浪漫派能够宣称公正对待了费希特的行动主义。当费希特将神圣作为人类行动的一个目的或理想时，他终归没什么大错。因为只有通过我们的行动，神圣才能自我实现，那我们便有很好的理由来使其成为我们行动之目的。看来我们如今的确比以往有更多的理由去成为行动者，因为如今我们行动的背后有了一个神圣的认可。我们将世界变得更美好，不仅仅是为了我们自己，也是为了上帝。

5. 最终评定

就非常粗略的轮廓而言,这便是浪漫派对费希特和斯宾诺莎、唯心论和实在论的综合。我们对它有何了解呢?不论它最终是对是错,有必要为之说点什么。活力泛神论是一个富于想象力且完美融贯的世界观。[185]它以一种卓越的方式综合了它那代人许多相互矛盾的观念。它使费希特的唯心主义适应于其普遍的斯宾诺莎式自然主义之程度的确令人震惊。

然而,至少在作为对费希特和斯宾诺莎的一种综合的层面上,不能说它完全成功了。我们可能会听见费希特在后面咆哮着抗议,义愤填膺地怒吼说他被赋予了这样一个讨厌的个性。不难想象出他不满的根源:费希特对斯宾诺莎主义的激烈反对依然存在。

第一个问题是,活力泛神论依然没有为费希特的彻底自由概念留出位置。既然浪漫派赋予了无限之理念一个构建性地位,无限必然地实现了它贯穿于自然的本身,那么便没有了彻底自由的位置,其所宣称的不只是我们有能力去自我创造,而且是我们也有能力去另外行动。浪漫派的自然主义破坏了这两个假定,认为上帝依据其本质的必然性而行动,且所有事物都仅仅是上帝之模型。因此并不是我们在行动,而是上帝通过我们在行动。在斯宾诺莎的宇宙中,唯一被允许的自由意义便是《伦理学》之定义七:causi sui[自因],即只根据自身本质的必然性而行动。众所周知,那个定义只适用于上帝。

当然,一旦我们摒弃了彻底自由,费希特的行动主义很快也就随之而去了。如果历史即自然,乃是神圣理性之显现,那么根据我们的理性来改造社会与国家又有什么意义呢?无论我们做什么,都将只会实现神圣理性而不会别的可能,似乎我们除了等待神圣理性通过我们而行动之外别无选择。换言之,正如费希特所警告的,我们终于丧失了我们的自主性。诚然,浪漫派的综合依然将上帝视为历史之目的,但问题在于上帝也是历史之原因,以至于历史中的一切似乎仅仅是神圣的自我实现中的运动。然而,承认了这一点便重新导致了反律法主义和宿命论的危险。

浪漫派自己如何开始得出这些结论的确令人震惊。在《论宗教》里,施莱尔马赫宣扬宗教不应当试图加快人类的进程;毋宁说,它唯一的任务是去沉思神圣,就像它在历史上所做的那样(Schleiermacher,*KGA* II/1,页 232)。我们不应当变得对社会现实不满,施莱尔马赫写道,因为在社会劳动分工中的一切位置[186]都是神圣必然性之产物。① 在他的《先验哲学》里,小施勒格尔毫不犹豫地从其有机自然概念中得出确定的结论:他完全消除了康德－费希特式的自由概念,因为它是对自然和历史的错误抽象。② 最后谢林在他的《全部哲学之体系》(*System der gesamten Philosophie*)中基于无论我做什么都是神圣通过我而做的,从而实质性地揭示了责任之概念。③

因此,尽管它与进步的价值观相联系,浪漫派的泛神论依然会有麻烦的寂静主义结果。我认为,正是在这种寂静主义当中,我们能够发现浪漫派后期保守主义的一个根源。浪漫派越是将神圣秩序视作无处不在,甚至存在于当前的社会和政治制度当中,他们就越是将那种秩序当作必然性之产物,从而越没有动力去改变事物,于是变得越发顺从。施莱尔马赫从行动转向沉思标志着早期浪漫派的早先进步时期开始走向终结。

---

① Schleiermacher,*KGA* II,页 229。施莱尔马赫认为我们应当在当前的社会安排中看到神圣:"在每个人所处的位置上愉悦你们。"
② Schlegel,*KA* XII,页 50、52、57、72、74、86。
③ Schelling,《全集》,卷六,第 305－311 节,页 471－491。

那么,最后,看来我们兜了一圈又回到了原处,海涅毕竟已经证明过了。于此似乎浪漫派的宗教曾是他们保守主义的一个根源。即使他们的宗教并非一神论的一种保守形式,即使它是一种泛神论的自由且进步的形式,它依然造成了寂静主义的危险。然而讽刺要远甚于此。无人比海涅自己对于泛神论的良性政治结果有着更深的信念,他热情地为之辩护以对抗宿命论和寂静主义的指控(《论德意志宗教和哲学的历史》,《全集》卷五,页570)。这意味着无人比海涅自己更属于浪漫派。

因此,最终,浪漫派对于费希特与斯宾诺莎、人本主义与宗教之综合依然是有问题的。在对如此对立的哲学家进行综合的过程中,某些事物必须要被放弃:费希特哲学的激进主义和行动主义,那一度曾如此吸引浪漫派的特点。但是,尽管这一综合崩溃了,浪漫派的活力泛神论在我看来(基于最后一部分所陈述的所有理由)已经成了哲学史上克服人本主义和宗教之间的经典困境的最有创造性和有趣的尝试。那些困扰着浪漫派的问题——他们所有的不眠之夜背后的折磨之根源——依然伴随着我们。

附录　浪漫主义与唯心主义[*]

1. 问题：风车？

每当我们想到 18 世纪末和 19 世纪初的德意志文艺大复兴时，我们必然会想到两场智识运动：浪漫主义（Romanticism）与唯心主义/理想主义（Idealism）。这些运动对于理解这个时代的德意志文化显然是基础性的，故而历代学者都对二者进行了深入研究。因此，它们之间的关系被如此低估，多少有些令人惊讶。它们有何共同之处，它们何以区分，至今仍旧非常含混。它们的确是如此含混，以至于一些学者已然开始争论它们的恰当关系。

我自己和弗兰克就是这样的两位学者。多年来，我们对唯心主义和浪漫主义之间的关系形成了对立的观念。在其《无限趋近》（*Unendliche Annäherung*）当中，弗兰克将早期浪漫派运动视作唯心主义的基本对立面。① 他强调这些运动间的对立有两个原因：浪漫派在本体论上是实在论者/现实主义者（Realist），在认识论上是反基础主义者，而唯心论者/理想主义者（Idealist）则不同，他们是基础主义者。在我的《德意志唯心主义》和《浪漫的律令》中，我把早期

---

* 译注：本文译自 *The Relevance of Romanticism：Essays on German Romantic Philosophy*（Dalia Nassar ed. , New York：Oxford University Press,2014），页 30 – 43。

① Manfred Frank, *Unendliche Annäherung. Die Anfänge der philosophischen Frühromantik*（Frankfurt am Main：Suhrkamp,1997）,27,65 – 66,663 – 665,715.

浪漫派运动置于德意志唯心主义之中①,弗兰克和其他人视之为一桩大错,因为这似乎把费希特式的唯心主义和基础主义关切归于早期浪漫派。近来,弗兰克在一个显眼之处宣告了我俩在这点上的分歧②,因此我试着澄清这些问题正是(浪漫的)律令。这篇文章的要点就是如此这般。

但在我深入细节之前,有必要澄清一下主要问题。完全可以理解的是,有人可能会反对说,弗兰克和我之间的争吵是茶杯里的风波,只是名相之争。为什么不和矮胖子(Humpty Dumpty)一起宣告,词意就是我们想要它们所意,这样矮子(拜泽尔)就能把浪漫主义称为一物,而胖子(弗兰克)就能把它称为另一物? 反对者会说,浪漫主义和唯心主义之间的关系被低估且有争议,原因很简单,术语"浪漫主义"和"唯心主义"没有明确含义。既然它们没有确切含义,就不存在浪漫主义和唯心主义之间的确定关系。学者所发现的关系只取决于他们赋予这些术语的含义。因此把整个问题纯粹当作名相问题,是对不慎的天真学者的一个陷阱,这看来是谨慎的好开端。正是基于这些理由,近一个世纪前,洛夫乔伊呼吁我们放弃那个浪漫主义概念。③ 洛夫乔伊抱怨道,那个概念已经被赋予了如此多不同的甚至对立的定义,以至于说复数的"浪漫主义"(romanti-

---

① Frederick C. Beiser, *German Idealism: The Struggle against Subjectivism*, 1781 – 1801(Cambridge, MA: Harvard University Press, 2002);以及本书。

② 参见 Manfred Frank, *Auswege aus dem deutschen Idealismus*(Frankfurt am Main: Suhrkamp, 2007), 16 – 17。Elizabeth Millán-Zaibert 也质疑了我将浪漫派涵摄于唯心主义, *Friedrich Schlegel and the Emergence of Romantic Philosophy*(Albany: State University of New York, 2007)。

③ Arthur Lovejoy, "On the Discriminations of Romanticism," *Proceedings of the Modern Language Association* 39(1924), 229 – 253. 重刊于 Lovejoy, *Essays in the History of Ideas*(New York: Capricorn, 1960), 228 – 253;中译见"论诸种浪漫主义的区别",《观念史论文集》,吴相译,商务印书馆,2018,页 274 – 303。

cisms)好过说单数的"浪漫主义"(romanticism)。既然唯心主义的状况并不比浪漫主义好,兴许我们也应该放弃这个概念,从而抛下它与浪漫主义之关系的整个问题?

当然,这样的建议有其道理。对浪漫主义和唯心主义之间关系的讨论确实存在着陷于章句的危险。我必须承认,围绕着术语"唯心主义"的不同含义,弗兰克和我之间有一些口舌之争。不过,认为这个问题完全是名相的,仿佛决然没有实质的问题,那就是一个错误。事实是,术语"唯心主义"和"浪漫主义"的指称或外延,尽管不是它们的内涵,已经被几代学者们相当好地固定了下来。术语"德意志唯心主义"一般是指从康德到黑格尔的哲学传统,更具体地说,是指康德、费希特、谢林和黑格尔大约从 1781 年到 1801 年所阐发的学说。[①]"浪漫主义"在那些年里意指名为早期浪漫派(*Frühromantik*)的时期,而早期浪漫派是指耶拿和柏林的诗哲圈子,其中包括施勒格尔兄弟、谢林、诺瓦利斯、施莱尔马赫、荷尔德林和蒂克。如果限定在这些时间段内,术语"浪漫主义"和"唯心主义"确实有确定的外延。那么这一时期唯心主义和浪漫主义之间的关系就变成了双重问题:(1)每一组思想家有何共同点?(2)这两组有何共同点,以及他们何以不同? 这些根本不是名相问题,而是非常繁复艰涩的实质问题,涉及许多思想家的比较,每位思想家都有许多著作,其中许多非

---

① 我们当然可以把日期延长到 1801 年后。但为了与早期浪漫派进行更准确的比较,我在此将其搁置一旁。及至 1801 年,谢林和黑格尔的客观或绝对唯心主义的实质已经形成,而谢林和黑格尔的著作只是更系统地具体阐发了主要思想。我也将搁置把术语"唯心主义"单独应用于从康德到黑格尔时期的问题。这是有问题的,因为它忽略了洛采(Lotze)和特伦德伦堡(Trendelenburg),这两个 19 世纪唯心主义传统中最具影响力的思想家。译注:拜泽尔在此指的是亨利希的《在康德与黑格尔之间》,乐小军译,商务印书馆,2020;以及他本人的专著 *Late German Idealism*:*Trendelenburg and Lotze*,Oxford University Press,2013。

常晦涩。因而至此,问题的晦涩不仅来自语词的晦涩,而更多是来自主题本身。

既然我们面前有一个实在的问题,在我看来,试着回答它就显然是值得的。这首先是因为,根据共识,这些运动是如此重要,不仅对德国文化史,而且对整个哲学史都很重要。但为何我们应当试着回答它,还有另一个次要但仍然紧迫的原因:关于它们的相互关系的旧式标准理论,已经盛行了数代,业已彻底崩溃了。根据这个由海姆、科尔夫(H. A. Korff)与哈特曼(Nicolai Hartmann)①提出的理论,浪漫主义本质上是唯心主义的一种寄生形式,更具体地说是费希特的《知识学》(*Wissenschaftslehre*)的一种诗意形式。正如海姆所言,它是"诗意夸大的费希特主义"(海姆,《浪漫派》,页332)。这种解释之所以失败,不仅仅是因为对旧有文本进行了更仔细的解读,还因为许多新近文本的出版,这些材料是海姆、科尔夫与哈特曼所没有的。只是从20世纪60年代开始,随着荷尔德林、施勒格尔、诺瓦利斯和施莱尔马赫等人的新批评版本付梓,学者才有条件对早期浪漫派的许多哲学著作进行全面而深入的检视。这向我们清楚地表明,浪漫派非但不是费希特的弟子,反而是费希特《知识学》的批判者,他们的主要目标之一是克服他们所认为的费希特唯心主义之不足。早期浪漫派不仅反对费希特的方法论和自然观,也反对他的唯心主义,后者似乎把自身困在其自我意识之圈里。对于他们来说,费希特的唯心主义不是值得颂扬的答案,而是需要避免的问题。

因此,鉴于旧说已经崩溃,有必要重思唯心主义/理想主义和浪漫主义之间关系的整个问题。存在两条进路。一条是强调唯心主

---

① Rudolf Haym, *Die romantische Schule*(Berlin:Gaertner,1882);H. A. Korff, *Geist der Goethezeit*(Leipzig:Koehler und Amelang,1964),III,244 – 252;以及 Nicolai Hartmann, *Die Philosophie des deutschen Idealismus*(Berlin:de Gruyter,1923),I,220 – 33,尤其是页 221、224、226、228。

义和浪漫主义之间的区别,在它们之间做出截然划分。另一条是继续强调它们之间的亲缘,但持论费希特的唯心主义只是普遍理念论的一部分或一方面。弗兰克走上了第一条道;我走上了第二条路。多年来我一直试着劝说弗兰克走上救赎与正义之途,但他负隅顽抗。非但没有悔弃他的错误路径,反而公然向我挑战。因此,他实际上已经掷下了他的战书。为了充分承认这样一个值得尊敬的对手,多年来他教会了我许多东西,我现在拾起它,准备比武。

比武? 场合感需要一个恰当的隐喻,而此处是一个浪漫的场合。因此我请读者想象一下:两位年迈的骑士穿着锈迹斑斑、吱吱作响的盔甲进行比试,争夺一位美貌情人的垂青,她手持一朵蓝花。若您愿意,请叫她玛蒂尔德(Mathilde),或者称呼她杜西内娅(Dulcinea)就更好了。按照骑士惯例,如果我的对手把我从我的神驹驽骍难得(Rocinante)上打下来,我将放弃对她的追求。说到这,女士们、先生们,让我们开始吧。来吧! 驽骍难得,起来! (Arre! Rocinante, arre!)

2. 浪漫主义与唯心论诸相

首先,让我简要总结一下争议现状[status controversiae]。我和弗兰克之间的基本分歧是,我坚定地将早期浪漫派置于德意志唯心论的传统之中,而弗兰克则同样坚定地将其置于该传统之外,甚至与之相对。弗兰克和我都同意,对早期浪漫派的旧费希特式解读已经过时了;但他将其作为区分早期浪漫派和普遍理念论的充分理由,而我认为这种推理是没由来的[non sequitur],因为费希特的唯心主义只是整个理念论传统中的一部分。我认为我与弗兰克的分歧部分是名相上的,源于术语"唯心主义"的不同涵义,但也部分是实质性的,反映了我们对文本的不同进路和解读。

关于名相问题,有必要明确"唯心主义"的涵义。弗兰克和我对这个术语的使用有所不同,这是我俩间一半分歧的来源。如果我俩一开始就对唯心主义的两种形式做出非常基本的区分,我们本可以避免许多混乱。粗略地说,有一种主观意义上的"唯心主义",据其"唯心/理想"(the ideal)意指自我意识主体的意识领域(无论那个主体是经验的还是先验的,个别的还是普遍的);还有一种客观意义上的"唯心主义",据其"唯心/理念"(The Ideal)意指原型或理知领域。① 主观唯心论者认为,我们经验中的一切——尽管不一定是存在的一切——皆只备于某个自我意识主体;客观唯心论者则主张,我们经验中的一切——实际上是存在的一切——是某种原型或理念的表象、显示或体现。从这样的一般术语来看,应该很清楚,这些形式的唯心主义在概念上是不同的。一个主观唯心论者无需认为经验中的一切是某种理念或原型的表象;因为他可能是一个否认原型实在的唯名论者,认定一切存在都是分殊。一个客观唯心论者无需声称那些体现原型的殊相是被某个自我意识主体所感知或为其存在的;因为即便没有自我意识主体存在来感知它们,它们仍然可以是理念的体现或实例。

对德意志唯心主义传统的任何恰当解释都必须足够宽泛,以容纳这两种意义。狭隘的一言堂是行不通的,因为我俩置于这一传统中的典范思想家——康德、费希特、谢林和黑格尔——都在这两种意义上使用"唯心主义"。所有这一传统的学生都知道,在1800年前后,康德和费希特的"主观唯心主义"(观念论)与谢林和黑格尔的"客观唯心主义"(理念论)之间有一个根本性的断裂。那个断裂出现在谢林与费希特的通信中,接着又出现在黑格尔的《费希特与谢林哲学体系的差别》中,该书为谢林与费希特的决裂辩护。谢林

---

① 我在《德意志唯心主义》中为这种区分做了辩护,页349 – 374、379 – 391、418 – 421、447 – 451、491 – 505。

与黑格尔认为,他们的"客观唯心主义"超克了康德和费希特的主观唯心主义,因其容纳了独立的自然实在,也因其没有把自然简化为自我意识主体的单独经验。正如我读到的那样,这是谢林著名的"通往实在之路"(Durchbruch zur Realität)背后的观点,见其1799年《动态过程的普遍演绎》(*Allgemeine Deduktion des dynamischen Prozesses*)。①

鉴于主观和客观的唯心主义具有如此不同的意义,并鉴于其主角之间存在着如此深刻且自觉的分歧,人们很可能会问为何或如何存在着一个唯心主义传统。为何不说两个传统,或复数的"唯心主义",就像洛夫乔伊建议我们去对"浪漫主义"做的那样?要不是为了在这些唯心主义之间进行硬性的快速区分,我也会这么做,仿佛它们没有任何共同点,都同样成问题。只要两者都把思想领域或理想/理念作为理解经验或现实/实在的关键,只要两者都反对唯物主义,那么对于两股传统而言就仍然有一种普遍意义上的"唯心主义"。这两派的基本区别仅仅在于我们是为心性(ideal)——思议的领域——赋予或剥离自我意识主体:主观唯心论者赋予,客观唯心论者剥离。这些唯心主义的共同原则可能是什么,这是一个难题,我无法在此追究。但是,除了我们如何制定这一原则之外,还有另一个理由来书写从康德到黑格尔的一脉单传,即,谢林和黑格尔都自觉地继续将自己置于康德–费希特传统之中。例如,值得注意的是,黑格尔在其《差别》中仍视自己为康德哲学革命的完成。② 我相信,除非能够解释这个明显的悖论——谢林和黑格尔与康德和

① 我关于谢林与费希特的决裂的解读,在此无法详细展开,可参见我的《德意志唯心主义》,页469–505。

② 参见 Hegel, "Vorerinnerung," *Differenz des Fichteschen und Schelling-schen Systems der Philsophie*, in *Werke in zwanzig Bänden*, ed. K. Michel and E-. Moldenhauer(Frankfurt am Main:Suhrkamp,1970),II,9–11。中译本见《费希特与谢林哲学体系的差别》,宋祖良、程志民译,商务印书馆,1994,页1–4。

费希特的观念论决裂，但又都将自己置于康德－费希特传统之中——否则任何对德意志唯心主义的叙述都是不完整或不充分的。

如今我与弗兰克在"唯心主义"概念上的主要分歧是，他将其涵义仅窄化为主观唯心主义。据其《无限趋近》中的定义，"唯心主义"，"略说"（grob gesagt）意指"现实的本质是精神［geistige］实体，或能被化约为它们"（《无限趋近》，页27）。这对主观唯心主义姑且是个合格的定义；但它对客观唯心主义完全无效，后者不认为现实的本质是精神。若对整个唯心主义传统采用弗兰克的定义，我们将不得不把唯心主义限制在康德和费希特处，而把谢林和黑格尔撇开。这样一来，"客观唯心主义"就不可能有任何意义，更不用说谢林和黑格尔与费希特的决裂，以及他们倡导关乎独立自然实在的唯心主义了。在《无限趋近》的一些段落中，弗兰克确实谈到了"绝对唯心主义"，这是"客观唯心主义"的同义词，他将其定义为一个绝对自我创造了一切实在的学说（同上，页128,133）。但在我看来，这仍然是"主观唯心主义"，因为意识领域是否属于先验或经验的，普遍或特殊的主体，无关紧要。无论如何，这种意义上的绝对唯心主义——一个创造整个经验实在世界的超主体（神）——并不是一个描述唯心主义传统中的人的有效术语。这是一个古老的误会，还是入土为安的好（《德意志唯心主义》，页4－6）。

弗兰克和我赋予唯心主义的不同涵义对于我们之间的争议具有决定性意义。因为他从主观上定义这个概念，所以把它与早期浪漫派区分开来；因为我对其定义更广泛，不仅在主观上，而且在客观上，所以我把它放在唯心主义的总标题下面。但在一个重要的意义上，弗兰克和我是一致的，即，若要在主观意义上定义唯心主义，那么浪漫派就不是唯心论者，他们确实反对观念论。对早期浪漫派的旧费希特式解读背后正是这种狭隘的主观意义，弗兰克同我都反

对。此外,关于早期浪漫派的实在论,弗兰克跟我是一条心。在
《无限趋近》中,弗兰克认为,浪漫派不是观念论者,而是实在论
者,持论是域独立于自我意识主体而存在。在拉什(Fred Rush)抱
怨弗兰克使用"实在论"的模棱两可之后,[①]弗兰克在《德意志唯
心主义的出路》(*Auswege aus dem deutschen Idealismus*,19 – 26)中
做了一些精细的区分。我们无需在此细究,尽管它们很有用。对
于浪漫派,实在论的相关义被弗兰克称为"本体实在论",据此义,
"存在着独立于意识之物,其独立性由术语是(being)来意指"(同
上,页 19、21)。

　　虽然这可能会让弗兰克和其他人感到惊讶,但我必须强调,我
完全赞同他,即早期浪漫派正是致力于这样一种实在论。有必要补
充的是,这种实在论旨在全力以赴,支持独立于任何主体(经验或先
验的)的自然存在。因此,它不能还原为康德和费希特在其主观唯
心主义(先验观念论)下试图调和的"经验实在论",因为那种经验
实在论虽然支持空间中"我们之外"的客体的主体间存在,但仍将
空间本身视为"先验观念",即作为自我意识主体的直观形式。这
种形式的实在论不会令浪漫派满意,正如小施勒格尔所言,他们想
要的是"高级实在论",它将赋予自然以独立于任何主体的实在,无
论是经验还是先验的。[②]

　　倘若浪漫派渴望一种高级实在论,这的确是弗兰克归于他们的
那种本体实在论,就很容易论定他们反对唯心主义。这的确正是弗

---

　　①　参见他对 Elizabeth Millán-Zaibert 的《早期德意志浪漫派的哲学基础》
(*Philosophical Foundations of Early German Romanticism*)的书评,*Notre Dame
Philosophical Review*,2004.12.09。

　　②　参见 Schlegel, *Philosophische Lehrjahre*, in KA 18, 31, no. 134; 38,
no. 209;80,no. 606. 诺瓦利斯持类似的观点,见其 *Allgemeine Brouillon*,in NS 3,
382 – 4,no. 634;252,no. 69;382,no. 633;429,no. 820,以及 *Fragmente und Studi-en*,NS 3,671,no. 611。

兰克所作的推论。然而,这是个误导,因其没能区分主、客观唯心主
义。虽然高级实在论的确与主观唯心主义不配,但它却与客观唯心
主义美满,而客观唯心主义的一切都是为了配适那种实在论。即便
没有自我意识主体,仍有可能持论自然中存在的万物都是心的表
露,其中的理念是原型或理知的。

如果我们接受浪漫派持有这样一种客观唯心主义,那么就
有可能解释他们哲学话语的一个非凡特征,即他们对一种既是
唯心论/理想主义又是实在论/现实主义的本体论要求。在 18
世纪末和 19 世纪初,早期浪漫派经常会写到"理想实在论"或
"现实唯心论"。这可不是一个花言巧语,而是表达了一项非常
合理的哲学方案:召唤一种能够公正对待外部世界现实的理想
主义形式。早期浪漫派坚信,在完全的唯物主义和彻底的主观
唯心主义之间应该有某条中道。这条中道就是他们的客观唯心
主义。只有它才能把世界解释为理想的表达——从而避免唯物
主义。但它也能让世界独立于主体而存在——从而摆脱主观唯
心主义。

认识到早期浪漫派在这个意义上是客观唯心论者,也就有可能
强调早期浪漫派的一面,这面曾被弗兰克低估了,但却被一些更老
的评论家正确地强调了。[①] 这就是柏拉图之维。所有早期浪漫
派——小施勒格尔、施莱尔马赫、荷尔德林、诺瓦利斯和谢林——在
他们年轻时都受到过柏拉图的深远影响,并且这对他们的所有思想
都有着普遍的影响。我相信瓦尔泽(Oskar Walzel)是完全正确的,
他在近一个世纪前写道,浪漫主义是自文艺复兴以来柏拉图主义的
最大复兴(瓦尔泽,《德意志唯心主义》,页 5、8)。浪漫主义唯心论

----

① 柏拉图的遗产被瓦尔泽所强调, *German Romanticism* (New York：Put-
nam, 1932) 以及 Erwin Kirchner, *Philosophie der Romantik* (Jena：Diederichs,
1906) ,8 - 34。

的柏拉图之维体现在,他们将绝对等同于理性或逻各斯或理念。我将不得不在此放弃集结和援引关于这种解读的所有证据,这项任务我已在别处执行了(参见本书《浪漫的律令》第四章"早期浪漫派与柏拉图主义传统",页87–111,尤其是页103–111)。然而,这种柏拉图式解读之于我们对浪漫主义的一般解释的后果是重大的。因为这意味着我们必须拒绝流俗解释,即将浪漫主义解读为一种非理性主义形式,作为对启蒙运动(Aufklärung)的反叛并且作为狂飙突进(Sturm und Drang)的一种激进形式。关于审美经验优先于推论思维形式的浪漫信条,并不意味着对于普遍理性的否定或限制,而是旨在提升理智直观形式于推论思维形式之上。它从未意图拒斥理性本身。

有些人反对将客观唯心主义归于浪漫派,以及将他们归入柏拉图主义传统,理由是浪漫派拒绝了论断存在是完全透明且理知的。在这种观点看来,有必要按照以下思路区分唯心主义和浪漫主义:唯心论者坚持存在的透明,而浪漫派则强调其障碍。① 这在我看来似乎太简化了,过于非黑即白,因为对存在的认知可能是一个程度问题。虽然浪漫派当然不认为我们能对存在拥有完美认知,但他们的确认为我们犹在镜中(through a glass darkly)②略有所知。我们认识它的媒介将是审美直观,即柏拉图《斐德若》中的观相。在任何情况下,客观唯心主义都不预设任何关于理智知识的教义。在我看来,客观唯心主义是一个是态学的论题,认为万物皆是理智的外观;但它不是一种认识论的主张,即我们作为有限造物,对是其本身拥有尽善尽美的知识。

---

① 此观点可见 Millán-Zaibert, *Friedrich Schlegel and the Emergence of Romantic Philosophy*, 32, 34, 36, 38。

② 译注:此处拜泽尔化用了伯格曼"神之默示"三部曲的首部名称《犹在镜中》(Såsom i en spegel, 1961)。

这种反对部分是基于浪漫派反基础主义的启发,而基础主义是唯心论传统的重要组成部分。这确实是区分浪漫主义与唯心主义的主因之一。根据这种区分,浪漫派根本就是反基础主义者,而唯心论者在其认识论本质上是基础主义者。① 费希特连同早期谢林是莱因霍尔德——其基要哲学(Elementar philosophie)——基础主义方案的追随者,这基本上是我们在笛卡尔、斯宾诺莎和莱布尼兹那里发现的旧第一哲学[philosophia prima]复兴。虽然黑格尔拒斥了莱因霍尔德式方案,但他从未抛弃基础主义,而只是通过其他手段来追求它:他著名的辩证法。早期浪漫派位列耶拿奇迹时代(Jena Wunderzeit)诸子,拒斥了莱因霍尔德式方案,此方案是他们自己哲学的出发点之一。弗兰克尤为强调早期浪漫派的反基础主义,他对这个主题的探索与阐发,我相信,是他对早期浪漫派研究的主要贡献之一。我完全赞同弗兰克所谓早期浪漫主义之为反基础主义,而且我也追随他的脚步,将其纳入我分内之事。在此我们的确有充分的理由区分早期浪漫派和唯心主义,并且我不认为我在自己早先的工作中足够强调这点。然而,有必要补充:早期浪漫派的反基础主义并未使其在我心目中的唯心主义的确切意义上减损理想主义。如上文所释,客观唯心主义的论题当中没有任何东西使其拥趸致力于基础主义。我们可以肯定,一切实在/现实皆是理念/理想的表现,并且否认基础主义万象。兴许能持随缘:我等凭感观,照见风月宝鉴而明觉精察,并判一切根本义。如我所见,即为浪漫所缘。

―――――――――――

① 这种唯心主义的传统观可追溯到一个被遗忘但可敬的来源:Jakob Friedrich Fries,*Reinhold*,*Fichte und Schelling*(Leipzig:Reineicke,1803)。弗里斯展示了费希特和谢林如何采纳莱因霍尔德的基础主义方案,并对该方案提出了重要的反对意见。他顺便提到了黑格尔,后者很快就会成为莱因霍尔德的克星。

3. 浪漫派美学与唯心主义

在至少暂且平息了普泛的浪漫主义何以关乎唯心主义的问题之后,我想转到涉及这种关系的另一个更具体问题,即浪漫派美学何以关乎唯心论传统。现在,图您一乐,弗兰克和俺将角色互换。如今遍体鳞伤的俩骑士将从裁判台两边交换马甲。现在将由弗兰克来强调唯心论遗产对浪漫主义的重要性,而将由我来低估其意蕴。为何要搞怪角色颠倒?是因为弗兰克在其《德意志早期浪漫主义美学导论》(*Einführung in die frühromantische Ästhetik*)中捍卫康德的哥白尼革命对浪漫派美学的机要性。弗兰克指出了康德的认识论与浪漫派美学之间的一个惊人的类比:正如康德式主体创造其知识标准,浪漫派天才也创造艺术标准。据说,正是康德的革命主张,即知识在于对象符合概念(而非概念符合对象),将美学从古典摹仿论的束缚中解放出来,据其艺术家必须复制自然的给定表象。[①]在这样强调康德的哥白尼革命和浪漫派美学之间的亲和力时,弗兰克遵循了一个可敬的传统。其最伟大的捍卫者之一是伽达默尔,他在《真理与方法》中以此为基础,指控浪漫派从事一种彻底的主观美学。[②] 其拥趸有海姆、科尔夫与哈特曼,这些旧说的主演认为浪漫主义只是"费希特《知识学》的一种诗意形式"。这个传统没有消

---

① Frank, *Einführung in die frühromantische Ästhetik* (Frankfurt am Main: Suhrkamp, 1989) , 9 – 14.

② 参见 Hans-Georg Gadamer, *Wahrheit und Methode* (Tübingen: Mohr, 1990) , 页 93 – 94。(译注:中译本见《诠释学 I——真理与方法》,洪汉鼎译,商务印书馆,2021,页 130。)伽达默尔对浪漫主义者说得很少,但他认为他们是席勒美学教育计划的一部分,他认为席勒的美学教育计划已经主观化了。

亡的迹象,它最近出现在克内勒(Jane Kneller)的《康德与想象力》。① 看来我确实得单枪匹马冲锋陷阵!

　　在我策马扬鞭之前,容我稍缓,提一下弗兰克立场中的奇特张力。怪的是,他如此坚决地拆散浪漫主义与唯心主义/理想主义,但又强调康德的哥白尼革命对浪漫派美学的意义。因为若我们采用康德的哥白尼革命背后的知识范式,我们很快就会落回主观唯心主义的泥潭。正如康德在第一批判第二版序中的著名构想,这一范式规定我们先天所知只是我们所创(B xviii. 对比 B xii,xiii)。若我们坚持这种创造之于一切知识都是必要的,如康德肯定的那样,那么我们就会陷入自我表征循环当中。在我们的创造性认知活动应用于世界之前,世界本身会是什么,结果是那个臭名昭著的怪物,康德的物自体(Ding-an-sich)。

　　在此有些东西必须让渡,因为弗兰克不能二者兼得。而让渡之物正是弗兰克对哥白尼革命的强调。因为在他的"导论"过程中,弗兰克发现自己正在撤回他最初作为其指令之类比的重要性。他完全正确地看到,这个类比有些不对。问题是这样的:当哥白尼学说被应用于感性时,它导向了感性判断是非认知性的学说。康德在《判断力批判》第一段中强调并明确地告诉我们(AA 5,204. 对比214),感性判断与真理无关,它不涉及对象中的任何东西,因其只关乎鉴赏者的快感,这绝非偶然。康德关于快适的严格主体地位学说是哥白尼革命的直接后果,因为它把美的标准置于感受能力中,而非客体本身。康德视相反的学说——唯理论认为感性判断在客体本身当中形成了一种完美直观——为重蹈形而上学独断论的覆辙,把美的标准置于客体本身,更具体地说,置于其完善性或统一性中。但恰恰是康德否定了感性判断的认知地位,显示了他的哥白尼革命

---

　　① Jane Kneller, *Kant and the Power of Imagination* (Cambridge: Cambridge University Press, 2007).

与浪漫派之间的深刻差异。因为浪漫派个个都热衷于美感就是认知的学说,这确实给了我们进入真理的洞见。当然,弗兰克太清楚这一点了,值得注意的是,正由于这个原因,他回撤了,止步了,没能跟进他的类比(《德意志早期浪漫主义美学导论》页 38 – 39、122 – 123、129)。

只要我们考虑到康德的哥白尼革命对于感性判断之认知地位的影响,我们就不得不承认,康德美学之于浪漫思想,更多是挑战而非激励。若我们想追溯浪漫派美学理论的来源,那么我们就必须回到古典教义,更确切地说是柏拉图学说。此情此景,我欲再奏我的柏拉图竖琴!因为正是《斐德若》和《会饮》的柏拉图——而非《王制》的柏拉图——才是浪漫派的主要灵感。浪漫派也是狄奥提玛的孩子,他们的美学源头可以追溯至狄奥提玛的教导,美在于对理智形式的感知。这一教导也是唯理论传统的核心——沃尔夫、鲍姆加登、哥特谢德(Gottsched)、温克尔曼和门德尔松的美学——据其美在于直观至善(intuitio perfectionis)。[①]

而今,在提出了一些大而化之的主张之后,让我再提出一个比先前更异端的主张,即,与其把浪漫派美学视为建立在康德的基础上,不如视其为恢复理性主义美学的尝试,是对康德式哥白尼革命的反抗。因为浪漫派首先想恢复感性判断的认知地位这一古典教义,反对康德的主观主义。康德意欲埋葬的教义,他们却意欲重振。对诗艺背后真理的浪漫强调,及其柏拉图遗产,不允许有其他结论。

当然,浪漫派与他们的唯理论前辈之间仍有很大区别,即,浪漫派倒转了理性主义的知识等级。唯理论者将感性经验置于理性的力量之下——在此理性被理解为传统意义上的构思和推断的力

---

① 参见我的 *Diotima's Children: German Aesthetic Rationalism from Leibniz to Lessing*(Oxford: Oxford University Press, 2009)。译注:中译本见《狄奥提玛的孩子们》,张红军译,人民出版社,2019。

量——而浪漫派则将其置于理性之上。当然,正是在这一方面,强调康德对浪漫派的影响是公平的,因为他们确实接受了康德对传统形而上学的一些批判。康德对推理力的攻击之于他们将感性经验提升到一切形式的知识之上确实关键。但这点被推得太远了,仿佛与唯理论形而上学决裂就意味着与其美学决裂。这也是没由来的[non sequitur]。

尽管浪漫主义美学和理性主义传统之间有明显的亲和力,尽管浪漫美学和康德传统之间有明显的张力,但我对学者开始将注意力从康德转向唯理论者并不乐观。视康德为美慧之源的旧习着实太难打破了。我们浪漫派知道,当来自柯尼斯堡的邮车发生故障时,康德派会做什么。与其失去几周真理报,他们会在《判断力批判》的更隐晦处搜肠刮肚以求慰藉。他们在文本中翻找每一条证据,以证明浪漫派无以复加[non plus ultra]地受惠于这片感官世界(aesthetic universe)。当然,他们找到的学说似乎预示着后来的浪漫主题。因此他们指向了康德的天才概念,他的艺术之为道德象征的观念,以及无目的之合目的性悖论。所有这些想法可能的确对浪漫派有暗示作用。但它们的问题在于,它们有太多范导性限定,无法支持浪漫派对艺术的认知地位的信念。康德从未允许艺术家洞悉自然背后的理念,原因很简单,这些理念对他来说只有范导性效用。他只允许我们将自然当作仿佛是根据理念所创造的,但不允许我们假定它实际上就是这样。康德式艺术家仍然被困在主观唯心主义(观念论)的意识圈内。

关于这些康德式旧习,坦率地说我感到难以置信。浪漫派从来都不是康德的《判断力批判》的狂热信徒,他们从未皓首穷经来寻找灵感。毕竟,对于一个将阿拉伯纹(arabesque)作为完美高度的经文,人们能说什么呢?《判断力批判》的大信徒是席勒,似乎康德影响了席勒,而席勒影响了浪漫派,传导了康德对浪漫派的影响。但在席勒的《美育书简》与荷尔德林的《新美书简》之间存在着巨大的差异。后者意在维护被前者破坏了的感性真理主张。所谓康德与浪漫派之间的亲和力缺乏可信度的原因之一是,它没有见识到一个基本而简单的事实后果:康德不读希腊文。大多数青年浪漫派从小就接受了希腊语训练,正是如此,他们能够接近并深入柏拉图的《蒂迈欧》《会饮》和《斐德若》。正是康德对希腊的无知,在他和浪漫派代际间设置了一个主要的文化藩篱。让我们面对现实吧:这位柯尼斯堡的干硬圣人对爱欲无感,所以他从未理解狄奥提玛教导的灵魂。

在一个方面,我愿意承认,康德的哥白尼革命和浪漫派美学之间的旧式类比包含着一丝真理,即,浪漫派的确强调了艺术家的创造性角色,他们并不期望艺术家仅仅复制外部自然的表象。但这一点给我们留下了一个问题,而这个类比的主演们并没有意识到,即,浪漫派何以可能既强调艺术家的创造性角色,又强调艺术揭示真理的力量。看来艺术家的创造力只揭示了他自己的感官欲望,而非外部世界的任何东西。这里的问题是如何把对艺术创造力的浪漫信仰与模仿自然说结合起来,浪漫派从未真正放弃过这一学说,这甚至他们的本体实在论要求。我在此建议,对此明显悖论的解释就在于浪漫派普泛的自然概念,更具体地说,他们的有机自然观。据此观念,自然的有机力量在主体的创造力中达到了最高的组织和发展,因此他所创造的也是自然通过他所创造的。艺术家通过他自己的创造力,成为自然她自身的自我实现和自我揭示的工具。[1] 这一理念的典型表达是谢林的《先验唯心论体系》(*System des transcen-*

---

① 译注:关于通过模仿揭示自然的母题,可参见洛夫乔伊,《存在巨链》,张传有、高秉江译,商务印书馆,2015;奥尔巴赫,《摹仿论》,吴麟绶、周新建、高艳婷译,商务印书馆,2018;皮埃尔·阿多,《伊西斯的面纱》,张卜天译,华东师范大学出版社,2019;斯塔罗宾斯基,《透明与障碍》,汪炜译,华东师范大学出版社,2019;以及拜泽尔的好友迈克尔·弗里德曼所著《分道而行》,张卜天、南星译,商务印书馆,2021。

dentalen Idealismus）。若我对这一悖论的解决方案是正确的,那它就表明了浪漫派自然哲学之于他们美学的重要性。只有当我们把浪漫派美学置十其自然哲学(他们的自然整体观)的语境中,它对艺术知解力的主张才开始有意义。

就这样吧。在这场比试中,我带着抨击做了最后一次招架。如今我的驽骍难得已然厌倦,我想观众亦如是。我退赛了,不知道玛蒂尔德会授予我何等宠爱。我抑或弗兰克才配得上她的蓝花,我将留给看官来判断。

文献缩写

AA　Kant, Immanuel。《康德文集》(*Gesammelte Schriften*),科学院版,Wilhelm Dilthey 等编。Berlin: de Gruyter, 1902—。所有涉及《纯粹理性批判》(*Kritik der reinen Vernunft*)(*KrV*)第一版和第二版之处,皆分别标示为"A"和"B"。

EPW　《德意志浪漫派早期政治著作选》(*Early Political Writings of the German Romantics*), Frederick C. Beiser 编译, Cambridge: Cambridge University Press, 1992。

HKA　Hardenberg, Friedrich von。《诺瓦利斯文集批评版》(*Novalis Schriften, Kritische Ausgabe*), Richard Samuel, Hans Joachim Mähl 及 Gerhard Schulz 编。Suttgart: Kohlhammer, 1960—1988。

GSA　Hölderlin, Friedrich。《大斯图加特版全集》(*Sämtliche Werke, Grosse Stuttgarter Ausgabe*), Friedrich Beissner 编。Stuttgart: Kohlhammer, 1961。

GW　Hegel, Georg Wilhelm Friedrich。《黑格尔文集》(*Gesammelte Werke*), Nordrhein Westfälischen Akademie der Wissenschaften 编, Hamburg: Meiner, 1989—。

KA　Schlegel, Friedrich。《批评版弗里德里希·施勒格尔文集》(*Kritische Friedrich Schlegel Ausgabe*), Ernst Behler, Jean Jacques Anstett 及 Hans Eichner 编。Munich: Schöningh, 1958—。

KGA　Schleiermacher, Friedrich Daniel。《施莱尔马赫批评版文集》(*Kritische Gesamtausgabe*), Günter Meckenstock 等编。Berlin: de Gruyter, 1984—。

NA   Schiller, Friedrich。《国家版席勒文集》(*Werke* , *Nationa-lausgabe*) , *L.* Blumenthal 和 Benno von Wiese 编。Weimar: Böhlaus Nachfolger,1943—1967。

SKA   Schelling,Friedrich Wilhelm Joseph。《谢林文集历史批评版》(*Schelling Historische – Kritische Ausgabe*) , H. M. Baumgartner, W. G. Jacobs, H. Krings 及 H. Zeltner 编。Stuttgart – Bad Cannstatt: Fromann,1976—。

参考文献

主要资料

Aristotle. *The Complete Works*, ed. Jonathan Barnes. Princeton: Princeton University Press, 1984.

Baader, Franz. *Sämtliche Werke*. Leipzig: Bethmann, 1851–1860.

Baumgarten, Alexander. *Texte zur Grundlegung der Ästhetik*, ed. Hans Rudolf Schweizer. Hamburg: Meiner, 1983.

———— *Theoretische Ästhetik: Die grundlegenden Abschnitte aus der "Aesthetica" (1750/58)*, ed. Hans Rudolf Schweizer. Hamburg: Meiner, 1983.

Blumenbach, J. F. *Über den Bildungstrieb*. 2nd ed. Göttingen: Dietrich, 1791.

Cudworth, Ralph. *Treatise on True and Immutable Morality*, ed. Edward Chandler. London: Knapton, 1731.

Eberhard, J. A. *Über Staatsverfassungen und ihre Verbesserungen*. Berlin: Voß, 1792–1793.

Fichte, Johann Gottlieb. *Sämtliche Werke*, ed. I. H. Fichte. Berlin: Veit, 1845–1846.

Goethe, J. W., *Werke, Hamburger Ausgabe*, ed. D. Kühn and R. Wankmüller. 14 vols. Hamburg: Wegner, 1955.

Hamann, J. G. *Sämtliche Werke, Historisch-Kritische Ausgabe*, ed. J. Nadler. Vienna: Herder, 1949–1957.

Hegel, G. W. F. *Werke in Zwanzig Bänden*, eds. E. Moldenhauer and K. Michel. Frankfurt: Suhrkamp, 1971.

Heine, Heinrich. *Sämtliche Schriften*, ed. Klaus Briegleb 12 vols. Frankfurt: Ullstein, 1981.

Hemsterhuis, Franz. *Philosophischen Schriften*, ed. Julius Hilß. 4 vols. Karlsruhe: Dreililien Verlag, 1912.

Herder, Johann Gottfried. *Sämtliche Werke*, ed. Bernard Suphan. 33 vols. Berlin: Weidmann, 1881–1913.

Herz, Henriette. *Berliner Salon: Erinnerungen und Portraits*. Frankfurt: Ullstein, 1986.

Hölderlin, Friedrich. *Sämtliche Werke, Grosse Stuttgarter Ausgabe*, ed. Friedrich Beissner. Stuttgart: Kohlhammer, 1961.

———— *Essays and Letters on Theory*, ed. and trans. Thomas Pfau. New York: SUNY Press, 1988.

Kant, Immanuel. *Gesammelte Schriften*, Akademie Ausgabe, ed. Wilhelm Dilthey et al. Berlin: de Gruyter, 1902–.

Maimon, Solomon. *Gesammelte Werke*, ed. Valerio Verra. Hildesheim: Olms, 1965.

Mendelssohn, Moses. "Ueber die Frage: Was heisst aufklären?" *Berlinische Monatsschrift* 4 (1784): 193–200.

More, Henry. *A Collection of Several Philosophical Writings*. 2 vols. London: Morden, 1667.

Müller, Adam. *Die Elemente der Staatskunst*. Berlin: Sander, 1809.

Plato. *The Collected Dialogues*, eds. Edith Hamilton and Huntington Cairns. Princeton: Princeton University Press, 1961.

Schelling, Friedrich Wilhelm Joseph. *Sämtliche Werke*, ed. K. F. A. Schelling. 14 vols. Stuttgart: Cotta, 1856–1861.

——— *Briefe und Dokumente*, ed. Horst Furhmanns. 2 vols. Bonn: Bouvier, 1962–1975.

——— *Historische-Kritische Ausgabe*, eds. H. M. Baumgartner, W. G. Jacobs, H. Krings, and H. Zeltner. Stuttgart-Bad Cannstatt: Fromann, 1976–.

——— *The Unconditional in Human Knowledge: Four Early Essays (1794–1796)*, trans. Fritz Marti. Cranbury: Associated University Presses, 1980.

——— *Ideas for a Philosophy of Nature*, trans. Peter Heath and Errol Harris. Cambridge: Cambridge University Press, 1988.

——— *System of Transcendental Idealism*, trans. Peter Heath. Charlottesville: University of Virginia Press, 1993.

——— *Timaeus (1794): Ein Manuskrip zu Platon*, ed. Hartmut Buchner. Stuttgart-Bad Cannstatt: Fromann Holzboog, 1994.

Schiller, Friedrich. *Werke, Nationalausgabe*, ed. L. Blumenthal and Benno von Wiese. Weimar: Böhlaus Nachfolger, 1943–1967.

Schlegel, August Wilhelm. *Sämtliche Werke*, ed. Eduard Böcking. Leipzig: Weidmann, 1846.

——— *Vorlesungen über Ästhetik*, ed. Ernst Behler. Paderborn: Schöningh, 1989.

Schlegel, Friedrich. *Kritische Friedrich Schlegel Ausgabe*, ed. Ernst Behler, Jean Jacques Anstett, and Hans Eichner. Munich: Schöningh, 1958–.

——— *Friedrich Schlegel: Dialogue on Poetry and Literary Aphorisms*, eds. Ernst Behler and Roman Struc. University Park: Pennsylvania State University Press, 1968.

——— *Friedrich Schlegel's Lucinde and the Fragments*, ed. Peter Firchow. Minneapolis: University of Minnesota Press, 1971.

——— *Athenaeum: Eine Zeitschrift*. 3 vols. Berlin: Vieweg, 1798–1800. Reprint: Darmstadt: Wissenschaftliche Buchgesellschaft, 1992.

Schleiermacher, Friedrich Daniel. *Soliloquies*, trans. H. L. Friess. Chicago: Open Court, 1926.

——— *Schleiermachers Werke. Werke in Vier Bänden*, ed. Otto Braun and Johannes Brauer. Leipzig: Meiner, 1928. Reprint: Aalen: Scientia Verlag, 1981.

——— *Brouillon zur Ethik (1805–1806)*, ed. Hans-Joachim Birkner. Hamburg: Meiner, 1981.

——— *Ethik (1812–1813)*, ed. Hans-Joachim Birkner. Hamburg: Meiner, 1981.

——— *Kritische Gesamtausgabe*, ed. Günter Meckenstock et al. Berlin: de Gruyter, 1984–.

——— *Dialektik (1811)*, ed. Andreas Arndt. Hamburg: Meiner, 1986.

——— *On Religion*, trans. Richard Crouter. Cambridge: Cambridge University Press, 1988.

——— *Hermeneutics and Criticism*, ed. Andrew Bowie. Cambridge: Cambridge University Press, 1998.

Smith, John. *Select Discourses*. London: Morden, 1660.

Spinoza, Benedictus. *Opera*, ed. C. Gebhardt. 5 vols. Heidelberg: Winter, 1924.

Steffens, Heinrich. *Was ich erlebte*. 10 vols. Breslau: Max, 1841.

Tieck, Ludwig. *Werke in vier Bänden*, ed. Marianne Thalmann. Munich: Winkler, 1963.

Wackenroder, Wilhelm. *Werke und Briefe*, ed. F. von Leyen. Jena: Diederichs, 1910.

——— *Sämtliche Werke und Briefe, Historisch-Kritische Ausgabe*, eds. Silvio Viotta and Richard Littlejohns. Heidelberg: Winter, 1991.

二手资料

Abercrombie, Lascelles. *Romanticism*. London: Secker and Warbarg, 1926.

Abrams, M. H. *The Mirror and the Lamp*. New York: Oxford University Press, 1953.

——— *Natural Supernaturalism*. New York: Norton, 1971.

Adler, Emil. *Der junge Herder und die Aufklärung*. Vienna: Europa, 1968.

Ameriks, Karl, ed. *The Cambridge Companion to German Idealism*. Cambridge: Cambridge University Press, 2000.

——— "The Practical Foundation of Philosophy in Kant, Fichte and After," in *The Reception of Kant's Critical Philosophy*, ed. Sally Sedgwick, pp. 109–129. Cambridge: Cambridge University Press, 2000.

Ayrault, Roger. *La Genèse du romantisme allemand*. 3 vols. Paris: Aubier, 1961.

Batscha, Zwi. «*Despotismus von der Art reizt zur Widersetzlichkeit*», *Die Französische Revolution in der deutschen Popularphilosophie*. Frankfurt: Suhrkamp, 1989.

Baum, Manfred. "The Beginnings of Schelling's Philosophy of Nature," in *The Reception of Kant's Critical Philosopy*, ed. Sally Sedgwick, pp. 199–215. Cambridge: Cambridge University Press, 2000.

Baum, Wilhelm. "Der Klagenfurter Herbert Kreis zwischen Aufklärung und Romantik," *Revue Internationale de Philososophie* 50 (1996), 483–514.

Baumgardt, David. "Spinoza und der deutsche Spinozismus," *Kant-Studien* 32 (1927), 182–192.

Baxa, Jakob. *Einführung in die romantische Staatswissenschaft*. Jena: Gustav Fischer, 1923.

Beck, Lewis White. *Early German Philosophy*. Cambridge, Mass.: Harvard University Press, 1969.

Ernst Behler. "Friedrich Schlegels Vorlesungen über Transzendentalphilosophie Jena 1800–1801," in *Transzendentalphilosophie und Spekulation. Der Streit um die Gestalt einer Ersten Philosophie (1799–1807)*, ed. Walter Jaeschke. Hamburg: Meiner, 1953.

—— "Friedrich Schlegels Theorie der Universalpoesie," *Jahrbuch der deutschen Schillergesellschaft* 1 (1957), 211–252.

—— "Die Kulturphilosophie Friedrich Schlegels," *Zeitschrift für philosophische Forschung* 14 (1960), 68–85.

—— "Friedrich Schlegel und Hegel," *Hegel-Studien* 2 (1963), 203–250.

—— *Friedrich Schlegel.* Hamburg: Rowohlt, 1966.

—— "The Origins of the Romantic Literary Theory," *Colloquia Germanica* (1967), 109–126.

—— "Kritische Gedanken zum Begriff der europäischen Romantik," in *Die europäische Romantik.* Frankfurt: Athenaum, 1972.

—— "Nietzsche und die frühromantische Schule," in *Nietzsche-Studien* 7 (1978), 59–87.

—— *Die Zeitschriften der Brüder Schlegel.* Darmstadt: Wissenschaftliche Buchgesellschaft, 1983.

—— ed., *Die Aktualität der Frühromantik.* Paderborn: Schöningh, 1987.

—— "Friedrich Schlegels Theorie des Verstehens: Hermenutik oder Dekonstrutkion?", in *Die Aktualität der Frühromantik,* pp. 141–160.

—— *Studien zur Romantik und zur idealistischen Philosophie.* Paderborn: Schöningh, 1988.

—— "Die Wirkung Goethes und Schillers auf die Brüder Schlegel," in *Studien zur Romantik und zur idealistischen Philosophie,* pp. 264–282.

—— *Irony and the Discourse of Modernity.* Seattle: University of Washington Press, 1990.

—— *Confrontations: Derrida, Heidegger, Nietzsche.* Stanford: Stanford University Press, 1991.

—— "Manfred Frank: *Einführung in die frühromantische Ästhetik,*" *Athenäum* 1 (1991), 248–249.

—— *Frühromantik.* Berlin: de Gruyter, 1992.

—— *German Romantic Literary Theory.* Cambridge: Cambridge University Press, 1993.

—— "Friedrich Schlegel's Theory of an Alternating Principle Prior to his Arrival in Jena (6 August 1796)," *Revue Internationale de Philosophie* 50 (1996), 383–402.

—— "Schlegels Frühe Position in der Ausbildung der idealistischen Philosophie," in "Einleitung" to volume 8 of *Kritische Friedrich Schlegel Ausgabe,* pp. xxi–lxxxvii.

—— "Einleitung," *Philosophische Lehrjahre,* vol. 18 of *Kritische Friedrich Schlegel Ausgabe.*

Beiser, Frederick. *The Fate of Reason.* Cambridge, Mass.: Harvard University Press, 1986.

—— *Enlightenment, Revolution, and Romanticism: The Genesis of Modern German Political Thought, 1790–1800.* Cambridge, Mass.: Harvard University Press, 1992.

—— *The Sovereignty of Reason: The Defense of Rationality in the Early English Enlightenment.* Princeton: Princeton University Press, 1996.

—— *German Idealism: The Struggle against Subjectivism, 1781–1801.* Cambridge, Mass.: Harvard University Press, 2002.

Beiser, Frederick, ed. *The Early Political Writings of the German Romantics.* Cambridge: Cambridge University Press, 1996.

Belgardt, Raimund. "'Romantische Poesie' in Friedrich Schlegels Aufsatz *Über das Studium der griechischen Poesie,*" *German Quarterly* 40 (1967), 165–185.

Bell, David. *Spinoza in Germany from 1670 to the Age of Goethe.* London: Institute of Germanic Studies, University of London, 1984.

Benjamin, Walter. *Der Begriff der Kunstkritik in der deutschen Romantik.* Bern: Francke, 1920. Vol. 1 of *Gesammelte Schriften,* eds. Rolf Tiedemann and Hermann Schweppenhäuser. Frankfurt: Suhrkamp, 1974. Pp. 7–122.

Berlin, Isaiah. "The Romantic Revolution: A Crisis in the History of Modern Thought," in *The Sense of Reality,* ed. Henry Hardy, pp. 168–193. New York: Farrar, Straus and Giroux, 1996.

———— *The Roots of Romanticism.* Princeton: Princeton University Press, 1999.

Bertaux, Pierre. *Hölderlin und die französiche Revolution.* Frankfurt: Suhrkamp, 1969.

Blackall, Eric. *The Novels of the German Romantics.* Ithaca: Cornell University Press, 1983.

Blackwell, Albert. *Schleiermacher's Early Philosophy of Life.* Cambridge: Harvard University Press, 1982. Harvard Theological Studies, No. 93.

Blankennagel, John. "The Dominant Characteristics of German Romanticism," *Publications of the Modern Language Association of America* 55 (1940), 1–10.

Böhm, Wilhelm. *Hölderlin.* 2 vols. Halle-Saale: Niemeyer, 1928.

Bowie, Andrew. *Schelling and Modern European Philosophy: An Introduction.* London: Routledge, 1993.

Brandes, Georg. *Die Literatur des neunzehnten Jahrhunderts in ihren Hauptströmungen.* Leipzig: Veit, 1887.

Brecht, Martin. "Hölderlin und das Tübinger Stift," *Hölderlin Jahrbuch* 18 (1973), 20–48.

Briefs, G. A. "The Economic Philosopy of Romanticism," *Journal of the History of Ideas* 2 (1941), 279–300.

Brinkmann, Richard. "Romantische Dichtungstheorie in Friedrich Schlegels Frühschriften und Schillers Begriffe der Naiven und Sentimentalischen," *Deutsche Vierteljahrschrift für Literaturwissenschaft und Geistesgeschichte* 32 (1958), 344–371.

———— "Frühromantik und Französiche Revolution," in *Deutsche Literatur und Französiche Revolution,* pp. 172–191. Göttingen: Vandenhoeck and Ruprecht, 1974.

Brunschwig, Henri. *La crise de l'état prussien à la fin du Xviiie siècle et la genèse de la mentalité romantique.* Paris: Presses Universitaires de France, 1947. Translated by Frank Jellinek as *Enlightenment and Romanticism in Eighteenth Century Prussia.* Chicago: University of Chicago Press, 1974.

Caneva, K. L. "Teleology with Regrets," *Annals of Science* 47 (99), 291–300.

Cassirer, Ernst. "Hölderlin und der deutsche Idealismus," in *Idee und Gestalt,* pp. 113–155. Berlin: Cassirer, 1924.

Cramer, Konrad, W. Jacobis, and W. Schmidt-Biggemann. *Spinozas Ethik und ihre frühe Wirkung*. Wolfenbüttel: Herzog August Bibliothek, 1981. Wolfenbütteler Forschungen 16.

Cranston, Maurice. *The Romantic Movement*. Oxford: Blackwell, 1994.

Cunningham, Andrew, and Nicholas Jardine, eds. *Romanticism and the Sciences*. Cambridge: Cambridge University Press, 1990.

Delf, H., J. Schoeps, and M. Walther. *Spinoza in der europäischen Geistesgeschichte*, Berlin: Hentrich, 1994. Studien zur Geistesgeschichte, Band 16.

De Man, Paul. *Blindness and Insight*. 2nd ed. Minneapolis: University of Minnesota Press, 1983.

——— *The Rhetoric of Romanticism*. New York: Columbia University Press, 1984.

Dick, Manfred, *Die Entwicklung des Gedankens der Poesie in den Fragmenten des Novalis*. Bonn: Bouvier, 1967. Mainzer Philosophische Forschungen, No. 7.

Dilthey, Wilhelm. *Das Erlebnis und die Dichtung*. Leipzig: Tuebner, 1907.

——— *Leben Schleiermachers*, ed. Martin Redeker. Göttingen: Vandenhoeck and Ruprecht, 1970.

Droz, Jacques. *L'Allemagne et la Révolution Francaise*. Paris: Presses-Universitaires de France, 1949.

——— *Le Romantisme Allemand et L'Etat*. Paris: Payot, 1966.

Durner, Manfred. "Schellings Begegnung mit der Naturwissenschaften in Leipzig," *Archiv für Geschichte der Philosophie* 72 (1990), 220–236.

——— "Die Naturphilosophie im 18. Jahrhundert und der naturwissenschaftliche Unterricht in Tübingen," *Archiv für Geschichte der Philosophie* 73 (1991), 71–103.

——— "Theorie der Chemie," in the supplementary volume to *Schelling, Historisch-Kritische Ausgabe. Wissenschaftliche Bericht zu Schellings Naturphilosophischen Schriften 1797–1800*, pp. 44–56. Stuttgart: Frommann, 1994.

Düsing, Klaus. "Spekulation und Reflexion: Zur Zusammenarbeit Schellings und Hegels in Jena," *Hegel-Studien* 5 (1969), 95–128.

——— "Die Entstehung des spekulativen Idealismus: Schellings und Hegels Wandlungen zwischen 1800 und 1801," in *Transzendentalphilosophie und Spekulation: Der Streit um die Gestalt einer Ersten Philosophie (1799–1807)*, ed. Walter Jaeschke. Hamburg: Meiner, 1993.

Eichner, Hans. "The Supposed Influence of Schillers *Über Naive und Sentimentalische Dichtung* on F. Schlegels *Über das Studium der griechischen Poesie*," *Germanic Review* 30 (1955), 260–264.

——— "Friedrich Schlegels Theory of Romantic Poetry," *Publications of the Modern Language Association* 71 (1956), 1018–1041.

——— "Contexts and Connotations of the Word «Romantic» at the Dawn of the Romatic Movement," *Actues du 8me Congrès de la Fédération Internationale des Langues et Littératures Modernes*. Liège, 1962.

——— *Friedrich Schlegel*. New York: Twayne, 1970.

——— "Romanticism," in *The Challenge of German Literature*, eds. Horst Daemmrich and Diether Haenicke, pp. 183–231. Detroit: Wayne State Univerity Press, 1971.

——— "German/Romantisch-Romantik-Romantiker," in *Romantic and Its Cognates,* ed. Eichner, pp. 98–156.

——— "Romantic and its Cognates in England, Germany, and France before 1790," in *Romantic and its Cognates,* ed. Eichner, pp. 17–97.

Eichner, Hans, ed., *Romantic and Its Cognates. The European History of a Word.* Toronto: University of Toronto Press, 1972.

Eldridge, Richard. *The Persistence of Romanticism.* Cambridge: Cambridge University Press, 2001.

Enders, Carl. *Friedrich Schlegel: Die Quellen seines Wesens und Werdens.* Leipzig: Haessel, 1913.

Esposito, J. *Schelling's Idealism and Philosopy of Nature.* Cranbury: Associated University Presses, 1977.

Faber, Richard. *Die Phantasie an die Macht.* Stuttgart: Metzler, 1970. Texte Metzler 12.

Fischer, Ernst. *Ursprung und Wesen der Romantik.* Frankfurt: Sender, 1986.

Fischer, Kuno. *Schellings Leben, Werke und Lehre.* Heidelberg: Winter, 1872.

Frank, Manfred. "Die Philosophie des sogenannten 'magischen Idealismus,'" *Euphorion* 63 (1969), 88–116.

——— *Materialien zu Schellings philosophischen Anfängen.* Frankfurt: Suhrkamp, 1975.

——— "Ordo inversus: Zu einer Reflexionsfigur bei Novalis, Hölderlin, Kleist und Kafka, in *Geist und Zeichen: Festschrift für Arthur Henkel,* ed. H. Anton, B. Gajek, and P. Pfaff. Heidelberg: Winter, 1977.

——— *Der Kommende Gott.* Frankfurt: Suhrkamp, 1982.

——— *Eine Einführung in Schellings Philosophie.* Frankfurt: Suhrkamp, 1985.

——— *Die Unhintergehbarkeit von Individualität: Reflexionen über Subjekt, Person und Individuum aus Anlaß ihrer «postmodernen» Toterklärung.* Frankfurt: Suhrkamp, 1986.

——— "Aufklärung als Analytische und Synthetische Vernunft. Vom Französischen Materialismus über Kant zur Frühromantik," in *Aufklärung und Gegenaufklärung in der europäischen Literatur, Philosophie und Politik von der Antike bis zur Gegenwart,* ed. Jochen Schmidt. Darmstadt: Wissenschaftliche Buchgesellschaft, 1989.

——— *Einführung in die frühromantische Ästhetik.* Frankfurt: Suhrkamp, 1989.

——— *Das Problem «Zeit» in der deutschen Romantik.* Paderborn: Schöningh, 1990.

——— "Philosophical Foundations of Early Romanticism," in *The Modern Subject,* ed. Karl Ameriks and Dieter Sturma. Albany: SUNY Press, 1995.

——— "Alle Wahrheit ist Relativ, Alles Wissen Symbolisch," *Revue Internationale de Philosophie* 50 (1996), 403–436.

——— *Unendliche Annäherung: Die Anfänge der philosophischen Frühromantik.* Frankfurt: Suhrkamp, 1997.

——— "Wie reaktionär war eigentlich die Frühromantik," *Athenäum* 7 (1997), 141–166.

——— "Intellektuale Anschauung," in *Die Aktualität der Frühromantik,* pp. 96–126.

Immerwahr, Raymond. "The First Romantic Aesthetics," *Modern Language Quarterly* 21 (1960), pp. 3–25.

—— "Zwei Jahrhunderte Rationalitätskritik und ihre postmoderne Überbietung," in *Die Unvollendete Vernunft: Moderne versus Postmoderne,* ed. Dietmar Kamper and Willem van Reijen, pp. 99–121. Frankfurt: Suhrkamp, 1987.

Franz, Michael. "'Platons frommer Garten.' Hölderlins Platonlektüre von Tübingen bis Jena," *Hölderlin Jahrbuch* 28 (1992–1993), 111–127.

—— *Schellings Tübinger Platon-Studien.* Göttingen: Vandenhoeck and Ruprecht, 1996.

Furst, Lilian. *The Contours of European Romanticism.* Lincoln: University of Nebraska Press, 1979.

Gervinus, Georg Gottfried. *Geschichte der poetischen Nationalliteratur der Deutschen.* Leipzig: Engelmann, 1844.

—— *Schriften zur Literatur.* Berlin: Aufbau Verlag, 1962.

Gleckner, Robert, and Gerald Enscoe, eds. *Romanticism: Points of View.* Engelwood Cliffs: Prentice-Hall, 1962.

Gloy, Karen, and Paul Burger, eds. *Die Naturphilosophie im deutschen Idealismus.* Stuttgart: Fromann, 1994.

Grimme, Adolf. *Vom Wesen der Romantik.* Braunschweig: Westermann, 1947.

Guyer, Paul. "Kant's Conception of Empirical Law," *Proceedings of the Aristotelian Society* suppl. vol. 64 (1990), 221–242.

—— "Reason and Reflective Judgment: Kant on the Significance of Systematicity," *Nous* 24 (1990): 17–43.

—— *Kant and the Experience of Freedom.* Cambridge: Cambridge University Press, 1996.

—— "Absolute Idealism and the Rejection of Kantian Dualism," in *The Cambridge Companion to German Idealism,* ed. Karl Ameriks, pp. 109–129. Cambridge: Cambridge University Press, 2000.

Habermas, Jürgen. *Der philosophische Diskurs der Moderne.* Suhrkamp: Frankfurt, 1985.

Haering, Theodor. *Novalis als Philosoph.* Stuttgart: Kohlhammer, 1954.

Hammacher, Werner. *Entferntes Verstehen: Studien zu Philosophie und Literatur von Kant bis Celan.* Frankfurt: Suhrkamp, 1998.

Hammer, Klaus, and Henri Poschmann. "Fragen der Romantikforschung," *Weimarer Beiträge* 9 (1963), 173–182.

Hankins, Thomas. *Science and the Enlightenment.* Cambridge: Cambridge University Press, 1985.

Hartmann, Nicolai. *Die Philosophie des deutschen Idealismus.* Berlin: de Gruyter, 1923.

Hasler, Ludwig. *Schelling, Seine Bedeutung für eine Philosophie der Natur und der Geschichte.* Stuttgart: Fromann-Holzboog, 1981.

Haym, Rudolf. *Die romantische Schule.* Berlin: Gaertner, 1870. Reprinted: Darmstadt: Wissenschaftliche Buchgesellschaft, 1977.

Heckmann, R., and H. Krings, eds. *Zur Auseinandersetzung mit der Naturphilosophie des jungen Schelling.* Stuttgart: Fromann, 1985.

Hendrix, Gerd. *Das politische Weltbild Friedrich Schlegels.* Bonn: Bouvier, 1962. Schriften zur Rechtslehre und Politik, Band 36.

Henrich, Dieter. *Hegel im Kontext*. Frankfurt: Suhrkamp, 1971.

———— *Konstellationen: Probleme und Debatten am Ursprung der idealistischen Philosophie (1789–1795)* Stuttgart: Klett-Cotta, 1991.

———— *Der Grund im Bewußtsein: Untersuchungen zu Hölderlins Denken (1794–1795).* Stuttgart: Klett-Cotta, 1992.

———— *The Unity of Reason,* ed. Richard Velkley. Cambridge, Mass.: Harvard University Press, 1994.

Hettner, Hermann. *Die romantische Schule in ihrem inneren Zusammenhange mit Göthe und Schiller.* Braunschweig: Vieweg und Sohn, 1850.

———— *Geschichte der deutschen Literatur im Achtzehnten Jahrhundert.* 8th ed. Berlin: Aufbau Verlag, 1979. First published Braunschweig: Vieweg, 1862–1870.

Hiebel, Friedrich. *Novalis.* Bern: Francke, 1972.

Hoffmeister, Gerhart. "Forschungsgeschichte," in *Romantik-Handbuch,* ed. H. Schanze, pp. 177–206. Tübingen: Kroner, 1994.

Hoffmeister, Johannes. *Hölderlin und die Philosophie.* Leipzig: Meiner, 1942.

———— *Wörterbuch der philosophische Begriffe.* Hamburg: Meiner, 1955.

Huch, Ricarda. *Blüthezeit der Romantik.* Leipzig: Haessel, 1899.

———— *Ausbreitung und Verfall der Romantik.* Leipzig: Haessel, 1902.

———— *Die Romantik.* Leipzig: Haessel, 1924.

Hughes, Glyn. *Romantic German Literature.* London: Edward Arnold, 1979.

Immerwahr, Raymond. *Romantisch: Genese und Tradition einer Denkform.* Frankfurt: Athenäum, 1972.

Izenberg, Gerald. *Impossible Individuality: Romanticism, Revolution, and the Origins of Modern Selfhood 1787–1802.* Princeton: Princeton University Press, 1992.

Jacob, Margaret. *The Radical Enlightenment: Pantheists, Freemasons and Republicans.* London: George, Allen and Unwin, 1981.

Jacobs, Wilhelm. *Zwischen Revolution und Orthodoxie?: Schelling und seine Freunde im Stift und an der Universität Tübingen. Texte und Untersuchungen.* Stuttgart-Bad Cannstatt: Fromann-Holzboog, 1989. Spekulation und Erfahrung: Abt. 2, Untersuchungen, Band 12.

Jamme, Christoph. *«Ein Ungelehrtes Buch» Die philosophische Gemeinschaft zwischen Hölderlin und Hegel in Frankfurt 1797.* Bonn: Bouvier, 1983.

Janz, Rolf-Peter. *Autonomie und soziale Funktion der Kunst: Studien zur Ästhetik von Schiller und Novalis.* Stuttgart: Metzler, 1973.

Kircher, Erwin. *Philosophie der Romantik.* Jena: Eugen Diederichs, 1906.

Kluckhohn, Paul. *Die deutsche Romantik.* Bielefeld: Verlag von Velhagen and Klasing, 1924.

———— *Personlichkeit und Gemeinschaft: Studien zur Staatsauffassung der deutschen Romantik.* Halle: Niemeyer, 1925.

———— *Das Ideengut der deutschen Romantik.* 3rd ed. Tübingen: Niemeyer, 1953.

———— *Die Auffassung der Liebe in der Literatur des 18. Jahrhunderts und in der deutschen Romantik.* 3rd ed. Tübingen: Niemeyer, 1966.

Knight, D. M. "The Physical Sciences and the Romantic Movement," *History of Science* 9 (1970), 54–75.

Knittermeyer, Heinrich. *Schelling und die romantische Schule.* Munich: Reinhardt, 1929.

Korff, H. A. "Das Wesen der Romantik," *Zeitschrift für Deutschkunde* 43 (1929), 545–561.

——— *Geist der Goethezeit.* 4 vols. Leipzig: Koehler and Amelang, 1966.

Körner, Josef, *Romantiker und Klassiker: Die Brüder Schlegel in ihre Beziehungen zu Schiller und Goethe.* Berlin: Askanischer Verlag, 1924. Reprint: Darmstadt: Wissenschaftliche Buchgesellschaft, 1971.

Krauss, Werner. "Französische Aufklärung und deutsche Romantik," in *Perspektiven und Probleme: Zur französische und deutschen Aufklarung und andere Aufsätze,* pp. 266–284. Neuwied: Luchterhand, 1965. Reprinted in Peter, *Romantischforschung seit 1945,* pp. 168–179.

Kruger, Johanna. *Friedrich Schlegels Bekehrung zu Lessing.* Weimar: Duncker, 1913.

Kuhlmann, H. *Schellings Früher Idealismus.* Stuttgart: Metzler, 1993.

Kurzke, Hermann. *Romantik und Konservatismus.* Munich: Fink, 1987.

——— *Novalis.* Munich: Beck, 1988.

Kuzniar, Alice. *Delayed Endings: Non-Closure in Novalis and Hölderlin.* Athens: University of Georgia Press, 1987.

Lacoue-Labarthe, Phillipe, and Jean-Luc Nancy. *The Literary Absolute,* trans. Phillip Barnard and Cheryl Lester. Albany: SUNY Press, 1988.

Lamm, Julia. *The Living God: Schleiermacher's Theological Appropriation of Spinoza.* University Park: Pennsylvania State University Press, 1996.

——— "Schleiermacher as Plato Scholar," *Journal of Religion* 80 (2000), 206–239.

Lange, E., and G. Biedermann, eds. *Die Philosophie des jungen Schelling.* Weimar: Böhlaus Nachfolger, 1977.

Larmore, Charles. *The Romantic Legacy.* New York: Columbia University Press, 1996.

Larson, James. "Vital Forces: Regulative Principles of Constitutive Agents? A Strategy in German Physiology, 1786–1802," *Isis* 70 (1979), 235–249.

——— *Interpreting Nature: The Science of Living Form from Linnaeus to Kant.* Baltimore: Johns Hopkins, 1994.

Lauth, Reinhard. *Die Entstehung von Schellings Identitätsphilosophie in der Auseinandersetzung mit Fichtes Wissenschaftslehre.* Freiburg: Alber, 1975.

Lenoir, Timothy. "Generational Factors in the Origin of *Romantische Naturphilosophie,*" *Journal of the History of Biology* 11 (1978), 57–100.

——— "Kant, Blumenbach, and Vital Materialism in German Biology," *Isis* 71 (1980), 77–108.

——— "The Göttingen School and the Development of Transcendental Naturphilosophie in the Romantic Era," *Studies in the History of Biology* 5 (1981), 111–125.

——— *The Strategy of Life: Teleology and Mechanics in Nineteenth-Century Biology,* pp. 1–53. Chicago: University Chicago Press, 1989.

Linden, Walter. "Umwertung der deutschen Romantik," *Zeitschrift für Deutschkunde* 47 (1933), 65–91.

Lion, Ferdinand. *Romantik als deutsches Schicksal.* Stuttgart: Rowohlt, 1947.

Lovejoy, Arthur. "The Meaning of Romantic in Early German Romanticism," *Modern Language Notes* 31 (1916). Reprinted in *Essays in the History of Ideas*, pp. 183–206. New York: Capricorn, 1960.

——— "Schiller and the Genesis of German Romanticism," *Modern Language Notes* 35 (1920). Reprinted in *Essays in the History of Ideas*, pp. 207–227.

——— "On the Discrimination of Romanticisms," *Publications of the Modern Language Association* 39 (1924), 229–253. Reprinted in *Essays in the History of Ideas*, pp. 228–253.

——— "The Meaning of Romanticism for the Historian of Ideas," *Journal of the History of Ideas* 2 (1941), 257–278.

Lukács, Georg. "Die Romantik als Wendung in der deutschen Literatur," in *Fortschritt und Reaktion in der deutschen Literatur*, pp. 51–73. Berlin: Aufbau Verlag, 1947.

——— *Die Zerstörung der Vernunft*. Berlin: Aufbau, 1955.

Mähl, Hans-Joachim. "Novalis und Platon," *Jahrbuch des freien deutschen Hochstifts* 1963: 139–250.

——— *Die Idee des goldenen Zeitalters im Werk des Novalis*. Heidelberg: Winter, 1965.

Marcuse, Ludwig. "Reaktionäre und Progressive Romantik," *Monatshefte* 44 (1952), 195–201.

Mayer, Ernst. "Fragen der Romantikforschung," in *Zur deutschen Klassik und Romantik*, pp. 263–305. Pfülligen: Günter Neske, 1963.

Mayer, Hans. *Zur deutschen Klassik und Romantik*. Pfüllingen: Günther Neske, 1963.

Mederer, Wolfgang. *Romantik als Aufklärung der Aufklärung*. Frankfurt: Lang, 1987. Salzburger Schriften zur Rechts-, Staats- und Sozialphilosophie, Band 4.

Mehlis, Georg. *Die deutsche Romantik*. Munich: Rösl and Cie, 1922.

Meinecke, Friedrich. *Weltbürgertum und Nationalstaat: Studien zur Genesis der deutschen Nationalstaats*. Munich: Oldenbourg, 1908.

Mennemeier, Franz Norbert. *Friedrich Schlegels Poesiebegriff dargestellt anhand der literaturkritischen Schriften*. Munich: Fink, 1971.

Menninghaus, Winfried. *Unendliche Verdopplung: Die frühromantische Grundlegung der Kunsttheorie im Begriff absoluter Selbstreflexion*. Frankfurt: Suhrkamp, 1987.

Metzger, Wilhelm. *Gesellschaft, Recht, und Staat in der Ethik des deutschen Idealismus*. Heidelberg: Winter, 1917.

Michel, Willy. *Ästhetische Hermeneutik und frühromantische Kritik*. Göttingen: Vandenhoeck and Ruprecht, 1982.

Molnár, G. *Novalis' "Fichte Studies."* The Hague: Mouton, 1970.

Müller, Andreas. *Die Auseinandersetzung der Romantik mit den Ideen der Revolution*. Halle: Niemeyer, 1929. *Deutsche Vierteljahrsschrift für Literaturwissenschaft und Geistesgeschichte*. Buchreihe Band 16.

Nauen, Franz. *Revolution, Idealism and Human Freedom: Schelling, Hölderlin, and Hegel, and the Crisis of Early German Idealism*. The Hague: Nijhoff, 1971.

Neubauer, John. *Bifocal Vision: Novalis Philosophy of Nature and Disease*. Chapel Hill: University of North Carolina Press, 1971. Studies in Germanic Languages and Literature, No. 68.

——— *Novalis*. Boston: Twayne, 1980.

Neumann, Gerhard. *Ideenparadiese: Untersuchungen zur Aphoristik von Lichtenberg, Novalis, Friedrich Schlegel und Goethe*. Munich: Wilhelm Fink Verlag, 1976.

Nivelle, Armand. *Frühromantische Dichtungstheorie*. Berlin: de Gruyter, 1970.

Norton, Robert. *The Beautiful Soul*. Ithaca: Cornell University Press, 1995.

Nowak, Kurt. *Schleiermacher und die Frühromantik*. Göttingen: Vandenhoeck and Ruprecht, 1986.

———— *Schleiermacher*. Göttingen: Vandenhoeck and Ruprecht, 2001.

O'Brian, W. *Novalis*. Durham: Duke University Press, 1995.

Peckham, Morse. "Toward a Theory of Romanticism," *Proceedings of the Modern Language Association* 66 (1951), 5–23.

Peter, Klaus. *Idealismus als Kritik: Friedrich Schlegels Philosophie der unvollendeten Welt*. Stuttgart: Kohlhammer, 1973.

———— *Friedrich Schlegel*. Stuttgart: Metzler, 1978.

———— "Friedrich Schlegels Lessing: Zur Wirkungsgeschichte der Aufklärung," in *Humanität und Dialog: Lessing und Mendelssohn in neuer Sicht*, ed. Ehrhard Bahr, Edward Harris, and Laurence Lyon. Detroit: Wayne State University Press, 1979.

Peter, Klaus, ed. *Romantikforschung seit 1945*. Meisenheim: Anton Hain, 1980. Neue Wissenschaftliche Bibliothek 93.

Petersen, Julius. *Die Wesensbestimmung der deutschen Romantik*. Leipzig: Quelle and Meyer, 1926.

Pikulik, Lothar. *Frühromantik*. Munich: Beck, 1992.

Poetzsche, Albert. *Studien zur frühromantischen Politik und Geschichtsauffassung*. Leipzig: Voigtländer Verlag, 1907. Beiträge zur Kultur und Universalgeschichte, Heft 3.

Poggi, S., and M. Bossi, eds. *Romanticism in Science*. Dordrecht: Kluwer, 1994.

Porter, Roy, and Mukuláš Teich, eds. *Romanticism in National Context*. Cambridge: Cambridge University Press, 1988.

Porterfield, Allen Wilson. *An Outline of German Romanticism, 1766–1866*. Boston: Ginnn and Co., 1914.

———— "Some Popular Misconceptions concerning German Romanticism," *Journal of English and Germanic Philology* 15 (1916), 471–511.

Prang, Helmut, ed., *Begriffsbestimmung der Romantik*. Darmstadt: Wissenschaftliche Buchgesellschaft, 1968.

———— *Romantik-Handbuch*. Tübingen: Kröner, 1994.

Prawer, Siegbert, ed. *The Romantic Period in Germany*. New York: Schocken, 1970.

Rasch, Wolfdietrich. "Zum Verhältnis der Romantik zur Aufklärung," in *Romantik: Ein Literaturwissenschaftliches Studienbuch*, pp. 7–21. Königstein: Athenäum Verlag, 1979.

Rawls, John, "Kantian Constructivism in Moral Theory," *Journal of Philosophy* 77 (1980), 515–572.

Reiss, Hans. "Introduction" to *The Political Thought of the German Romantics 1793–1815*, pp. 1–43. Oxford: Blackwell, 1955.

Richards, Robert. *The Romantic Conception of Life*. Chicago: University of Chicago Press, 2002.

Riley, Patrick. *Kant's Political Philosophy*. Totawa: Rowman and Allanheld, 1983.

Roe, Shirley. *Matter, Life and Generation: 18th-Century Embryology and the Haller–Wolf Debate.* Cambridge: Cambridge University Press, 1981.

Roger, Jacques. *The Life-Sciences in Eighteenth-Century French Thought.* Stanford: Stanford University Press, 1997. First published as *Les Sciences de la vie dans la pensée francaise au XVIIIe siécle.* Paris: Armand Colin, 1963.

Roisch, Ursula. "Analyse einiger Tendenzen der westdeutschen bürgerlichen Romantikforschung seit 1945," *Weimarer Beiträge* 16, no. 2 (1970), 53–81.

Ruge, Arnold. *Unsere Classiker und Romantik seit Lessing,* vol. 1 of *Sämtliche Werke.* Mannheim: J. P. Grohe, 1847–1848.

Ryan, Lawrence. "Romanticism," in *Periods of German Literature,* ed. J. M. Ritchie. London: Oswalf Wolff, 1966.

Samuel, Richard. *Die poetische Staats- und Geschichtsaufffassung von Friedrich von Hardenberg.* Frankfurt: Diesterweg, 1925. Deutsche Forschungen, Band 12.

——— "Zur Geschichte des Nachlasses Friedrich von Hardenbergs (Novalis)," *Jahrbuch der deutschen Schillergesellschaft* 2 (1958), 301–347.

Sandkühler, Hans Jörg. *Friedrich Wilhelm Joseph Schelling.* Stuttgart: Metzler, 1970.

Sandkühler, Hans Georg, ed. *Natur und geschichtlicher Prozeß.* Frankfurt: Suhrkamp, 1984.

Schanze, Helmut. *Romantik und Aufklärung: Untersuchungen zu Friedrich Schlegel und Novalis.* 2nd ed. Nürnberg: Hans Carl Verlag, 1976. Erlanger Beiträge zur Sprach- und Kunst Wissenschaft, Band 27.

Schanze, Helmut, ed. *Romantik-Handbuch.* Tübingen: Kröner, 1994.

Sheehan, James. *German History, 1770–1866.* Oxford: Oxford University Press, 1989.

Scherer, Wilhelm. *Vorträge und Aufsätze zur Geschichte des geistigen Lebens in Deutschland und Österreich.* Berlin, Weidmann, 1874.

——— *Geschichte der deutschen Literatur.* 7th ed. Berlin: Weidmann, 1894.

Schlagdenhauffen, Alfred. *Frederic Schlegel et son Groupe: La Doctrine de L'Athenaum.* Paris: Les Belles Lettres, 1934. Publications de la Faculté des Lettres de l'Université de Strasbourg, No. 64.

——— "Die Grundzüge des Athenäum," *Zeitschrift für deutsche Philologie* 88 (1969), 19–41.

Schmidt-Biggemann, W., and Karlfried Gründer. *Spinoza in der Frühzeit seiner religiösen Wirkung.* Heidelberg: Winter, 1994. Wolfenbütteler Studien zur Aufklärung 12.

Schmitt, Carl. "Politische Theorie und Romantik," *Historische Zeitschrift* 123 (1921), 377–397.

——— *Politische Romantik.* 2nd ed. Munich: Duncker and Humblot, 1925.

Scholz, Gunter. *Die Philosophie Schleiermachers.* Darmstadt: Wissenschaftliche Buchgesellschaft, 1984. Erträge der Forschung, Band 217.

Schröder, Winfried. *Spinoza in der deutschen Frühaufklärung.* Würzburg: Königshausen and Neumann, 1987.

Seyhan, Azade. *Representation and Its Discontents: The Critical Legacy of German Romanticism.* Berkeley: University of California Press, 1992.

Silz, Walter. *Early German Romanticism.* Cambridge, Mass.: Harvard University Press, 1929.

Simon, Heinrich. *Der magische Idealismus. Studien zur Philosophie des Novalis.* Heidelberg: Winter, 1906.

Snelders, H. A. M. "Romanticism and Naturphilosophie and the Inorganic Natural Sciences 1797–1840: An Introductory Survey," *Studies in Romanticism* 9 (1970), 193–215.

Snow, Dale. *Schelling and the End of Idealism.* Albany: SUNY Press, 1996.

Stefansky, Georg. *Das Wesen der deutschen Romantik.* Stuttgart: J. B. Metzler, 1923.

Steffens, Heinrich. *Was ich erlebte.* 10 vols. Breslau: J. Max, 1841.

Stockinger, Ludwig. "Das Auseinandersetzung der Romantiker mit der Aufklärung," in *Romantik-Handbuch,* ed. Helmut Prang, pp. 79–105. Tübingen: Kröner, 1994.

Stockman, Alois. *Die deutsche Romantik: Ihre Wesenzüge und ihre ersten Vertreter.* Freiburg: Herder and Co., 1921.

Strich, Fritz. *Deutsche Klassik und Romantik, oder Vollendung und Unendlichkeit.* 4th ed. Bern: Francke Verlag, 1949.

Tekiner, Deniz. *Modern Art and the Romantic Vision.* Lanham: University Press of America, 2000.

Träger, Claus. "Ideen der französichen Aufklärung in der deutschen Aufklärung," *Weimarer Beiträge* 14, no. 1 (1968), 175–186.

——— "Novalis und die ideologische Restauration: Über den romantischen Ursprung einer methodoschen Apologetik," *Sinn und Form* 13 (1968), 618–660.

——— "Ursprünge und Stellung der Romantik," *Weimarer Beiträge* 21 (1975), 206–234.

Tilliette, Xavier. *Schelling: Une Philosophie en Devenir.* 2 vols. Paris: Vrin: 1970.

Tymms, Ralph. *German Romantic Literature.* London: Metheun, 1955.

Ueding, Gert. *Klassik und Romantik: Deutsche Literatur im Zeitalter der Französischen Revolution 1789–1815.* 2 vols. Munich: Hanser, 1987.

Uerling, H. *Friedrich von Hardenberg: Werk und Forschung.* Stuttgart: Metzler, 1991.

Vierhaus, Rudolf. *Deutschland im 18. Jahrhundert.* Göttingen: Vandenhoeck and Ruprecht, 1988.

Verschoor, A. D. *Die ältere deutsche Romantik und die Nationalidee.* Amsterdam: Paris, 1928.

Walzel, Oskar. *Deutsche Romantik.* Leipzig: B. G. Teubner, 1908. Translated by A. E. Lussky as *German Romanticism.* New York: Putnam, 1924.

——— "Wesenfragen deutscher Romantik," *Jahrbuch des Freien deutschen Hochstifts* 29 (1929), 253–376.

Wegengast, Margarathe. *Hölderlins Spinoza Rezeption.* Tübingen: Niemeyer, 1990.

Wiese, Benno von. "Zur Wesenbestimmung der frühromantischen Situation," *Zeitschrift für Deutschkunde* 42 (1928), 722–729.

Willoughby, L. A. *The Romantic Movement in Germany.* New York: Russell and Russell, 1966.

Weiland, Werner. *Der junge Friedrich Schlegel oder die Revolution in der Frühromantik.* Stuttgart: Kohlhammer, 1968.

Wellek, René. "The Concept of Romanticism," in *Concepts of Criticism,* pp. 128–198. New Haven: Yale University Press, 1963.

────── "Romanticism Reexamined," in *Concepts of Criticism*, pp. 199–221.

Wetzels, Walter. "Aspects of Natural Science in German Romanticism," in *Studies in Romanticism* 10 (1971), 44–59.

Wieland, Wolfgang. "Die Anfänge der Naturphilosophie Schellings und die Frage nach der Natur," in *Natur und Geschichte: Karl Löwith zum 70. Geburtstag*, pp. 71–90. Stuttgart: Kohlhammer, 1967.

Wild, Reiner. "Freidenker in Deutschland," *Zeitschrift für historische Forschung* 6 (1979), 253–285.

Wirz, Ludwig. *Friedrich Schlegels philosophische Entwicklung*. Bonn: Hanstein, 1939.

Wundt, Max. "Die Wiederentdeckung Platons im 18 Jahrhundert," *Blätter für deutsche Philosophie* 15 (1941), 149–158.

Ziolkowski, Theodore. *German Romanticism and its Institutions*. Princeton: Princeton University Press, 1990.

────── *Das Wunderjahr in Jena: Geist und Gesellschaft 1794–1795*. Stuttgart: Klett-Cotta, 1998.

索　引[*]

The Romantic Imperative: The Concept of Early German Romanticism
by Frederick C. Beiser
Copyright © 2003 by the President and Fellows of Harvard College
Published by arrangement with Harvard University Press
through Bardon-Chinese Media Agency
Simplified Chinese translation copyright © 2024 by Huaxia Publishing House Co., Ltd.
All rights reserved.

北京市版权局著作权合同登记号：图字 01-2015-2900 号

图书在版编目（CIP）数据

浪漫的律令：早期德意志浪漫主义观念 /（美）弗雷德里克·拜泽尔（Frederick
C. Beiser）著；黄江译. --2 版.--北京：华夏出版社有限公司，2024.4
（西方传统：经典与解释）
书名原文: The Romantic Imperative: The Concept of Early German Romanticism
ISBN 978-7-5222-0513-7

Ⅰ.①浪⋯ Ⅱ.①弗⋯ ②黄⋯ Ⅲ.①浪漫主义－文学研究－德国 Ⅳ.①I516.06

中国国家版本馆 CIP 数据核字(2023)第 221397 号

浪漫的律令：早期德意志浪漫主义观念

作　　者	[美]弗雷德里克·拜泽尔	
译　　者	黄　江	
责任编辑	刘雨潇	
责任印制	刘　洋	

出版发行	华夏出版社有限公司
经　　销	新华书店
印　　装	北京汇林印务有限公司
版　　次	2024 年 4 月北京第 2 版
	2024 年 4 月北京第 1 次印刷
开　　本	880×1230　1/32
印　　张	10.25
字　　数	258 千字
定　　价	79.00 元

华夏出版社有限公司　　　　地址:北京市东直门外香河园北里 4 号
邮编:100028　　网址:www.hxph.com.cn　　电话:(010)64663331(转)
若发现本版图书有印装质量问题，请与我社营销中心联系调换。